Natascha Sagorski

In 80 Tagen zu dir

Buch

Stine ist Fernsehjournalistin und hat sich bei ihrem ersten Tag als Moderatorin nicht nur vor aller Welt blamiert, sondern auch prompt ihren Job verloren. Sie beschließt, dass es keinen besseren Zeitpunkt gibt, endlich die Welt kennenzulernen, und begibt sich auf eine Reise auf den Spuren alter Liebesbriefe: Stine fand sie einst auf dem Dachboden ihres Elternhauses, und sie gehörten ihrer verstorbenen Großmutter, die in jungen Jahren von der Liebe ihres Lebens getrennt wurde.

Finn ist kurz davor, seine Freundin Lisa zu heiraten, als sein Großvater stirbt und ihm eine alte Zigarrenkiste mit einem Stapel Briefe hinterlässt. Sie stammen von der ersten Liebe des Großvaters, mit der er jedoch nie zusammen sein konnte. Der letzte Wunsch des Großvaters: Finn soll seine Freundin nur dann heiraten, wenn er sich nach der Lektüre der Briefe ganz sicher ist, dass er Lisa wirklich liebt. Finn weiß: Es gibt nur einen Weg, dies herauszufinden. Er muss die gleiche Reise antreten, die die Verfasserin der Briefe vor vielen Jahren gemacht hat.

Autorin

Natascha Sagorski, geboren 1984 in Karlsruhe, lebt in München und arbeitete u. a. als TV-Kolumnistin bei ProSieben. Als PR-Managerin betreut sie einige der schönsten Hotels und Luxusreedereien weltweit und geht so (nach dem Schreiben) ihrer zweitgrößten Leidenschaft, dem Reisen, nach.

Von der Autorin bereits erschienen:
Männerschlussverkauf (37990)

NATASCHA
SAGORSKI

IN 80 TAGEN ZU DIR

Roman

blanvalet

Besuchen Sie uns auch auf www.facebook.com/blanvalet
und www.twitter.com/BlanvaletVerlag.

Verlagsgruppe Random House FSC® N001967
Das für dieses Buch verwendete FSC®-zertifizierte
Papier *Holmen Book Cream* liefert
Holmen Paper, Hallstavik, Schweden.

1. Auflage
Deutsche Originalausgabe Juli 2015
bei Blanvalet, einem Unternehmen der Verlagsgruppe
Random House GmbH, München.

Dieses Werk wurde vermittelt durch
die Literarische Agentur Michael Gaeb.
Umschlaggestaltung und -illustration:
© Johannes Wiebel | punchdesign,
unter Verwendung eines Motivs von Shutterstock.com
Redaktion: Angela Troni
ED · Herstellung: sam
Satz: KompetenzCenter, Mönchengladbach
Druck und Einband: GGP Media GmbH, Pößneck
Printed in Germany
ISBN: 978-3-442-38302-3

www.blanvalet.de

Für Ron

Reiseroute

1. Los Angeles 9

2. Fort Lauderdale 51

3. Antillen 71

4. Saint-Barthélemy 93

5. Saint-Martin 117

6. Puerto Rico 137

7. Jamaika 211

8. Tower Island 283

1.
Los Angeles

»Your room is ready now, Miss Stein.« Der Concierge sah sie erwartungsvoll an und reichte ihr eine Schlüsselkarte. Ein Schweißtropfen rann ihm die rechte Schläfe hinunter.

Stine fragte sich, wie ein Mensch in dieser aircondition-verseuchten, eisigen Empfangshalle ernsthaft schwitzen konnte. Sie vermisste bereits nach drei Minuten hier drin ihren Skioverall. Aber wer um Himmels willen nimmt schon einen Skioverall mit nach L.A.?

»Stine, nicht Stein, you understand? S-T-I-N-E! It's a long eee in the middle, like Stiiiiiine.«

Der Concierge sah sie immer noch erwartungsfroh an, machte aber keine Anstalten, ihren Namen erneut und diesmal richtig auszusprechen.

»My name is Stine Müller. Thank you«, erklärte Stine noch einmal seufzend und verfluchte im Stillen ihre Eltern.

Sie hatten eine Vorliebe für halbe Sachen. Stine war in einer Doppelhaushälfte aufgewachsen, hatte dort ein halbes Zimmer bewohnt und sich eine Katze mit der Nachbarstochter teilen müssen. Statt Christine hatten ihre Eltern sie Stine genannt und ihren Bruder (den unfreiwilligen Mitbewohner ihres Zimmers) Rian statt Florian. Das mit den Namen war sicherlich Geschmackssache, das mit dem halben Zimmer hatte zwischen ihr und ihrem Bruder jedoch für ernste Zerwürfnisse gesorgt. Da ihr Bruder fünf Jahre jünger war als Stine, hatte sie spätestens ab der Pubertät recht wenig mit ihm anfangen können. Vor allem bei den heimlichen Knutschorgien mit dem Nachbarsjungen von schräg gegenüber hatte er extrem genervt. Erst seitdem Stine zu Hause ausgezogen war, hatte sich das Verhältnis zu ihrem Bruder gebessert.

An langweiligen Weihnachtsabenden verschwanden sie nach dem Nachtisch oft zusammen auf den Dachboden, Stines früherem Lieblingsrückzugsort, und leerten gemeinsam Papas Weißweinvorräte. Stine liebte den Dachboden. Der Speicher sah aus, als würde er einem alten, geheimnisvollen Film entstammen, und passte so gar nicht recht zum Rest der eher spießigen Doppelhaushälfte ihrer Eltern.

Hier oben gab es alte, verstaubte Lederkoffer mit feinen, altmodischen Kleidern, die Stine als Kind zu gerne anprobiert hatte. Immer wieder musste sie husten, wenn sie die Röcke und Blusen sorgsam auseinanderfaltete und mit vorsichtigem Klopfen vom Staub befreite. Sogar eine Kleiderpuppe mit Hut und Pelzmantel stand in dieser Wunderwelt herum, und eine große Seemannskiste mit vergilbten Büchern thronte zu ihren Füßen. Jedes Mal wenn Stine als kleines Mädchen durch dieses Dachbodenreich wandelte, kam sie sich vor wie in eine andere Zeit, in ein Märchen versetzt. Sie schlüpfte in die zu weiten Kleider und Lederschuhe und spielte feine Dame. Gestört wurde sie dabei nie, denn niemand sonst aus der Familie war je hier oben.

Ihr Vater interessierte sich nicht für das Gerümpel, wie er Stines Schätze nannte, ihr Bruder war zu klein, um die steile Treppe nach oben zu klettern, und ihre Mutter vermied es seit je, über den Speicher und dessen Inhalt auch nur zu reden. Als Kind verstand Stine nicht, wieso das so war. Doch das Verbotene machte diesen Ort für sie nur noch spannender.

Als Stine älter wurde, begann sie sich Gedanken zu machen, wem die Kleider und Koffer dort oben eigentlich gehörten oder gehört hatten. Ihre Mutter reagierte auf ihre bohrenden Fragen zusehends gereizter, doch schon damals schlug in Stine das neugierige Herz einer Reporterin. Daher entlockte sie durch hartnäckiges Fragen irgendwann ihrer Mutter, dass die Sachen ihrer eigenen Mutter, also Stines Großmutter, gehört hatten. Nachdem sie das wusste, gab es für das kleine Mädchen kein Halten mehr. Über ihre Großmutter, die sie nie kennengelernt hatte und die schon lange tot war, wurde zu Hause nicht gesprochen. Sie war regelrecht ein Tabuthema, und wenn Stine doch einmal etwas über sie herauszubekommen versuchte, blockte ihre Mutter sofort ab und wechselte das Thema.

Seit sie nun aber wusste, wer die geheimnisvolle Besitzerin der Dachbodenschätze war, wurde der Speicher ihr persönlicher Eingang in die Welt ihrer Großmutter, die sich Stine als feine Dame, wenn nicht sogar als Prinzessin vorstellte. Sie durchforstete Koffer um Koffer, und als sie eines Tages auf einen Packen Briefe stieß, blieb ihr Herz vor Aufregung fast stehen. Damals konnte Stine noch nicht richtig lesen, schon gar nicht die zittrige Schreibschrift, in der die Briefe verfasst waren. Aber sie verstand, dass die Briefe an ihre Großmutter gerichtet waren und dass sie von einem Mann stammten, der sehr weit gereist war.

»Okay, Miss Stein Miller, your room is ready, have a nice day«, holte der Concierge sie aus ihren Gedanken. Mittlerweile blickte er eher genervt als erwartungsfroh.

Stine seufzte erneut und gab auf. Sosehr sie ihren Namen selbst anzweifelte, so wichtig war es ihr, dass andere ihn korrekt aussprachen. Selbst wenn es sich um einen stark transpirierenden Concierge in einem unterkühlten Mittelklassehotel in Downtown Los Angeles handelte. Aber er würde es sowieso nicht mehr lernen, außerdem hatte sie das Gefühl, dass ihre Lippen langsam blau anliefen. Fröstelnd nahm sie die Karte, bedankte sich und schnappte ihren Koffer. Wen kümmerte es schon, ob dieser Mann ihren Namen richtig aussprechen konnte? Sie war in L. A.! Der Stadt der Engel, der Träume, der Stadt der Stars. Jener Stadt, die sie schon immer hatte sehen wollen. Wer würde sich da über solche Unwichtigkeiten aufregen?

Außerdem kannten in Deutschland wirklich genug Menschen ihren Namen. Um genau zu sein, sogar verdammt viele. Viel zu viele. Ihr Name stand in ihrer Heimat im Moment so ziemlich für die größte Misere der neueren deutschen Fernsehgeschichte. Sie war vermutlich die einzige Moderatorin auf der ganzen Welt, die es fertiggebracht hatte, mit ihrer ersten Moderation bereits zur Legende zu werden. Und zwar im negativen Sinne. Denn bei ihrer ersten großen Live-Abendshow hatte sie kein Wort herausbekommen. Und das vor laufender Kamera.

Allein der Gedanke daran ließ Stine zusammenzucken und jagte ihr Schmerzwellen durch den Magen.

»Nicht an Deutschland denken. Nicht an Deutschland denken«, wiederholte sie ihr Mantra, während der klapprige, aber wenigstens nicht klimatisierte Aufzug sie nach oben brachte. Als sie im achten Stock angekommen war, stieg sie aus und beschloss, alle negativen Gedanken wieder mit dem Aufzug nach unten in die Eishalle zu schicken.

Stine hatte soeben die erste Station ihrer ersten großen Reise seit langer Zeit erreicht – wozu sich also Gedanken über zu Hause machen? Deutschland würde sie eine ganze Weile nicht mehr sehen.

Stattdessen würde sie diese fabelhafte Stadt erkunden und später eine karibische Trauminsel nach der anderen bereisen. Allein darauf wollte sie sich fokussieren. Und natürlich auf die Briefe, die sie im Gepäck hatte. Kostbare Briefe, denn es handelte sich um jene Schätze, die sie als kleines Mädchen auf dem Dachboden gefunden hatte. Sie würden Stines Route vorgeben.

Damals als Kind war sie vielleicht zu klein gewesen, um sie zu verstehen. Danach war sie zu sehr mit sich selbst und ihrer ach so tollen Karriere beschäftigt, um es zu versuchen. Ihr Kamera-Ich und der Job dahinter hatten sie voll vereinnahmt, zumindest bis zu jenem Abend, an dem sie innerhalb von ein paar Sekunden ihre gesamte Karriere zerstört hatte. Erst danach hatte sie gemerkt, wie sehr sie sich selbst aus den Augen verloren hatte. Wie wichtig ihr die Arbeit und der Ruhm waren und wie unwichtig sie selbst und vor allem ihr Privatleben bei dem Ganzen geworden waren. Doch Stine hoffte, dass sie durch die Briefe, die ihre Großmutter vor langer Zeit von ihrer großen Liebe bekommen hatte, nicht nur dieser, sondern auch sich selbst wieder ein Stück näher kommen würde.

Ein Verdacht hatte Stine nämlich beschlichen. Ohne sich dessen bewusst zu sein, hatte sie wohl ihr Leben lang danach gestrebt, einmal eine solche feine Dame zu werden, wie ihre Großmutter es gewesen sein musste. Natürlich nicht in staubigen Pelzmänteln oder schweren Spitzenkleidern, aber sie wollte von klein auf etwas Besonderes sein. Nicht das Mädchen aus dem halben Haus, das wie alle anderen Mädchen aus den vielen Doppelhaushälften ihres Viertels zur Schule geht, danach eine Ausbildung macht, einen netten Mann kennenlernt und anschließend brav zu Hause bleibt und auf die Kinder aufpasst. So wie ihre Mutter, die damit überhaupt nicht glücklich geworden war, was ihr so oft anzumerken war. Auch wenn ihre Mutter dies natürlich niemals zugeben würde. Stines Großmutter war anders gewesen, so wie sie selbst. Weshalb das so war, das hoffte sie auf dieser Reise durch Amerika und die Karibik herauszufinden.

Seufzend ließ Stine sich auf das Kingsize-Bett fallen und riss erschrocken die Augen auf, als sie wesentlich tiefer einsank, als sie es von einer Matratze gewöhnt war. Wenn das unten die kälteste Hotel-Lobby der Welt gewesen war, dann war das hier auf jeden Fall das weichste Hotelbett der Welt. Stine konnte sich kaum wieder aufrichten, um zu ihrer Handtasche zu gelangen. Als sie es geschafft hatte, kramte sie einen Brief heraus und ließ sich wieder, dieses Mal deutlich vorsichtiger, in das Bett sinken.

Sie holte tief Luft und begann zu lesen.

Atlantik, September 1947

Geliebte Irmgard,
ich kann es kaum glauben, dass du fort bist. Sie haben dich mir einfach entrissen, und die Welt um mich herum ist ganz grau geworden. Ich habe schon so lange nichts mehr von dir gehört, ich weiß nur, dass du auf Reisen sein sollst. Mit deinem Ehemann. Ich will dir lieber nicht schreiben, wie ich reagiert habe, als ich davon erfahren habe. Doch ich

weiß, dass dies nicht deine Entscheidung war, und deswegen habe ich eine getroffen.

Das Meer soll uns nicht trennen, es soll uns vereinen. Ich bin fortgegangen aus der Stadt, an der mich jede Laterne, jedes Straßenschild und jeder Pflasterstein an dich, meine Liebste, erinnern. Ich habe auf einem Handelsschiff als Matrose angeheuert. Irmgard, ich habe es nicht ertragen, mein Leben wie bisher weiterzuführen, denn mein bisheriges Leben existiert nicht mehr. Nicht, wenn du so unendlich weit fort bist.

Wann immer du auf die Wellen um dich herum schaust, sei gewiss, dass ich in deiner Nähe bin und genau wie du auf das Meer sehe. Wenn wir auch nicht auf demselben Schiff sein mögen, so haben wir doch denselben Ausblick: der unendliche Ozean um uns herum und oben am Himmel die Sterne und der Mond. Jedes Mal wenn ich dieses Bild in der Nacht betrachte und von unendlicher Traurigkeit erfüllt bin, weil du nicht an meiner Seite bist, führe ich mir vor Augen, dass du genau das Gleiche siehst wie ich, und das führt uns dann doch irgendwie wieder zusammen.

Wie gerne würde ich dir diese Sterne vom Himmel holen und sie dir schenken. Doch selbst dann könnte ich sie dir nicht überreichen, da du nicht bei mir bist. Daher lasse ich sie lieber, wo sie sind, in der Gewissheit, dass du sie ebenso wie ich jede Nacht betrachten kannst.

Ich weiß nicht, wo du dich im Moment befindest. Doch Iris hat erfahren, dass ihre Schulfreundin Rosa dich begleitet, und so hoffe ich inständig, dass meine Zeilen dich über meine Schwester und ihre Schulfreundin erreichen werden. Ich werde alles daransetzen, dich zu finden. Auch wenn uns viele tausend Kilometer trennen, sollst du wenigstens wissen, dass ich jeden Tag an dich denke und du die einzige Frau bist, die ich jemals lieben werde.

Vergiss mich nicht, wo auch immer du sein magst.
Ich bin auf dem Weg zu dir, und ich werde dich finden.
Auch wenn unsere Liebe für unsere Familien ein Ding der Unmöglichkeit ist, werden wir das nicht hinnehmen.
Irgendwie werden wir das Unmögliche möglich machen.
Wir werden bald wieder zusammen sein, das verspreche ich dir, meine Liebste.

Dein Hans

Sonne schien auf sein Gesicht. Wenn er den Kopf nach links drehte, konnte er eine Armee von Palmen sehen, und an seine Ohren drang das Rauschen der Wellen. Finn war angenehm überrascht. Er hatte Los Angeles immer für eine völlig überzeichnete Plastikstadt gehalten, aber das, was er bis jetzt von der Metropole gesehen hatte, gefiel im ausgesprochen gut.

Über eine Webseite hatte er von Deutschland aus eine Übernachtungsmöglichkeit gesucht und einen kostenlosen Schlafplatz bei einem IT-Manager namens Jeff gefunden. Im Gegenzug durfte Jeff jederzeit bei einem Deutschlandbesuch in Finns Wohnung übernachten. Das war der Deal.

Zu Beginn war Finn noch skeptisch gewesen, ob wirklich alles so glatt laufen würde, wie zahlreiche User auf der Internetseite schwärmend berichteten. Natürlich waren

Finn Bilder von mexikanischen Drogenbanden und verschleppten, leichtgläubigen Touristen in den Sinn gekommen, aber der Mann, der ihn am Flughafen LAX abgeholt hatte, sah so gar nicht nach mexikanischem Drogenboss aus. Vielmehr sah er Finn auf eine sehr amerikanische Art und Weise sogar ein bisschen ähnlich. Zwar war er etwas bulliger als Finn und hätte als Quarterback in einem amerikanischen Teeniefilm sicherlich eine gute Figur gemacht, aber in dem lässigen Shirt und den leicht ausgeblichenen Jeans konnte Finn seinen eigenen Kleidungsstil recht gut wiedererkennen. Auch wenn Jeff mit seinen strahlend weißen Zähnen und der tief gebräunten Haut definitiv besser hierher passte als Finn mit seinem typischen deutschen Weißkalk-Teint.

Jedenfalls hatten sie gleich einen Draht zueinander gehabt, was sicherlich auch daran lag, dass sie fast den gleichen Job hatten und als IT-Fachmänner beide in großen Firmen arbeiteten. Nur verdiente Jeff offenbar wesentlich mehr, denn der Balkon, auf dem Finn gerade stand, gehörte zu einem sehr schicken Junggesellenapartment in Santa Monica. Erste Meereslinie. Finn hatte keine Ahnung von den kalifornischen Immobilienpreisen, aber dass diese Wohnung ein Vermögen kosten musste, das dämmerte selbst ihm.

Er dachte an seine eigene Wohnung in München. Sie war auch zentral gelegen, und zwar im schönen Schwabing. Drei Zimmer, ein kleiner Balkon, Küche und Bad. Keine Palmen und auch kein Meerblick. Dafür war der Englische Garten nicht weit. Nein, schlecht war Finns Wohnung sicher nicht. Und günstig schon gar nicht. Er konnte sie sich auch nur leisten, weil er sie gemeinsam mit

Lisa bewohnte. Also genauer gesagt bewohnt hatte. Sobald er zurück war, mussten sie die Wohnung kündigen. Aber vielleicht hatte Lisa das dann ja bereits erledigt.

Lisa. Der Gedanke an sie und vor allem daran, was sich vor einer knappen Woche kurz nach dem Tod seines Großvaters in einer kleinen Kirche in der Nähe von Garmisch-Partenkirchen abgespielt hatte, ließ Finn scharf einatmen. Er hatte etwas Schreckliches getan. Etwas, das ihm die Liebe seines Lebens, seine Familie, seine Freunde und so ziemlich alle Menschen, die er kannte, wohl niemals verzeihen würden. Er hatte erkannt, dass die Liebe seines Lebens gar nicht die Liebe seines Lebens war. Zumindest glaubte er das. Wer wusste so was schon? Er nicht. Genau deswegen konnte er sie nicht heiraten. Genau deswegen hatte er getan, womit niemand gerechnet hatte. Er hatte Lisa vor dem Altar stehen lassen.

Wobei die Aussage, dass niemand damit gerechnet hatte, nicht ganz richtig war. Eine Person hatte damit sicher gerechnet. Ja, viel mehr noch, hatte dies sogar gehofft. Sein Großvater war nie ein großer Fan von Lisa gewesen. Als Finn sich nach dem Abitur nicht wie von ihm erträumt aufgemacht hatte, um mit dem Fotoapparat die Welt zu entdecken, sondern mit Lisa nach Passau gezogen war, um dort wie sie ein Studium zu beginnen, war sein Großvater dagegen gewesen. Auch als Finn nach dem Studium, anstatt während einer Auszeit die versäumte Reise nachzuholen, auf Lisas Drängen hin sofort den gutbezahlten Job in einem großen Unternehmen angenommen hatte, konnte sein Großvater nur den Kopf schütteln. Die meisten anderen hatten Lisa und Finn um ihr Bilderbuchleben beneidet.

Beide hatten sie gute Jobs, lebten in einer tollen Wohnung, und mit der bevorstehenden Hochzeit legten sie den Grundstein für das weitere Programm: Bausparvertrag, Eigenheim, das erste Kind, später dann das zweite und vielleicht noch ein drittes. Finn kam sich vor wie in einem festgeschriebenen Programm, nur, dass er nicht am Steuerhebel saß. Vielleicht war es gar nicht so schlecht, nur fühlte es sich für ihn sehr danach an. Er kam sich vor wie ein Fremdkörper in seinem eigenen Leben, und je weiter das Programm lief, desto schlimmer wurde das Gefühl. Was natürlich niemand nachvollziehen konnte. Außer seinem Großvater. Auch deswegen hatte es Finn komplett aus der Bahn geworfen, als dieser wichtigste Vertraute kurz vor der Hochzeit starb. Am liebsten hätte er sich den ganzen Tag nur verkrochen und geweint. So wie damals, als er noch ein kleiner Junge gewesen war und sein Großvater ihn getröstet hatte, als sein Kaninchen das Zeitliche segnete.

Nach dem Tod seines Großvaters war niemand da gewesen, der Finn Trost spendete. Lisa weigerte sich, die Hochzeit zu verschieben, und war so in ihrem Zuckerrosenblüten-Universum gefangen, dass sie nicht bemerkte, wie sehr sie ihn damit kränkte. Vielleicht war es ihr auch egal. Finn wusste es nicht, und beim Gedanken an Lisa kroch ihm ein unangenehmes Gefühl den Hals hoch. Sie hatte ihn nie verstehen können. Wahrscheinlich war ihm das in der ersten Verliebtheit nicht aufgefallen, und später hatte er sich immerzu darum bemüht, dass es nichts an ihm gab, was sie zu verstehen brauchte.

Dass ihm eine gemeinsame Weltreise mit ihr tausendmal mehr bedeutet hätte als eine schicke Wohnung in Schwabing, hatte er ihr zwar nach dem Studium zu erklären versucht, aber als dies nur zu großen Streits und sogar fast zur Trennung führte, hatte er es aufgegeben. Vielleicht war er auch einfach zu bequem gewesen und hatte die Sicherheit des geregelten Lebens, das er mit Lisa führte, zu sehr genossen. Zumindest eine Zeit lang. Doch die endete schneller, als Finn es sich einzugestehen bereit gewesen war. Deswegen war der Schritt, den er nun gegangen war, auch wenn er für einige, wie für Finns Eltern, zu radikal umgesetzt war, der einzig richtige gewesen. Trotzdem waren die letzten Wochen mit dem Tod seines Großvaters, der geplatzten Hochzeit und all den anderen damit einhergehenden Dramen die beschissenste Zeit seines Lebens gewesen.

Finn atmete lang und tief aus und straffte unwillkürlich die Schultern. Aber jetzt stand er auf einer Wahnsinnsterrasse in Los Angeles und blickte auf den Pazifik. Er wollte nicht an sein Leben in Deutschland denken. Schließlich war er weit genug geflogen, um nicht daran denken zu müssen. Er würde sich stattdessen mit den unbekannten Ländern und Inseln beschäftigen, die auf ihn warteten. Finn musste lächeln. L.A. war nur der Anfang. Der Anfang eines großen Traums. Der Anfang einer Traumreise. Seiner Traumreise.

Er blickte auf das Stück Papier, das er in der Hand hielt, und faltete es langsam und bedächtig auseinander. Es war an der Zeit, die Welt mit den Augen seines Großvaters oder vielmehr mit denen seiner Geliebten zu betrachten.

Los Angeles, Dezember 1947

Mein Geliebter,
ich bin seit einiger Zeit in Los Angeles und völlig verzwei-

felt. Ich kann kaum fassen, dass mein Vater das wirklich getan hat! Ich weiß, er hat es öfter angedroht, aber ich hätte nie gedacht, dass er mich im Ernst mit einem seiner Handelspartner verheiratet. Ich habe nun einen Ehemann, Edmund ist sein Name. Allein dieses Wort, Ehemann, macht mich so was von wütend.

Du bist der Mann, den ich liebe, Hans, mit dir will ich zusammen sein. Diese himmelschreiende Ungerechtigkeit macht mich wahnsinnig. Ich habe geweint, gebettelt und geschrien. Ich wollte zur Polizei gehen und sie alle anzeigen, doch mein Vater ist zu mächtig, und ich hätte auch gar keine Gelegenheit dazu gehabt. In einer Nacht-und-Nebel-Aktion haben sie mich aufs Schiff gebracht, wo uns der Kapitän auf hoher See verheiratet hat. Dass ich Nein gesagt habe, hat niemanden interessiert. Es ist wie in einem Albtraum, der nicht enden will.

Mein einziger Trost ist der Brief von dir. Noch nie habe ich mich über ein Blatt Papier mehr gefreut als über deine Zeilen. Sie haben mich gerettet. Immer wenn ich in die Sterne blicke, hoffe ich nun, dass du es auch gerade tust.

Hans, ich will dir die Einzelheiten der vergangenen Wochen lieber ersparen. Mir ging es sehr schlecht. Die Sehnsucht nach dir hat mich fast wahnsinnig gemacht, und in New York kam dann noch eine schlimme Grippe hinzu. Mein Körper hatte keine Kraft, daher habe ich mich nicht wie sonst schnell wieder erholt. Vielleicht wollte ich auch gar nicht gesund werden, denn meinen Lebenswillen hatte ich verloren, als ich dich verlor. Aber dann habe ich von uns geträumt. Ich muss in meinem Fieberwahn vieles fantasiert haben, erinnern kann ich mich nur an eine Begebenheit.

Wir waren auf einer kleinen Insel unweit des Festlands, und es war wundervoll warm dort. Sie war mit Palmen bewachsen, und in der Mitte ragte ein aus Steinen gebauter Turm stolz in den Himmel. Es gab nichts, was unsere Zweisamkeit hätte stören oder gefährden können, und es gab nur uns beide. Wir hatten keine Pläne, wir mussten nicht weg, wir konnten einfach nur gemeinsam auf den Felsen sitzen, uns und die Natur spüren. Ich war noch nie in meinem Leben so glücklich.

Weißt du, was ich glaube? Das war gar kein Traum. Es war eine Botschaft an mich. An uns. Ich weiß, dass wir eines Tages wieder vereint sein werden, und zwar nicht nur in unseren Herzen oder Briefen, sondern im Leben. Ich weiß es einfach, Hans. Es hat einen Grund, dass wir beide diesen schrecklichen Krieg überlebt haben und ich dem Tod in New York nun erneut von der Schippe gesprungen bin. Die Kraft dazu hat mir die Zuversicht gegeben, dass eine gemeinsame Zukunft mit dir auf mich wartet.

Ich kann nicht sagen, wann es so weit sein wird oder wo genau unser Glück auf uns wartet. Aber als ich gelesen habe, dass du auch auf Reisen bist, da war ich mir ganz sicher. Irgendwo werden wir uns treffen. Dann werden wir unsere Insel finden und dort glücklich werden. Bis dahin warte ich auf deinen nächsten Brief.

Bitte schreib mir bald, denn ich sorge mich sehr um dich. Ich hoffe und vertraue darauf, dass wir einander finden werden, und bis dahin musst du gut auf dich achtgeben.

Ich schreibe dir so bald wie möglich wieder. Natürlich darf Edmund nichts davon erfahren, aber er ist sowieso die meiste Zeit unterwegs. Mir soll es recht sein, denn so habe ich mehr Zeit, von dir und unserer Zukunft zu träumen.

Ich hoffe sehr, mein Brief wird dich erreichen. Doch ich bin zuversichtlich, denn Rosa ist eine großartige Komplizin. Sie leitet alle Briefe deiner Schwester weiter, die diese dann an dich schickt. Ich kann es kaum erwarten, wieder von dir zu hören …

Denk an unsere Insel, mein Geliebter.

In Liebe
Irmgard

❀

In Stines kino- und filmgeprägter Vorstellung bestand Los Angeles vor allem aus Glamour. Hier gaben sich die größten Stars des Planeten die Klinke in die Hand, junge Frauen wurden auf der Straße entdeckt und von heute auf morgen zum Filmstar gemacht, und die Menschen lebten in Villen mit riesigen Privatpools. Nach ein paar Tagen in der Stadt der Engel hatte Stine diese zugegebenermaßen leicht kindliche Vorstellung revidiert. L.A. bestand nicht aus Glamour, sondern zum größten Teil aus Blech. Aus hupendem, Abgase ausstoßendem, in der Hitze flirrendem Blech.

Stine kauerte auf dem Rücksitz eines leicht in die Jahre gekommenen Taxis und sah um sich herum nichts als andere Autos. Kein Hollywood-Schild, keinen Brad Pitt und schon gar keine Palmen. Die Straße, auf der sie fuhren oder vielmehr standen, verfügte in jeder Richtung über fünf Spuren. Insgesamt zog sich die Fahrbahn also über zehn Spuren und war ungefähr so breit wie ein Fußballstadion. Doch auf keiner einzigen Spur bewegte sich etwas. Alle Autos standen. Und es waren verdammt viele Autos.

Zu allem Unglück fror Stine schon wieder erbärmlich. Das Einzige, was in dieser als Taxi getarnten Blechkiste noch einwandfrei funktionierte, war die Klimaanlage. Natürlich hatte Stine angesichts des gleißenden Sonnenscheins draußen trotz ihrer Erfahrung in der Hotelhalle nicht in weiser Voraussicht einen Pullover oder eine Jacke mitgenommen. Also saß sie jetzt in ihrem weißen Sommerkleid, das ihr in München noch total L.A.-mäßig erschienen war, auf dem verschlissenen Rücksitz und fröstelte in sich hinein. Woher hätte sie auch wissen sollen, dass L.A. neben Blech vor allem aus Klimaanlagen bestand?

Natürlich hätte sie den Fahrer höflich bitten können, die Aircondition auszustellen oder wenigstens etwas herunterzufahren. Aber der schimpfte die ganze Zeit so lautstark und leidenschaftlich über den Verkehr und einige andere Dinge, die sie nicht verstand, dass sie sich nicht traute, ihn auf die arktischen Temperaturen im Innenraum anzusprechen. Sie wollte den Zorn des Fahrers unter keinen Umständen auf sich lenken. Deswegen riss Stine sich zusammen, versuchte sich etwas aufzuwärmen, indem sie mit den Händen ihre Arme rieb, und hoffte, dass der Stau sich bald auflösen würde.

Ihr Ziel. Stine versuchte sich darauf zu konzentrierten und die Kälte, den Stau und das mulmige Gefühl in der Magengegend, das sie aus Deutschland begleitet hatte, einfach auszublenden. Nach all den Airconditions und staubigen Hochhäusern in Downtown wollte sie jetzt vor allem eins sehen: das Meer. Also hatte sie beschlossen, heute nicht wie geplant Hollywood, sondern eine andere berühmte Attraktion zu besuchen. Eine, die sie aus Beschreibungen bereits kannte. Denn Stines Vorstellung von Los Angeles war nicht nur durch Filme geprägt, sondern auch durch die Erzählungen eines ganz speziellen Mannes.

Hans, so war sein Name, hatte die Stadt und viele andere weit entfernte Orte vor langer Zeit besucht und ihrer Großmutter in seinen Briefen davon erzählt. Er war auf der Suche nach ihr, denn auch diese war als junge Frau weit gereist, wenn auch nicht so freiwillig wie Stine dies heute tat. Vielleicht war das einer der Gründe, warum Stines Mutter bei diesem Thema sofort dichtmachte. Reisen war für sie eher Graus als Vergnügen. Stine hatte sogar oft den Eindruck, dass ihre Mutter es für etwas Gefährliches hielt. Trotzdem hatte sie Stine zu deren Verwunderung sofort unterstützt, als diese ihr von ihrem Vorhaben erzählt hatte. Dabei musste ihr Stines Idee als wahres Horrorszenario erschienen sein. Vereinte diese Idee doch das Reisen mit der Geschichte von Stines Großmutter, verband also zwei Themen, die ihrer Mutter alles andere als angenehm waren.

Aber nach Stines Katastrophenauftritt verstand sie, dass ihre Tochter erst einmal aus der Schusslinie wollte, und zwar so weit wie möglich. Ein wenig hatte Stine auch den Eindruck, dass ihre Mutter mit ihrer Zustimmung etwas wiedergutzumachen versuchte, das sie Stine mit ihrem Schweigen all die Jahre verweigert hatte. Stine hoffte, auf ihrer großen Reise ihrer Großmutter näherzukommen.

Zwar bezweifelte sie, dass ihr dies zwischen all den Blechlawinen tatsächlich gelingen würde, doch sie war nun auf dem Weg zu einer Station, die in den Briefen von Hans vorkam und die Irmgard definitiv besucht hatte – Venice Beach. Wenn sie da nicht auch endlich die Sonnenseite Kaliforniens entdecken sollte, wo bitte sonst?

Also blendete sie das Verkehrschaos um sie herum aus und vertiefte sich in die Welt von Hans. Sie hatte extra einen seiner Briefe in ihrer Handtasche dabei. Die Texte waren ihre Reisebegleiter, und in dieser fremden, etwas überfordernden Stadt zugleich eine Art Ruhepol. So auch jetzt.

Atlantik, Februar 1948

Geliebte Irmgard,
ich bin unendlich dankbar, dass es dir gutgeht. Die Nachricht von deiner Krankheit hat mich zutiefst erschüttert. Du wärst beinahe gestorben, und ich habe nicht einmal davon gewusst. Ich darf mir gar nicht ausmalen, was geschehen wäre, hättest du dich nicht wieder erholt. Wir dürfen nicht aufgeben, Irmgard, egal was passiert. Wir müssen an ein gutes Ende glauben. Bis es so weit ist, werde ich gut auf mich aufpassen, auch das verspreche ich dir.

Ich habe inzwischen ein Schiff gefunden, das in wenigen Monaten Los Angeles auf der Route hat, und konnte dort zum Glück direkt anheuern, weil sie dringend einen Zimmermann gesucht haben. Weißt du, was das heißt? Ich komme zu dir! Wir werden bald wieder vereint sein. Wir müssen nur noch ein paar Monate durchhalten. Das schaffen wir, liebste Irmgard.

Bis dahin freue ich mich, deine Erzählungen zu lesen. Wie sieht der Himmel in Kalifornien genau aus? Auf hoher See ist er ein einzigartiges Lichtermeer, und wenn ich Nachtwache habe und nach oben blicke, fühle ich mich dir so nah, als wärst du tatsächlich bei mir.

Deine Zeilen sind das schönste Geschenk, das du mir machen kannst. Sie sind meine Verbindung zu dir und zugleich eine Vorschau auf unser Leben auf der Insel, von der du geträumt hast. Ich kann es kaum erwarten, wieder von dir zu hören, und hoffe, dass auch dieser Brief dich sicher erreichen möge.

Versprich mir, dass du meine starke, lebenslustige Irmi bleibst, und schreib mir, so schnell du kannst.

Dein dich über alle Maßen liebender

Hans

Stine faltete den Brief zusammen und seufzte. So viel Hoffnung klang aus diesen Zeilen. In Los Angeles hätte alles gut werden sollen für ihre Großmutter. Stine hoffte, dass dieser Ort auch für sie ein besonderer Ort sein würde. Erst einmal sah es jedoch anders aus.

Als das Taxi endlich Venice Beach erreicht hatte, war sie nicht nur komplett durchgefroren, sondern auch um ein kleines Vermögen ärmer. Als sie über das Internet ein Hotel in Downtown gebucht hatte, war Stine davon ausgegangen, dass der Begriff implizierte, dass sie zentral wohnte. Doch zentral war in L. A. relativ. Für einen Investmentbanker war Downtown mit den vielen Banken und Wolkenkratzern wohl in der Tat zentral, für eine Touristin wie sie hingegen, die vor allem Hollywood und Co. besichtigen wollte, war das Geschäftsviertel eine denkbar ungünstige Basis, wie sie nun festgestellt hatte. Vor allem ohne Mietwagen, denn bei diesen gigantischen Entfernungen konnte sie sich das Taxifahren hier eigentlich nicht leisten. Aber egal, nun war sie hier. Am Venice Beach, den sie schon immer einmal hatte sehen wollen, und auch wenn es bereits ziemlich diesig war, fühlte Stine ein Hochgefühl in sich aufsteigen, als sich endlich der Pazifik vor ihr auftat.

Die weltberühmte Promenade ließ sie erst einmal links liegen, stattdessen rannte sie voller Begeisterung auf den Ozean zu. Sobald sie den Sand erreicht hatte, zog sie hastig ihre Schuhe aus, warf sie neben sich und rannte weiter. Barfuß und glücklich. Den warmen Sand zwischen den Zehen zu fühlen verschaffte ihr ein Gefühl von Freiheit, wie sie es schon lange nicht mehr gespürt hatte.

Ob es ihrer Großmutter genauso gegangen war? Hatte ihre Großmutter in ihrer Situation überhaupt so etwas wie Freiheit verspüren können? Für Stine war das in der letzten Zeit jedenfalls schwer gewesen. Zwar war sie nicht zwangsverheiratet, aber dafür kam sie sich oft genug vor wie ein Hamster in einem Rad, das sich nicht mehr anhalten ließ. Es drehte sich viel zu schnell, und erst durch den großen Knall, ihr Totalversagen in der Show, kam es zum Stehen. Stine versuchte die Erinnerung abzuschütteln und sog die Kulisse, die sich ihr darbot, in sich auf.

Sie rannte immer schneller über den Strand und juchzte dabei wie ein kleines Kind. Die Bewegung, der Sand, das Meer vor ihr – alles fühlte sich so an, wie es sich anfühlen sollte. Als sie nur noch ein paar Meter von den auslaufenden Wellen des Pazifiks entfernt war, konnte sie es kaum erwarten, das warme Wasser endlich zu spüren. Egal ob sie

Klamotten anhatte. Einfach eintauchen in das Meer und frei sein, so wie früher als Kind in Italien. Sobald sie im Meer schwamm, war Stine glücklich. Das war schon immer so. Und dieses Meer hier befand sich nicht an der Adriaküste, sondern vor einem der berühmtesten Strände in Kalifornien – wie frei musste sie sich hier erst fühlen?

Als sie das Wasser endlich spürte, jauchzte sie auf. Allerdings nicht vor Vergnügen. Von wegen warme Wellen! Das Wasser war eiskalt! Erschrocken und konsterniert lief Stine rückwärts. Was war das denn? In dem Eismeer konnte doch kein Mensch baden.

Verstört blickte sie sich um. Ein paar Meter rechts von ihr konnte sie ein paar Surfer im Wasser ausmachen. Alle trugen Neoprenanzüge. Anscheinend war das hier normal. Kaltes Wasser, kalte Hotels, kalte Taxis. War hier eigentlich alles eiskalt? Davon hatte Hans aber nichts geschrieben.

Durch die Ernüchterung erschöpft, ließ Stine sich in den Sand plumpsen und schaute den gut eingepackten Surfern eine Weile zu. Ihre Euphorie war verflogen. Enttäuscht zog sie ein Karamellbonbon aus ihrer Tasche und kaute eine Weile auf der klebrigen Masse herum. Sie schluckte. Okay, dann war der Pazifik eben nicht ganz so warm und einladend, wie sie sich das in ihren Träumen ausgemalt hatte. Na und? Baden konnte sie auf ihrer Tour noch oft genug. Atmosphäre hatte dieser Ort dafür umso mehr.

Langsam verfärbte sich der Horizont in verschiedene Orange- und Rosatöne und die Surfer wirkten vor diesem Hintergrund wie schattenhafte Kunstfiguren, die auf dem Wasser trieben. Es sah ein bisschen aus wie eine Postkarte, nur viel schöner. Stine hätte noch ewig dasitzen und das Schauspiel betrachten können, doch ihr wurde mal wieder kalt. Außerdem wollte sie auch noch die berühmte Promenade entlanglaufen, die ihre Großmutter so sehr fasziniert hatte. Und zwar bevor es dunkel wurde.

Also rappelte Stine sich schweren Herzens auf, klopfte sich so gut es ging den Sand aus den Klamotten und stapfte zurück zu ihren Schuhen. Oder zumindest zurück zu der Stelle, wo ihre Sandalen hätten liegen müssen. Dort waren nämlich keine Schuhe mehr. Nur jede Menge Sand und ein paar Zigarettenkippen. Stine blieb fast das Herz stehen. Hatte etwa jemand ihre Sandalen geklaut? Oder hatte sie sie doch etwas weiter links hingeworfen? Schnell lief sie das Stück ab. Nichts. Vielleicht war es doch weiter rechts gewesen? Sie rannte zurück und ein Stück weiter nach rechts. Und tatsächlich. Dort hinten konnte sie etwas im Sand erkennen. Erleichterung durchströmte Stine, als sie ungestüm auf den dunklen Fleck zuhastete. Doch sie fand nur eine halb zerknautschte Coladose. Vor lauter Wut kickte sie mit aller Kraft dagegen, woraufhin ein scharfer Schmerz ihren Zeh durchfuhr. Was sie nur noch wütender machte. Auf die Coladose, den Stau, die Klimaanlagen, den Schuhdieb, vor allem aber auf sich selbst.

Wieso war sie nur so blöd gewesen und hatte die Sandalen hier liegen lassen? Sie hatte sich wie ein kleines, naives Mädchen benommen, das sich darauf verlassen konnte, dass seine Mama hinter ihr herräumte. Aber hier gab es keine hinterherräumende Mutter. Hier gab es nur sie selbst. Stine war auf sich alleine gestellt. Darüber war sie eigentlich sehr froh gewesen. Sie musste sich niemandem erklären, keine mitleidigen Blicke ertragen und sich nicht für ihr Versagen in Deutschland rechtfertigen.

Allerdings hatte sie hier wieder versagt. Sie hätte besser

recherchieren müssen, bevor sie in den Flieger gestiegen war. Wo man in L.A. am besten wohnte, wie man sich am einfachsten und kostengünstigsten fortbewegte und was die Gepflogenheiten vor Ort waren. Früher war sie eine wahre Recherche-Meisterin gewesen. Sie hatte sich auf jeden Dreh, jede Reise intensiv vorbereitet und wusste immer was wie wann und wo zu tun war. Niemals wäre sie in eine fremde Metropole geflogen, ohne zu wissen, wie sie vor Ort von A nach B käme. Aber in den letzten Wochen hatte sie nicht nur ihre Gründlichkeit schleifen lassen.

Doch egal was war, so konnte es jedenfalls nicht weitergehen. Sie war auf dem besten Weg, alle Befürchtungen, die ihre Mutter ihr vor der Reise immer und immer wieder vorgepredigt hatte, wahr werden zu lassen. Wo hatte ihre Unbedachtheit sie hingebracht? An den Venice Beach, ohne Schuhe, dafür mit einem blutenden Zeh und ohne einen Plan, wie sie zurück ins Hotel kommen sollte. Das war zwar eine recht missliche Lage, aber keine aussichtslose.

Suchend blickte Stine sich um. Vor ihr waren etliche Souvenirgeschäfte, die garantiert auch Flipflops verkauften. Die würde sie sich als Erstes besorgen. Danach musste sie wohl oder übel in den sauren Apfel beißen und sich noch mal ein Taxi leisten. Im Hotel konnte sie sich für morgen aber bestimmt Pläne von den öffentlichen Verkehrsmitteln organisieren. Zumindest Busse musste es hier doch geben! Bevor sie sich Hollywood anschaute, würde sie eine gut sortierte Buchhandlung suchen und sich mit Reiseführern eindecken.

Nach Los Angeles war sie vielleicht als unorganisierte

Verliererin gekommen, aber das würde ihr garantiert nicht noch einmal passieren. Dafür würde sie schon sorgen. Entschlossen straffte Stine die Schultern, kratzte den blutigen Sand von ihrem Zeh und humpelte zielstrebig und erhobenen Hauptes zum nächsten Souvenirshop. Ab sofort würde sie ihr Leben, und das hieß vor allem erst einmal diese Reise, wieder selbst in die Hand nehmen. Sie war kein Hamster, und sie befand sich auch in keinem Rad, sondern in einer der coolsten Städte dieser Erde. Wenn L. A. ihre Großmutter so sehr begeistert hatte, dann musste es hier Ecken geben, die auch Stine in ihren Bann zogen, und zwar im positiven Sinne. Und die würde sie finden.

Finn war baff. Jeff hatte nicht nur eine mehr als beeindruckende Wohnung, er fuhr auch ein mehr als beeindruckendes Auto. Zumindest wenn man »beeindruckend« mit »groß« gleichsetzte. Mit dem glänzend schwarzen Pick-up hätte man problemlos eine Herde Kühe zusammentreiben und abtransportieren können. Nicht dass es in Santa Monica Kühe geben würde. Aber dafür umso mehr Pick-ups. Auch wenn Finn in München über die ganzen SUVs in der Innenstadt gelästert und die Pseudo-Geländewagen als lächerlich empfunden hatte, musste er jetzt zugeben, dass es sich verdammt gut anfühlte, dort oben auf dem Beifahrersitz zu thronen und alles überblicken zu können. Der König der Straße zu sein, hatte schon etwas für sich.

Vor allem da die Straßen hier wesentlich breiter waren als die in Deutschland.

Jeff und Finn waren auf dem Weg nach Venice Beach. Sein Gastgeber hatte darauf bestanden, ihm die Highlights von L.A. zu zeigen, und da er Jeff sympathisch fand und ihn die ungeheure Größe dieser Stadt, die er bisher nur erahnen konnte, einschüchterte, nahm Finn das Angebot dankbar an. Vor allem da er keinen Mietwagen gebucht und Jeff ihm lachend erklärt hatte, ohne Auto gehe in L.A. »gar nichts«. Daran hatte der Europäer in Finn bei der Reiseplanung nicht gedacht, was auch daran liegen mochte, dass die Beschreibungen der Stadt, die er kannte, aus einer Zeit stammten, in der sich noch nicht jede Familie mindestens zwei Autos leisten konnte.

Umso dankbarer war er jetzt, dass er nicht auf die überfüllten Busse oder überteuerten Taxis angewiesen war, sondern ganz bequem mit Jeff in seinem Koloss dahinglitt. Da Jeff sich auskannte und wusste, zu welcher Tageszeit man welche Route fahren musste, ohne im Stau zu stehen, glitten sie tatsächlich dahin. Allerdings war Venice nicht weit von Santa Monica entfernt, und so waren sie am Ziel, ehe Finn sich an der vorbeiziehenden Szenerie satt sehen konnte. Jeff parkte sein schwarzes Schlachtschiff mit den beigefarbenen Ledersitzen auf einem bewachten Parkplatz, und nach einer Minute Fußmarsch stand Finn mitten in einer Kindheitserinnerung.

Die Sonne brannte vom Himmel, vor ihm lag ein breiter weißer Sandstrand, gespickt mit den typischen Steghäusern der Rettungsschwimmer, auf der Promenade fuhren braungebrannte Models in Bikinioberteilen und Hotpants Rollschuh, und im Sand trainierten muskelbepackte Bodybuilder in einem Freiluftfitnessstudio. Finn war sich sicher, dass jede Sekunde David Hasselhoff um die Ecke biegen musste. Er kam sich vor wie in einer riesengroßen Kulisse von *Baywatch*, das er in den Neunzigern immer heimlich mit seiner großen Schwester geschaut hatte. Alles um ihn herum sah aus wie eine Filmkulisse, doch der Strand und die Menschen waren echt.

Finn wusste nicht, was ihn mehr faszinierte: das Gefühl, sich in einer längst abgesetzten Fernsehserie zu befinden, oder die Entdeckung, dass die Menschen hier noch Rollschuh fuhren. Irgendwie schien er in einer Zeitmaschine gelandet und um 1997 abgesprungen zu sein. Nur Jeffs Handy, das genau in dem Moment klingelte, passte nicht recht ins Bild. Während der Kalifornier telefonierte, ließ Finn den Blick weiterschweifen und die Atmosphäre auf sich wirken.

Dass er hier stand, hatte er seinem Großvater zu verdanken. Kurz vor dessen Tod hatte Finn ihn noch einmal im Krankenhaus besucht. Es war ein schwerer Gang gewesen, denn sein Großvater war für ihn schon immer einer der wichtigsten Menschen gewesen. Er hatte Finn als Einziger in Schutz genommen, wenn es in der Schule mal wieder Ärger mit dem Mathelehrer gegeben hatte. Er hatte Finn bei jedem Fußballspiel vom Rand aus angefeuert, auch wenn sein Enkel noch so schlecht spielte. Und mit seinen Gutenachtgeschichten, die in fernen Ländern spielten, hatte sein Großvater ihm schon als kleines Kind faszinierende fremde Welten eröffnet. Dieser wichtige Mensch hatte ihn nicht nur verlassen, sondern ihm in ihrem letzten Gespräch auch noch eröffnet, dass er Zeit seines Lebens ein Geheimnis gehabt hatte.

Finn sah den alten Mann noch genau vor sich. Das sonst von der Sonne braungebrannte Gesicht wirkte fahl und eingefallen. Sein Großvater hatte die Natur über alles geliebt. Wie oft war er mit Finn in den Bergen unterwegs gewesen, beim Wandern oder auch beim Fischen. In München hatte man ihn meist in seinem Garten gefunden, wo er Apfelbäume schnitt, Beete mit dem Rechen bearbeitete oder Zwetschgen erntete. Er hatte immer etwas zu tun.

Das Nichtstun und Herumliegen im sterilen Krankenhauszimmer musste ihm schwerfallen. Das sah man dem großen Mann auch an. Die normalerweise stechend grauen Augen wirkten getrübt, und die großen, starken Hände, die Finn schon als Kind gehalten und von so manchem Baum oder vermeintlich leicht zu erklimmenden Felsen gerettet hatten, sahen nun dürr und kraftlos aus. Finns Hand, die sie umklammerte, wirkte im Vergleich fest und riesig. Doch wie immer verlor sein Großvater keine Zeit mit unbedeutendem Geplänkel.

»Liebst du Lisa?«, eröffnete er das Gespräch.

»Natürlich«, antwortete Finn, vermied es aber, seinem Großvater dabei in die Augen zu schauen.

»Und du bist dir sicher, dass du weißt, was Liebe bedeutet?«, hakte der alte Mann nach.

»Ich denke schon«, sagte Finn ausweichend.

»Was würdest du tun, wenn Lisa morgen weggehen müsste? In ein anderes Land, weit, weit fort von hier. Ein Land, zu dem du keine Verbindung hättest. Keinen Job dort und keine Freunde. Würdest du mit ihr gehen? Ohne Wenn und Aber?«

Die Stimmlage seines Großvaters wurde bei jedem Wort ein wenig höher, und die letzte Silbe war eher heiser geschrien als gesprochen. Anscheinend wühlte das Thema ihn sehr auf und war ihm besonders wichtig. Deswegen nahm Finn sich auseichend Zeit, um über die Fragen nachzudenken. Er wollte nicht leichtfertig antworten. Nach ein paar Minuten Stille räusperte er sich. Sein Großvater hatte in der Zwischenzeit die Augen geschlossen, doch bei dem Geräusch öffnete er sie wieder.

»Das ist schwer zu sagen. Es käme sicherlich auf das Land an. Generell fände ich es aber schön, die Welt besser kennenzulernen«, antwortete er und fand sich selbst sehr ehrlich.

»Es käme also auf das Land an, soso. Wenn du Lisa aufrichtig lieben würdest, käme es auf kein Land der Erde an, es ginge nur um die Frau. Ob sie nun in München, Buenos Aires oder der Mongolei leben würde, das wäre dir ganz egal, solange du nur bei ihr bist. Das ist Liebe, mein Junge«, entgegnete der Großvater mit einer Entschlossenheit in der Stimme, die nicht recht zu seinem geschwächten Körper passen wollte.

»Na ja, das ist so in Filmen, Opa. Das wirkliche Leben ist anders. Ich habe einen Job, muss meinen Lebensunterhalt verdienen, habe Freunde hier. Das gibt man nicht leichtfertig auf. Ich denke, jeder, der ehrlich ist, wird das Gleiche sagen. Alles andere mag toll und nach romantischem Serienheld klingen, aber wenn es hart auf hart kommt, wird jeder normale Mann kneifen.«

»Dann bin ich wohl kein normaler Mann«, seufzte Finns Großvater.

»Wie meinst du das denn? Wollte Oma mal auswandern? Sie war doch nie weg?«, fragte Finn verwirrt nach.

»Ich spreche auch nicht von deiner Großmutter.«

Der Satz stand mitten in dem kleinen Krankenzimmer und füllte den Raum sofort aus. Durch das gekippte Fenster drang der unangenehme Ton des Martinshorns eines herannahenden Krankenwagens. Die blassgelben Vorhänge waren halb zugezogen und blähten sich nun auf, fast so als würden die Schallwellen sie bewegen. Finn beobachtete die Stoffbahnen und fühlte sich an ein Segel erinnert, das sich im Wind spannt. Er versuchte sich zu sammeln. Es hatte ihm die Sprache verschlagen. Erst nach ein paar tiefen Atemzügen war er in der Lage, weiterzufragen. Er wandte den Blick vom Fenster ab und sah seinen Großvater an.

»Von wem sprichst du dann?«

Der alte Mann schloss erneut die Augen. Sein Gesicht war ganz starr, nur der Mund begann sich zu bewegen. »Von der Frau, die ich über alles geliebt habe. Es ist egal, wer sie war, und es ist sehr lange her. Aber als sie damals von mir ging, als sie gehen musste, habe ich keine Sekunde gezögert und bin ihr sofort hinterhergereist. Und das habe ich nie bereut.«

Er blickte Finn nun direkt an. In seinen Augen flackerte plötzlich wieder ein Funke des Mannes auf, den Finn sein Leben lang gekannt und verehrt hatte.

»Das Einzige, was ein Mann bereuen sollte, ist es, eine Frau zu heiraten, die er nicht liebt, und das auch noch, bevor er der großen Liebe überhaupt begegnet ist. Das ist nicht feige oder bequem, das ist wirklich dumm. Ich war mir immer sicher, dass mein Enkel nicht dumm ist …«

Finn starrte seinen Großvater an. Er spürte schon lange und wusste es eigentlich auch, dass sein Großvater Lisa nicht mochte. Die offenen Worte erstaunten ihn trotzdem, denn das war so gar nicht die Art des alten Mannes.

»Mir bleibt nicht mehr viel Zeit mit dir, Finn. Du wirst noch viele Fehler in deinem Leben machen, denn du bist noch jung. Bei den meisten werde ich nicht mehr da sein, um dir Ratschläge zu geben. Dich zwingen, auf mich zu hören, kann ich sowieso nicht, egal ob lebendig oder tot. Aber noch bin ich da, und vor diesem einen großen Fehler würde ich dich nur zu gerne bewahren.«

Er zog seine Hand unter der von Finn hervor und legte sie darauf. Erinnerst du dich an die Ecke ganz hinten im Kleiderschrank, wo du dich früher so oft versteckt hast, wenn Oma dich ins Bett bringen wollte?«

Finn nickte.

»Dort steht eine Zigarrenkiste. Darin sind Briefe. Sie sind das Wertvollste, was ich je besessen habe. Ich schenke sie dir. Bitte tu mir einen letzten Gefallen. Bevor du Lisa heiratest, nimm dir die Zeit und lies die Briefe. Wenn du danach immer noch davon überzeugt bist, das Richtige zu tun, dann tu um Gottes willen, was du nicht lassen kannst. Aber vorher lies sie bitte. Alle.«

Sein Blick ließ Finn nicht los, obwohl er bereits vor Erschöpfung zitterte.

»Das werde ich, Opa. Versprochen. Jeden einzelnen«, flüsterte Finn.

»Gut«, seufzte der alte Mann erleichtert, und seine Gesichtszüge entspannten sich. »Gut«, wiederholte er und schloss die Augen. Der Druck auf Finns Hand ließ nach, und sein Großvater schlief mit einem leisen Seufzer ein.

»Versprochen«, flüsterte Finn noch einmal, und erst als er langsam aufstand und sich vor der Tür über das Gesicht wischte, merkte er, dass er weinte.

Natürlich hatte er sich an sein Versprechen gehalten.

Nach dem Tode seines Großvaters hatte er die Zigarrenkiste zum ersten Mal geöffnet. Er hatte noch nicht alle Briefe von Irmgard, der großen Liebe seines Großvaters, gelesen, aber bereits jetzt hatten sie sein Leben gehörig durcheinandergeschüttelt.

Nachdem er Lisa verlassen und damit in ihren Familien und ihrem Freundeskreis einen Skandal ausgelöst hatte, war er aufgebrochen, um zu den einzelnen Stationen, von denen die Briefe erzählten, zu reisen. Sicher war dies auch eine Flucht vor einer Situation, die ihn überforderte, aber der Aufbruch kam ihm wie eine Befreiung vor. Und wie die Erfüllung eines Pakts, den er mit seinem geliebten Großvater geschlossen hatte. Deswegen war er nun in Los Angeles, der Glamourmetropole, in der so viele Filmgeschichten geschrieben wurden, um seine eigene Geschichte neu zu schreiben – und um die seines Großvaters zu ergründen.

Deshalb stand er nun hier. Am berühmten Venice Beach, wo sich der Geist David Hasselhoffs mit dem alten, authentischen Los Angeles, das man von Schwarz-Weiß-Fotografien kennt, paarte. Finn war kein Glamour-Mensch. Ins Kino war er nur gegangen, wenn Lisa ihn genötigt hatte, und die Klatschzeitschriften, die seine Exverlobte so gerne sonntagmorgens im Bett las, widerten ihn regelrecht an. Im Flugzeug hatte er aus Langeweile in einem solchen Magazin geblättert und bereits nach zwei Minuten festgestellt, dass er mit seiner Überzeugung richtiglag. Dort wurde von einer jungen und recht attraktiven Moderatorin berichtet, die bislang mit investigativen Reportagen auf sich aufmerksam gemacht hatte. Finn konnte das nicht beurteilen, denn er sah kaum fern. Aber irgendwas an diesem Foto sprach ihn an. Zwar sah die blonde Frau mit all dem Make-up und den betont stylishen Klamotten aus wie eine barbiehaft zurechtgemachte Schaufensterpuppe, aber irgendetwas an ihren Augen fesselte ihn. Ihr Blick passte nicht zu ihrer restlichen Aufmachung, er wirkte irgendwie … echt.

Es dauerte eine Weile, bis Finn sich von ihrem Gesicht abwandte und schließlich wieder dem Text widmete.

Besagte Journalistin moderierte jetzt eine ziemlich wichtige Samstagabendshow und galt als eine der großen Hoffnungen des deutschen Fernsehens. Seine Meinung, dass in Bezug auf das deutsche Fernsehen sowieso jede Hoffnung verloren sei, fand Finn bestätigt, als er las, dass die Superfrau ihre erste große Show gehörig vergeigt hatte. Laut dem Magazin hatte sie kein Wort herausbekommen, sondern nur mit schreckgeweiteten Augen in die Kamera gestarrt, schließlich angefangen zu weinen und war aus dem Studio gerannt. Finn konnte nicht anders, er musste in sich hineingrinsen. Das war doch mal eine Samstagabendunterhaltung nach seinem Geschmack. Nicht immer nur das aufgesetzte Zahnpastalächelnblabla, sondern echte Gefühle. Das Klatschmagazin stilisierte den Zwischenfall jedenfalls zu einem Riesenskandal hoch und bezeichnete die junge Moderatorin als die größte Versagerin der deutschen Fernsehgeschichte.

An dem Punkt hatte Finn das Magazin kopfschüttelnd weggelegt und sich wieder den Comicfilmen im Bordprogramm gewidmet. Diese ganze verlogene Glamourwelt war so gar nicht seins, und genauso oberflächlich hatte er sich Los Angeles vorgestellt. Aber nun, da er hier am Venice Beach in der Abendsonne stand und auf den Ozean blickte, war er froh – und Irmgard sogar ein wenig dankbar, dass seine Reise hier startete, denn er fühlte sich so wohl wie lange nicht.

Er hatte keine Verantwortung, musste keine Führung übernehmen, sondern konnte sich treiben lassen, zurück in die Kindheit reisen und halb nackten Models beim Rollschuhfahren zuschauen. Finn lächelte und atmete die salzige Luft tief ein. Es gab wirklich Schlimmeres.

Jeffs Telefonat zog sich in die Länge, weswegen Finn die Atmosphäre weiter auf sich wirken lassen konnte. Langsam verfärbte sich der Horizont orangerot, und es wurde etwas ruhiger auf der Promenade. Zumindest die Zahl der Rollschuhfahrerinnen nahm ab. Stattdessen entdeckte Finn eine andere interessante junge Frau. Sie trug keine Rollschuhe. Genauer gesagt trug sie gar keine Schuhe. Hektisch und mit fuchtelnden Armen rannte sie am Strandende vor dem Bürgersteig auf und ab, den Kopf nach unten gewandt und ganz offensichtlich etwas suchend. Finn überlegte schon, ob er ihre seine Hilfe anbieten sollte, aber als sie näher kam, bemerkte er, dass sie die ganze Zeit wütend mit sich selbst redete. Sie war so versunken, dass Finn den Eindruck hatte, er würde sie nur stören, wenn er sie jetzt anspräche. Trotzdem beobachtete er sie weiter.

Plötzlich blieb die Frau stehen, starrte mit wutverzerrtem Gesicht etwas am Boden Liegendes an und trat dann mit aller Kraft dagegen. Woraufhin sie einen schmerzverzerrten Heuler von sich gab und noch wütender wurde. Irgendwie kam die Frau Finn bekannt vor. Er konnte nicht genau sagen, wo, aber er hatte das Gefühl, sie schon einmal gesehen zu haben. Vielleicht irrte er sich aber auch, und das seltsame Verhalten der Frau erinnerte ihn einfach nur an eine Figur aus einem Comic.

So wie sie jetzt wieder völlig in sich versunken dastand und einen meditationsähnlichen Gesichtsausdruck aufgesetzt hatte, könnte sie tatsächlich einem Zeichentrickfilm entsprungen sein. Wie in diesem Film, den Lisa ihn damals genötigt hatte anzuschauen, in dem eine Zeichentrickprinzessin ins moderne New York stürzt und sich dort zurechtfinden muss. Der Film war ein furchtbar kitschiger Romantikstreifen mit schrecklichen Gesangseinlagen, und nach einer halben Stunde war Finn eingeschlafen, weswegen Lisa ziemlich sauer geworden war. Trotzdem wurde Finn jetzt daran erinnert. Nur dass die Frau vor ihm garantiert keine Zeichentrickprinzessin war. Eher ein weiblicher Popeye. Zumindest bewegte sie sich ähnlich wie der allzeit spinatmampfende Zeichentrickheld. Hässlich war sie nämlich nicht. Würde sie ihr Gesicht nicht die ganze Zeit so unnatürlich verziehen, wäre sie sogar sehr hübsch.

Sie hatte lange, leicht gewellte dunkelblonde Haare, war schlank, mittelgroß und hatte im Augenblick sehr rote Wangen. Nach einer kleinen Weile regte sich in ihrem nach wie vor in Meditationsstarre verharrenden Gesicht etwas. Finn wäre nicht verwundert gewesen, wenn über dem Kopf der Frau eine brennende Glühbirne erscheinen wäre, denn ganz offensichtlich war ihr eben ein Licht aufgegangen. Ihre Miene zeigte nun den typischen »Aha!«-Zeichentrickfilmausdruck, und ihr Blick richtete sich suchend in seine Richtung. Da ihre Züge sich daraufhin noch mehr erhellten, hatte sie anscheinend hinter ihm das entdeckt, wonach sie gesucht hatte. In einem Comic würde jetzt ein kurzer Musikton eingespielt, der ihre Erkenntnis akustisch untermalte.

»Diding!«, summte Finn vor sich hin.

Die Zeichentrickfrau stürmte im Humpelschritt direkt auf ihn zu, und einen kurzen Moment lang befürchtete Finn, sie hätte bemerkt, dass er sie die ganze Zeit beobachtete, und wolle ihn nun zur Rede stellen. Doch da war sie auch schon an ihm vorbeigerauscht und in einem Souvenirshop verschwunden. Die Frau war so sehr auf ihr Ziel konzentriert, dass sie ihn gar nicht wahrgenommen hatte, obwohl sie ihn sogar leicht angerempelt hatte.

Fasziniert blickte er ihr nach, aber das Schaufenster des Ladens war so zugestellt, dass er sie nicht mehr sehen konnte. Oder hatte er sich die Frau nur eingebildet? Er hätte schwören können, dass er einen Hauch von Karamell gerochen hatte, als sie an ihm vorbeigehumpelt war. Aber vielleicht war auch das nur Einbildung gewesen.

Finn überlegte gerade, ob er in den Souvenirshop gehen sollte, um nachzuschauen, da beendete Jeff sein Telefonat.

»Hey, Mann, wir sind auf eine Party eingeladen«, sagte der Amerikaner grinsend. »Ein Kumpel von mir hat ein Haus in Marina del Rey, keine fünf Minuten von hier entfernt. Dort erwartet dich der Spaß deines Lebens«, verkündete er ausgelassen.

»Ich bin dabei«, sagte Finn.

Zögernd blickte er sich noch einmal zu dem Ladenfenster um, dann schüttelte er den Kopf und folgte seinem Gastgeber, der ihm kumpelhaft auf die Schulter klopfte.

Zwanzig Minuten später saß Finn mit einer Dose Bud light auf einer Dachterrasse mit Blick auf die Wasserkanäle von Marina del Rey und überlegte, wo die Comicfrau jetzt wohl war. Ob sie inzwischen gefunden hatte, wonach sie so verzweifelt gesucht hatte? Leise lächelte Finn bei dem Gedanken an sie in sich hinein.

»Was grinst du?«, fragte Jeff und hielt ihm sein Bier zum Anstoßen hin.

»Ach, nichts weiter«, meinte Finn.

Venice Beach war für seine skurrilen Gestalten bekannt, und er war wohl einer ganz besonders skurrilen Person begegnet. Allerdings auch einer besonders bezaubernden. Der Comicfrau hatte man genau angesehen, was gerade in ihrem Kopf vorging. Nichts an ihr war affektiert oder machte den Eindruck, dass es aus Eitelkeit geschah. Das hatte Finn schon lange an keiner Frau mehr beobachten können. Lisa hatte sich stets genau in Szene zu setzen gewusst, jederzeit darauf bedacht, in der Öffentlichkeit mit einem perfekten Äußeren zu glänzen. Das konnte man von der barfüßigen, fluchenden Comicfrau nun nicht gerade behaupten. Genau diese fehlende Perfektion machte sie so besonders. Es hatte den Anschein gehabt, als würde sie sich in ihrer ganz eigenen Welt bewegen, und sie hatte in der realen Welt irgendwie schutzlos gewirkt. Finn hatte regelrecht gegen das Bedürfnis, sie zu beschützen, ankämpfen müssen. Sosehr es ihn fasziniert hatte, die Szene zu beobachten, so gerne wäre er selbst Teil davon geworden und hätte die Comicfrau angesprochen.

Wie er hier so saß und auf die Kanäle von Marina del Rey schaute, bereute er, nicht genau das getan zu haben. Er nahm sich vor, später in Jeffs Apartment einen weiteren von Irmgards Briefen zu lesen. Anscheinend hatte er noch eine Menge weibliche Hilfestellung nötig.

Los Angeles, April 1948

Geliebter Hans,

es ist etwas Furchtbares geschehen. Wir werden Los Angeles verlassen. Edmund hat mir heute verkündet, dass wir morgen abreisen werden. Er will neue Handelsbeziehungen in der Karibik aufbauen und die nächsten Monate von Insel zu Insel reisen. Und ich soll ihn begleiten.

Es ging alles so schnell. Ich schwebte seit deinem letzten Brief auf Wolken, hatte sogar schon einen Plan. Wir hätten mit einem Passagierschiff in die Karibik fliehen und uns dort, irgendwo ganz weit weg, ein neues Leben aufbauen können. Nun fahre ich zwar tatsächlich in die Karibik, aber nicht mit dir. Es ist entsetzlich. Und ich fürchte, unser plötzlicher Aufbruch hat etwas mit unseren Briefen zu tun. Ehrlich gesagt habe ich das Gefühl, dass irgendjemand Edmund einen Wink gegeben hat und er deswegen zur Abreise gedrängt hat. Vielleicht hat jemand einen deiner Briefe abgefangen? Ich werde im Moment keine Minute mehr alleine gelassen und komme mir vor, als würde ich beobachtet und ausspioniert.

Sicherlich bin ich wegen meiner Aufgeregtheit und Vorfreude unvorsichtig geworden. Man hat mir wohl angemerkt, dass ich etwas plane. Du kennst mich ja, ich kann mich so schlecht verstellen.

Die einzige Person, der ich jetzt noch vertraue, ist Rosa. Ohne sie würden meine Briefe niemals ihren Weg zu dir finden. Ganz anders Johann, der schmierige Sekretär von Edmund. Ihm traue ich keinen Steinwurf weit über den Weg. Schon ein paar Mal haben Rosa und ich ihn beim Lauschen an der Tür erwischt, wenn wir uns unterhalten haben. Doch ich habe ihn nicht ernst genommen. Schon gar nicht habe ich vermutet, dass er alles, was er hört, Edmund berichtet.

Doch bis jetzt habe ich nur von schlechten Nachrichten geschrieben. Dabei sind meine Briefe an dich das Schönste in meinem Tun. Mein Herz zerspringt fast vor Glück und auch vor Staunen bei dem Gedanken, dass du dieses Blatt, das gerade noch bei mir ist, in ein paar Tagen oder Wochen in deinen sanften Händen halten wirst. Das ist ein wunderschönes Gefühl. In diesen Momenten beneide ich das Blatt sogar. Wie kann es sein, dass ein einfaches Stück Papier, das weder denken noch atmen kann, sondern nur meine Gedanken zu dir trägt, das Privileg besitzt, zu dir reisen zu dürfen, während ich als eigenständig denkende, atmende Frau aus Fleisch und Blut nicht bei dir sein darf? Und das obwohl ich so kurz davor war, dich wiederzusehen. Ich hätte nie gedacht, dass ein Mensch neidisch auf ein Blatt Papier sein könnte. Doch jetzt, in diesem Moment, bin ich unglaublich neidisch auf diesen Brief hier, der dich hoffentlich bald erreichen wird.

Ich mag mir deine Enttäuschung gar nicht ausmalen, wenn du in Los Angeles an Land gehst und feststellst, dass ich nicht mehr da bin. Aber du kannst mich trotzdem ein wenig spüren, indem du dieselben Orte besuchst wie ich. Einer hat sich mir ganz besonders eingeprägt. Muscle Beach ist eine Mischung aus Turnhalle, Jahrmarkt und Strand. Mitten im Sand sind dort meterhohe Gerüste aufgebaut, an denen Turner die atemberaubendsten Übungen und Choreographien zum Besten geben, die ich jemals gesehen habe. Männer in Badehosen und Frauen in knappen Trikots und Bikinis turnen dort gemeinsam, während die begeisterte Zuschauermenge ihnen zujubelt.

Hans, die Menschen hier sind so frei und leben jenes moderne Leben, das in Deutschland erst langsam erwacht. In Amerika muss bestimmt niemand gegen seinen Willen heiraten.

Wir werden gleich morgen früh diesen freien Ort verlassen und zu den Turks and Caicos Islands aufbrechen. Dort soll es schneeweiße Strände mit riesigen Muscheln und türkisfarbenes Wasser geben, so klar wie man es sich nicht vorstellen kann. Es muss ein paradiesischer Ort sein, und wie gerne würde ich ihn mit dir erkunden und nicht mit Edmund. Ich vermisse dich so sehr, dass es schmerzt …

In ewiger Liebe
Deine Irmgard

2.
Fort Lauderdale

Nachdem Stine am Abend zuvor nach einer zwar langen, aber staufreien Taxifahrt ins Hotel zurückgekehrt war und in ihrem durchgelegenen Bett erstaunlich gut geschlafen hatte, fuhr sie am nächsten Morgen mit dem Bus nach Hollywood. Der Concierge, der sie nach wie vor konsequent »Miss Stein« nannte, hatte sie erst mitleidig angesehen, ihr dann aber einen Busfahrplan ausgehändigt. Anscheinend war das Busfahren in Los Angeles ähnlich verpönt wie das Urinieren vor öffentlichen Gebäuden in München. Zumindest kam es Stine nach der widerwilligen Erklärung des Concierges so vor. Doch sie hatte sich nicht beirren lassen und es tatsächlich geschafft.

Ohne den Gegenwert eines Inlandfluges zu investieren, hatte sie in den letzten Tagen das klassische Sightseeing-Programm absolviert. Sie kannte nun den Sunset Boulevard, die Hollywood Hills, war den Walk of Fame entlanggeschlendert und hatte die Schaufenster auf dem Rodeo Drive auf sich wirken lassen. L.A. war eine faszinierende Stadt, und in der richtigen Stimmung und mit den richtigen Leuten konnte man hier sicher eine Menge Spaß haben. Nur war sie leider weder in der richtigen Stimmung noch kannte sie die richtigen Leute, daher kam Stine sich hier eher verloren, alleine und wie die geborene Versagerin in der Welt des Glitzers und Glamours vor.

Ihr Katastrophen-TV-Debüt in München ließ sie einfach nicht los. Besonders vorm Einschlafen, wenn sie sich alleine in ihrem muffigen Hotelzimmer in dem viel zu weichen, marshmallowartigen Bett von einer Seite auf die andere Seite warf, kam das Scheinwerferlicht zurück. Das rot blinkende Lämpchen an der Kamera und der Text auf dem Teleprompter, den zu sprechen sie einfach nicht fähig gewesen war.

Stine fühlte sie noch jetzt. Diese Hilflosigkeit. Von jetzt auf gleich hatte sie alles überfordert. Die Stimmen, die aus dem kleinen In-Ear in ihrem Ohr kamen, das Blinken der vielen Kameras, die wie auf Zugschienen vor ihr hin- und herfuhren, das Raunen des Publikums, das sie voller Erwartung anstarrte und unterhalten werden wollte. Sie hatte noch nie Angst vor der Kamera oder vor vielen Menschen gehabt. Schon in der Schule hatte sie gerne Referate gehalten – doch diesmal war es anders. Alles blinkte, quietschte und flüsterte nervös und Stine kam sich vor, als ob sie gar nicht hierhergehören würde, sondern aus Versehen im Studio abgestellt und vergessen worden war. Statt wie sonst einfach draufloszuplappern, ohne groß darüber nachzudenken, wer sie alles sehen und hören konnte, hatte sie einen totalen Blackout.

Sie spürte, wie ihr Herz so laut pochte, dass der Widerhall bis in ihren Hals katapultiert wurde und ihr die Luft nahm. Es war der blanke Horror. Sie stand da in ihrem silberfarbenen Paillettenminikleid mit asymmetrischem Schnitt, der eine ihrer künstlich gebräunten Schultern freiließ. Zwei Maskenbildnerinnen hatten sie fast drei Stunden lang bearbeitet, bis jede ihrer Haarsträhnen perfekt saß und ihr Gesicht wie das einer bemalten Anziehpuppe aussah. Dank Wochen intensiven Trainings und alles andere als intensiver Nahrungsaufnahme war sie so dünn wie noch nie in ihrem Leben. Ihre durchtrainierten Airbrush-Ärmchen klammerten sich wie verrückt an das Mikrofon, das sie zwar vor ihren Mund hielt, das aber keinen Pieps verstärken konnte, da sie schlicht und ergreifend keinen Pieps von sich gab.

Stattdessen stand Stine da, auf dem Höhepunkt ihrer Karriere, starrte in das rote Licht und wollte nur noch weg. Sie spürte, wie ihr langsam der kalte Schweiß auf die Stirn trat und ihr Herzschlag sich weiter beschleunigte.

Langsam wurden die Mitarbeiter der Show nervös.

»Stine, du bist on air. LIVE. Das ist KEINE Probe. Begrüß die Leute! JETZT!!!«, zischte ihr der Regisseur ins Ohr und klang ähnlich panisch, wie Stine sich fühlte.

Langsam bemerkte auch das Publikum, dass ihr entsetztes Schweigen kein Gag war, sondern dass irgendetwas ganz und gar nicht so lief, wie es sollte. Erst ertönte ein leises Summen im Saal, als die Leute anfingen zu tuscheln. Es schwoll immer mehr an, und bald fingen die ersten an zu johlen. Innerhalb weniger Sekunden brandete ein ungeheurer Lärm auf, und das Publikum begann zu lachen und zu scherzen, einige zeigten sogar mit dem Finger auf Stine.

Die stand immer noch da, unfähig sich zu rühren, und starrte auf das rote Licht, das tapfer weiterleuchtete. Erst als irgendwann der eigentlich vor dem Studio positionierte Außenreporter mit einem angeknipsten Dauergrinsen auf die Bühne trat und sie unter betont lässig vorgetragenen Scherzen von der Bühne führte, war Stine wieder fähig, sich zu bewegen. Widerstandlos setzte sie einen Fuß vor den anderen und ließ sich von dem Kollegen hinter die Bühne begleiten. Der Stoff seines Anzugs war kratzig, und als der Mann sie im Dunkeln losließ und hektisch zurück auf die Bühne eilen wollte, verhedderte sich ein Faden des Anzugs in ihrem Paillettenkleid.

»Was ist denn das für ein Scheiß hier?«, rief er hinter den Kulissen gereizt.

Als Stine nicht reagierte, riss er so heftig an dem Stoff, dass ihr Kleid mit einem lauten Ratsch nachgab. Ein Stück glitzernden Paillettenstoffs hing nun an seinem roten Anzug und erst kurz bevor er das Scheinwerferlicht wieder erreicht hatte, schaffte der Reporter es, das silberne Fetzchen zu lösen. Mit halbem Ohr hörte Stine später in der Maske, wie die eine der Stylistinnen sich aufregte.

»Seht euch das an, das teure Kleid ist ruiniert«, schimpfte sie.

Aber Stine hatte nicht darauf reagiert. An diesem Abend hatte sie auf gar nichts mehr reagiert.

Auch heute noch, wenn Stine wieder und wieder davon träumte, wachte sie jedes Mal stocksteif auf. Unfähig sich zu rühren lag sie da und wartete, dass das Herzklopfen und das Rauschen in ihren Ohren aufhörten. Dieses entsetzliche Gefühl, das sie an dem Abend der Sendung verspürt hatte, kam zurück und lähmte sie regelrecht. Es war das Gefühl, auf ganzer Linie versagt zu haben, und zwar nicht nur in der Show, sondern auch im wahren Leben.

Manchmal war sie in ihren Träumen eine perfekt gestylte Schaufensterpuppe, die wunderschön aussieht und glitzert, aber nur von anderen bewegt werden kann. Jedes Mal wenn Stine dann schweißgebadet aufwachte, war sie froh, dass es nur ein Albtraum gewesen war. Bis ihr einfiel, dass es nur teilweise ein Albtraum war. Und dann kamen die doofen Gedanken wieder.

Wie stolz war ihre Familie gewesen, als Stine von dem Jobangebot und der riesigen Chance erzählt hatte. Seit sie hin und wieder mit ihren Reportagen im Fernsehen zu sehen war, war sie in ihrem Heimatdorf eine kleine Berühmtheit geworden. Natürlich wuchs auch der Neid, der ihr entgegenschlug. Das machte sie zwar anfangs traurig, aber ihre Mutter wusste sie zu trösten.

»Neid muss man sich erarbeiten, Mitleid bekommt man geschenkt«, sagte sie dann immer, und Stine versuchte diese Sichtweise anzunehmen, und die missgünstigen Blicke so gut es ging zu ignorieren.

Zu vielen ihrer ehemaligen Freunde hatte sie schon lange keinen Kontakt mehr. Fast jeden hatte es woandershin verschlagen, und diejenigen, mit denen sie noch lose Kontakt hielt, sah sie meist nur an Weihnachten.

In München hatte sie sich zwar einen neuen Freundeskreis aufgebaut, aber nach dem Studium waren viele weitergezogen und lebten mittlerweile teils am anderen Ende der Republik, in Frankreich oder sogar Japan, wie ihre ehemals beste Freundin. Die hatte in Tokio einen gutbezahlten Job in der Autoindustrie und ihre große Liebe gefunden. Die Bekannten, mit denen sie manchmal nach der Arbeit einen Cocktail trinken ging, was selten vorkam, arbeiteten wie sie alle beim Fernsehen.

Mit einer Kollegin hatte Stine sich besonders gut verstanden. Larissa hatte drei Wochen vor ihr in der Redaktion des Unterhaltungsmagazins, für das auch Stine arbeitete, angefangen und sie quasi unter ihre Fittiche genommen. Larissa war ein extrovertierter, sympathischer

Typ und hatte dank ihrer offenen Art sofort Anschluss in der Redaktion gefunden. Da sie Stine immer mitnahm und die beiden meist im Doppelpack unterwegs waren, gehörte auch Stine dazu. Larissa war in der Sendung für die Promithemen verantwortlich, während Stine mehr die tagesaktuellen Themen und Geschehnisse übernahm. Die Welt des Glitzers und Glamours war nicht so ihr Ding. Larissas dagegen schon, wie sie Stine bei einem ihrer gemeinsamen Proseccoabende in ihrer kleinen Altbauwohnung erzählte. Sie gestand ihr auch, dass sie eigentlich viel lieber vor der Kamera stehen würde und hoffe, dass sich dieser Traum bald erfülle. Bei Larissa konnte Stine sich das richtig gut vorstellen, denn sie sah toll aus, hatte eine große Klappe und immer einen lockeren Spruch auf den Lippen. Ganz im Gegensatz zu ihr selbst.

Umso erstaunter war Stine, als ihr Chef sie eines Tages in sein Büro rief. Er erzählte ihr, dass ihre Beiträge zu den erfolgreichsten gehörten und wie sehr er sich über ihre Fortschritte freue.

»Stine, ich glaube, in dir steckt mehr, deswegen möchte ich dich gerne als Reporterin vor der Kamera haben«, verkündete er und lächelte sie an.

Stine fiel auf, dass dies keine Frage gewesen war, sondern eine Feststellung.

»Okay«, nuschelte sie, weil sie nicht wusste, wie sie sonst reagieren sollte.

Als sie kurz darauf das Büro wieder verließ, ging sie als Erstes zu Larissa. Diese völlig unerwarteten News konnte Stine unmöglich für sich behalten, egal wie perplex sie in diesem Moment war.

»Was gibt's?«, fragte Larissa sobald sie die Kaffeebar im

Sender und damit ihren Lieblingsort zum Quatschen erreicht hatten. Die Neugier sprühte geradezu aus ihren stechend grünen Augen.

Stine wollte sie nicht länger zappeln lassen, überlegte sich aber, wie sie die Neuigkeit am besten formulieren sollte. Sie war sich nicht sicher, wie ihre Freundin reagieren würde, wollte sie doch selbst so gerne vor die Kamera, und Stine mochte sie nicht verletzten.

»Ich war doch eben beim Chef drin«, fing sie an.

»Ja, was war denn dort so aufregend? Du hast ja lauter rote Flecken im Gesicht. Ist etwas passiert? War die Quote so schlecht? Werden wir alle gefeuert?«, bohrte Larissa halb belustigt, halb beängstigt nach.

Es kam öfter mal vor, dass Sendungen aus dem Nichts heraus abgesetzt wurden.

»Nein, nichts Schlimmes.« Zumindest hoffte Stine das.

»Ja, was ist es denn dann?«, fragte Larissa mit wachsender Ungeduld.

Stine holte Luft. »Ich soll Reporterin werden«, sagte sie.

Larissa starrte sie mit weit geöffneten Augen an. »Was? Du?«, entfuhr es ihr, und im selben Moment fiel ihr wohl auf, wie wenig schmeichelhaft das war. Sofort knipste sie ihr Zahnpastalächeln an und schob ein schrilles »Aber das ist ja suuuuuper!« hinterher.

»Meinst du?«, fragte Stine zweifelnd.

»Na klar!«, sagte Larissa immer noch recht schrill und strahlte sie weiter mit leeren Augen an. »Weißt du auch … Also, hat er auch gesagt … wieso?«, fragte sie und wirkte hinter dem Strahlen irgendwie verzweifelt.

Stine zuckte mit den Schultern. »Er meinte, er würde meinen Einsatz bewundern, ich hätte ein Gespür für Themen und wäre authentisch.« Sie war sich nicht sicher, ob authentisch wirklich ein Kompliment war.

»Aha«, murmelte Larissa und überlegte anscheinend dasselbe, während sie eine ihrer platinblonden Strähnen um den akkurat in Chanelgrau lackierten Monsternagel zwirbelte. »Na, wie auch immer. Jedenfalls ist das f-a-b-e-l-h-a-f-t«, verkündete sie und tätschelte Stine etwas unbeholfen den Arm.

»Nächste Woche beim Ski-Worldcup im Olympiastadion soll's schon losgehen. Oje, ich weiß gar nicht, was ich anziehen soll«, warf Stine ein und kam sich etwas verloren vor.

»Das, meine Liebe, sollte ja wohl das kleinste Problem sein. Ich helfe dir.« Sie blickte auf die Uhr. »So. Jetzt müssen wir aber schnell wieder nach unten.«

Eilig schob sie Stine den Gang entlang in Richtung Aufzug und ließ diese mit einem komischen Gefühl zurück.

Zwar half Larissa ihr wie versprochen bei der Auswahl ihres ersten Dreh-Outfits, aber kurz darauf vergaß sie Stine »aus Versehen« Bescheid zu geben, als sie und einige Kollegen freitagabends noch auf einen Cocktail in die Bar gingen. Auch im Sender hatte Stine den Eindruck, als würde Larissa sie meiden.

Nachdem der Beitrag ein paar Tage später gelaufen war, bestellte der Chef Stine kurz vor Feierabend wieder zu sich ins Büro.

»Gratuliere zu deinem ersten gelungenen Reporterstück. Gut gemacht, Stine, ich wusste, dass du Talent hast«, lobte er sie.

Mit geröteten Wangen bedankte sie sich und verließ den Raum. In der Mitte des Großraumbüros, in dem Stine arbeitete, hatte sich eine kleine Menschentraube gebildet. Alle drehten ihr den Rücken zu, keiner bemerkte sie. Stine erkannte Larissa sofort an der Stimme.

»Ich bin ja so authentisch, ich gehe nicht mal zur Maniküre. Das würde nämlich meine Authentizität zerstören, und das möchte ich nicht«, lästerte sie.

Gelächter brandete auf. Stines Blut begann in ihren Ohren zu rauschen. Stumm bahnte sie sich einen Weg durch die Menge, bis sie freie Sicht auf ihre Freundin hatte. Die stand in der Mitte des Kreises, eine leere Cola-light-Flasche als Mikrofon in der Hand, und äffte Stine nach. Bei den anderen kam die Show anscheinend gut an. Gerade als Stine sich abwenden wollte, trafen Larissas Augen ihre. Schnell ließ sie das improvisierte Mikro sinken und lachte. Stine wusste, dass Larissa in ihren Augen ablesen konnte, wie verletzt sie war.

»Ach komm, jetzt sei kein Spielverderber. Das war bloß Spaß. Du warst super, echt!«, rief Larissa ihr zu.

»Voll authentisch«, warf irgendjemand von hinten ein, und alle begannen wieder zu lachen.

Stine drehte sich um, schnappte sich ihre Handtasche vom Schreibtisch und rannte nach draußen.

Seit diesem Tag achtete Stine darauf, die anderen nur noch als Kollegen zu betrachten und nicht mehr als Freunde. Larissa verließ die Redaktion zwar kurz darauf, um bei einem Bezahlsender als VIP-Reporterin zu arbeiten, aber auch die anderen Redaktionsmitglieder ließ Stine lieber nicht mehr allzu nahe an sich ran. Hin und wieder ging sie auf einen Cocktail nach Feierabend mit, aber sie erzählte nichts mehr von sich. Bald stürzte sie sich sowieso so sehr in die Arbeit, dass sie dafür keine Zeit mehr hatte. Je erfolgreicher Stine war, desto schwieriger wurde ihr Verhältnis zu den Kollegen, die Stine plötzlich als Konkurrentin wahrnahmen und ihr das auch offen zeigten.

Aber das war früher gewesen und vor allem ganz weit weg. Mit dieser Reise hatte sie all das hinter sich gelassen.

Natürlich war es auch die große, vorher nie dagewesene Chance gewesen, endlich die langersehnte Reise anzutreten, von der Stine schon seit ihrer Kindheit träumte. Wie sehr hatte sie sich danach gesehnt, die Orte zu bereisen, die ihre Großmutter vor so vielen Jahren besucht hatte. Doch die erste Station hatte Stine bisher weder ihrer Großmutter noch sich selbst näher gebracht. Aber sie befand sich natürlich auch in einer Ausnahmesituation. Sie hatte nicht nur keinen Job mehr, sondern auch die größte Blamage ihres Lebens hinter sich und war zum ersten Mal in ihrem Leben alleine unterwegs. Vor allem Letzteres hatte sie sich wesentlich leichter vorgestellt. Eigentlich dachte sie immer, dass sie sehr gut mit sich alleine zurechtkam. Auf ihren Drehs war sie auch meistens auf sich alleine gestellt gewesen, und ein großer Teamplayer war sie noch nie. Gruppenreisen klangen für sie ungefähr so verlockend wie Badeferien in der Arktis, und wenn jemand ein geselliges Hüttenwochenende in den Bergen vorschlug, war sie die Erste, die eine Doppelschicht in der Redaktion vorschob.

Aber jetzt, so mutterseelenallein in dieser riesigen fremden Stadt voll braungebrannter Menschen, die ohne Pause miteinander plapperten, lachten, feierten, Frozen Yoghurt aßen und durch die Gegend joggten, kam sich Stine nicht wie die coole Einzelgängerin vor, sondern eher wie das pummelige Mädchen aus der dritten Klasse, das keiner in die Völkerballmannschaft wählen will. Besonders alleine essen zu gehen, war für sie eine echte Herausforderung, daher setzte sie sich meist nur mit einem abgepackten Sandwich auf eine Bank und schaute den anderen Menschen dabei zu, wie diese ihre Alltagserledigungen, Verabredungen und Sportprogramme absolvierten. Vielleicht war Stine doch nicht die Einzelgängerin, für die sie sich immer gehalten hatte.

Mitsamt dieser Erkenntnis stand sie nun auf dem Walk of Fame. Und mit ihr geschätzte tausend weitere Touristen und noch mal halb so viele kostümierte Straßenkünstler. Die hatten sich wahlweise als Superman, Charly Chaplin oder Marylin Monroe verkleidet und warteten auf dem erstaunlich unglamourös wirkenden Bürgersteig zwischen den Sternen der Hollywoodstars auf ihren großen Durchbruch.

Stine schlenderte an Souvenirläden vorbei, die in erster Linie billige Oscar-Imitate mit so kreativen Prägungen wie »World's Best Grandmother« oder »Hairstylist Number One« verkauften. Als sie das Hollywood Theater erreichte, war sie grenzenlos enttäuscht. Ohne roten Teppich, Scharen von Kamerateams, George Clooney und Co. sah das Gebäude oder vielmehr dessen Eingang – denn weiter kam man als Normalbürger nicht – eher unspektakulär aus. Stine kam sich zwischen den vergnügt kreischenden und fotoschießenden Touristen um sich herum ziemlich verloren und wieder mal völlig fehl am Platz vor.

Sie hatte schon einige der Briefe von Hans, dem Geliebten ihrer Großmutter, quergelesen. Viele davon waren aus der Karibik abgeschickt, durch die Hans ihrer Großmutter hinterhergereist war, immer in der Hoffnung, sie eines

Tages wieder in seine Arme schließen zu können. Die Briefe erzählten von weißen Stränden, dichten Dschungelwäldern, Wasserfällen und Lagunen. Von Paradiesen, denen Stine sich momentan wesentlich näher fühlen wollte als der Touristenattraktion Los Angeles und die eine tiefe Sehnsucht in ihr hervorriefen. Chaos hatte sie in München genug gehabt. Sie wollte Abstand, Zeit für sich selbst und Ruhe. Doch die würde sie hier wohl kaum finden. Es war Zeit, nach Flügen zu suchen.

Allerdings wusste sie nicht, wohin sie als Nächstes ziehen sollte. Da sie recht spontan aufgebrochen war, hatte sie die Reiseroute vorab nicht festgelegt. Sie hatte gehofft, dass sich alles finden würde. Doch momentan hatte sie kein Gefühl dafür, was die beste Route wäre. Den Briefen entlang durch die Karibik? Oder direkt nach Jamaika, auf die Lieblingsinsel ihrer Großmutter? Oder doch lieber nach Puerto Rico, wo sie auch einige Zeit verbracht hatte?

Als Stine schräg gegenüber ein Internetcafé entdeckte, beschloss sie, dort erst einmal online zu gehen und ein bisschen zu recherchieren, das half ihr meistens weiter. Außerdem war es sowieso mal wieder an der Zeit, ihre Mails zu checken.

Seufzend öffnete sie ihr E-Mail-Postfach, nahm noch einen Schluck von ihrer eiskalten Diet Coke und schob ein Karamellbonbon hinterher. Neben zahlreichen Werbe-Mails und Nachrichten von ihrem Sender, die sie vorsorglich lieber nicht öffnete, entdeckte sie auch eine E-Mail von ihrer Mutter. Stine begann zu lesen, und nach den ersten Zeilen klappte ihr ungläubig die Kinnlade herunter. Mit offenem Mund las sie weiter.

Ihre Mutter hatte eine Kreuzfahrt für sie gebucht. Durch

die Karibik. Stine konnte kaum glauben, was sie da las. Anscheinend machten sich ihre Eltern nach ihrer überhasteten Abreise große Sorgen um sie. Obwohl ihre Mutter sie überraschenderweise in ihrem Vorhaben unterstützt hatte, wusste Stine, dass sie große Bedenken hatte, weil sie die Reise ganz alleine unternahm. Deswegen schlug ihre Mutter ihr nun vor, die nächste Reiseetappe auf einem Schiff zu verbringen, auf einem »sicheren« Schiff, wie ihre Mutter schrieb.

Stine musste schmunzeln. Was für ihre Mutter wohl ein unsicheres Schiff war? Gespannt las sie weiter. Neben den üblichen Mutter-Tochter-Ratschlägen las sie auch, dass es ein Konto gab, auf dem ihre Mutter einen Teil der Erbschaft ihrer Großmutter aufbewahrte. Davon hatte sie das Ticket bezahlt. Damit Stine den Vorschlag auch ganz sicher befolgte, hatte sie beim Reisebüro ihres Vertrauen bereits alles arrangiert und sowohl eine Kabine als auch einen Flug nach Fort Lauderdale gebucht, wo das Schiff ablegen sollte.

Im Posteingang entdeckte Stine tatsächlich diverse Mails des Reisebüros mit Tickets und Reiseplänen.

Stine war gerührt. Die revolutionär anmutende Aktion zeigte ihr, dass ihre Mutter sie durchaus verstand und sie dabei unterstützen wollte, der Geschichte ihrer Großmutter nahe zu kommen. Nun würde Stine, genau wie so viele Jahre zuvor Irmgard, auf dem Seeweg in die Karibik gelangen. Sie würde dasselbe Meer bereisen und dieselbe Perspektive einnehmen wie ihre Großmutter. Stine durchströmte eine tiefe Dankbarkeit ihrer Mutter gegenüber, die ihr durch diese Geste wieder etwas mehr Sicherheit gab und sie ganz dezent in die richtige Richtung leitete. Ob sie froh war, dass Stine stellvertretend für sie auf den Spuren ihrer Mutter wandelte? Stine hoffte insgeheim, den dunklen Schleier, der über diesem Thema lag, durch ihre Reise lüften zu können. Für sich, aber auch für ihre Mutter. Das spürte diese anscheinend auch, das meinte Stine zumindest aus der E-Mail herauslesen zu können. Vielleicht hatte ihre Mutter die Briefe deswegen nie weggeworfen. Sie hatte den Packen zwar auf den Dachboden verbannt, sie jedoch aufgehoben. Und selbst wenn Stines Mutter manchmal genervt gewesen war von den stundenlangen Ausflügen ihrer Tochter auf den Speicher, verboten hatte sie es ihr nie. Bei dem Gedanken musste Stine lächeln.

»Eine Kreuzfahrt?« Finn nahm einen großen Schluck von seinen Bud light und sah Jeff ungläubig an.

Sie saßen auf Jeffs verglastem Balkon, tranken Bier und genossen das spektakuläre Schauspiel der feuerrot im Pazifik versinkenden Sonne. Ein ungewöhnlich ruhiger Moment. In den letzten Tagen hatte Finn mit seinem Gastgeber keine Party in L.A. ausgelassen und dank Jeff sämtliche Hotspots der Stadt kennengelernt. Inzwischen hatte sich zwischen ihnen eine Freundschaft entwickelt, und als Jeff ihm nun vorschlug, ihn auf seiner bevorstehenden Urlaubsreise zu begleiten, klang das für Finn mehr als verlockend. Zumindest bis er hörte, worum es sich handelte.

Kreuzfahrten verband Finn eher mit Sascha Hehn und Wunderkerzen auf Eistorten, nicht mit aufregenden Partys.

Aber sein Kumpel war anscheinend ein begeisterter Cruiser und schwärmte Finn von Beach-Barbecues und weißen Karibikstränden vor. Jeff und seine Clique hatten die Kreuzfahrt schon länger gebucht, und da Jeff alleine eine Doppelkabine hatte, konnte Finn sich noch ein Ticket kaufen, wenn er das wollte.

Eigentlich hatte Finn vorgehabt, sich in Los Angeles einen Mietwagen zu nehmen und als kleinen Abstecher den Highway Number One nach San Francisco entlangzufahren. Allerdings gefiel ihm die Vorstellung, nach den lässigen Tagen mit Jeff und seinen Freunden alleine in einem Honda durch Kalifornien zu tuckern, nicht mehr ganz so gut. Die Idee, seinen ursprünglichen Plan zu verwerfen und Jeff und die anderen zu begleiten, klang wesentlich verlockender und auch nach mehr Spaß, selbst wenn sie auf dem riesigen Kreuzfahrtschiff mit viertausend anderen Menschen zusammengepfercht sein würden. Er mochte Jeff außerdem inzwischen wirklich gern, und auch wenn sein kalifornischer Kumpel hin und wieder einen recht oberflächlichen Eindruck machte, hatte es Momente gegeben, in dem der wahre Jeff durchgekommen war. Und der war ein mehr als feiner Kerl.

Als Finn auch noch hörte, dass die Schiffsreise wesentlich günstiger war als erwartet und die Route außerdem einige der Ziele einschloss, die in den Briefen der Geliebten seines Großvaters vorkamen, sprach eigentlich nichts mehr dagegen. Schließlich war auch sein Großvater jahrelang zur See gefahren, insofern hatte Finn sozusagen Seefahrerblut in sich, und vielleicht würde ihm das Reisen per Schiff besser gefallen, als er sich das im Moment vorstellen konnte.

»Komm schon. Gib dir einen Ruck. Das wird cool!«, lockte ihn Jeff erneut.

»Alles klar, ich bin dabei«, verkündete Finn und grinste.

»Yeah! Du wirst es lieben!«, meinte Jeff, grinste und stieß seine Bierflasche gegen Finns.

»Klar!«, bekräftigte Finn und nahm einen großen Schluck.

So ganz sicher war er sich da zwar noch nicht, aber bisher hatten Jeff und er den gleichen Geschmack gehabt, wenn es um Freizeitaktivitäten ging. Und falls es doch nicht sein Ding sein sollte, war an Bord jede Menge »good stuff« in Form von Cocktails und Drinks vorhanden, wie Jeff ihm versicherte. Was konnte also noch schiefgehen?

»Ach, du Scheiße«, murmelte Finn, als er das »boat«, wie Jeff es bezeichnete, zum ersten Mal sah. Allerdings konnte man das Monstrum, das an einem riesigen Cruise-Terminal in Fort Lauderdale ankerte, wohl kaum als »Boot« bezeichnen. Vielmehr war es eines der größten Kreuzfahrtschiffe der Welt, inklusive Kletterwand, Basketballplatz und sogar einer Eislaufbahn. Wie absurd es war, in die Karibik zu fahren, um dort Schlittschuh zu laufen, kam aber anscheinend nur Finn in den Sinn. Dass Jeff und seinen Freunden Begriffe wie »globale Erwärmung«, »Ozonloch« oder »Dosenpfand« mehr als fremd waren, schockierte Finn und belustigte ihn zugleich. Aber er beschloss, dieses Teilstück seiner Reise einfach nur als das zu sehen, was es war: ein Funtrip, oder besser ein Funcruise.

Gegenüber ihrer schwimmenden Stadt am Pier von Fort Lauderdale lag ein weiteres Kreuzfahrtschiff. Allerdings ein wesentlich kleineres. Es sah ein bisschen aus wie das Traumschiff, das Finn von den nachweihnachtlichen

Fernsehabenden mit seiner Familie kannte. Nur wirkte es wesentlich moderner und stylisher, und an Bord gingen vorwiegend Gäste, die genauso gut zu einem Empfang eines sehr teuren Countryclubs unterwegs sein könnten. Adiletten und Tennissocken suchte man jedenfalls vergebens. Einige trugen sogar bei zweiunddreißig Grad Außentemperatur und allgemeiner Urlaubsstimmung Blazer und Lederschuhe.

Soeben kam wieder ein Taxi an. Dieses Mal stieg aber kein elegant gekleidetes Ehepaar aus, sondern eine junge blonde Frau, die statt Pumps Flipflops und statt einer Louis-Vuitton-Reisetasche einen quietschend bunten Koffer hinter sich herzog. Sie schien nicht genau zu wissen, was sie als Nächstes tun sollte, und als einer der bemützten Kofferträger zu ihr eilte, um ihr zu helfen, plapperte sie munter auf ihn ein, was den Mann anscheinend heillos überforderte. Ihren Koffer wollte sie jedenfalls nicht aus der Hand geben. Es hatte ein bisschen was von Slapstick, wie Finn feststellte. Als er die Szene weiter beobachtete, kam er ins Stutzen.

Irgendwoher kannte er die Frau. Er war sich sicher, sie schon mal gesehen zu haben, doch er wusste beim besten Willen nicht, wo.

Inzwischen hatte sie den Kofferträger stehen gelassen und steuerte den Eingang des Terminals an. Während sie zielstrebig voranschritt, blieb sie plötzlich mit einem ihrer Flipflops an einer Kante hängen und stolperte. In diesem Moment wusste Finn, wo er die Frau kannte. Es war die Dosentreterin vom Venice Beach. Aber konnte das sein? Der Zufall, ein und dieselbe Frau innerhalb so kurzer Zeit in L.A. und nun hier in Florida zu treffen, schien Finn zu groß zu sein. Doch irgendetwas an der Gestik der Frau machte ihn sicher.

Während er weiter über diesen Zufall staunte, verschwand sie in der gegenüberliegenden Halle, und bevor er sich weiter den Kopf über diese Begegnung zerbrechen konnte, hatte ihn Jeff schon am Arm gepackt und zog ihn scherzend in ihr eigenes Terminal, in dem zwar keine eleganten Kofferträger, dafür aber unglaublich lange Menschenschlangen voller Shorts tragender Amerikaner mit Baseballcaps und Sonnenbrand auf ihn warteten.

»Na, dann mal los«, versuchte Finn sich selbst zu motivieren, und war gespannt, was ihn auf diesem »real American boat trip« erwarten würde.

3.
Antillen

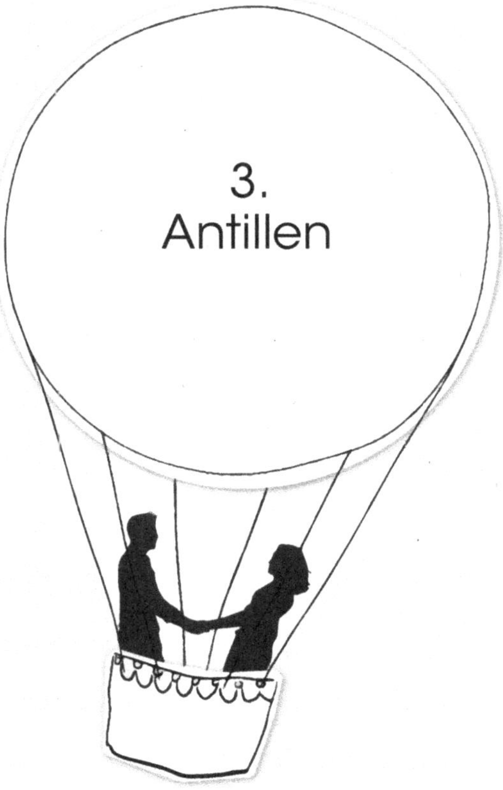

Stine beugte sich über die elegante Reling aus dunklem Holz. Acht Stockwerke unter ihr schäumte das Fahrwasser und brach sich am Schiffsrumpf. Das schneeweiße Schiff, das für die nächsten Tage ihr Zuhause sein würde, lief gerade aus, und das Schiffssignal ertönte tief und durchdringend. Sie schloss die Augen und streckte das Gesicht dem Fahrtwind entgegen. Nun war sie auf dem Weg in die Karibik, genau wie ihre Großmutter so viele Jahre zuvor. Wie mochte diese sich damals gefühlt haben? An der Seite eines Mannes, den sie nicht liebte, und abertausende Kilometer von ihrer Heimat, ihrem Freund und ihrer Familie entfernt.

Stine blickte sich um. Sie war an Deck die einzige Person ohne Begleitung – und mit Abstand die jüngste. Viele der Mitreisenden waren eher im Alter ihrer Eltern, standen zu zweit oder in Gruppen mit Champagnergläsern zusammen und beobachteten das Auslaufen aus dem Hafen. Doch entgegen ihren Erwartungen kam Stine sich nicht einsam oder verloren vor, sondern genoss einfach nur den Augenblick. Sie fühlte sich unwillkürlich beschützt. Wie in einem Kokon, der sich aus blauem Himmel, sattgrünen Palmen, glänzendem Teakholz und jeder Menge flauschigen Handtüchern zusammensetzte.

Das Signalhorn ertönte abermals, und das Schiff nahm weiter Fahrt auf. Der Himmel färbte sich am Horizont bereits rosarot, und an Stine zogen Apartmenthäuser mit verglasten Terrassen und Jacuzzis vorbei. Die Menschen auf den Veranden winkten ihnen zu, und ein paar schwenkten Amerikaflaggen oder läuteten mit Kuhglocken. Langsam passierte das Schiff die letzten Häuser und den Strand, der sich nun, gegen Abend, ziemlich geleert hatte. Ein letzter Angler stand auf einem der Felsen und winkte ihnen zu. Das weiße Pilotboot begleitete sie noch einige Minuten, bevor es beidrehte und das Schiff alleine durch den Ozean der Karibischen See entgegenglitt.

Aus der offenen Tür der Pianobar ertönte leise Klaviermusik, und ein Kellner mit schwarzer Fliege und freundlichem Lächeln reichte Stine ein Glas Champagner.

»Willkommen an Bord, junge Lady«, sagte er mit einem Lächeln.

»Vielen Dank, es ist wunderschön hier«, antwortete sie und lächelte zurück.

»Warten Sie nur ab, wenn wir erst die Karibik erreicht haben. Es wird Ihnen sicher gefallen«, fuhr er fort und wünschte ihr noch einen schönen Abend.

»Danke, den werde ich haben«, sagte Stine und nippte glücklich an ihrem Champagner.

Der Seewind umschmeichelte sie und wehte ihr die Haare aus dem Gesicht. Sie schloss die Augen und genoss diesen besonderen Moment. Der Gegensatz zu den letzten Tagen in Los Angeles hätte nicht krasser sein können.

Schon als sie ihre Kabine das erste Mal betreten hatte, kam Stine sich wie in einem nautischen Märchen vor. Sie hatte nicht nur eine eigene Veranda, auch die Suite war um einiges größer als ihr Spar-Hotelzimmer in L.A., und einen begehbaren Kleiderschrank hatte sie nicht einmal zu Hause. Ihre Eltern hatten es wirklich gut mit ihr gemeint, denn so luxuriös war Stine in ihrem ganzen Leben noch nicht gereist. Ihre Mutter hatte ein echtes Traumschiff für sie gebucht, das wie eine weiße Lady durchs Wasser glitt.

Doch nicht nur der Komfort an Bord, auch die Freundlichkeit der Angestellten und der anderen Passagiere, überwiegend Amerikaner und Kanadier, aber auch Italiener, Schweizer und andere Europäer, waren für Stine purer Luxus. Anscheinend war es mehr als ungewöhnlich, dass eine alleinreisende junge Frau an Bord eines solchen Schiffes reiste, daher wurde sie umsorgt und gehätschelt wie eine kleine Prinzessin. Da offensichtlich auch keiner der deutschen Passagiere sie aus dem Fernsehen kannte, war sie hier an Bord nicht die peinliche blonde Moderatorin aus der *Bildzeitung*, sondern einfach nur Stine, eine nette junge Frau, die gerade eine spannende Reise in das Leben ihrer Großmutter antrat.

Nachdem Stine die Lichter des Hafens nur noch als kleine helle Punkte am Horizont wahrnahm, suchte sie sich eine Korbmuschel auf dem Loungedeck aus und kuschelte sich in die Kissen. Mit jeder Seemeile, die sie sich vom Festland entfernten, fühlte sie sich ein Stückchen freier und ihrer Großmutter näher.

»Welcome to Grand Turk«, prangte am Ende des Piers, den Stine gerade entlanglief. Sie war definitiv in der Karibik angekommen. Türkisgrünes Wasser umgab den Steg, und direkt neben dem Pier erstreckte sich ein blendend weißer Karibikstrand mit schattenspendenden Palmen und unzähligen Liegen. Ihr Schiff war das Einzige, das vor Ort ankerte, daher waren die meisten Liegen leer und luden zum Relaxen ein.

Ein Ehepaar lief neben Stine den Pier entlang. Der Mann machte Fotos vom Schiff, während sich die Frau Stine zuwandte.

»Wollen Sie auch an den Strand?«, fragte sie freundlich.

»Oh, der sieht toll aus. Vielleicht später«, antwortete Stine und wünschte den beiden noch viel Spaß.

Denn Stine hatte etwas anderes vor. Den Briefen von Hans hatte sie entnommen, dass ihre Großmutter sich in der Nähe von Grand Turk in eine unbewohnte Insel verliebt hatte, auf der sie einen großartigen Nachmittag verbracht haben musste. Stine hatte recherchiert, dass es hier eine Menge kleiner Inseln gab, deswegen war es fast unmöglich herauszufinden, um welche Insel es sich handelte. Aber das Ausflugsprogramm ihrer Reederei enthielt eine Tour, bei der die Gäste per Speedboot zu einer verlassenen Insel gefahren wurden, und Stine hatte diesen Ausflug in der Hoffnung gebucht, dass dies die Insel ihrer Großmutter sein könnte.

Deswegen stieg sie nun mit circa zwanzig anderen Passagieren an Bord eines überdachten Speedbootes und glitt kurz darauf durch das kristallklare Wasser in Richtung Hidden Island.

Vor dem weißesten Sandstrand, den Stine je gesehen hatte, warf der Skipper den Anker und verteilte Schnorchelausrüstungen an die Urlauber. In den türkisgrünen Gewässern des vorgelagerten Riffs schnorchelte Stine mit riesigen Schwärmen bunter Fische und pfeilartig durchs Wasser schießenden Barrakudas und ließ sich von den sanften Wellen über leuchtende Korallen und Seesterne treiben.

Als sie nach einer Weile in Richtung Strand schwamm, hatte die Bootscrew dort in der Zwischenzeit ein Picknick aufgebaut und die Handtücher und Taschen der Passagiere an Land gebracht. Stine schnappte sich einen Becher Rumpunsch, einen orangeroten, süßen, aber sehr leckeren Cocktail, und ließ sich mit ihrer Tasche etwas entfernt von der Gruppe im warmen Karibiksand nieder. Riesige weiße Muscheln lagen überall verstreut, und der Blick auf das leuchtende blaugrüne Meer komplettierte Stines Gefühl, im Paradies gelandet zu sein. Sie ließ diesen besonderen Anblick eine Weile auf sich wirken und genoss den Moment, bevor sie ihre Tasche heranzog und vorsichtig ein Blatt Papier herausnahm. Dann begann sie zu lesen.

Los Angeles, Juni 1948

Geliebte Irmgard,
ich habe deinen letzten Brief immer und immer wieder gelesen. So nah waren wir uns also schon, und dann, als ich endlich in Los Angeles ankam, warst du bereits fort. Erst war ich sehr niedergeschlagen, doch ich werde nicht aufgeben. Um wieder bei dir sein zu können, würde ich bis ans Ende der Welt fahren.

Ein befreundeter Seemann war schon einmal auf diesen Turk Islands, von denen du schreibst. Er sagt, sie sind tatsächlich ein wahres Paradies. Es soll dort sogar Muscheln geben, die das Rauschen des Meeres in sich tragen. Du musst sie nur an dein Ohr halten, meine Liebste. Ich kann mir lebhaft vorstellen, wie du, einer Nixe gleich, die einsamen Strände abschreitest und mit einer Muschel in der Hand aufs Meer blickst. Ich hoffe, dass wir eines so Gott will hoffentlich nicht mehr allzu fernen Tages gemeinsam im weißen Sand liegen und frisch aufgeschlagene Kokosnüsse schlürfen.

Ich habe keine Mühen gescheut und es tatsächlich geschafft. Meine Liebste, ich bin auf dem Weg in die Karibik, auf dem Weg zu dir. Ich habe auf einem Schiff als Zimmermann angeheuert. Im nächsten Hafen werde ich versuchen eines zu finden, das die Turks Islands anfährt. Unser Kapitän hat mir erzählt, dass dort ein reger Handel mit Salz herrscht, daher sollte mein Plan aufgehen.

Ich werde alles daransetzen, bald wieder bei dir zu sein, das verspreche ich dir. Natürlich werde ich nicht nach Deutschland zurückkehren. Was sollte ich auch dort? Mein Leben spielt sich ab, wo du bist, und wo du nicht bist, gibt es kein Leben für mich. Egal wo du auch landen wirst, ich werde immer auf dem Weg zu dir sein. Die Aussicht, dir bald wieder in die Augen sehen, deine Hand halten und deine Lippen küssen zu können, treibt mich an. Jeden einzelnen Tag.

Bitte schreib mir weiter so fleißig und regelmäßig, durch deine Briefe fühle ich mich dir und den Paradiesen, die du für uns entdeckst, ganz nahe.

In der ewigen Hoffnung, dich bald wiederzusehen
Dein Hans

Stine legte den Brief beiseite und atmete tief durch. Diese Zeilen hier zu lesen, an jenem Ort, von dem sie erzählten, war ein unbeschreibliches und ergreifendes Gefühl. Stine hob eine der riesigen Schneckenmuscheln auf, die hinter ihr lagen, und hielt sie sich ans Ohr. Sie konnte tatsächlich das Rauschen des Meeres hören. Sie stellte sich vor, wie ihre Großmutter Jahrzehnte vor ihr hier im Sand gesessen hatte und ebenso wie sie heute von der Schönheit dieser Insel fasziniert gewesen war.

Plötzlich überfiel sie eine große Trauer darüber, dass sie ihrer Großmutter nie würde erzählen können, dass sie diesen Ort ebenfalls gesehen hatte. Auch das gemeinsame Schicksal ihrer Großmutter und Hans' machte Stine in diesem Moment traurig. Die beiden hatten das große Glück, viele der schönsten Orte der Welt kennenzulernen, und konnten dabei doch nicht richtig glücklich sein, weil sie nicht zusammen waren.

»So wie ich«, sagte Stine leise zu sich selbst.

Zwar litt Stine nicht unter der Trennung ihrer großen Liebe, aber war es nicht sogar schlimmer, die große Liebe gar nicht erst getroffen zu haben? Natürlich war Stine noch jung und hatte noch viel vor sich, vielleicht sogar die große Liebe, und dennoch war es ein beklemmendes Gefühl, dass es niemanden gab, den Stine sich in diesem Moment an ihrer Seite wünschte. In ihrem Leben gab es gerade keinen Mister Right … Obwohl, eigentlich hatte es noch nie einen gegeben.

Unter den vielen Paaren an Bord ihres Schiffes waren einige frisch verheiratet, ein paar mit kleinen Kindern und auch etliche, die wohl seit Jahrzehnten zusammen waren und sich immer noch vertraut zulächelten und sogar händchenhaltend die Reling entlangliefen. Natürlich waren auch einige darunter, die sich kaum noch etwas zu sagen hatten und nicht besonders liebevoll miteinander umgingen, aber selbst diese Pärchen verband eine gewisse Vertrautheit. Stine hatte an Bord viel Zeit, ihre Mitmenschen zu beobachten, und die Dinge, die sie wahrnahm, machten ihr zum ersten Mal seit langem bewusst, wie einsam sie eigentlich war.

Die einzige Liebesgeschichte, die sie beschäftigte, war

die ihrer Großmutter, doch sollte es nicht auch ihre eigene sein? Mitten in ihren Überlegungen gesellte sich eines der Crewmitglieder zu Stine.

»Hätten Sie zufällig Interesse an einem Spaziergang über die Insel?«, fragte der Insulaner. »Es ist gerade ein Platz frei geworden, weil einer der Teilnehmer erkrankt ist. Wir werden unter anderem einige spanische Ruinen erkunden, die mehrere Jahrhunderten alt sind.«

Stine lächelte den jungen Mann an und nickte. »Sehr gerne. Wann geht es los?«

»In zehn Minuten, da vorne an dem hellen Felsen.«

Vorsichtig faltete sie den Brief wieder zusammen und legte ihn zurück in ihre Tasche.

Dann wollte sie sich einmal die Gemäuer anschauen, die womöglich ihre Großmutter bereits fasziniert hatten. So gesehen war Stine vielleicht doch nie ganz alleine. Und auch wenn es nur ein schwacher Trost sein mochte, war zumindest der Gedanke schön.

Finn und Jeff teilten sich eine Außenkabine mit Balkon und obwohl sie nicht gerade groß war, stieg in Finn Erleichterung auf, weil sie nicht ganz so ölsardinendosenartig war wie befürchtet. Wobei ihm die unglaubliche Größe des Schiffes trotzdem nicht behagte. Er kannte Kleinstädte in Deutschland, die weniger Einwohner hatten, als dieses Schiffsungetüm Passagiere fasste.

Zeit auszupacken hatte er nicht, denn Jeff und der Rest

der Clique wollten sofort an Deck, um das Auslaufen des Schiffs zu feiern. Und feiern war genau der richtige Ausdruck. Aus den zahlreichen Boxen dröhnte laute Partymusik und während die Massen an Passagieren Cocktails und Bier schlürften, tanzten braun gebrannte Partygirls im Pool. Jeff und die anderen waren voll in ihrem Element und orderten eine Runde Cocktails nach der anderen.

Da Finn keine Lust hatte, betrunken an Deck zu liegen, noch bevor der Hafen außer Sichtweite war, verabschiedete er sich nach der dritten Runde von den anderen und machte sich durch das Labyrinth an Gängen auf den Weg zurück zur Kabine. Irgendwie war ihm nicht nach Feiern zumute. Zwar hatte er in Los Angeles gar nicht genug von all den Partys bekommen können, aber irgendwie hatte sich das geändert. Vielleicht hatte er sich in den ersten Tagen nach seiner Abreise den Kopf freifeiern müssen. Und das hatte er hinreichend getan. Die Panik, nicht zu wissen, was als Nächstes kommt, befiel ihn inzwischen nicht mehr jede Nacht, so wie vor der Abreise aus München und in den ersten Tagen in Los Angeles. Sein schlechtes Gewissen Lisa gegenüber brüllte auch nicht mehr ganz so laut. Das war in der ersten Nacht nach der Fast-Hochzeit anders gewesen.

Finn konnte sich noch gut daran erinnern. Lisa war im Hotel in Garmisch geblieben, während er in ihre Wohnung nach München gefahren war. Natürlich war er an dem Abend nicht in der Lage gewesen, sich einfach ins Bett zu legen und einzuschlafen. Er wollte aber auch mit niemanden reden. Selbst seine engsten Freunde hatten ihn angesehen, als wäre er verrückt, als er verkündet hatte, dass die Hochzeit nicht stattfinden würde. Die Bilder aus Garmisch, die weinende Lisa, seine schreiende Fast-Schwiegermutter und die vor Entsetzen offen stehenden Münder ihrer Freunde – das alles vor der fast unwirklich erscheinenden, in der Sommersonne strahlenden Bergkulisse ließ Finn nicht los.

Unruhig lief er in der Wohnung auf und ab. Zu den Bildern in seinem Inneren gesellten sich nun auch noch jene, die zu Dutzenden im Wohnzimmer an der Wand hingen. Lisa und er im Mallorca-Urlaub vor einem traumhaften Sonnenuntergang am Strand, sie beide in Tracht auf der Wies'n in München und vorm Eiffelturm in Paris. All diese Fotos schienen ihn anzustarren und stumm anzuklagen. Fluchtartig verließ er den Raum und ging in das Schlafzimmer, das fotofrei war. Aber auch nachdem er sich aufs Bett gelegt hatte und die weiße Decke über sich anstarrte, ließen sie ihn die Bilder nicht los.

Einem Impuls folgend, setzte er sich auf und griff unter das Bett. Vorsichtig stellte er die alte, erstaunlich schwere Zigarrenkiste seines Opas auf dem Laken ab und öffnete sie. Ihm strömte ein Geruch entgegen, wie er ihn aus der Bücherei kannte. Sorgsam holte er einen Brief nach dem anderen heraus und breitete sie auf dem Bett aus. Lisa hätte es bestimmt gestört, dass er die frischen Laken mit altem Papier bedeckte, aber das interessierte ihn nicht. Er betrachtete gebannt die Seiten, nahm hin und wieder eine in die Hand, las ein paar Sätze und legte sie dann wieder vorsichtig zurück. Er wusste, dass er einen Schatz vor sich hatte. Einen Schatz, der ihn mit seinem Großvater verband. In diesen Briefen war etwas für Finn versteckt, etwas, das ihm dabei helfen würde herauszufinden, wohin ihn das Leben führen sollte, das spürte er. In den Briefen war von himmlischen Stränden die Rede und von einsamen Inseln, außerdem von einer Stadt, die Finn noch nie besucht hatte.

An jenem Abend hatte er beschlossen, nach Los Angeles zu reisen und den Spuren seines Großvaters zu folgen.

An diesen Moment musste Finn schon den ganzen Tag denken. Das Geheimnis, das ihm die Briefe offenbaren sollten, würde er sicherlich nicht lüften, indem er sich jeden Tag die Hucke vollsoff. Sein Koffer war zwar nicht unbedingt ordentlich gepackt, trotzdem fand er recht schnell, was er suchte. Mit einem Bud light aus der Minibar setzte er sich auf den Balkon und genoss die ungewohnte Stille. Hier konnte er endlich das Meer hören und das leichte Vibrieren der Schiffsmotoren auf sich wirken lassen.

Vorsichtig holte er ein im Laufe der Jahre gelb angelaufenes Stück Papier hervor und begab sich dem Geheimnis auf die Spur.

Karibisches Meer, August 1948

Geliebter Hans,
ich kann dir kaum sagen, wie froh ich bin. Ich hatte schon Angst, du würdest aufgeben und zurück nach Europa gehen. Natürlich habe ich nicht das Recht, dich darum zu bitten, mir nachzureisen, und es mag unklug und egoistisch sein, aber ich bin so dankbar zu wissen, dass du nicht am anderen Ende der Welt bist. Solange du in meiner Nähe bist, weiß ich, dass für uns noch Hoffnung besteht, und diese Hoffnung ist das Wichtigste in meinem Leben.

Die Überfahrt in die Karibik war lang und beschwerlich, denn dieser Ort ist faszinierend, traumhaft und bedrohlich zugleich. Ich habe hier die heftigsten Stürme erlebt, und am nächsten Morgen stehe ich auf, und vor mir liegt ein friedliches Paradies, das Gott nicht schöner hätte gestalten können. Hans, du kannst dir nicht ausmalen, wie viele traumhafte kleine Inseln es hier gibt. Ich habe hier Fische und Tiere gesehen, die so bunt wie Bonbons sind. Leuchtende Korallen und Wasserschildkröten, Haie und Rochen. Wir haben an Bord ein gebundenes Buch, in dem der Kapitän mir die einzelnen Arten gezeigt hat. Das Wasser ist so klar, dass man sogar vom Schiff aus die Tier erkennen kann.

Vorgestern konnten Rosa und ich unserem Wachhund Johann entwischen und mit einem anderen Passagier auf einem Beiboot zu einer kleinen Insel übersetzen.

Der Sand unter meinen Füßen war zarter als Seide und überall lagen riesige weiße Muscheln. Dein Kamerad hat übrigens recht. Wenn man sie sich ans Ohr hält, kann man das Rauschen des Meeres hören. Ach, Hans, wie schmerzlich habe ich dich in diesem Moment vermisst!

Im Inneren der Insel besichtigten wir alte Ruinen, wo zwischen den Steinen eine Pflanze wuchs, die Heilkräfte besitzen soll. Rosa hatte sich die Tage in den Finger geschnitten, und seit wir den dicklichen, klaren Saft auf ihre Wunde streichen, heilt sie tatsächlich schneller ab. Doch das wahre Wunder haben wir erst unter Wasser entdeckt: den Farbenreichtum des Meeres, den man mit Worten kaum beschreiben kann. Sobald man untertaucht, ist es, als würde man einen Jahrmarkt besuchen, nur eben unter Wasser. Alles sprießt und gedeiht in sämtlichen Schattierungen des Regenbogens, und die Fische bewegen sich so anmutig, als würden sie tanzen.

Wie gerne wäre ich mit dir dort im Meer geschwommen

und hätte deine Hand beim Gleiten durch dieses Paradies gehalten. Danach wären wir lachend wieder an Land gegangen und hätten uns in den heißen Sand fallen lassen. Ich hätte dir eine Muschel ans Ohr gehalten, und gemeinsam hätten wir dem Rauschen des Ozeans gelauscht. Eine der Muscheln habe ich mit an Bord genommen. Natürlich dürfen Johann und Edmund sie nicht finden, aber ich habe meine Verstecke, bisher ist mir schließlich auch noch keiner deiner teuren Briefe entwendet worden.

Hans, bitte denk an uns und daran, wie wundervoll es sein wird, wenn wir bald auf unserer Insel sein werden und nichts auf der Welt uns mehr trennen kann. Dieser Tag wird kommen, Hans, ich spüre es ganz genau.

Ich küsse dich und kann es kaum erwarten, in deine Arme zu sinken. Gib gut Acht auf dich und heuere nur auf einem sicheren Schiff an. Die Stürme hier sind heftig, und ich könnte es nicht ertragen, dich zu verlieren. Du bist das Kostbarste in meinem Leben.

In Liebe
Deine Irmgard

Die erste Destination, die das Riesenschiff in der Karibik ansteuerte, war Samana, eine Halbinsel, die zur Dominikanischen Republik gehört. Nachdem ein Tenderboot Finn, Jeff und die anderen an Land gebracht hatte, organsierte Jeff ihnen sofort zwei Taxis, die die ganze Meute vorbei an bunten Häusern und knatternden Motorrollern weg vom Hafen brachten. Besonders weit kamen sie allerdings nicht, denn die Fahrer kutschierten sie auf Jeffs Wunsch hin direkt zu einem nahe gelegenen Sandstrand, der außer Liegestühlen eine palmwedelbedeckte Strandhütte aufweisen konnte. Hier verkauften Einheimische jede Menge Cocktails in aufgeschlagenen Kokosnüssen oder Ananasfrüchten. Auch die riesigen weißen Muscheln, die Irmgard in ihrem Brief beschrieben hatte, wurden hier angeboten. Finn nahm eine in die Hand und hielt sie sich ans Ohr. Er konnte tatsächlich das Meer rauschen hören, wenn auch nicht so laut wie die Wellen, die tatsächlich ein paar Meter vor ihm an den Strand spülten. Vorsichtig legte er die Muschel zurück und sah sich weiter um.

Finn hatte sich auf Dschungelabenteuer und Wasserfälle gefreut, aber ganz offensichtlich sah der Plan der Clique vor, die Dauerparty vom Schiff an Land zu verlegen, und dafür hatten sie an diesem Strand die perfekte Location gefunden.

»He, Finn, was ist los?«, rief Jeff ihm zu. »Willst du nicht mitfeiern?«

Finn überlegte kurz, ob er auf eigene Faust die Halbinsel erkunden sollte. »Ich komm ja schon«, sagte er dann und ging zu ihnen hinüber.

Nach dem zweiten Rum Punch gefiel die Location auch ihm richtig gut, und er ließ sich von der Partylaune der anderen mitreißen. Nachdem er am Morgen den Fehler begangen hatte, seine E-Mails zu checken, und prompt eine Nachricht von Lisa im Posteingang entdeckt hatte, war seine Laune nicht die beste gewesen.

Sie hatte recht sachlich geschrieben, dass ihre Wohnung nun gekündigt sei und sie bei seiner Rückkehr ausgezogen sein würde. Aus den wenigen Zeilen konnte Finn deutlich herauslesen, wie verletzt Lisa war, und natürlich ließ ihn das nicht kalt. Sie war jahrelang einer der wichtigsten Menschen in seinem Leben gewesen, und auch wenn er schon länger gespürt hatte, dass ihre Beziehung ihn nicht mehr glücklich machte und er neben Lisa nicht er selbst sein konnte, verband die lange Zeit ihn doch mit ihr.

Es war schon seltsam, nach so langer Zeit als Single zu verreisen. Gut möglich, dass er vor allem deswegen die Gesellschaft der anderen so sehr genoss und auf diese Kreuzfahrt mitgekommen war, weil er Angst davor hatte, das erste Mal seit Jahren alleine zu sein. Alles an dieser Reise war neu für ihn, und auch die Begegnung mit der mysteriösen Comicfrau verwirrte und beschäftigte ihn. Immer wieder musste er an die Begegnung und an das Wiedersehen am Pier in Fort Lauderdale denken. Es war seltsam, dass ihm eine fremde Frau nicht mehr aus dem Kopf gehen wollte. Selbst in der Zeit, als er schon an der Beziehung zu Lisa gezweifelt hatte, stand ihm nicht der Sinn nach anderen Frauen. Er war auch keiner einzigen begegnet, die ihn interessiert hätte. Zumindest nicht bis zu diesem Moment am Venice Beach.

Umso seltsamer war es nun, eine E-Mail von Lisa zu bekommen. Es war, als würde sie sich aus einem anderen Leben melden und gar nicht mehr in derselben Welt wie Finn leben. Das war ein merkwürdiges Gefühl. Trotzdem war er sehr erleichtert, dass Lisa sich anscheinend mit der Situation abgefunden hatte und ihr neues Leben ohne ihn plante. Allerdings wurde ihm auch bewusst, dass ihn in München mit Wohnungssuche, Umzug und allem, was dazugehörte, eine Menge Stress und Ungewissheit erwarteten. Insofern kam ihm die Spontanfeierei am Strand gerade recht, denn er hatte nicht vor, die kommenden Tage damit zu verbringen, sich den Kopf zu zerbrechen. Und das verhinderte der Rum Punch ganz wunderbar.

Stine hatte gerade einen Cappuccino getrunken und in einem der dunklen Rattanloungemöbel auf dem Bardeck in einer Zeitschrift geblättert, als einige andere Passagiere an der Reling in helle Begeisterungsrufe ausbrachen. Sie hatten Buckelwale entdeckt, die unweit des Schiffes durch das Meer schwammen, immer wieder auftauchten und Wasserfontänen in die Höhe pusteten. Gerade als Stine die angenehm warmen Holzpaneele überquert und die Reling erreicht hatte, schoss wieder eine neue Fontäne auf. Plötzlich war ein grauer Berg an der Wasseroberfläche zu erkennen, und kurz darauf sprang einer der Wale dahinter übermütig in die Höhe.

Wow.

Stine war ergriffen von dem Naturschauspiel, das sich ihr hier zufällig bot. Sie hatte noch nie Wale gesehen. Aber das war ja auch ihre erste Kreuzfahrt. Schon als Kind hatte sie immer gebettelt, der Familienurlaub möge auf einem Schiff stattfinden, doch ihre Mutter war jedes Mal dagegen gewesen. Nicht einmal das *Traumschiff* wollte sie mit Stine anschauen, obwohl diese die Sendung heiß und innig liebte. Stine konnte sich noch lebhaft an die Urlaubsdiskussionen erinnern, mit denen sie ihre Mutter bei der einen oder anderen Autofahrt an die Adria fast um den Verstand gebracht hatte. Stine hatte immer hinter dem Beifahrersitz gesessen, ihr Bruder hinter dem Fahrersitz, auf dem ihr Vater thronte.

»Mama, ich will nicht nach Italien. Ich will in die Karibik. Wie Oma«, nörgelte sie und zog eine Schnute.

Jedes Jahr fuhren sie nach Italien, immer im selben

Auto, in dieselbe Stadt und dieselbe Ferienwohnung. Bereits als Kind hatte Stine diese Eintönigkeit wahnsinnig gemacht. Doch die Reaktion war immer die gleiche.

»Deine Oma wäre viel lieber nach Italien gefahren, mein Schatz. Das kannst du mir glauben«, kam es von vorne.

»Da wäre sie aber ziemlich bescheuert gewesen. Die Karibik ist viel schöner als die doofe Adria«, sagte Stine.

»Woher willst'n du das wissen?«, mischte sich ihr Bruder ein, der sich grundsätzlich gegen Stine stellte.

»Weil ich das beim *Traumschiff* gesehen habe, du Nervbacke«, sagte sie.

»In der Karibik gibt es aber keine Pizza und kein Eis«, argumentierte ihre Mutter.

»Is ja voll doof«, kam es von hinten links.

Stine ignorierte ihren Bruder und argumentierte weiter. Sie hoffte, ihre Mutter eines Tages doch noch überzeugen und den Familienurlaub wenigstens einmal woanders verbringen zu können.

»Mir doch egal. Dafür gibt's da Palmen und Kokosnüsse und bunte Fische und Wale«, konterte Stine. »Und Oma war da.« Damit provozierte sie ihre Mutter ganz bewusst.

»Ein Grund mehr, nicht hinzufahren«, brummte ihr Vater hinter dem Steuer und legte ihrer Mutter eine Hand auf den Oberschenkel.

»Wenn ich erwachsen bin, fliege ich in die Karibik, ohne euch«, verkündete Stine jedes Mal zum Schluss der immer gleichen Diskussion, nach der ihre Mutter jedes Mal lange Zeit ruhig war.

Ob sie jetzt auch gerne hier wäre?

Stine kannte die Antwort bereits. Für ihre Mutter waren die Karibik und die Briefe ein rotes Tuch. Stine vermutete, dass sie einfach nur Angst hatte, sich damit auseinanderzusetzen. Wer weiß, vielleicht würden sie eines Tages doch zusammen hierher reisen. Die Chancen standen zwar nicht besonders gut, aber mit der Buchung der Kreuzfahrt hatte ihrer Mutter ihr zum ersten Mal klar signalisiert, dass sie sie bei der Spurensuche zu ihrer Großmutter unterstützte.

Eine neue Fontäne schoss in den Himmel, und während sich dieser langsam rosa verfärbte und das Sonnenlicht die Meeresoberfläche in einen Spiegelglanzteppich verwandelte, blickte Stine noch eine kleine Ewigkeit gedankenversonnen auf die Wale. Selbst als diese schon lange wieder weg waren.

Finn hatte einen Kater. Rum Punch und karibische Temperaturen vertrugen sich nur bedingt, das wusste er nun. Jeff und er verbrachten den Abend in ihrer Kabine, schauten Football und bestellten sich beim Zimmerservice Burger und Pommes. Nach dem Essen ging es beiden schon wieder etwas besser, und als Jeff noch auf einen Schlummertrunk, wie er es nannte, in eine der Bars an Bord aufbrach, nutzte Finn die Ruhe für sich.

Er suchte den nächsten Brief von Irmi aus dem Koffer und setzte sich damit auf den Balkon. Unten konnte er die Gischt des Meeres rauschen hören, und die Seeluft erfrischte ihn. Über ihm leuchteten die Sterne – es war fast schon ein wenig kitschig.

Finn setzte sich in einen der beiden Stühle und legte die Füße auf den anderen. Langsam begann er zu lesen.

Karibisches Meer, Oktober 1948

Mein Geliebter,
heute ist ein furchtbarer Tag. Ich habe nun so lange schon nichts mehr von dir gehört und weiß nicht einmal, ob mein letzter Brief dich erreicht hat. Und dann gab es auch noch ein großes Unglück. Ich habe eine solche Angst, dass du nie bei mir ankommen wirst.

Heute Nacht gab es wieder einen so schlimmen Sturm, dass wir dachten, das Schiff würde gleich kentern. Doch das eigentliche Drama haben wir erst heute Morgen mitbekommen. Einer der Schiffsjungen, ein ganz junger von gerade mal sechzehn Jahren, ist im Sturm über Bord gegangen. Seine Kameraden haben noch versucht, ihn zu retten und ihm Seile und einen Rettungsring zugeworfen, aber in dem Unwetter hatte er keine Chance.

Oh Hans, es ist so grausam. Der Junge war bei unserem Ausflug auf die schöne Insel dabei, und er war ein so fröhlicher junger Mann. Für uns Frauen hat er nach Muscheln getaucht, und ich glaube, mit Rosa hat er sich ganz besonders gut verstanden. Sie ist seither kaum ansprechbar, und kann nicht einmal mehr essen. Hans, ich habe solche Angst, dass auch dir etwas zustoßen könnte, und fast ist es mir, als würde ich dich ins Verderben treiben. Ich könnte nicht weiterleben, wenn dir etwas passieren würde. Schließlich bin ich der Grund, weshalb du diese gefährlichen Reisen auf dich nimmst und all diese Strapazen über dich ergehen lassen musst. Dagegen schwelge ich geradezu im Luxus.

Manchmal bilde ich mir ein, dich zu sehen. Wenn ein großer Mann mit deiner Statur an der Reling arbeitet, denke ich, das seist du. Mit dem Hammer in der Hand, die Mütze schräg ins Gesicht gezogen und die Hemdsärmel hochgekrempelt. Meine Fantasie spielt mir dann böse Streiche, und in diesen kurzen Momenten fühlt es sich an, als würde eine Rakete in meinem Bauch starten. Doch leider ist der Mann mit dem Hammer in der Hand gar nicht mein geliebter Hans, sondern nur der allzeit angetrunkene Schiffszimmermann.

Fast jede Sekunde des Tages male ich mir aus, was du gerade machst, wo euer Schiff sich befindet und vor allem ob es dir gutgeht. Ich bete und bitte inständig darum, dass du sicher durch diese Gewässer kommen wirst und wir uns bald wiederfinden werden. Vielleicht ja sogar auf unserer Insel. Bitte halte Ausschau nach ihr, und solltest du sie finden, lass es mich wissen.

Im Moment haben wir Kurs auf Saint-Barthélemy genommen, eine Insel, die mitten in der Karibik liegt und zu Frankreich gehören soll. Ich weiß nicht, wo dein Schiff anlegen wird, aber ich hoffe sehr, dass du nicht allzu weit von mir entfernt und vor allem in Sicherheit bist.

Bitte schreib mir bald, und achte gut auf dich.

In Liebe und großer Besorgnis

Deine Irmi

4.
Saint-Barthélemy

»Welcome to Saint Barth«, begrüßte Stine ein junger Mann in Schiffsuniform und half ihr aus dem Tenderboot.

»Thank you so much«, antwortete sie und hüpfte an Land.

Auf St. Barth war sie ganz besonders gespannt. Schon auf der Überfahrt hierher war sie an Dutzenden teurer Segelboote und riesigen Yachten vorbeigekommen und hatte das erste Mal in ihrem Leben einen Hai in freier Wildbahn gesehen. So vielversprechend, wie dieser Tag anfing, konnte er ruhig weitergehen. Die karibische Sonne brannte vom blauen Himmel auf die knapp zwanzig Quadratkilometer große Insel runter, die eine Art karibisches St. Tropez sein musste.

Nachdem Stine ein wenig durch die malerische Inselhauptstadt geschlendert war, stellte sie fest, dass der Vergleich recht passend war. Schmucke, pittoreske Häuschen in Pastellfarben reihten sich aneinander, und durch die schmalen Gassen schlängelten sich Luxuskarossen und Mofas zugleich. In den Boutiquen, die mit internationalen Designernamen lockten, konnte Stine es sich definitiv nicht leisten zu shoppen. Dafür war sie entzückt von dem maritimen Städtchen, dessen Häuser sich um den belebten Hafen gruppierten und allgemeine Heiterkeit ausstrahlten. Die Einheimischen waren fast allesamt Franzosen, und das französische Flair der Insel ließ sich trotz unzähliger Kokospalmen kaum verleugnen. Sogar das Croissant, das sie in einer kleinen Boulangerie kaufte, konnte sie in Euro bezahlen. Es war wirklich, als wäre sie in einem kleinen Stück Frankreich mitten im Karibischen Meer gelandet.

Stine lief im Hafen an den beeindruckenden, glänzenden Yachten vorbei bis zu einer weiß getünchten Kirche mit tropischem Garten und weiter auf dem Weg, den ihr der Reiseleiter zu einem der schönsten Strände der Insel beschrieben hatte. Als sie Shell Beach erreicht hatte, kam sich Stine einmal mehr wie im Paradies vor. Der Strand lag in einer geschützten Bucht und war übersät mit Millionen winziger Muscheln. In einer lässigen Strandbar mit Palmdächern und lilafarbenen Sonnenschirmen saßen Einheimische und Touristen und tranken wahlweise Mojitos, Champagner oder Corona. Dies war definitiv ein Ort, an dem man es sich gutgehen lassen konnte, und genau das hatte Stine vor. Sie breitete ihr mitgebrachtes Handtuch im Sand aus und legte sich in die Sonne.

Ein paar Meter vor ihr lag eine Gruppe junger Amerikaner und unterhielt sich laut über eine Party, die am Abend zuvor auf ihrem Schiff gestiegen sein musste. Neben ihrem Kreuzfahrtschiff ankerte noch ein zweites in der Bucht vor St. Barth, und Stine war sich fast sicher, dass die Clique von diesem Schiff stammte. Es war einer von diesen großen amerikanischen Kreuzfahrtriesen, die Tausende von Passagieren fassten und wie Kleinstädte durch die Ozeane glitten.

Einer der Männer aus der Gruppe fiel Stine gleich auf. Mit seinem braungebrannten Körper, den schwarzen Locken und den pinkfarbenen Badeshorts stach er ziemlich heraus und war anscheinend auch der Anführer. Zumindest riss er die meisten Witze und wurde auch von den

Mädels der Clique umschwärmt. Gerade hatte er sich eines dieser blonden American Surfergirls über die Schulter geworfen und trug sie ins Meer, während sie lachend und mit den Beinen strampelnd protestierte. Man konnte sehen, dass sie die Aufmerksamkeit des Beachbeaus genoss, und die anderen Frauen sahen den beiden leicht schmollend hinterher.

Ein weiterer Mann, nicht ganz so braungebrannt wie der erste, aber ebenfalls mit einem durchtrainierten Körper, folgte den beiden mit einer Flasche Corona in der Hand. Zu dritt begannen sie eine Wasserschlacht und schienen eine Menge Spaß zu haben. Stine beobachtete die drei noch eine Weile und ließ sich dann langsam auf ihr Handtuch zurückgleiten. Das Rauschen des Meeres und der leichte Wind machten sie schläfrig. Träge schloss sie die Augen und schlief mit einem Lächeln auf den Lippen ein.

»Ganz nett hier, oder?«

Verwirrt schlug Stine die Augen auf und sah sich suchend nach der Person um, die sie eben auf Englisch angesprochen hatte. Neben ihr saß der Beachbeau mit den pinkfarbenen Shorts und reichte ihr grinsend einen Mojito.

»Sogar ziemlich nett hier, könnte man sagen«, antwortete Stine ebenfalls auf Englisch und nahm den Drink dankend entgegen.

»Machst du hier Urlaub?«, fragte der Typ und entblößte beim Lächeln eine Reihe makelloser weißer Zähne.

»Ich bin mit einem Kreuzfahrtschiff hier«, antwortete sie und lächelte zurück. Wenn sie ehrlich war, kam ihr die Ablenkung durch den süßen Beachboy nicht ungelegen.

»Bist du alleine hier?«, fragte der Beachboy und fügte, bevor sie antworten konnte, hinzu: »Ich bin übrigens Jeff.«

»Stine«, antwortete sie und stieß ihren Mojito-Becher gegen seinen.

»Schön, dich kennenzulernen«, antwortete Jeff, was sie mit einem großen Schluck und einem Lächeln kommentierte. »Wir sind auch auf einer Cruise«, fuhr er fort und machte eine vage Geste in Richtung seiner Clique.

Sie sah hinüber und bemerkte, dass die Girls aus Jeffs Gefolge ihre Unterhaltung recht argwöhnisch beäugten, während sie Stine misstrauisch musterten.

»Wo kommst du her?«, fragte Jeff und Stine konzentrierte sich wieder auf ihre Antwort und versuchte, das in ihr aufsteigende mulmige Gefühl zu ignorieren.

»Aus Deutschland«, antwortete sie und fügte nach einem erneuten Schluck hinzu: »München, Bayern.«

»Oh, das ist ja cool, mein Kumpel Finn auch«, sagte der Amerikaner und deutete auf den anderen braungebrannten Typen, der vorhin mit ihm und dem Mädchen ins Wasser gegangen war.

»Ach, echt?«, fragte Stine interessiert.

Als ihr aber klar wurde, dass dieser Finn sie als die Versagerin aus der *Bildzeitung* kennen könnte, war sie sehr froh, als Jeff ihre Nachfrage nur mit einem Nicken kommentierte und keine Anstalten machte, Finn herzurufen. Stine wollte ein lockeres Urlaubsgespräch führen und nicht auf Ereignisse angesprochen werden, wegen denen sie um die halbe Welt geflogen war. Unbeschwert plauderte sie weiter mit Jeff, genoss die Sonne und die Traumkulisse und protestierte auch nicht, als er sie auf einen zweiten und später auf einen dritten Mojito einlud.

Irgendwann wurde es den Mädels aus Jeffs Clique dann doch zu wild, und sie kamen laut lachend angerannt und ließen sich demonstrativ juchzend und fröhlich neben die beiden in den Sand fallen.

»Wir haben Huunger«, meinte die Blonde schmollend und sah Jeff vorwurfsvoll an.

Stine wurde von den beiden offen ignoriert, bis Jeff sie vorstellte und die Girls sich ein lustloses »Hi!« abrangen.

»Fragt doch mal in der Bar nach, wann das Barbecue beginnt«, sagte Jeff und wandte sich wieder Stine zu.

»Oh, es gibt ein Barbecue?«, fragte sie überrascht und erfreut zugleich, denn die Aussicht auf eine Grillparty am Stand war trotz Blondie und ihrer vollbusigen Freundin eine Aussicht, die in ihr sofort Begeisterung auslöste. Ihr Schiff würde erst morgen früh wieder ablegen, und sie musste vor Mitternacht nicht zurück an Bord sein. Warum sollte sie das nicht ausnutzen?

»Klar, es ist das beste Barbecue überhaupt, die Jungs von der Bar sind spitze«, antwortete Jeff, und Stine folgte seinem Blick in Richtung der Beachbar.

Dort bauten gerade mehrere Surfertypen in lässigen Shirts einen überdimensionalen Smokergrill auf.

»Hey, alles fit?«

Mit dieser Frage ließ sich nun der Deutsche in den Sand neben Jeff fallen, klopfte seinem Kumpel auf die Schulter und musterte Stine mit einem neugierigen und intensiven, aber durchaus freundlichen, fast schon aufforderndem Blick, so als würde er sie kennen. Schadenfreude oder Sensationsgier sprachen zu Stines Erleichterung jedoch nicht daraus. Sie überlegte kurz, doch er kam ihr absolut nicht bekannt vor. Mit seinen dunklen Haaren und den stechend grünen Augen hätte sie ihn nicht unbedingt als Deutschen eingeordnet. Aber sie hatte sowieso in erster Linie Augen für Jeff.

»Alles fantastisch, mein Freund«, antwortete Jeff und stellte Stine vor.

»Das ist Stine, eine Landsfrau von dir«, sagte er zu Finn und grinste.

»Ach, wirklich?«, antwortete Finn auf Deutsch. Er war weniger überrascht, als sie es erwartet hätte. »Freilich«, sagte sie lächelnd und hoffte, ihr war nicht anzumerken, dass sie nur mäßig erfreut war, hier einen »Landsmann« zu treffen.

Er sah sie immer noch so seltsam an, auf eine merkwürdig vertraute Art, die Stine verunsicherte. Sie wandte sich wieder zu Jeff um.

»Stine wird das fantastische Barbecue mit uns genießen«, verkündete Jeff und legte zur Bestätigung einen seiner braungebrannten Arme um sie.

Zu ihrer eigenen Überraschung war ihr die Berührung alles andere als unangenehm.

»Barbecue klingt gut. Dann lasst uns mal nachschauen, ob es bald losgeht, ich habe nämlich ein riesiges Loch im Bauch«, meinte Finn, stand auf und klopfte sich den Sand aus den Shorts.

Stine wusste nicht, ob sie es sich nur einbildete, aber sie hatte das Gefühl, Finn fand es nicht so gut, dass Jeff sie umarmte. Der richtete sich nun ebenfalls auf, und als Stine mit ihrem Mojito unschlüssig sitzen blieb, streckte er ihr eine Hand entgegen und grinste sie an. Ohne zu zögern griff sie danach und ließ sich von Jeff hochziehen. Finn war bereits vorausgegangen.

Auf dem Weg in das Strandrestaurant zeigten die Mojitos bereits Wirkung. Nicht unbedingt trittsicher stapfte Stine an Jeffs Hand durch den Sand und hatte das Gefühl, auf Wolken zu laufen. Sie war dankbar, dass sie ihm einfach nur hinterhertrotten musste, denn eigenständig geradeaus zu laufen wäre ihr in diesem Moment nicht mehr ganz so leicht gefallen. Umso besser, dass es gleich etwas zu essen gibt, schoss es ihr durch den Kopf, und sie hoffte, dass der eine oder andere Burger die Wirkung der Cocktails abmildern würde.

In der Strandbar ertönte entspannte Chillout-Musik, und von dem riesigen Smokergrill zog ein unverwechselbares Aroma zu ihnen herüber. Vor einem Tisch ließ Jeff Stines Hand los, und sie sank dankbar auf eine der Holzbänke, während Jeff etwas zu essen organisieren wollte. Doch erst mal stellte einer der Surferkellner einen frischen Mojito vor Stine ab, und fast automatisch griff sie zu dem Glas, um mit den anderen aus der Runde anzustoßen.

Die Jungs begrüßten Stine alle freundlich mit breitem California-Grinsen, und sie fühlte sich an dem atemberaubend schönen Strand und mit ihrem ausgeprägten Schwips einfach nur wohl und genoss die perfekte Urlaubsstimmung. Das zuvor türkisfarbene Wasser wurde von der untergehenden Sonne in ein warmes goldfarbenes Licht getaucht, und das offene Meer mit den sanft schaukelnden Segelyachten, die in der Bucht ankerten, wirkte so malerisch, dass es fast schon unwirklich aussah.

»Nicht unbedingt die schlechteste Beschäftigung für einen Dienstagabend, oder?«, unterbrach ein deutscher Satz Stines Gedanken.

Mit einem Ruck löste sie sich von dem Traumblick und

drehte sich um. Neben ihr hatte Finn unbemerkt Platz genommen.

»Ist heute Dienstag?«, fragte sie und registrierte erst im nächsten Moment, dass diese Reaktion nicht gerade originell oder der Kulisse angemessen war. Doch Finn schien sich nicht daran zu stören.

»Ja«, grinste er. »Ich habe im Urlaub auch nie einen Plan, welcher Wochentag ist, aber ich bin mir ziemlich sicher, dass heute Dienstag ist«, fügte er noch immer lächelnd hinzu.

»Aha.« Stine reckte den Hals, um sich nach Jeff umzusehen, ungeachtet der Tatsache, dass auch dieser Kommentar nicht unbedingt vor Witz und Charme sprühte.

»Ich habe mir gerade ein Wasser besorgt, bei mir hauen die Drinks nach der ganzen Sonne ziemlich rein. Hab dir auch eins mitgebracht«, sagte Finn und schob Stine eine kleine Flasche Perrier zu.

»Danke.« Sie griff nach dem Wasser, das ihr zugegebenermaßen ziemlich guttat.

»Gern geschehen. Wir Germans müssen ja zusammenhalten. Bei den Feiergelagen der Partyclique aus L.A. komme ich kaum mit, obwohl ich jetzt schon eine ganze Weile dabei bin«, erzählte er und zwinkerte Stine vertraulich zu.

»Wie hast du Jeff denn kennengelernt?«, fragte Stine deutlich interessierter, doch bevor Finn antworten konnte, ertönte schon die Stimme des Amerikaners.

»Wer trinkt denn hier Wasser?«

Fast schon schuldbewusst griff Stine nach ihrem Mojito und zeigte auf ihren Nebenmann. »Finn!«, verkündete sie und erntete schallendes Gelächter von Jeff und seinen Kumpels.

Die verpflichteten Finn daraufhin gleich zu einer Runde Shots, was dieser mit einem gespielt vorwurfsvollen Blick in Richtung Stine kommentierte, ehe er lachend einen der Kellner herbeiwinkte.

Von da an brachte er noch eine Menge Mojitos und Shots an den braunen Holztisch, und obwohl Stine sich zu erinnern glaubte, zwischendurch auch einen Burger gegessen zu haben, erlebte sie den Abend wie durch einen bunten Schleier aus Drinks, Strandmusik, glitzerndem Karibikmeerpanorama und warmem Sand zwischen den Zehen. Dass sie immer noch nur ihren Bikini trug, fiel ihr erst auf, als sie mit Jeff und ein paar anderen übermütig ins warme Meer stürmten, um sich eine Wasserschlacht zu liefern.

Als Stine sich eine Ladung Salzwasser, die Jeff ihr ins Gesicht gespritzt hatte, aus den Augen wischte, kam er auf sie zu und strich ihr sanft über die Wange. Ohne groß nachzudenken schloss Stine die vom Salzwasser brennenden Augen, und als Jeff sie erst vorsichtig und dann immer heftiger küsste, erwiderte sie seine Küsse einfach. Sie fühlten sich verdammt gut an, und denken konnte Stine in diesem Moment sowieso nicht.

Irgendwann wurde es um sie herum stiller, und die anderen kehrten zur Strandbar zurück, was Stine jedoch nur am Rande registrierte. Lachend ließ sie sich von Jeff hinter ein paar flache Felsen ziehen, und als sie im Mondschein nebeneinander im warmen Sand lagen, genoss sie seine starken Hände auf ihrer Haut und fühlte sich wie in einem Film. Alles war romantisch, alles war gut, und als die Sterne sich langsam über ihr zu drehen begannen, kam Stine sich vor wie im Himmel.

Finn saß auf der Terrasse des Buffetrestaurants und sah zu, wie sein Freund Unmengen an Rührei und gebratenem Speck verschlang. Jeff zelebrierte sein Katerfrühstück und spülte die Eiweiß- und Fettberge mit einem Bud light hinunter. Es fiel Finn schwer, nicht offen zu zeigen, wie sehr er ihn das Verhalten seines Zimmergenossen störte. Jeffs Aktion gestern am Shell Beach fand er alles andere als in Ordnung. Dass der Amerikaner sich innerhalb kürzester Zeit eine neue Eroberung am Strand gesichert hatte, wunderte Finn an sich nicht weiter.

Anfangs hatte es ihn auch keineswegs gestört, dass Jeff schon wieder fleißig am Baggern war. Im Gegenteil, er fand das ausgeprägte Balzverhalten sogar eher amüsant. Mit breitem Grinsen hatte er seinen Kumpel und seine neueste Eroberung vom Wasser aus beobachtet. Doch je länger er sie ansah, desto bekannter kam ihm die Frau vor. Ihre Mimik und Gestik erinnerten ihn an eine ganz bestimmte Begegnung. Doch an einen solchen Zufall wollte er zuerst nicht glauben. Wahrscheinlich taten der Rum, das Bier und die karibische Sonne das Ihre und er sah Gespenster. Als er sich nach einiger Zeit zu den beiden gesellte, waren auf einen Schlag sämtliche Zweifel ausgeräumt. Finn war sich ganz sicher: Jeffs Auserwählte des Tages war die Comicfrau aus Los Angeles!

Obwohl er es rational nicht erklären konnte, ärgerte das Finn. Natürlich *kannte* er Stine, wie er jetzt wusste, nicht, und er hatte auch kein Recht, sauer oder gar eifersüchtig auf Jeff zu sein. Aber er musste sich eingestehen, dass er genau das war. *Er* hatte die Comicfrau am Venice Beach erspäht, und *er* hatte sie beim Einschiffen in Fort Lauderdale wiedererkannt. Natürlich hatte er sie nicht angesprochen und auch am Shell Beach aus der Ferne nicht sofort erkannt, trotzdem hatte er sie zuerst gesehen. Und irgendwie entwickelte Finn, als er registrierte, wie Jeff Stine gezielt mit einem Drink nach dem anderen abfüllte, so etwas wie Beschützerinstinkt.

Er versuchte sich einzureden, es liege nur daran, dass die blonde Frau auch aus München kam. Normalerweise ging Finn jedem deutschen Urlauber im Ausland so gut wie möglich aus dem Weg. Er hielt nichts von nationaler Verbrüderung und lernte lieber neue Leute aus anderen Kulturen kennen, als sich mit irgendwelchen Touristen aus Würzburg oder Paderborn über deutsche Tugenden und südländische Unpünktlichkeit zu unterhalten. Aber dieser Fall war nun mal anders gelagert. Dass sein Kumpel drauf und dran war, seine geheimnisvolle Comicschönheit abzuschleppen, schmeckte Finn gar nicht. Nur schien Stine das leider kein bisschen zu interessieren.

Als Jeff Stine nach dem Essen ins Wasser zog, sorgte Finn dafür, dass die ganze Clique die beiden zu einer nächtlichen Wasserschlacht begleitete. Trotzdem konnte er nicht verhindern, dass die beiden nach kurzer Zeit eine wilde Knutscherei anfingen. Von da an war es eigentlich nur noch eine Frage der Zeit, bis sich Jeff mit seiner Eroberung verzog, und Finn konnte sich nur zu gut vorstellen, was als Nächstes passierte.

Nach einer halben Stunde schaffte er es nicht mehr, sein schlechtes Bauchgefühl zu ignorieren, und als er auch noch Unterstützung von den beleidigten Jeff-Groupies aus der Clique bekam, die unbedingt zurück aufs Schiff wollten, stapfte er in Richtung der Felsen, um seinem Kumpel und Stine zu holen. Mittlerweile war es ziemlich spät geworden, und da sich die Insel schnell leerte, wollte er die beiden unbedingt finden. Irgendwie fühlte er sich verantwortlich für die Comicfrau, auch wenn sie ihn anscheinend weniger spannend fand als er sie. Außerdem mussten er, Jeff und die anderen selbst langsam zurück, und wie er seinen Kumpel kannte, hatte der das nicht auf dem Schirm.

Immerhin war es Jeff noch nicht gelungen, bis zum Äußersten vorzudringen, und nach einer kurzen, eindringlichen Rede hatte er seinen Freund davon überzeugt, dass sie sofort aufbrechen mussten, wenn sie das letzte Tenderboot nicht verpassen wollten. Umringt vom Rest der Clique, stürmte Jeff dann auch, ein amerikanisches Partylied grölend, in Richtung Hafen, während Finn Stine stützte, die nicht mehr fähig war, alleine zu laufen. Am Pier brachte er sie auf direktem Wege zu dem letzten Tender ihres Schiffes.

»Könnten Sie bitte gut auf die Lady aufpassen und sie sicher in ihre Kabine zurückbringen?«, sagte er zu dem jungen Mann in Schiffsuniform.

»Selbstverständlich«, meinte der nur, ohne eine Miene zu verziehen.

Glücklicherweise war Stine auf einem absoluten Luxusdampfer unterwegs, und das Personal der Reederei schien kein Problem mit einem diskreten Rundum-Service zu haben, der offenbar auch beinhaltete, sturzbetrunkene Passagiere sicher zurück aufs Schiff zu geleiten. Nachdem Finn sich vergewissert hatte, dass Stine in guten Händen war, gesellte er sich zu seiner Clique auf das wartende Tenderboot, in dem Jeff inzwischen laut schnarchend und mit dem Kopf auf dem Schoß eines der Girls eingeschlafen war.

Da Stine in der Aufbruchsstimmung, versehentlich oder auch nicht, Jeffs Shirt angezogen hatte, trug der Amerikaner nur noch seine Shorts, was Finn dann doch zu einem kleinen Lächeln bewegte. Er musste zugeben, dass er seinem Kumpel diesen Verlust aus vollem Herzen gönnte.

»Was für eine geile Party gestern, oder?«, fragte Jeff ihn mit sichtlicher Begeisterung und schob sich gleich eine neue Gabel Rührei in den Mund.

Finn staunte immer wieder, wo Jeff die Berge an Fett hinsteckte, die er fast täglich in sich hineinfutterte. Denn statt eines Schwabbelbauchs, den Finn bei der Kalorienzufuhr nach nur drei Tagen bekommen würde, hatte Jeff eine Figur wie ein perfekt trainierter Sportler. Irgendwie scheint ihm alles zuzufliegen, egal ob Muskeln oder Comicprinzessinnen, stellte Finn grimmig fest und trank einen Schluck von seinem Orangensaft.

»War doch super, oder?«, fragte Jeff nun noch einmal, da er immer noch auf die Bestätigung seines Freundes wartete.

»War ganz okay«, antwortete Finn widerwillig. Er wollte sich zwar nicht anmerken lassen, wie sehr ihn der Flirt zwischen Jeff und Stine nervte, aber ganz unterdrücken konnte er seinen Groll nicht.

»Ganz okay? Ganz okay??? Das war einfach nur der Hammer! Und die Bräute waren auch nicht schlecht.« Jeff grinste und öffnete eine zweite Dose Bud light.

Finn rang sich ein »Es war lustig« ab und hoffte, dass Jeff das Thema damit fallen lassen würde.

Was dieser weder vorhatte noch tat. »Was für eine unglaubliche Party!«, fuhr er fort. »Aber mal ehrlich, dass eure deutschen Mädels so heiß sind, hätte ich nicht gedacht. Du hast echt Glück, Alter«, scherzte Jeff.

»Ach, weißt du, es gibt solche und solche«, sagte Finn und verkniff sich die Bemerkung, dass der Amerikaner sich da gestern ein ganz besonderes Exemplar geschnappt hatte.

»Die gestern war schon verdammt heiß«, meinte Jeff und griff damit unbewusst Finns Gedanken auf. »Ich muss dich unbedingt mal in Deutschland besuchen kommen und mir die ganzen anderen scharfen Bunnys anschauen.«

»Super Idee«, sagte Finn und hoffte, dass die Ironie, die ihm aus jeder Pore tropfte, nicht bei seinem Kumpel ankam.

»Yeah, mon«, freute sich dieser prompt und klopfte Finn begeistert auf die Schulter.

»Okay, ich gehe mich dann mal fürs Rhino Riding umziehen. Wir treffen uns in einer halben Stunde unten am Pier«, sage Finn, trank den letzten Schluck aus seinem Orangensaftglas und stand auf.

Das Schiff steuerte heute St. Maarten an, eine holländisch-französische Freihandelszone in der Karibik. Die meisten Touristen deckten sich hier vor allem mit steuerfreien Diamanten, billigem Alkohol und Zigaretten ein, und der Pier, an dem das Schiff festmachte, mündete direkt in ein belebtes Einkaufszentrum, in dem Tausende Urlauber auf Schnäppchenjagd gingen. Vor den Shops ankerten ganze fünf Kreuzfahrtschiffe Bug an Bug, doch die weiße

Lady, auf der Stine unterwegs war, war nicht dabei, wie Finn gleich heute Morgen festgestellt hatte. Er wusste nicht, ob er traurig oder erleichtert war. Wahrscheinlich beides.

Jedenfalls hatten er, Jeff und die anderen einen Ausflug in eine Lagune gebucht, von wo aus sie mit gelben Speed-Gummibooten eine Fahrt zu einem entlegenen Strand unternehmen wollten. Die Reederei verkaufte die Tour als Rhino Riding und Finn war gespannt, ob sich das Ganze wirklich wie Nashornreiten anfühlen würde. Ihm war jedenfalls jede Ablenkung recht, um nicht an Stine und den gestrigen Abend denken zu müssen. Er war schließlich hier, um sich mit sich selbst, seinem neuen Leben und der Geschichte seines Großvaters zu beschäftigen und nicht mit irgendeiner Comicfrau, die er nicht einmal kannte. Die ihm aber unglücklicherweise nicht mehr aus dem Kopf gehen wollte.

So kannte Finn sich gar nicht. Selbst bei Lisa hatte es mehrere Treffen gedauert, bis er sich sicher war, dass er echtes Interesse an ihr hatte. Dass ihn eine Frau bereits nach der ersten Begegnung flashte und sogar dann noch, wenn sie etwas mit einem Kumpel gehabt hatte, das war ihm noch nie passiert. Aber es war, als hätte die Comicfrau sich ihm eingebrannt, und er konnte nichts dagegen tun. Der Gedanke, dass er sie wahrscheinlich nicht wiedersehen würde, erleichterte und bestürzte ihn zugleich. Doch irgendwo tief in ihm drin hatte er das Gefühl, dass dies nicht ihre letzte Begegnung gewesen war.

Finn schüttelte sich und versuchte, die Vorahnung zu verscheuchen. Jetzt wurde er auch noch spirituell, das war ja genauso wenig seine Art. Diese Reise schien mehr in ihm auszulösen, als er zu Beginn geahnt hatte.

❀

Das grelle Sonnenlicht, das durch die offenen Vorhänge ihrer Suite fiel, traf Stine wie ein Blitz. Ihr Kopf schmerzte derart, dass sie sich im ersten Moment sicher war, eine schwere Schädelverletzung davongetragen zu haben. Doch als sie vorsichtig tastete, konnte sie weder frisches noch getrocknetes Blut fühlen. Dafür trug sie ein T-Shirt, das ihr nicht gehörte, und der Bikini, den sie anhatte, war zwar ihr eigener Bikini, aber sie trug ihn falsch herum. Langsam dämmerte ihr, dass sie ziemlich heftig abgestürzt sein musste, aber sie hatte beim besten Willen keine Idee, wie das passiert sein konnte. Ihr war ja nicht mal klar, wie sie zurück aufs Schiff, geschweige denn in ihre Suite gekommen war.

Erst langsam kamen in Stine Erinnerungen hoch. Allerdings nicht nur die. Mit vor den Mund gepressten Händen rannte sie so schnell sie konnte ins Bad und begrüßte den Morgen nicht ganz so stilvoll, wie es die marmorgetäfelten Wände vermutlich gewöhnt waren.

»Möchten Sie auch ein Glas, Madam?«

Stine blinzelte hinter ihrer riesigen Sonnenbrille hervor und sah in die freundlichen Augen eines der schicken Poolkellner, der gerade ein Tablett mit sprudelndem, eisgekühltem Champagner herumtrug und den Gästen anbot. Sie schaffte es mit Mühe, das sofort einsetzende Würgegefühl zu unterdrücken und den Kopf zu schütteln, während sie sich ein gequältes Lächeln abrang.

Nachdem sie den halben Tag bei zugezogenen Gardinen in ihrem Bett verbracht hatte, traute sie es sich gegen

Nachmittag zu, ihre Suite zu verlassen und zog sich in die schattigste und ruhigste Ecke des Pooldecks auf einen Liegestuhl zurück. Das Schiff steuerte heute keine Insel an, und trotz des permanenten leichten Schaukelns, das ihrem Magen nicht unbedingt guttat, war Stine froh, dass ausgerechnet dieser Tag ein Seetag war. Hier auf dem Schiff fühlte sie sich beschützt. Es war ein eigener Kosmos und gab ihr die Möglichkeit, sich in einer voll und ganz heilen Welt aufzuhalten. Eine Welt ohne Beachboys, die einen Mojito nach dem anderen anschleppten, eine Welt, in der Stine sich selbst mochte. In der sie nicht daran denken musste, wie idiotisch sie sich gestern aufgeführt hatte und was alles hätte passieren können.

Während sie am Vormittag zwischen Bett und Bad gependelt war, hatte sie immer wieder versucht sich einzureden, dass sie stolz auf sich sein konnte. Nach jedem überstandenen Übelkeitsschub war sie zurück ins Bett geklettert und während ihr Kreislauf sich langsam beruhigte, sie sich in die weichen Decken kuschelte, die Augen schloss und sich ein wenig besser fühlte, sagte sie sich selbst immer wieder aufs Neue, dass sie es endlich einmal geschafft hatte loszulassen. Sie, die ewig kontrollierte Stine, war mitten in der Karibik, in einer stylishen Strandbar einfach einmal locker gewesen, hatte Spaß gehabt, sich betrunken und mit einem echt netten Typen geknutscht. Was war schon dabei? Millionen anderer Frauen machten das jede Woche und fühlten sich hinterher super.

»Ach ja, das eine Mal in St. Barth, als ich total betrunken war und mich an diesem fabelhaften Strand hinter den Klippen von einem süßen Ami habe flachlegen lassen.«

Vielleicht würde sie das so nach ihrer Rückkehr ihren

Freundinnen erzählen, und vielleicht würde die eine oder andere das sogar richtig cool finden und Stine beneiden. Vielleicht war das ja der Startschuss für eine neue, entspanntere und lässigere Stine. Eine Stine, die so selbstbewusst und locker wäre, dass sie nicht in ihrer ersten großen Show vor lauter Panik vor Schreck starr gefroren dastehen und kein Wort herausbekommen würde.

Das alles versuchte sie sich immer und immer wieder einzureden. Bis die Übelkeitsattacken irgendwann nachließen und sie mit klarer werdendem Kopf zugeben musste, dass das totaler Mist war. Sie war gestern mitnichten lässig und cool gewesen, sondern einfach nur sturzbetrunken und unglaublich naiv. Jeff hätte sich als mieser Vergewaltiger mit diversen Geschlechtskrankheiten und einem Vorstrafenregister, das von Los Angeles bis nach Alcatraz reichte, entpuppen können. Sie hätte ihr Schiff verpassen und ohne Ausweis und ausreichend Geld auf der kleinen, horrend teuren Karibikinsel stranden können, bekleidet mit nichts weiter als einem Bikini. Das klang nicht nach Spaß, sondern nach einem echten Albtraum. Stine sah schon die Schlagzeile der *Bildzeitung* vor sich:

»Möchtergernmoderatorin nackt und betrunken auf Karibikinsel entdeckt. Zum Verhängnis wurden ihr die Mojitos.«

Nein, das war nicht ihre Welt, und das sollte sie auch nicht werden. Deswegen fühlte sie sich beim Gedanken an die letzte Nacht auf einmal einfach nur elend und voller Scham. Irgendwo in ihrem benebelten Hirn hatte sie noch mitbekommen, wie plötzlich Finn hinter den Klippen aufgetaucht war und irgendwas vom letzten Tenderboot erzählt hatte. Das Nächste, woran sie sich erinnerte, war ein netter Herr in Schiffsuniform, der sie vorsichtig zudeckte und beim Hinausgehen das Licht in ihrer Suite löschte.

Stine wusste glücklicherweise nicht mehr genau, welches der Crewmitglieder sie gestern begleitet hatte, aber als sie vorhin an Deck gehuscht war, hatte sie lieber bei jeder Begegnung auf dem Flur den Kopf gesenkt und gehofft, dass sie nicht gleich als die Schnapsleiche von gestern Nacht erkannt werden würde. Was dieser Finn von ihr dachte, wollte sie sich lieber gar nicht vorstellen. Dass er aber auch ausgerechnet aus München kommen musste. Sie würde vor Scham sterben, wenn sie ihm dort zufällig begegnen würde. Aber München war vorerst zum Glück weit weg.

Im Moment fühlte sie sich wirklich alles andere als gut und auch ziemlich einsam. Es gab jetzt nur einen Menschen, dem Stine gerade nah sein mochte, daher holte sie die Briefe des Geliebten ihrer Großmutter aus ihrer Badetasche. Auch ihre Großmutter war mehr oder weniger allein durch diese Gewässer gefahren und hatte sich dabei sicher ein ums andere Mal elendig gefühlt. Wenn Stine sich gerade Trost bei einer Person erhoffte, dann bei ihrer Großmutter. Selbst wenn dieser Trost nur in Hans' Briefen aus längst vergangenen Zeiten zu finden war. Sie machte es sich bequem und begann zu lesen.

Saint-Barthélemy, Januar 1949

Geliebte Irmi,
mein Herz, wie erschüttert war ich, als ich deinen letzten Brief erhielt. Ich hatte mich schon gewundert, dass du dir so lange mit deiner Antwort Zeit gelassen hast. Keine Sorge, ich bin wohlauf – und ganz in der Nähe von dir!

Nach deinem letzten Brief habe ich sofort versucht, in die Karibik zu gelangen, und dort bin ich inzwischen angekommen. Allerdings zu spät, wie ich bei meiner Ankunft im Hafen erfahren habe. Doch erst einmal der Reihe nach.

Anscheinend hat mein letzter Brief dich nicht erreicht. Wahrscheinlich ist es ein Wunder, dass überhaupt so viele unserer Briefe ihren Weg finden, aber ich denke, sie stehen unter besonderem Schutz, unter dem Schutz unserer Liebe, und der ist stark.

Auch mich hat er begleitet, denn wie du vorausgesagt hast, sind wir in schwere Stürme geraten. Glücklicherweise kam auf unserem Schiff niemand ums Leben. Es tut mir leid, dass du anderes erleben musstest, und es schmerzt mich, wie sehr du dich um mich sorgst und leidest. Doch bitte, Irmgard, achte auch du auf dich. Das Klima hier ist für uns Europäer nicht leicht zu verkraften, und es wird noch schwerer, wenn du dich selbst schwächst. Deswegen iss und trink bitte genug, denn du brauchst Kraft. Wir kämpfen doch für unsere gemeinsame Zukunft, und für diese müssen wir stark und gesund sein.

Was mich betrifft: Du kennst mich doch, meine Liebe, ich falle immer auf die Füße, und während meine Kameraden von Magenleiden und anderen Gebrechen geplagt werden, geht es mir sehr gut. Du brauchst also keine Angst zu haben. Und zum Glück weiß auch ich nun, dass auch du wohlauf bist.

Ich habe heute einen Ort kennengelernt, den du lieben würdest. Weißt du, wo ich heute war, meine liebste Irmi? An einem Strand unweit des Hafens von Gustavia. Er bestand nicht etwa aus Sand, sondern aus unzähligen winzigen Muscheln und Schnecken. So was habe ich in meinem ganzen Leben noch nicht gesehen! Muscheln, so weit das Auge reicht, aber alle kleiner als ein Fingernagel. Sag, warst du auch an diesem Ort? Ich musste so sehr an dich denken, wie du eine Muschel nach der anderen sammelst. Ein paar besonders schöne Exemplare habe ich für dich mitgenommen. Ich werde eine schöne Kette für dich machen, und wenn wir uns wiedersehen, werde ich sie dir schenken.

Ich kann mir schon genau vorstellen, wie sie an dir aussehen wird. Wenn wir erst unsere Insel gefunden haben, kannst du sie jeden Tag tragen, und immer wenn wir eine besonders schöne neue Muschel finden, erweitern wir die Kette, bis du sie dir zehnmal um den Hals schlingen kannst. Das wird wundervoll, meine Liebste …

Nun hoffe ich, bald wieder von dir zu hören, um zu erfahren, wo du mittlerweile gelandet bist. Sei gewiss, ich werde einen Weg finden, um zu dir zu kommen, und sende dir tausend Küsse. Bitte sorge dich nicht länger und iss fleißig. Ich bin bald bei dir, und dann möchte ich deine Rippen nicht einzeln zählen können.

In Liebe, dein zu dir eilender
Hans

5. Saint-Martin

BAAAFF! BAAAFF! BAAABAAFF!

Dröhnend raste Finn mit seinem Rhino Rider durch das Hafengebiet und hüpfte bei jedem Wellenschlag donnernd auf und ab.

»Schneller, schneller!«, juchzte Nicole hinter ihm.

Die schwarzhaarige Amerikanerin aus der Clique hatte sichtlich Spaß an der Fahrt, vermutlich sogar mehr als er. Begeistert klammerte sie sich an ihm fest und quietschte bei jeder Welle laut. Natürlich war es ganz cool, mit diesem nicht unbedingt PS-schwachen Boot über die Wasseroberfläche zu brettern, aber die Lagune, durch die sie fuhren, hatte er sich anders vorgestellt. Das Wasser war grau statt türkis und momentan heizten sie zwischen diversen verrosteten Schiffswracks vorbei, die langsam verrotteten. Ihr Guide hatte ihnen vor Abfahrt die Route erklärt und erzählt, dass die Wracks seit dem verheerenden Hurrikan Luis 1995 auf Grund lagen. Heute lebten in einigen davon sogar Menschen, was Finn sich nur schwer vorstellen konnte.

Bei der nächsten Kurve passierten sie ein besonders großes Wrack, das einige Kinder als Sprungturm zweckentfremdet hatten und sich abwechselnd von den Stahlkolossen ins Wasser fallen ließen, während die leuchtend gelben Rhinos an ihnen vorbeirasten. Nur eine halbe Stunde entfernt wurde am Pier mit Diamanten gehandelt, hier dagegen sah es nach ziemlich krasser Armut aus, und

Finn kam sich mit seinem motorisierten Gummiboot wie ein unpassender Besucher im Zoo vor.

Er atmete erleichtert aus, als sie das Hafengebiet passiert hatten und entlang der Küste, vorbei an kleinen Buchten, endlich wieder in Gewässer fuhren, die mehr nach Karibik und weniger nach Waterworld aussahen. Nach guten zehn Minuten erreichte die gelbe Kolonne einen wahren Traumstrand mit blendend weißem Sand und unzähligen grünen Palmen.

Mit einem schrillen »Yeahhhh!« ließ Nicole sich ins Wasser fallen, sobald Finn den Motor ausgeschaltet hatte, und schwamm mit den anderen auf den Sandstrand zu. Auch Finn schnappte sich seine wasserdichte Tasche und machte sich auf den Weg an Land. Er hatte sich die ganze Zeit auf diesen geplanten Stopp gefreut, denn es war gar nicht so leicht, in der großen Gruppe auch mal einen ruhigen Moment für sich selbst zu haben. Und die fehlten ihm.

Während die Guides kaltes karibisches Bier verteilten, suchte er sich eine ruhige Ecke unter einem Baum und zog sich zurück. Im Schatten der Palmwedel setzte er sich in den warmen Sand und lehnte sich an den Stamm. Ein paar Minuten beobachtete er die anderen, wie sie wild durcheinanderschrien und sich und das Leben feierten. Finn fühlte sich in diesem Moment ganz weit weg. Die Kreuzfahrt würde nicht ewig gehen, und er fühlte, dass die Zeit für ihn gekommen war, alleine weiterzuziehen. Nur wohin sein Weg ihn führen würde, das konnte er noch nicht sagen.

Um eine Antwort zu bekommen, griff er in die Tasche neben sich, holte den Brief heraus, den er extra mitgenommen hatte, und begann zu lesen.

Sir Francis Drake Channel, April 1949

Geliebter Hans,
oh mein Schatz, ich bin ja so glücklich! Ich habe das Papier geküsst, als ich deinen Brief endlich in den Händen hielt, und vor lauter Freude so sehr geweint, dass die Buchstaben vor meinen Augen verschwommen sind.

Dir geht es gut! Du lebst! Und du bist immer noch in der Karibik!

Hans, wir müssen uns nur um wenige Wochen auf St. Barth verpasst haben. So nah waren wir dran am großen Glück … Ich mag dir lieber gar nicht schreiben, wie es mir in den letzten Tagen ging. Aber du hast vollkommen recht, ich muss für unsere gemeinsame Zukunft gesund und stark sein, deswegen werde ich gleich nachher eine riesige Portion Fisch und frisches Obst verschlingen. Doch erst muss ich dir schreiben.

Ich hatte solche Angst um dich – offenbar zu Recht. Ich bin zwar froh und dankbar, dass du wohlauf bist, aber dumm bin ich nicht. Ganz ungefährlich ist das sicher alles nicht, und auch du bist nicht gegen Krankheiten gefeit. Dennoch danke ich dir, dass du mich beruhigen möchtest, ich vertraue dir und darauf, dass das Schicksal uns gesund wieder zusammenbringen wird. Und ich freue mich schon so sehr darauf, deine Muschelkette zu tragen.

Leider konnte ich den Strand, von dem du da schreibst, nicht besuchen. Aber Rosa war dort und hat mir davon erzählt. Ich musste Edmund an dem Tag zu einem Geschäftstermin begleiten, und nun, da ich weiß, dass du dort warst, ärgere ich mich umso mehr darüber. Aber wir werden sicherlich noch so viele Strände gemeinsam besuchen, und daran will ich denken, statt mich zu ärgern.

Denn unser wahres Leben, das gemeinsame, beginnt erst noch. Und die Vorfreude darauf, die kann uns keiner nehmen.

Ich könnte dir ewig schreiben, denn dann fühle ich mich dir ganz nahe. Doch leider muss ich jetzt an Deck. Johann streicht schon die ganze Zeit vor meiner Kabine herum. Im Moment lässt er mich kaum aus den Augen.

Wir sind auf dem Weg nach San Juan in Puerto Rico, und ich bete, dass wir dort länger bleiben werden. Vielleicht sogar so lange, dass wir uns wiedersehen … Ich denke jede Minute an dich, und nun, da ich weiß, dass es dir gutgeht, kann ich frohen Mutes nach vorne blicken, denn bald wird alles gut.

In Liebe
Deine Irmgard

Finn ärgerte sich, dass er nicht auch ein paar Muscheln vom Shell Beach mitgenommen hatte. Aber Jeffs Flirt mit der Comicfrau und die Aufregung, rechtzeitig zurück auf die Schiffe zu kommen, hatten ihn zu sehr abgelenkt. Wo die Muschelkette wohl heute war? Hatte sein Großvater sie weggeworfen oder lagerte sie noch irgendwo? Hatte er sie vielleicht sogar Finns Großmutter geschenkt? Nein, das glaubte Finn nicht. Aber er nahm sich vor, sobald er zurück war, im Haus seiner Großeltern danach zu suchen.

Als ihr Riesenschiff in St. Maarten ablegte, brach der letzte Abend an Bord an. Morgen würden sich Finns und Jeffs Wege trennen. Ihr Schiff lief ganz früh in San Juan ein, und während die anderen von dort aus noch am Mittag zurück nach Los Angeles fliegen würden, hatte Finn beschlossen, ein paar Tage in Puerto Rico zu bleiben und die Orte zu erkunden, die Irmgard in ihren Briefen beschrieb. Vorher hatten die beiden Freunde sich noch einmal zusammen auf das ruhigere Cocktaildeck verzogen und mit zwei Drinks auf die wetterfesten Loungemöbel fallen lassen.

»War 'ne richtig gute Zeit, was?«, meinte Jeff und hielt Finn sein Glas zum Anstoßen entgegen.

Nachdem sie nun so viel Zeit miteinander verbracht hatten, fühlte es sich fast ein wenig komisch an, dass sie ab morgen wieder getrennte Wege gehen würden.

»Das war 'ne super Zeit, Kumpel«, antwortete Finn und ließ sein Glas gegen Jeffs klingen.

Natürlich sagten sie einander nicht, dass sie sich vermissen würden oder ähnliche Dinge, die Frauen in einem solchen Moment aussprechen würden, aber das war auch nicht nötig.

»Weißt du schon, wie es für dich weitergehen wird?«

Jeffs Frage bezog sich ganz offensichtlich auf Finns nächstes Reiseziel und beinhaltete trotzdem so viel mehr. Sein Kumpel ahnte mittlerweile, dass die Reise für Finn kein reiner Spaßtrip war.

»Erst mal San Juan ein paar Tage und dann mal schauen …«, sagte Finn ausweichend. Er wusste es ja selbst noch nicht so recht.

Jeff nickte und sah ihn prüfend an. »Was sind das eigentlich für Briefe, die du die ganze Zeit mit dir rumschleppst?«, hakte er nach.

Die Frage verblüffte Finn, denn bisher war er davon ausgegangen, dass Jeff vor lauter Bud light und Mädchen nicht allzu viel von seiner ungewöhnlichen Reiselektüre mitbekommen hatte. Der Amerikaner bemerkte Finns Überraschung anscheinend, denn er legte gleich nach.

»Ey, nur weil ich im Urlaub gerne Party mache, bin ich kein tumber Neandertaler. Dass ich die süße Deutsche in St. Barth klargemacht habe, hat dir auch nicht besonders gefallen, stimmt's?«, grinste er.

Die Bemerkung zu Stine ignorierte Finn wohlweislich, denn dieses Thema wollte er am letzten Abend nicht noch mal besprechen. Stattdessen erzählte er Jeff in Kurzfassung von den Briefen der Geliebten seines Großvaters.

Jeff schwieg eine Weile.

»Ist noch nicht lange her, dass dein Opa gestorben ist?«, fragte er mit ungewöhnlich sanfter Stimme.

»Nein«, sagte Finn heiser und leerte seinen Drink mit einem Zug.

»Meiner ist vor zwei Jahren gestorben. War ziemlich heftig«, erzählte Jeff.

Nachdem Finn nicht reagierte, orderte er noch zwei Drinks, indem er dem Kellner winkte und dann auf sein Glas tippte, während er zwei Finger hochhielt.

»Hast du deswegen deine Alte vorm Altar stehen gelassen?«, hakte Jeff nach, sah aber immer noch zum Kellner, nicht zu seinem Freund.

Offensichtlich wollte er Finn trotz der privaten und lässig formulierten Frage nicht zu nahetreten. Irgendwie fiel es Finn bei Jeff aber ungewohnt leicht, offen darüber zu sprechen. Vielleicht weil er so weit weg von Deutschland, seiner Familie und Lisa war, vielleicht auch, weil er Jeff erst mal auf ungewisse Zeit nicht wiedersehen würde. Was es auch war, es tat gut, sich zu öffnen.

»Irgendwie schon«, gab Finn zu. »Als mein Opa mir

erzählt hat, dass er sein Leben lang nur diese eine Frau geliebt hat, war das wie ein Weckruf für mich. Mir ist in dem Moment klar geworden, dass ich Lisa nicht ein Leben lang lieben könnte. Wahrscheinlich nicht mal eine Ehe lang. Als ich ihm das gesagt habe, meinte er, dann solle ich diese Frau auch nicht heiraten. Nach seinem Tod habe ich die Hochzeit dann im letzten Moment geschmissen. Ich habe mir die Briefe geschnappt, Urlaub genommen und bin in den nächstbesten Flieger gestiegen.«

»Die große Liebe deines Großvaters war auch hier, in der Karibik?«, fragte Jeff. Er kombinierte schnell.

»Yep. Erst in Los Angeles und dann quer durch die Karibik. Bis nach Jamaika.«

»Und dein Opa ist ihr die ganze Zeit hinterhergereist?«

Jeffs Stimme hatte einen ungläubigen Ton angenommen, und Finn konnte sich noch gut daran erinnern, wie er reagiert hatte, als sein Großvater ihm die Geschichte erzählt hatte. Womöglich hätte er das Verhalten sogar für komplett bescheuert erklärt, wäre es nicht um seinen Opa gegangen. Finn und Jeff gehörten nun mal einer anderen Generation an. Keiner von ihnen konnte sich vorstellen, einer Frau, die zudem noch mit einem anderen verheiratet war, um die halbe Welt hinterherzureisen. Oder würden sie das für die Richtige auch tun? Hatten sie die Richtige nur noch nicht getroffen? Finn registrierte, dass er in diesem Augenblick wieder an die Comicfrau denken musste. Aber er bemühte sich, den Gedanken an sie zur Seite zu schieben. Stattdessen nickte er, denn Jeff wartete ja immer noch auf eine Antwort.

»Unglaublich«, meinte er und starrte an Finn vorbei in den schwarzen Nachthimmel.

Wortlos brachte der Kellner ihnen zwei neue Gläser, woraufhin beide einen großen Schluck ihrer Drinks nahmen.

»Dann musst du wohl auch bald nach Jamaika. Ich kenne da eine gute Strandbar«, beendete Jeff schließlich das lange Schweigen.

Finn musste über den halb ernst gemeinten Kommentar lachen und sein Kumpel stimmte ein. Dann wurde er aber noch einmal ernst. Jeffs Meinung interessierte ihn.

»Meinst du, das bringt überhaupt was? Das ganze Hinterherreisen, nach Jamaika fliegen und so. Oder haue ich gerade einfach nur vor meinem Leben ab?«

»Manchmal ist Abhauen nicht das Schlechteste. Und wer weiß? Vielleicht erwartet dich in Jamaika ja irgendwas.« Jeff hob die Schultern.

»Was sollte das denn sein?« Finn zog eine Augenbraue hoch

»Keine Ahnung, Alter. Die große Erkenntnis, ein ordentlicher Hangover, oder aber die Richtige. Am Ende findest du sie, ohne jahrelang durch die Karibik dümpeln zu müssen.«

»Darauf trinke ich erst mal einen«, sagte Finn trocken und hielt Jeff noch mal sein Glas zum Anstoßen entgegen.

Nachdenklich ließ er den Blick über den Ozean schweifen, der sie umgab. Er hatte keine Ahnung, was ihn erwartete, aber während er so hier saß mit seinem neu gewonnenen Freund und sich wunderte, wie viele unerwartete Facetten dieser hatte, wurde ihm klar, dass er Jeff ganz schön vermissen würde.

Ab morgen war er auf sich alleine gestellt. Der Gedanke war verlockend und beängstigend zugleich.

❀

Die Sonne strahlte auf Stine herab, als diese sich ihre Flipflops von den Füßen streifte und sie in dem bereitgestellten Korb am Steg verstaute. Sie hatte sich gestern den ganzen Nachmittag in den Briefen verloren und, als Hans von einem Segeltörn durch den Sir-Francis-Drake-Channel geschrieben hatte, der Irmgard anscheinend schwer begeistert hatte, spontan beschlossen, heute einen Segelausflug durch den Kanal zu buchen.

Barfuß kletterte sie an Bord des weißen Katamarans, der sie von Tortola aus durch die Gewässer der Britischen Jungferninseln segeln sollte. Zum Glück war der Ausflug nicht besonders gut gebucht, und neben ein paar amerikanischen Honeymoonern und Rentnerehepaaren waren nicht viele Gäste an Bord. Nachdem Stine ihre Badetasche in dem überdachten Teil des Katamarans verstaut und sich noch einmal ordentlich mit Sonnencreme eingerieben hatte, sicherte sie sich ein bequemes Plätzchen auf einem der übers Wasser gespannten Netze am Bug und genoss das Auslaufen aus dem kleinen Hafen.

Vor ihr glitzerte das karibische Meer türkisblau in der Sonne, und sie beobachtete, wie die kleinen, mit dichter Vegetation bewachsenen Felseninseln an ihr vorbeizogen. Der Katamaran nahm immer mehr Fahrt auf, und Stine genoss die Abkühlung, die ihr die durch das Netz nach oben spritzende Gischt verschaffte. Mit einem wohligen Seufzer ließ sie sich nach hinten sinken und streckte das Gesicht der Sonne entgegen.

Ob ihre Großmutter sich damals genauso an Deck gesonnt und den Fahrtwind genossen hatte? Es fiel Stine immer noch schwer, sich vorzustellen, wie deren Reise genau verlaufen war. Ähnlich wie sie war ihre Großmutter auf einem für damalige Verhältnisse sicher sehr komfortablen Schiff unterwegs gewesen und hatte entlegene Winkel der Erde bereist, die nur wenige Menschen ihrer Zeit kennenlernen durften. Sie war weit herumgekommen und trotzdem nicht glücklich gewesen. So wie Stine. Keine von ihnen hatte das Glück, dieses Paradies mit einem Menschen teilen zu dürfen, den sie liebten. Wobei ihre Großmutter Stine einiges voraushatte. Immerhin hatte sie einen Mann aus ganzem Herzen geliebt. Das war mehr, als Stine von sich behaupten konnte.

Doch ihre Großmutter bereiste dieses Paradies nicht mit ihrer großen Liebe, sondern mit einem Mann, den sie niemals heiraten wollte. Insofern befand sich Stine in der glücklicheren Position. Sie konnte ein Dilemma wie das Strandbarfiasko von St. Barth einfach hinter sich lassen und ihre Reise alleine fortsetzen. Außer einem unguten Gefühl und einem ordentlichen Kater hatte dieser Aussetzer keine Folgen für sie gehabt. Auch wenn das wohl eher am beherzten Einsatz des jungen Münchners gelegen hatte, als an ihr selbst. Aber wohin es als Nächstes für Stine ging, das lag allein in ihrer Hand, und immerhin das fühlte sich gut an.

Nach einem Zwischenstopp an einer Felsformation, wo Stine in Höhlen schnorchelte und in allen Regenbogentönen schimmernde Fische und Korallen bewunderte, legte der Katamaran an einem einsam gelegenen Strand an. Schilder, von denen bereits die Farbe abblätterte, warben für eine Strandbar am anderen Ende der Bucht. Doch nach der letzten Erfahrung machte Stine lieber einen weiten Bogen um die farbigen Hütten und setze sich ein wenig abseits in den Sand, wo sie die Füße zwischen den Muscheln vergrub. Der Himmel kündigte langsam den Sonnenuntergang an, und die Sonne tauchte ihn wie fast jeden Abend in ein orangefarbenes Licht, während sich der Ozean in einem warmen Goldton färbte.

Mit einem Mann an ihrer Seite wäre dies eine ungemein romantische Szenerie gewesen. Ihre Gedanken wanderten wieder zu ihrer Großmutter und deren großer Liebe. War Stine wirklich in einer besseren Situation, weil sie ihr Leben selbst bestimmen konnte, oder war die Tatsache, seiner großen Liebe begegnet zu sein, viel mehr wert als alle Freiheit dieser Welt? Selbst wenn man diese Liebe erst mal nicht leben durfte? Die Frage ließ Stine einfach nicht los.

Die Briefe von Hans zeugten von unendlich großer Liebe, wie Stine sie sich nicht einmal vorzustellen vermochte, und jedes seiner Worte war so voller Zuneigung für diese Frau, mit der er sein zukünftiges Leben teilen wollte. Gab es das heute überhaupt noch, dass sich zwei Menschen so nacheinander verzehrten, dass sie keinen Tag, keine Stunde ohne den Gedanken aneinander verlebten, auch wenn sie Tausende Kilometer voneinander entfernt waren? Ehrlich gesagt war sich Stine nicht sicher. Der nächste Flirt wartete heutzutage schließlich schon im nächsten Straßencafé, im Internet oder eben an einer Strandbar irgendwo in der Karibik. Mit der Romantik, die Stine aus den Briefen von Hans kannte, hatte das natürlich kaum etwas zu tun.

Romantik.

Man konnte nicht gerade behaupten, dass Romantik in Stines Leben in letzter Zeit eine allzu große Rolle gespielt hätte. Ihre letzte Beziehung lag über acht Monate zurück und hatte nicht gerade romantisch geendet. Mit ihrem Exfreund Manuel hatte sie immerhin drei gemeinsame Jahre verbracht. Wobei es eigentlich nur zweieinhalb waren, wenn sie ehrlich war. Sechs Monate vor ihrer Trennung war sie zur Reporterin befördert worden.

Als Redakteurin hatte sie zwar bereits selbstständig Beiträge gedreht und war viel unterwegs gewesen, aber als Reporterin stand sie plötzlich tagtäglich unter Druck. Gewissenhaft war sie schon immer, aber als das Gesicht eines Beitrags wurde ihr es noch wichtiger, dass sie nur Knallerstorys ablieferte und hinter jeder davon zu einhundert Prozent stand. Das bedeutete nicht selten Siebentagewochen und schlaflose Nächte, aber ihre Quoten waren gut, ihr Chef lobte sie in den Himmel, und das Wichtigste war: Sie ging in ihrem Job auf, und sie liebte was sie tat. Ganz im Gegensatz zu ihrem Ex.

Stine konnte es ihm nicht einmal verübeln. Skiurlaube mit der Clique fanden regelmäßig ohne sie statt. Geburtstagsfeiern musste sie oft im letzten Moment absagen, und romantische Abende zu zweit hatten Seltenheitswert. Wenn sie tatsächlich einmal einen Abend frei hatte und nicht schon in Gedanken bei der nächsten Recherche war – und das kam so gut wie nie vor –, war sie meist so erledigt, dass sie nur noch kurz in die vorzugsweise nach Kiefernnadeln duftende Badewanne und anschließend direkt ins Bett wollte. Und zwar alleine.

Nicht dass Stine ihr Exfreund egal gewesen wäre. Mit seinen blonden Strubbelhaaren und den leuchtend grünen Augen hatte Manuel sie vom ersten Moment an fasziniert. Aber er wollte ständig unterwegs sein, am liebsten mit der ganzen Clique, während sie, wenn sie einmal frei hatte, lieber ein paar Gänge runterschaltete, was ihn total nervte. So lebten sie sich zwangsweise immer mehr auseinander, und als Manuel irgendwann verkündete, dass er sich in eine andere verliebt habe, war sie nicht wirklich geschockt, sondern eher erstaunt. Vor allem als sie erfuhr, wer die neue Frau an der Seite ihres Freundes war.

Stine kam gerade von einem anstrengenden Dreh nach Hause, hatte drei Tage im strömenden Regen am Fuße eines Bergmassivs verbracht und auf Neuigkeiten von zwei verschütteten Bergsteigern, einem Vater und seinem fünfzehnjährigen Sohn, gewartet. Schließlich dann die Nachricht, dass die beiden tot aufgefunden worden waren. Nachdem Stine Polizei und Helfer interviewt hatte, kehrte sie mit dem Kamerateam nach München zurück. Es wurde eine sehr ruhige Fahrt, viele der Helfer vor Ort weinten, und die Stimmung war nach tagelangem Hoffen und Bangen nach dieser Unglücksnachricht gedrückt.

Als sie die Wohnungstür aufschloss, stand Manuel direkt vor ihr. Er hatte eine Jacke an und schien auf dem Sprung zu sein.

»Hi«, begrüßte sie ihn und war froh, ihn zu sehen. Ihr war nicht nach Alleinsein zumute. »Willst du noch weg?«

»Hey. Wie war's? Ja, wir sind mit den anderen zum Bowling verabredet, das hatte ich dir doch geschrieben«, antwortete er.

»Aha.« Stine war enttäuscht. Mit heiserer Stimme sagte sie: »Es war schrecklich. Beide sind tot.«

»Oh. Das tut mir leid. Müssen hart gewesen sein, die letzten Tage. Scheiß Wetter.«

Stine sah ihm an, dass ihn die Nachricht trotz des flapsigen Tons traf. Spontan wünschte sie sich, er würde bleiben, und bat ihn schließlich darum.

Manuel schaute zerknirscht drein. »Das geht leider nicht, ich bin doch verabredet«, entgegnete er und wirkte in seiner ganzen Gestik ungewohnt abwehrend.

Stine fiel auf, dass er nun nicht mehr davon gesprochen hatte, dass sie beide verabredet waren, sondern nur er.

»Kannst du das nicht absagen? Du siehst die anderen doch so oft … Bitte.«.

Betteln entsprach normalerweise nicht ihrer Art, aber sie hatte das Gefühl, dass sie Manuel heute nicht gehen lassen sollte. Das Drama steckte ihr in den Knochen, und sie wollte Manuel zeigen, dass sie bereit war, nicht wie sonst dichtzumachen, sondern sich von ihm Halt geben zu lassen. Oft genug hatte er ihr vorgeworfen, dass sie genau dazu nicht in der Lage war. Was auch oft genug stimmte.

»Das kann ich echt nicht bringen, Stine. Wir haben die Bowlingbahn extra reserviert. Es wär total unfair, so kurzfristig abzusagen«, versuchte er zu erklären, und sie konnte ihm deutlich ansehen, dass er unbedingt zum Bowling gehen wollte.

Stine stiegen Tränen in die Augen. Es war unschwer zu erkennen, dass Manuel das mindestens so sehr schockte wie sie selbst. Stine weinte sonst nie. Nicht, wenn sie sich stritten, auch nicht, wenn sie sich am Backofen den kompletten Unterarm verbrannte, und schon gar nicht, weil sie alleine zu Hause bleiben musste.

»Stine. Alles okay mit dir?«, fragte er und ging einen, wenn auch sehr zögerlichen, Schritt auf sie zu.

»Nein.« Sie schüttelte den Kopf und schluchzte auf. »Irgendwie nicht.«

»Stine, du hast ein paar harte Tage hinter dir. Lass dir doch ein Bad ein. Ich komme auch nicht so spät zurück, okay?«, versprach er und entfernte sich wieder von ihr.

»Bitte bleib bei mir«, wisperte sie und sah ihm durch den Tränenschleier hindurch in die Augen.

»Herrgott, Stine, was ist denn auf einmal los mit dir? Sonst kannst du mich nicht schnell genug loswerden und auf einmal willst du mich nicht mehr gehen lassen? Ganz ehrlich, so leid es mir tut, aber dafür ist es jetzt zu spät.« Manuels ganzer Körper stand plötzlich unter Hochspannung, und er wirkte wütend und verkrampft.

»Wie meinst du das?«, fragte Stine leise nach und kannte die Antwort bereits.

»Für das mit uns ist es zu spät. Und das weißt du auch. Du kannst mich nicht monatelang von dir stoßen und dann erwarten, dass ich immer wieder angekrochen komme wie ein Hündchen. Ich will das nicht mehr!«, brach es aus ihm heraus.

»Ich kann mich ändern«, wisperte sie.

»Stine … Mein Leben ist auch weitergegangen. Und es gibt Entwicklungen, die … na ja. Du musst dich nicht für mich ändern. Wir wollen unterschiedliche Dinge, und es gibt auch Frauen, die die gleichen Dinge wollen wie ich.«

»Wen meinst du damit?« Stine blickte Manuel fragend an, doch der konnte ihr nicht mehr in die Augen schauen.

»Anja«, antwortete er und starrte auf den Boden.

Es fühlte sich an, als würde dieser Stine gerade unter den Füßen weggerissen. Dass es da eine andere Frau gab, dieser Verdacht war ihr schon ein paar Mal gekommen. Aber sie hatte keine Ahnung gehabt, um wen es sich handeln könnte.

Ohne ein weiteres Wort öffnete Manuel die Tür und ging. Stine rief ihm nichts mehr hinterher. Es war alles gesagt, und sie wussten beide, dass dies das Ende war. Immer noch weinend, schälte sie sich aus ihren Regenklamotten und warf sich ins tröstlich flauschige Bett. Anja also.

Anja als enge Freundin zu bezeichnen, wäre vielleicht etwas vermessen gewesen, aber die beiden Frauen kannten sich gut. Es gab sogar mal einen legendären Abend nach einem Open-Air-Konzert an einem nahe gelegenen Badesee, an dem die beiden Frauen nach einigen Mojitos und Mai Tais die Nacht durchgequatscht und sich ihre größten Ängste und Träume anvertraut hatten. Stine hatte vor allem von ihrer beruflichen Zukunft gesprochen, während Anja von Familie und der großen Liebe geträumt hatte.

Stine fragte sich, ob Anja die in Manuel gefunden hatte. Und ob die Tatsache, dass sie damals weniger an die Liebe als vielmehr an ihren Job gedacht hatte, nun die Ursache dafür war, dass sie hier, an einem der schönsten Strände der Welt, alleine saß.

Unweigerlich kam ihr der Gedanke, dass sie nicht nur im Job, sondern auch in der Liebe auf ganzer Linie versagt hatte. Und dieser Gedanke war weiß Gott kein schöner. Wobei sich Stine sicher war, dass das, was sie für Manuel empfunden hatte, in keinem Vergleich zu dem stand, was Hans für ihre Großmutter gefühlt haben musste. Aber vielleicht war sie auch einfach nicht der Typ für die ganz große Liebe. Vielleicht wurde dieses Glück nur Menschen wie ihrer Großmutter oder eben Anja zuteil. Und sie war für irgendetwas anderes bestimmt. Was auch immer das sein mochte, denn karrieretechnisch war sie ja nun auch nicht der ganz große Wurf. Wenn Stine auf dieser Reise eines klar wurde, dann, dass sie genau das gar nicht wollte. In den letzten Monaten hatte sie mehr für den Job als für sich selbst gelebt. Glücklich gemacht hatte sie das nicht. Dass in ihrem Leben etwas Wichtiges fehlte, spürte sie schon länger, und dazu gehörte nicht nur die Spurensuche zu ihrer Großmutter.

Sie folgte den Briefen von Hans ja nicht ohne Grund. Sie wollte vielmehr die unglaubliche Liebe und Romantik, die aus seinen Zeilen sprach, verstehen lernen und eines Tages womöglich selbst finden. Dazu war sie sicher nur in der Lage, wenn sie wieder zu sich selbst fand, denn in den letzten Jahren hatte sie sich irgendwie verloren. Wie sollte die große Liebe sie finden, wenn sie das selbst nicht fertig brachte? Diese Reise war ein Schritt in die richtige Richtung, das spürte Stine. Sie wollte sich nicht mehr so verloren fühlen, wie es zuletzt der Fall gewesen war, und je mehr der Briefe sie intensiv las, desto mehr spürte sie, dass sie genau das wollte: die große Liebe finden und dafür kämpfen. Nur wie, das wusste sie leider nicht.

So schön dieser Sonnenuntergang in der Karibik auch sein mochte, verraten würde er es ihr sicher nicht. Doch das entmutigte sie keineswegs. Sie würde nicht aufgeben!

6.
Puerto Rico

San Juan empfing Finn mit trüben Wolken und Regen. Der Hafen, in dem das Kreuzfahrtschiff einlief, lag mitten in der Altstadt, und die historischen Gebäude beeindruckten ihn trotz des schlechten Wetters sofort mit ihrem Flair. Jeff und seine Freunde verabschiedeten sich von ihm, bestiegen zwei Taxis, die sie direkt zum Flughafen brachten. Jeff versprach, Finn bald in München zu besuchen und wünschte ihm noch eine tolle Zeit und viel Erfolg auf seiner Reise. Bevor er einstieg, steckte sein amerikanischer Freund ihm noch einen Zettel zu.

»Die lässigste Beachbar auf Jamaika«, sagte er mit einem Zwinkern.

Lachend steckte Finn den Zettel ein und sah den Autos hinterher, die sich durch den Verkehr von San Juan entfernten. Jetzt war er auf sich alleine gestellt. Einer der Jungs aus Jeffs Clique hatte Finn am Vortag von einem günstigen Apartment erzählt, das er letztes Jahr für ein paar Tage gemietet hatte. Finn hatte sich die Adresse geben lassen und wollte sein Glück als Erstes hier versuchen. Da sich die Wohnung mitten in der Altstadt befand, beschloss er, sich das Geld für ein Taxi zu sparen und zu Fuß zu gehen.

Glücklicherweise war aus dem Tropenregen mittlerweile ein leichtes Nieseln geworden, und ein Blick nach oben sagte Finn, dass sich die dunklen Wolken weiter auflösten und der Himmel heller und heller wurde. Mit etwas Glück würde Finn in einer Stunde wieder die karibische Sonne begrüßen dürfen. Doch schon jetzt war er von der Altstadt San Juans schlichtweg begeistert. Der Geist von geschichtsreichen Jahrhunderten umwehte die Häuser, die in allen Farben des Regenbogens erstrahlten und mit ihren schmiedeeisernen Balkonen und Fensterläden wie kleine Kunstwerke aussahen. Teils war der Glanz zwar schon etwas angeschlagen, aber die fehlende Perfektion verlieh dem Ganzen eine Lässigkeit, die Finn selbst die bonbonrosafarbenen Häuser sympathisch machte.

Als er die strahlend weiße Kathedrale erreichte, die Jeffs Freund ihm am Tag zuvor beschrieben hatte, war die Wolkendecke tatsächlich aufgebrochen und der Turm der Kirche ragte in den blauen Himmel. Gegenüber begann die Caleta de San Juan, in der sich das Apartment befinden sollte. Ein riesiger Baum ragte am Beginn der Straße auf, in dessen Schatten mehrere Bänke standen, auf denen Mütter mit ihren Kindern und alte Männer saßen und einem Gitarrenspieler lauschten. Nachdem Finn die Szenerie und die Musik einige Minuten auf sich hatte wirken lassen, lief er weiter. Dies war sicherlich die ungewöhnlichste und zugleich schönste Gasse, die er jemals gesehen hatte.

Das Straßenbild war von großen, alten Bäumen, Palmen und blühenden Sträuchern bestimmt. Man hatte den Eindruck, dass sich die bunten Häuser im Kolonialstil um die Pflanzen herum gruppiert hatten und von der Natur nur geduldet wurden. Auch die parkenden Autos hatten sich angepasst und parkten um die Baumstämme herum. Nur ein uralter bunter Käfer hatte wohl im Laufe der Jahre das Nachsehen gehabt und klebte so eng an einem dicken

Baumstamm, dass es fast so aussah als ob Baum und Auto ineinander verwachsen wären.

Finn war so fasziniert von dem Flair der Caleta, dass er fast vergaß, nach dem Apartment zu suchen. Als er mehr durch Zufall als durch Absicht vor dem Haus stand und klingelte, hoffte er inständig, dass er hier eine Unterkunft finden würde, denn dieser faszinierende Ort hatte ihn sofort in seinen Bann gezogen.

Umso glücklicher war er, als ihm die Wirtin, eine ältere Dame, die Englisch mit spanischem Akzent sprach, tatsächlich noch ein Zimmer anbieten konnte. Es war zwar nicht ganz so günstig, wie Finn gehofft hatte, aber als er die bunten Wände und Möbel im Kolonialstil und den kleinen schmiedeeisernen Balkon sah, sagte er sofort zu. Nach der hektischen Partykreuzfahrt war dies der perfekte Ort für ihn, um zur Ruhe zu kommen. Denn zwei Dinge gingen Finn schon die ganze Zeit im Kopf umher, und er brauchte dringend Zeit und Raum, um sich mit ihnen zu beschäftigen.

Einmal waren das die Briefe der Geliebten seines Großvaters. Er hatte das Gefühl, dass er in den letzten Tagen sein Ziel, seinem Großvater und dessen Geschichte nahe zu kommen, aus den Augen verloren hatte. Zwar hatte er eine tolle Zeit hinter sich, einen neuen Freund gefunden und Abstand von dem ganzen Lisa-Drama zu Hause nehmen können, aber zwischen Rum Punch und Beachpartys hatte er nur bedingt die Fährte seines Großvaters aufnehmen können. Und das war nicht gut. Nachdem er sein Leben auf den Kopf gestellt hatte, war die Fährte in den geschenkten Briefen Finns einzige Orientierung. Er wusste, dass in München niemand seine Entscheidung verstand, und die Tatsache, dass sein einziger Seelenverwandter nicht mehr da war, löste in ihm in manchen Momenten Angst aus.

Sein Großvater konnte ihm nicht mehr zuhören, ihn nicht mehr unterstützen, das Einzige, was von ihm außer schönen Erinnerungen übrig geblieben war, waren die Briefe, die Finn hierhergeführt hatten. Solange er ihnen folgte, war sein Großvater noch an seiner Seite. Deswegen wollte er diese Reise bewusst erleben, jeden Tag, jeden Ort, jede Begegnung spüren. Er nahm sich fest vor, von nun an seine Zeit besser zu nutzen und San Juan mit den Augen seines Großvaters, besser gesagt mit den Augen von Irmgard, zu betrachten. Und sich am besten gar nicht mit dem zweiten Thema zu beschäftigen, das ihm im Kopf herumschwirrte.

Stine, die Comicprinzessin, ließ ihn nicht mehr los. Viel zu oft musste er an die blonde Münchnerin denken, die er in St. Barth mehr oder weniger tragend zum Hafen geschleppt hatte. Er war mittlerweile nicht mehr wütend auf Jeff, aber ein komisches Gefühl beschlich ihn dennoch, wenn er an den Abend dachte. Vor allem die erste Begegnung mit Stine am Strand von Venice Beach, als sie so verloren gewirkt hatte, ging ihm nicht mehr aus dem Kopf.

Wahrscheinlich würde er sie zwar nie wiedersehen und vermutlich war das auch gut so, denn sie hatte sich ja augenscheinlich nicht für ihn interessiert, aber merkwürdig war es dennoch, dass sich ihre Wege so oft gekreuzt hatten. Merkwürdig war vor allem, dass ihn eine Frau, die er kaum kannte, so intensiv beschäftigte. Finn hatte gedacht, dass sich das geben würde, je mehr Zeit verging.

Allerdings war eher das Gegenteil der Fall. Aber darüber wollte er am liebsten gar nicht mehr nachdenken, die vielen Partys mit Jeff und den anderen hatte ihn schon genug von der eigentlichen Sache abgelenkt. Stattdessen stand jetzt San Juan auf dem Programm, eine weitere wichtige Station aus Irmgards Briefen, und damit war es auch an der Zeit, einen weiteren Brief zu lesen. Der kleine Balkon, der einen einmaligen Blick auf die ganz besondere Caleta bot, war der perfekte Ort dafür.

Irmgard schrieb seinem Großvater, wie froh sie sei, endlich wieder an Land sein zu dürfen, da sie sehr unter der Seekrankheit gelitten hatte. Sie berichtete ihm von ihren Ausflügen ins Hinterland und einem traumhaften Wasserfall, bei dem sie gemeinsam mit Rosa ein Bad genommen hatte. Finn nahm sich vor, nach diesem Wasserfall zu suchen. Doch zuerst zog ihn eine andere Stelle in dem Brief in ihren Bann. Irmgard beschrieb einen Platz in der Festung El Morro in San Juan, von der aus sie das Meer und den Eingang in den Hafen beobachten konnte. Stundenlang hatte sie dort gestanden, auf den Ozean gestarrt und sich vorgestellt, dass Hans auf einem der Schiffe wäre, die sich durch die Brandung nach San Juan kämpften. Sie beschrieb so leidenschaftlich, wie sie an diesem Ort Hoffnung und Verzweiflung zugleich gespürt hatte, dass Finn morgen gleich als Erstes die Festung besichtigen und die Stelle, an der Irmgard so viel Zeit verbracht hatte, finden wollte.

Als die weiße Lady Puerto Rico erreichte und an den alten Festungen von San Juan vorbei in Richtung Hafen fuhr, begrüßte die Stadt Stine mit Sonnenschein und blauem Himmel. Es war acht Uhr morgens, aber sie war schon lange wach, und obwohl sie das Schiff und den ganzen Luxus durchaus zu schätzen wusste, freute sie sich nun auf den nächsten Teil ihrer Reise. Mithilfe des Concierges hatte sie ein Mittelklassehotel in San Juan gebucht und bestieg kurz darauf voller Vorfreude am Hafen ein Taxi, das sie in ihre Unterkunft bringen würde.

Direkt am Pier begann die Altstadt, die mit ihren Gebäuden im Kolonialstil und dem alten Straßenpflaster eine willkommene Abwechslung zu den zwar wunderschönen, aber nicht gerade abwechslungsreichen Mini-Trauminseln bildete, die sie zuvor bereist hatte. Nichts gegen das Paradies, aber so ein bisschen Altstadtflair hatte für Stine auch seinen Reiz. Besonders lange kam sie nicht in den Genuss des Kolonial-Flairs, denn das Taxi brachte sie auf direktem Wege in den neuen Teil San Juans, der mit seinen Hochhäusern, Schnellstraßen und Leuchtreklamen eher nach einer amerikanischen Großstadt als nach Karibikmetropole aussah.

Auch das Hotel war eher ein Betonbunker als ein Traumresort. Dafür war es relativ günstig, und hätte Stine ein Zimmer mit Meerblick gebucht, wäre es sicherlich trotzdem sehr schön gewesen. Ihr Zimmer lag leider zum Hinterhof mit Blick auf die Mülltonnen, aber da sie nun eine ganze Woche von morgens bis abends Meerblick genossen hatte, ärgerte sie sich nicht weiter darüber. Sie holte sich vom Starbucks gegenüber einen Tee und einen Bagel und setzte sich an den Strand, mit einem Brief von Hans, den sie bereits überflogen hatte. Nun wollte sie sich die Zeit nehmen und ihn ganz in Ruhe lesen. Da sie wusste, dass sie nicht unendlich viele Briefe von Hans hatte, wollte sie jeden einzelnen nach und nach mit Muße lesen. Auch diejenigen, die sie bereits kannte, waren nun etwas ganz Besonderes, da sie die Orte nun selbst besuchte.

Normalerweise war sie nicht so geduldig. Bei einem guten Buch konnte es ihr meist nicht schnell genug gehen, und sie verschlang jedes Kapitel. Doch mit den Briefen war das anders. Es kam ihr so vor, als würde Hans sie an die Hand nehmen und ihr bedeuten, ihm zu folgen. Schritt für Schritt begleitete sie ihn auf einer Reise in die Welt ihrer Großmutter. Stine wollte dabei jede Etappe genießen, denn sie wusste, dass die Reise irgendwann enden würde. Spätestens auf Jamaika.

Für Stine fühlte es sich so an, als würde sie nach und nach Orte erleben, die ein Teil von ihr und ihrer Geschichte waren. Es war fast, als würde die Liebe, die aus den Briefen von Hans sprach, auch ihr gelten, und sie war sich sicher, dass es einen guten Grund gab, warum diese Briefe zu ihr gefunden hatten. Nach Tausenden von Kilometern, die sie zurückgelegt hatten, in einer Zeit, in der es noch kein DHL, UPS, und Co. gegeben hatte. Es sollte einfach so sein.

Die Reise, die sie nun gemeinsam mit den Briefen unternahm, und auch der Knall in Deutschland, der ihr den Anstoß gegeben hatte aufzubrechen, das alles war Teil von Stines Schicksal. Auch heute würde sie diesem wieder ein Stück näher kommen. Jeder einzelne Ort, den sie besuchte, war für sie wichtig, und mit jedem Ort fühlte sie sich erfüllter und freier. Sie erinnerte sich, dass Hans in diesem

Brief eine Stelle in San Juan erwähnte, die ihre Großmutter ganz besonders fasziniert haben musste, und diese Stelle wollte Stine unbedingt mit ihren eigenen Augen sehen – und natürlich mit denen von Hans.

Tortola, Juni 1949

Geliebte, süße Irmgard,
was bin ich froh, dass du inzwischen sicher in San Juan angekommen bist.

Am liebsten würde ich mich sofort zu dir nach Puerto Rico aufmachen. Ich würde sogar schwimmen. Alles würde ich tun, um endlich zu meiner kleinen Irmi zu kommen.

Doch ein paar Tage werden wir uns noch gedulden müssen, fürchte ich. Bei einem Manöver an Bord ist mir ein Fass auf den Fuß gefallen, und nun bin ich ans Bett gefesselt. Bitte mach dir keine Sorgen, der Arzt meinte, ich werde wieder ganz gesund. Ich bin auch ganz vernünftig, halte den Fuß still und schone mich. Meine Kameraden beneiden mich sogar ein wenig um meinen Betturlaub, wie sie es nennen. Allerdings macht es mich fast wahnsinnig zu wissen, wo du bist, und doch nicht zu dir kommen zu können. Unser Glück ist so nahe, und nun kann ich nicht danach greifen. Ich könnte schreien vor so viel Ungerechtigkeit!

Den ganzen Tag träume ich von meiner Irmgard. Ich sehe dich vor mir, wie du vor dieser riesigen Festung El Morro sitzt und auf das Meer blickst. Dein Haar vom Wind zerzaust und die Stirn in kleine, ernste Falten gelegt, wie immer wenn du über ernste Themen sprichst oder nachdenkst. Auch den Wasserfall mitten im Regenwald, von dem du mir geschrieben hast, kann ich mir bildlich vorstellen. Es muss paradiesisch sein in Puerto Rico.

Sicherlich hast du recht, wenn du sagst, dass das Schicksal uns an einen freundlichen, bunten Ort führen will, an dem wir gemeinsam glücklich werden dürfen. Auch ich habe hier so viele Begegnungen mit aufgeschlossenen und herzensguten Menschen gemacht und bin begeistert von diesem ganz besonderen Fleckchen Erde. Eine ältere Frau, deren Enkel mit mir auf dem Schiff arbeitet und ihr von meiner Verletzung erzählt hat, bringt mir jeden Morgen einen Kräuterwickel, den sie mir auf den Fuß legt. Das Zeug stinkt entsetzlich, aber ich habe das Gefühl, dass jedes Mal sofort eine Besserung eintritt.

Wir liegen noch mindestens zwei bis drei Tage hier im Hafen von Tortola, bevor wir die nächste Insel ansteuern, und ich hoffe, dass mein Fuß sich bis dahin wieder einigermaßen erholt hat. Das ist dann zu einem großen Teil der Verdienst dieser alten Frau, die ein Wissen hat, bei dem kein Doktor der neuen Welt mithalten kann.

Ach, meine liebe Irmgard, wie gerne säße ich jetzt neben dir an dieser Festung und würde mit dir gemeinsam auf den Ozean schauen.

Warte auf mich, meine Geliebte, ich werde so bald wie möglich bei dir sein.

Ich liebe dich.

Dein Hans

Die Wellen schlugen so wild gegen die riesigen Steine, die zum Schutz aufgetürmt waren, dass sie immer wieder bis hinauf zu den Mauern der Festung brandeten und das darunterliegende Rondell überfluteten. Finn konnte sich nicht erinnern, die gewaltige Macht von Wasser schon einmal so hautnah erlebt zu haben. Er saß auf erhöhten Treppenstufen, die er erreicht hatte, indem er eine alte Mauer hinaufgeklettert war, und sah sich mit einigen anderen faszinierten Touristen das Schauspiel an. In den letzten Stunden war er durch die Festung Castillo de San Felipe del Morro gestreift und hatte sich von dem sagenhaften Ausblick auf das Meer, den zahlreichen Kanonen, Gängen und Wachtürmen in eine längst vergangene Zeit entführen lassen.

Schon als Kind hatte er es geliebt, Burgen zu besichtigen, und die große Festung, die seit Jahrhunderten die Hafeneinfahrt von San Juan bewachte, war für ihn ein absolutes Paradies. Später oder morgen wollte er sich auch noch das Fuerte San Cristóbal ansehen, ein weiteres gewaltiges Fort von San Juan, aber vorerst konnte er sich von dem Spektakel der riesigen Wellen nicht lösen.

Von genau dieser Naturgewalt hatte die Geliebte seines Großvaters in einem ihrer Briefe geschrieben, und Finn fühlte sich dieser Frau und ihrer Begeisterung in diesem Moment so nahe wie auf seiner ganzen bisherigen Reise nicht. Wahrscheinlich hätten sie sogar einiges gemeinsam gehabt. Wenn das Schicksal anders verlaufen wäre und sein Opa noch leben würde, würden sie vielleicht heute hier gemeinsam stehen und könnten das Spektakel der Wellen zu dritt auf sich wirken lassen. Finn schüttelte den Gedanken schnell wieder ab, denn er wollte diesen Anblick einfach nur genießen und nicht trauern. Schließlich war heute ein wundervoller Tag.

Nach dem Regenwetter bei seiner Ankunft gestern Vormittag war der Himmel nun strahlend blau, und die Sonne brannte ordentlich auf Finn hinunter. Dank seiner Vorbräune und der Sonnencreme mit Lichtschutzfaktor dreißig, die er sich am Morgen in einer Drogerie gekauft hatte, störte ihn das allerdings wenig.

Als eine Gruppe amerikanischer Touristen, die über ihm gesessen hatte, die Treppen herunterkletterte, musste er ein wenig zur Seite rutschen. Finn folgte ihnen mit seinem Blick bis zurück in die Festung und registrierte amüsiert, wie sie mit weit ausgestreckten Armen auf der Mauer balancierten, als ob sie auf einem Schwebebalken und nicht auf einer gut einen halben Meter breiten Mauer laufen müssten. Auch die Rückkehr in den Hof gestaltete sich offensichtlich schwierig. Die relativ hohe Mauer wurde an einer Stelle niedriger, nur hatten das nicht alle Touristen bemerkt und versuchten, an der höchsten Stelle hinabzuspringen oder hinaufzukommen, was eine gewisse Komik mit sich brachte.

Momentan versuchte eine Frau in einem lilafarbenen Flatterkleid die Mauer zu erklimmen. Natürlich an der höchsten Stelle. Sie war damit beschäftigt, sich irgendwie hochzuziehen, ohne dass der Wind ihr Kleid lüftete, und dabei ein Bein auf die Kante zu legen, ohne dass ihr Hintern dabei zu sehen war. Je länger Finn die Frau bei ihren akrobatischen Übungen beobachtete, desto bekannter kam sie ihm vor. Es war fast wie ein Déjà-vu, und als er sich sicher war, wen er da vor sich hatte, schlug ihm das Herz schlagartig bis zum Hals. Es war Stine, in bester Comicform wie eh und je.

Sein erster Impuls war es, warum auch immer, wegzurennen. Doch der einzige Weg von hier fort führte über die Mauer, die Stine gerade zu erklimmen versuchte, und zwar noch immer recht erfolglos. Unter ihm toste das Meer, und der Treppenaufgang, auf dem er saß, führte zu einem massiven Tor, das mit einer dicken Eisenkette abgesperrt war. Flucht war also keine Option. Außerdem – wollte er das überhaupt? Er hatte die letzten Tage so oft an Stine denken müssen, wäre es da nicht bescheuert, diese fast schon unglaubliche Fügung des Schicksals mit Füßen zu treten?

Allerdings war Finn sich ziemlich sicher, dass Stine sich nicht gerade freuen würde, ihn zu sehen. So wie er die leicht chaotische Comicfrau einschätzte, war ihr der Abend in St. Barth über die Maßen peinlich. Zumindest hoffte er das, denn nach seiner Einschätzung war sie nicht die klassische oberflächliche Tussi, die sich mal eben abschleppen lässt. Deswegen war er sich relativ sicher, dass er nicht ganz oben auf der Liste ihrer Wunschbegegnungen stand. Aber daran konnte er nun mal nichts ändern.

Stine hing immer noch am Mauerwerk und versuchte fluchend, nach oben zu gelangen. Mittlerweile war ihr Kopf hochrot, und sie zappelte immer wütender herum. Finn beschloss, in die Offensive zu gehen. Begegnen würden sie sich hier oben sowieso, dann konnte er auch gleich erneut als Gentleman in ihr Leben treten und ihr helfen. Eine leise Ahnung ließ ihn zwar vermuten, dass sie das nur noch wütender machen würde, aber er stand trotzdem auf und schlenderte so ruhig er konnte zu ihr hinüber. Wenigstens war die Wahrscheinlichkeit, dass sie in ihrer momentanen Lage seine Nervosität bemerken würde, relativ gering.

»Kann ich behilflich sein?«, fragte er, als er Stine erreicht hatte.

Die Comicfrau hatte offenbar nicht damit gerechnet, von jemandem angesprochen zu werden, und ließ vor Schreck ihre Handtasche fallen, die sie zuvor mit einer Hand balanciert hatte.

»Scheiße!«, entfuhr es ihr, und sie starrte wütend auf die Tasche am Boden.

Sie war bei dem Sturz aufgegangen und lag nun, umgeben von Sonnencremetuben, einem Stadtführer und tausend anderen kleinen, aus Finns Sicht völlig überflüssigen Dingen, im Staub. Stines Blick wanderte nach oben und durchlief als Nächstes eine erstaunliche Auswahl an unterschiedlichen Ausdrücken.

Im ersten Moment drückte er nur Zorn auf die Person aus, die Stine erschreckt hatte und somit ihrer Ansicht nach schuld an der Sonnencremekollektion auf dem Boden war. Im nächsten Moment zeigte sich Erkenntnis darin, und nach drei, vier Schrecksekunden konnte Finn nackte Panik erkennen. Gepaart mit einem Schuss Schamgefühl und einer nicht geringen Menge erneuten Zorns, wohl eher auf das Schicksal als auf ihn. Zumindest hoffte er dies.

Auch nun wieder erinnerte Stine ihn an eine Comicfigur, denn sie konnte wirklich nichts von dem verbergen, was in ihrem Inneren vor sich ging. Jetzt wechselte ihr Blick nämlich zu Entschlossenheit, und Finn hätte darauf wetten können, dass Stine gleich ihre Siebensachen packen und abhauen würde. Bei ihr kam nun genau jener Fluchtinstinkt auf, der Finn im ersten Moment auch erfasst hatte. Doch bevor sie ihn in die Tat umsetzen konnte, sprang er mit einem Satz von der Mauer und kniete sich auf den Boden, wo er das Sammelsurium zurück in die Handtasche zu schieben begann.

»Hey, was machst du denn da?«, rief Stine von oben und versuchte, ihr Bein wieder von der Kante herunterzumanövrieren, ohne auf den Boden zu plumpsen. Dabei verlor sie einen Flipflop und als sie endlich unten ankam, trat sie auf einen am Boden liegenden gelben Labello.

»Auuutsch!«, schrie sie auf und rieb sich auf einem Bein hüpfend die Fußsohle.

Finn hatte ihre Sachen – abgesehen von dem Labello – inzwischen aufgesammelt. Langsam richtete er sich auf und versuchte sein Grinsen zu kontrollieren, bevor er Stine die Tasche reichte.

»Alles okay?«, fragte er und fügte »Schön, dich wiederzusehen« hinzu.

»Alles suuuuuper!«, antwortete Stine mit einer überdeutlichen Prise Ironie und schnappte sich ihre Tasche.

Sie wirkte überaus verlegen und versuchte, das ganz offensichtlich mit gespielter Coolness zu kompensieren. Finn klopfte sich den Staub von der Hose und ließ seinen Blick über Stine wandern. Abgesehen von ihrem verzerrten Gesichtsausdruck sah sie wirklich gut aus. Ihm kam es so vor, als ob ihre blonden Haare in der Sonne noch einen Tick heller geworden wären, und das Lila ihres Kleides betonte die Bräune ihrer schlanken Beine, von denen sie inzwischen keines mehr hüpfend in der Hand hielt. Stattdessen hatte sie wieder ihre Flipflops angezogen und wirkte zumindest etwas entspannter.

»Na, dann helfen wir dir mal auf die Mauer«, schlug Finn vor und lächelte Stine vorsichtig an.

»Was? Wieso? Nein. Ich will gar nicht da hoch«, sagte sie und verschränkte die Arme vor der Brust.

»Aber du hast es doch gerade minutenlang versucht«, warf Finn ein.

Da dies offensichtlich war, konnte Stine nicht wirklich etwas darauf entgegnen. Daher funkelte sie ihr Gegenüber nur wütend an. Sie wirkte wie ein trotziges Kind, was Finn bei anderen Frauen einfach nur genervt hätte, doch bei Stine fand er es irgendwie süß. Warum, das war ihm selbst nicht ganz klar, aber er war gespannt, wie es weitergehen würde, und unterhaltsam fand er das Ganze auch.

»Du willst nicht, dass ich dir helfe, stimmt's?«, fragte er.

Stine nickte, die Arme immer noch verschränkt.

»Verstehe. Dahinten ist eine flachere Stelle, vielleicht versuchst du es dort?«, schlug er jetzt vor und musste sich wieder ein Lächeln verkneifen, während er in die Richtung deutete.

Stine folgte seiner Geste mit ihrem Blick und brachte ein gepresstes »Ja, danke« hervor, ehe sie losmarschierte, ihre Handtasche hinaufwarf und dann relativ komplikationsfrei hinterherkletterte.

Finn folgte ihr und zeigte auf seinen Aussichtspunkt. Obwohl sie ihre offensichtliche Unsicherheit gerade mit ziemlich anstrengender Zickigkeit kompensierte, freute er sich, Stine wiederzusehen.

»Auf den Stufen kann man gut sitzen. Mittlere Höhe am besten«, sagte er und folgte Stine abermals, die kommentarlos die Treppe ansteuerte.

Mit gebührendem Abstand ließ er sich zwei Stufen unter ihr nieder und sagte erst mal nichts mehr. Stine beobachtete mit offenem Mund die Wellen unter ihnen, und wieder war es auf den ersten Blick ersichtlich, wie sehr sie das Naturschauspiel begeisterte. Wie bei einer Comicheldin leuchteten ihre Augen und bei einer besonders großen Welle entfuhr ihr sogar ein erstauntes »Ouuhhhh!«.

Gerade als Finn dachte, sie hätte ihn komplett ausgeblendet, begann Stine doch noch zu reden.

»Ich glaube, ich habe noch nie in meinem Leben so große Wellen gesehen«, sagte sie.

»Ich auch nicht«, bestätigte Finn.

Dann sagten wieder beide eine Weile nichts und beobachteten ein kleines Fischerboot, das sich schwankend aus der Hafeneinfahrt kämpfte. Zuerst sah es so aus, als ob die Fischer keine Chance hätten und wohl eher in Suizidabsicht in Richtung offenes Meer gestartet waren. Doch der Kutter passierte eine Riesenwelle nach der nächsten ohne Schaden und obwohl er ordentlich durchgeschüttelt wurde und man immer wieder das Gefühl hatte, dass es gleich kentern musste, war er irgendwann nur noch ein winziger Punkt am Horizont.

»Seit wann bist du hier in San Juan?«, fragte Stine jetzt.

»Seit gestern. Und du?« Finn war erleichtert, dass sie offensichtlich ein Gespräch beginnen wollte.

»Ich bin heute Morgen mit dem Schiff angekommen.«

»Da hast du aber nicht lange gewartet mit dem Kulturprogramm«, stellte Finn fest. Ihm fiel auf, dass es Stine sofort zu demselben Ort gezogen hatte wie ihn. Schon wieder so ein merkwürdiger Zufall.

»Stimmt. Ich wollte unbedingt hierher. Ich habe schon so viel von diesem Ort gelesen«, sagte Stine zurückhaltend.

Finn hätte gerne gefragt, wo genau sie von diesem Ort gelesen hatte, aber instinktiv hatte er das Gefühl, dass dies keine gute Frage wäre. Vielleicht weil er selbst nicht preisgeben wollte, weshalb er hier war. Eine leichte Gänsehaut kroch ihm den Nacken hoch. Was Stine wohl hierhergezogen hatte? Mit den Gedanken noch bei dieser Frage, stellte er ihr eine andere, eine unverfänglichere.

»Wohnst du auch in der Altstadt?«

»Nein, leider nicht. Ich bin in so einem Kasten in der City untergekommen. Dafür direkt am Meer mit Sandstrand. Aber ich glaube, hier hätte es mir besser gefallen.«

Stines Offenheit beeindruckte Finn. So viel hatte sie in der ganzen letzten Stunde nicht gesprochen. Vielleicht taute sie ja allmählich auf.

»Wohnst du hier gleich um die Ecke?«, fragte sie.

»Ja. Ein Freund hat mir ein Apartment empfohlen. Es ist der absolute Wahnsinn. In einer Gasse, in der es fast mehr Bäume als Häuser gibt, mitten in der Altstadt. Würde dir bestimmt auch gefallen.«

Stine schaute Finn fragend an und die unausgesprochene Frage lag offensichtlich in der Luft.

»Weil es einem einfach gefallen muss, meine ich.«

Nur weil er Stine an einem Abend sturzbetrunken zu ihrem Schiff gebracht hatte, hieß das natürlich nicht, dass er sie kannte, geschweige denn einschätzen konnte, was ihr gefiel und was nicht. Trotzdem war er sich sicher, dass sie die Caleta de San Juan mögen würde, genau wie diesen Ort hier.

»Wo sind eigentlich die anderen?«, fragte Stine betont beiläufig und wurde dabei ein wenig rot.

Finn räusperte sich, und obwohl er damit gerechnet hatte, gefiel es ihm nicht, dass Stine nach den anderen und somit auch nach Jeff fragte. »Die sind gestern zurück nach

Los Angeles geflogen«, gab er Auskunft und meinte große Erleichterung, gepaart mit einem Schuss Enttäuschung in Stines Augen entdecken zu können. Er hoffte, dass er sich die Enttäuschung nur einbildete. Eine andere Frage hatte er sich schon die ganze Zeit gestellt. »Wieso reist du eigentlich alleine?«, hakte er nach und hoffte, damit nicht zu neugierig zu sein.

»Tust du doch auch«, gab Stine achselzuckend zurück und wollte anscheinend nicht weiter darüber reden.

Da Finn auch keine allzu große Lust hatte, über seine Beweggründe zu sprechen, beschloss er, lieber das Thema zu wechseln. »Und, wie war deine Kreuzfahrt noch?«

»Schön«, antwortete Stine recht einsilbig. »Entspannt und katastrophenfrei«, setzte sie noch hinzu und grinste.

Finn wusste sofort, worauf sie anspielte. Er war erleichtert, dass sie die Begegnung mit Jeff als Katastrophe einordnete.

»Freut mich zu hören«, sagte er und ging erst mal nicht näher auf die Bemerkung ein. Er war gespannt, was als Nächstes kommen würde.

»Du, Finn … Du heißt doch Finn, oder?«, fragte Stine mit einem Stirnrunzeln.

»Ja.« Er räusperte sich und versuchte sich nicht anmerken zu lassen, wie sehr es ihn kränkte, dass sie sich seinen Namen nicht gemerkt hatte, oder vielmehr, dass sie sich nicht ganz sicher war.

Seine Erleichterung wich unmerklich einem Gefühl der Enttäuschung. Er war sicher nicht der klassische Weiberheld, aber er kam normalerweise sehr gut bei der Frauenwelt an. Zumindest soweit er sich erinnern konnte, denn seine großen Flirtzeiten hatten mit der Beziehung zu Lisa ein Ende. Gut möglich, dass er verlernt hatte, wie man Frauen kennenlernt, und Stine deswegen neben dem Vorzeige-Single Jeff nicht weiter aufgefallen auf. Er wusste es nicht, doch jetzt riss Stine ihn sowieso aus seinen Gedanken. Ihr Gesicht sprach wieder mal Bände, und ganz offensichtlich wollte sie ihm nun etwas sagen, das sie einiges an Überwindung kostete.

»Also, Finn ... Was da in St. Barth war ... Also, normalerweise passiert mir so was nicht. Genau genommen ist mir so was noch nie passiert. Wirklich, zu Hause würde mir das keiner glauben.«

Finn hörte ihr aufmerksam zu und hätte am liebsten gefragt, ob sie mit »so was« nun ihr Mojito-Koma meinte oder die Tatsache, dass sie sich von Jeff hinter den Felsen beinahe hätte flachlegen lassen, wenn er nicht dazugekommen wäre. Aber er wollte sie nicht ärgern und hielt deswegen lieber die Klappe.

»Na ja, also jedenfalls ... Ich kann mich zwar nicht mehr so genau an alles erinnern, aber ich weiß noch, dass du ... Egal, ich will mich jedenfalls bei dir bedanken.«

Sichtlich erleichtert, dass sie es endlich ausgesprochen hatte, stieß sie mit geröteten Wangen die Luft aus und blickte Finn zerknirscht an. Das Ganze war ihr mehr als unangenehm, das konnte man deutlich sehen. Irgendwie löste das in Finn gute Laune aus, denn das hieß, dass Stine kein Partyluder, sondern der Typ Frau war, den er in ihr sah.

»Kein Ding. Das kann jedem mal passieren«, sagte er und lächelte Stine zu.

Sie wirkte so geknickt, dass er sie am liebsten in den Arm genommen hätte. Was er natürlich nicht tat.

Sie widersprach ihm gleich. »Ja, aber nicht in St. Barth. Das hätte echt doof enden können, wenn ich mein Schiff verpasst hätte.«

»Besser in St. Barth als in der Antarktis«, meine Finn und hoffte, dass sie das Thema damit abschließen konnten.

Es kam ihm noch immer wie ein Wunder vor, dass er seine Comicfrau zum vierten Mal wiedergefunden hatte, und diesen glücklichen Zufall wollte er nicht mit Erinnerungen an den unangenehmen Abend am Shell Beach vergeuden.

»Stimmt jetzt auch wieder«, gab Stine ihm glücklicherweise recht und strahlte das erste Mal heute über das ganze Gesicht. Offensichtlich war sie sehr erleichtert.

»Und zum Dank lade ich dich jetzt auf ein Eis ein, okay?«, schlug sie vor und sah Finn fragend an.

Die Richtung, in die sich ihr Treffen entwickelte, gefiel ihm. Ehrlich gesagt konnte er sein Glück kaum fassen, auch wenn er das natürlich nicht so offen zeigen wollte. Wie er Stine einschätzte, hätte sie das eher erschrocken als gefreut.

»Das klingt nach einem guten Plan«, sagte er deswegen nur freundlich, aber nicht überschwänglich und lächelte sie an.

»Aber klettere du voraus«, meinte Stine und stand vorsichtig auf.

So ganz geheuer waren ihr die Höhe der Treppe und das Geräusch der tosenden Wellen unter ihnen anscheinend nicht.

»Keine Angst, ich bin ja nicht lebensmüde«, sagte Finn, um sie zu provozieren, und kam kurz ins Straucheln als Stine ihn daraufhin in die Seite knuffte.

Schau einer an, seine Comicfrau taute allmählich auf. Das konnte noch ein spannender Tag werden.

Chocolate Therapy, Triple Caramel Chunk and Chocolate Chip Cookie Dough, please.« Stine liebte die Cafés der amerikanischen Eiscremekette, die so herrlich bunt und schrill waren, dass man meinen könnte, kurz zuvor wäre ein Hippiebus voller Glitzer und Farbeimer darin explodiert.

Als Stine den riesigen Becher gereicht bekam, lief ihr das Wasser im Mund zusammen, und sie hätte am liebsten sofort angefangen, die Eiscrememassen zu vernichten. Aber natürlich wartete sie erst geduldig ab, bis Finn bestellt und seinen Becher in Empfang genommen hatte, schließlich sollte das Eis ihr Dankeschön an ihn sein. Als sie aber sah, was für einen Becher er in Empfang nahm, wurde ihre Euphorie abrupt ausgebremst.

»Ist das etwas *eine* Kugel Mangosorbet?«

»Yep, ich liebe Mangosorbet«, antwortete Finn strahlend und dachte sich anscheinend nichts dabei.

»Bist du auf Diät oder so?«, fragte Stine skeptisch nach. Männer, die auf Diät waren, fand sie ganz furchtbar.

»Nein. Ich stehe nur nicht so auf Milcheis«, sagte Finn schulterzuckend.

»Du *stehst* nicht so auf Milcheis? Das ist doch nicht einfach nur Milcheis! Das sind erlesene Kompositionen aus Schokolade, Karamell und Keksteig. Das muss man einfach lieben!« entgegnete Stine und nahm sich vor, Finn von dieser Köstlichkeit zu überzeugen.

»Ähm … Wenn du meinst …« Spöttisch zog er eine Augenbraue hoch.

Warte nur ab, dachte Stine sich und hakte ihn gut gelaunt unter. Sobald sie mit ihren Eisbechern einen kleinen Platz vor einer Kirche erreicht hatten, suchten sie sich eine Bank, und Stine erläuterte Finn begeistert die Vorzüge jeder einzelnen Eissorte, die sie gewählt hatte. Zur krönenden Untermalung ihrer Ausführungen fütterte sie ihn abwechselnd mit einem Löffel nach dem anderen. Anscheinend schmeckte es ihm. Nachdem sie alles verputzt hatten, lief Finn zu ihrer Überraschung sogar noch einmal zu der Eisdiele zurück und erschien kurz darauf mit zwei weiteren Bechern mit neuen Sorten. Darunter sogar einige, die Stine noch gar nicht kannte.

»Okay, ›Milk and Cookies‹ hat definitiv Potential zu einer neuen Lieblingseissorte, ich gebe es zu«, verkündete Stine, nachdem Finn ihr einen Löffel der weiß-dunkelbraunen Masse in den Mund geschoben hatte.

»Und was hältst du von ›Imagine Whirled Peace‹?«, fragte Finn und hielt Stine einen weiteren Löffel Eiskrem hin, auf dem ein Schokoladenstück in Form des Peace-Zeichens thronte.

»Deliziös. Definitiv. Aber was hältst du von ›Coffee, Coffee BuzzBuzzBuzz‹? Auch nicht schlecht, oder?«

Nachdem sie sich zwanzig Minuten später durch alle Sorten gefuttert hatten, hätte sich Stine am liebsten der Länge nach auf den Boden gelegt, so schlecht war ihr. Finn ging es anscheinend auch nicht gerade gut, denn er hielt sich mit gequältem Gesichtsausdruck eine Hand vor den

Bauch. Stine nutzte den Moment, um ihren Begleiter ausführlich zu mustern. Aus St. Barth wusste sie noch, dass er einen braungebrannten, muskulösen Körper hatte, aber das traf am Shells Beach auf so ziemlich jeden Typen zu. Dabei musste sie zugeben, dass er mit seinen dunkelbraunen Wuschelhaaren und den grünen Augen sogar ziemlich genau ihr Typ war. Als ihr das klar wurde, war es Stine auf einen Schlag wieder unglaublich peinlich, dass Finn sie so betrunken erlebt hatte.

»Alles okay bei dir?«, fragte er und blickte sie besorgt an. Als ob er ihre Gedanken lesen könnte, legte er eine Hand auf ihren Arm und meinte: »Das war wirklich die beste Wiedergutmachung, die ich jemals probiert habe. Danke dir! Nur hätten wir besser nach der ersten Runde aufhören sollen … Richtig gut geht es meinem Magen nicht.«

»Meinem auch nicht. Irgendwie haben wir es wohl ein klein wenig übertrieben …«

»Das war meine Schuld. Aber nach den ersten Sorten war ich echt angefixt. Dafür fühle ich mich jetzt, als hätte mich eine Dampfwalze überrollt. Sollen wir eine Runde spazieren gehen? Danach geht es uns sicher besser«, schlug Finn vor.

War das sein Ernst? Stine stand der Sinn nach vielem. Hinlegen, ausstrecken, zur Not auch sitzen bleiben, aber spazieren gehen?

Doofe Idee?«, fragte Finn, der ihren Gesichtsausdruck absolut richtig deutete.

»Überhaupt nicht! Klar, können wir machen«, versicherte Stine und versuchte, so schwung- und elanvoll aufzustehen, dass ihr fast die Eiskrem wieder hochkam.

Seit sie ihren Unmut von dem Aufeinandertreffen an der Mauer überwunden hatte und Finns Verhalten ihr die Hoffnung gab, dass er ihren Totalausfall als menschlich und nicht verachtenswert empfand, war sie unendlich erleichtert und fühlte sich befreit. Und so hatte sie endlich mal die Gelegenheit gehabt, sich den Münchner etwas genauer anzuschauen. Und seit sie realisiert hatte, dass ihr nächtlicher Retter nicht nur ein zuverlässiger, sondern auch ein ziemlich sexy Typ war, wollte sie ihm gefallen. Auch wenn das hieß, dass sie sich jetzt aufraffen und mit vollem Eismagen durch Old San Juan stapfen musste.

»Wow, du legst ja ein Tempo vor«, sagte Finn und schloss zu Stine auf. »Wollen wir hier entlanggehen? Dann kommen wir zum Meer«, schlug er vor und deutete in eine Straße.

»Gerne«, antwortete Stine und bog bereitwillig in die hübsche kleine Straße, die neben bunten Häusern vor allem große, alte Bäume mitten auf dem Gehweg vorzuweisen hatte. In Stine tat sich ein Bild auf. »Ist das die Straße, von der du vorhin erzählt hast? Die mit deinem Apartment?«

Finn schmunzelte. »Genau so ist es. Und? Gefällt sie dir?«

»Ja«, sagte Stine wahrheitsgemäß und wurde aus unerfindlichen Gründen rot. Nachdem sie die Straße durchquert hatten, liefen die beiden durch ein großes, altes Tor, von wo aus sie auf eine Promenade kamen. Gleich zu Beginn stand in einem Rondell ein riesiger Baum mit hängenden Lianen, der einer Gruppe von Menschen auf den Bänken darunter Schatten spendete und eine friedliche Stille ausstrahlte.

Stine hätte sich am liebsten auf eine der Bänke gesetzt, dem Rauschen der Wellen gelauscht und die Augen zugemacht, um ihren Eiscremekater auszukurieren. Doch da Finn keine Anstalten machte, sich zu setzen, ging Stine mit ihm weiter die Promenade entlang.

Auch hier war die Kraft des Wassers deutlich zu erkennen. Regelmäßig spritzen an der Promenade meterhohe Wellenberge hoch und klatschnasse Touristen ließen sich vor den aufgebäumten Fontänen fotografieren. Es war fast unmöglich, hier entlangzulaufen, ohne ein paar Spritzer Meerwasser abzubekommen. Doch bei den tropischen Temperaturen war das eher eine kühlende Erfrischung, und Finn, der zu Stines Vergnügen eine ordentliche Ladung abbekommen hatte und klatschnass war, trocknete in der Sonne schnell wieder.

Nach ein paar Minuten erreichten sie einen Brunnen und dahinter eröffnete sich eine Allee mit einem Namen der Stine begeisterte.

»Paseo de la Princesa«, las sie vor und grinste Finn an.

Sie spürte, dass ihre Großmutter diesen Ort auch geliebt hatte. Er strahlte zeitlose Größe und Eleganz aus, und Stine hätte sich gut vorstellen können, in einem der edlen Kleider vom Dachboden ihrer Eltern hier entlangzuflanieren.

»Wie viele Prinzessinnen hier wohl schon rumspaziert sind?«, sinnierte sie und tänzelte spielerisch über den Weg.

»Wohl eher Piratenprinzessinnen«, meinte Finn trocken und schaute sich suchend um. »Wenn mich nicht alles täuscht, habe ich hier gestern eine nette Bar gesehen. Ich weiß ja nicht, wie es dir geht, aber ich könnte nach den Eismassen einen kleinen Absacker vertragen.«

Er hakte Stine unter und führte sie zu einem Tor, neben dem auf einem geschwungenen Holzschild der Name »Café la Princesa« prangte.

In dem laubenartigen Freiluftcafé mit Springbrunnen und vielen alten Bäumen war einiges los. Langsam setzte die Dämmerung ein, und die an den Bäumen befestigten Lampen sprangen an, während Stine und Finn einen Tisch suchten. Sie entschieden sich für einen Zweiertisch, der am Rand und somit relativ ruhig lag.

Da auf einer beleuchteten Bühne mehrere Musiker gerade mit dem Aufbau ihrer Instrumente beschäftigt waren, ging Stine davon aus, dass gleich eine Band spielen würde. Im Moment ertönte neben dem Stimmengewirr der anderen Gäste vor allem der Ruf von unzähligen Fröschen. Stine hatte noch auf dem Schiff erfahren, dass der Frosch das Wappentier von Puerto Rico ist, daher freute sie sich besonders über das Naturkonzert. Sie machte Finn auf das Quaken aufmerksam und erzählte ihm die Hintergrundgeschichte.

»Sehr sympatisches Orchester«, sagte er und dann: »Was möchtest du gerne trinken?«

»Keinen Mojito bitte!«, antwortete Stine scherzhaft, woraufhin Finn lachend den Kopf schüttelte und bei einem der Kellner einen großen Krug hausgemachte Sangria bestellte.

Während sie diesen und zwei weitere in den nächsten Stunden leerten, redeten Stine und Finn über Gott und die Welt. Sie stellten fest, dass sie beide Skorpion waren, eigentlich gar keine Kreuzfahrten mochten, davor auch noch nie eine gemacht und trotzdem eine Menge Spaß in der letzten Woche gehabt hatten. Dass sie oft dieselben

Bars und Restaurants in München besuchten und sich trotzdem noch nie über den Weg gelaufen waren, was Stine angesichts ihrer mauen Ausgehgewohnheiten nicht besonders wunderte. Umso überraschter war sie, wie viele Gemeinsamkeiten sie und Finn hatten, obwohl sie sich im Grunde fremd waren.

Nur den eigentlichen Grund ihrer Reise sparte sie sorgfältig aus. Die Spurensuche zu ihrer Großmutter war Stine heilig, und so sympathisch ihr Finn auch war, wenn er sich über ihre Oma lustig machen würde, wüsste Stine nicht, wie sie reagieren sollte. Jemand, der sie und ihre Familiengeschichte nicht kannte, fände es sicherlich lustig oder bescheuert, dass sie auf der Spur von jahrzehntealten Briefen alleine durch die Karibik reiste. Da auch Finn nicht von sich aus auf die Beweggründe für seine große Reise einging, fragte Stine wohlweislich nicht nach. Obwohl es sie schon sehr interessierte, warum er ganz alleine um die halbe Welt flog, denn wie der klassische Einzelgänger wirkte er nun nicht.

Als sie sich nach einer Weile, vermutlich auch dank der Sangria, von ihrer Eisorgie erholt hatten, forderte Finn Stine zum Tanzen auf. Sie hatte schon eine ganze Weile im Takt mitgesummt und freute sich über das Angebot. Wobei sie ein wenig den Eindruck hatte, dass Finn ihr nur einen Gefallen tun wollte, weil er ihre Begeisterung für die Salsamusik bemerkt hatte. Er selbst wirkte nämlich nicht gerade euphorisch, als sie sich durch die Menschenmenge auf die Tanzfläche vorschoben.

Beim Tanzen verstärkte sich der Eindruck, denn so süß er es auch versuchte, Finn konnte definitiv nicht Salsa tanzen, das war unübersehbar. Stine versuchte ihm zwar ein paar einfache Grundschritte beizubringen, aber der Mangel an Platz und vielleicht auch ein bisschen der Mangel an Begabung standen Finn im Weg. Ein Salsaprofi würde er heute sicherlich nicht mehr werden, trotzdem genoss Stine es, mit ihm zu tanzen und zu lachen.

Als Finn sie danach noch zum nahe gelegenen Hafen brachte und dort in ein Taxi setzte, rief das durchaus gewisse Erinnerungen wach, und zwar nicht nur bei Finn, der einen Scherz darüber machte. Aber im Gegensatz zu der Nacht in St. Barth hatte Stine allenfalls einen leichten Schwips und definitiv das Gefühl, sich von einem Mann zu verabschieden, den sie gerne wiedersehen würde. Als Finn sie nach ihrer Nummer fragte und vorschlug, morgen gemeinsam etwas zu unternehmen, sagte Stine daher begeistert zu.

Auf dem Weg ins Hotel gestand sie sich selbst ein, dass sie schon lange keinen so schönen Abend mehr erlebt hatte. Bei dem Gedanken musste sie lächeln.

Zurück in seinem Apartment, ließ Finn sich aufs Bett fallen und genoss den Luftzug, der durch die geöffnete Balkontür hereinströmte und sein Gesicht kühlte.

Was für ein Tag. Finn ließ ihn noch einmal Revue passieren, angefangen bei der geradezu unglaublichen Begegnung heute Morgen. Es war faszinierend gewesen zu sehen, wie sich die fast feindlich gesinnten Gesichtszüge von Stine im Laufe des Tages immer mehr entspannt und zum Schluss beim Tanzen richtig glücklich und geradezu ausgelassen gewirkt hatten.

Oh Gott, das Tanzen.

Finn konnte gar nicht glauben, dass ausgerechnet *er*, der Tanz-Legastheniker schlechthin, eine Frau zum Salsa aufgefordert hatte. Aber Stine war eben nicht irgendeine Frau. Seine Comicprinzessin hatte ihn von der ersten Begegnung an fasziniert. Aber seit heute, da er sie näher kennenlernen durfte, war er hin und weg, auch wenn das natürlich viel zu kitschig klang. Dass diese ursprünglich ferne und irgendwie auch unerreichbar scheinende Frau heute portionsweise Schokoladeneis in sich hineingestopft, ihm lachend Münchner Geschichten erzählt und ihn auch noch, ohne ein Wort sagen zu müssen, zum Salsatanzen gebracht hatte, kam ihm fast schon ein wenig unwirklich vor. Es war geradezu so, als hätte er eine alte Freundin wiedergetroffen, die er schon ewig kannte, nur dass alles an Stine neu und aufregend war. Das war Finn zuvor noch nie bei einer Frau passiert. Nicht mal bei Lisa.

Schon gar nicht bei Lisa.

Wenn er diese Vertrautheit und Zuneigung in ähnlicher Art und Weise schon mal irgendwo gespürt hatte, dann in den Briefen der Geliebten seines Großvaters. Sie war in ihren Erzählungen genauso begeisterungsfähig wie seine Comicfrau, und Finn war sich sicher, dass auch Irmgard ihren Hans mit einem Blick zu allem hätte bewegen können, sogar zum Salsatanzen in einer puerto-ricanischen Freiluftbar. Bisher war ihm das alles manchmal etwas »too much« vorgekommen, und auch bei seinem letzten Besuch im Krankenhaus, als sein Großvater ihm die Zigarrenkiste überreicht hatte, hatte er nicht so recht gewusst, wie er dessen tiefgründige Aussagen über die Liebe einordnen sollte. Doch so langsam bekam er eine Ahnung oder zumindest eine Idee davon, was dahinterstecken könnte.

Hatte sein Großvater dieses spezielle Kribbeln gemeint, als er ihn auf diese Reise geschickt hatte? Jenes Gefühl, wenn eine völlig Fremde an einem Strand plötzlich faszinierender war als alle Frauen, die man zuvor kannte? War es möglich, dass er in dieser Zufallsbegegnung mit Stine bereits das gefunden hatte, was sein Großvater ihm unbedingt noch auf den Weg hatte mitgeben wollen?

Finn wusste es nicht. Er wusste nur, dass er froh war, Stine morgen wiedersehen zu können. Und zwar nicht zufällig, sondern weil sie verabredet waren und er sogar ihre Nummer hatte. Er wollte mit ihr einen ganz besonderen Ausflug machen. Um sich darauf einzustimmen, zog er einen der Briefe hervor und begann vor dem Einschlafen zu lesen.

San Juan, August 1949

Geliebter Hans,
ich bin noch in San Juan, allerdings werden wir morgen aufbrechen, wie ich vorhin erfahren habe. Doch zuallererst hoffe ich inständig, dass es dir wieder besser geht. Wie sehr habe ich mich erschrocken, als ich von deiner Verletzung las. Auch wenn du das Ganze eher als harmlosen Kratzer beschreiben wolltest, kann ich mir vorstellen, wie furchtbar es in Wahrheit gewesen sein muss.

Jeden Tag habe ich aus dem Fenster geschaut und gehofft dich unten auf der Straße zu entdecken. Wie gerne wäre ich wieder zu El Morro gelaufen und hätte die einlaufenden Schiffe nach dir abgesucht. Doch ich darf unsere Wohnung momentan nicht verlassen. Edmund hat Angst, dass mir … dass uns etwas passieren könnte. Denn, Hans: Ich bin nicht mehr alleine.

Nach meiner Seekrankheit ging meine Übelkeit auch an Land nicht mehr weg, und der herbeigerufene Arzt stellte fest, dass ich schwanger bin. Oh Hans, welch Schock muss es für dich sein, diese Zeilen zu lesen. Es tut mir so weh, dass ich dir dies so eröffnen muss. Auch ich war völlig verzweifelt, als ich die Nachricht erhielt. Natürlich wusste ich die ganze Zeit, dass Edmunds nächtliche Besuche, die ich über mich ergehen lassen muss, Folgen haben könnten. Doch ich hatte gehofft und gebetet, dass dem nicht so sei.

Natürlich möchte ich Kinder. Unbedingt sogar! Aber mit dir, nicht mit ihm. Ich habe mir immer vorgestellt, wie wundervoll es sein wird, mit dir eine Familie zu gründen. Nun trage ich ein Kind unter meinem Herzen, das kein Kind der Liebe ist, und das macht mich unendlich traurig. Ein jedes Kind hat es verdient, in eine glückliche Familie hineingeboren zu werden. Was wird meines dagegen erleben? Einen Vater, der seine Mutter gegen deren Willen geheiratet hat, und einen garstigen Lakaien, der Mutter und Kind jeden Tag kontrollieren und ausspionieren wird. Wie soll ein Mensch da glücklich werden?

Noch sieht man kaum etwas, nur eine minimale Wölbung kann ich unter meinem Bauchnabel fühlen. Trotzdem lege ich nachts im Bett die Hand darauf und erlaube mir zu träumen. Ich male mir aus, dass es dein, dass es unser Kind wäre und wir bereits auf unserer Insel wären. Ich stelle mir vor, wie du unser Kind hochhebst und es dich anstrahlt und wie es in der Geborgenheit unserer Liebe aufwächst. Ich sehe unser Baby regelrecht vor mir – mit deinen strahlend grünen Augen, meinen blonden Locken, mit deinem wachen Geist, deiner Gutmütigkeit und meiner Neugierde.

Doch so wird es nicht sein. Dennoch weiß ich, dass ich dieses Kind lieben werde, und auch wenn es nicht aus Liebe entstanden ist, werde ich es doch mit Liebe empfangen und ihm so viel Wärme geben, wie ich nur kann. Rosa wird mir dabei helfen und vielleicht, ja hoffentlich, auch eines nicht mehr allzu fernen Tages du.

Ich weiß, Hans, das ist viel verlangt, und ich bin auch bang vor deiner Antwort. Ich erwarte deinen nächsten Brief mit großer Ungeduld, und am liebsten würde ich mich hier und jetzt in deine Arme stürzen. Denn ich habe so große Angst, Hans. Angst vor dem, was kommt. Angst, dass ich dabei versagen werde. Angst, dass ich dich nun verliere. Ich gehe jeden Abend mit dem Gedanken an dich ins Bett und wache jeden Morgen mit dem Gedanken an dich auf. Daran hat sich nichts geändert. Und ich hoffe sehr, dass es dir auch immer noch so geht.

Seit ich schwanger bin, kontrolliert Edmund mich noch mehr als sonst, als ob er nervös auf etwas wartet. Nicht zum ersten Mal beschleicht mich das Gefühl, dass unsere Briefe nicht so geheim sind, wie sie es sein sollten. Ob Edmund doch weiß, dass du auf dem Weg zu mir bist, und wir deswegen so überhastet nach Jamaika aufbrechen? Dort sitzt einer seiner wichtigsten Geschäftspartner, und er möchte, dass ich das Kind dort auf die Welt bringe. Ich habe große Angst vor der Reise, und beim Gedanken an den Wellengang wird mir schon jetzt furchtbar übel.

Doch auch das werde ich, werden wir überstehen, und ich hoffe sehr, dass es auch dir gutgeht und du, egal wo du gerade bist, nach diesem Brief immer noch das Gleiche für mich empfindest wie vorher. Ich wünsche es mir so sehr …

In tiefer und ewiger Liebe

Deine Irmi

Sie hatten ausgemacht, dass Finn Stine im Hotel abholen sollte, und als Stine wie verabredet pünktlich um zehn Uhr aus der Lobby trat, wartete er schon in einem weißen Mietwagen auf sie. Stine winkte ihm zu, während sie über die Straße zu Starbucks sprang und kurz darauf mit zwei Bechern in der Hand zu ihm ins Auto stieg.

»Guten Morgen. Kaffee gefällig?«, grinste sie und reichte Finn einen Becher.

»Ebenfalls guten Morgen. Chauffeur gefällig?«, lachte er und startete nach einer angedeuteten Verbeugung den Motor.

Sie fuhren durch das morgendliche Verkehrsgewimmel im modernen Teil von San Juan an Hochhäusern und Hotelkomplexen vorbei, bis sie die Stadt hinter sich gelassen hatten.

»Wohin soll's denn gehen?«, fragte Stine und schielte neugierig auf das Navigationsgerät, das ihnen noch gut anderthalb Stunden Fahrt voraussagte.

»Lass dich überraschen«, sagte Finn nur und drehte das Gerät so, dass Stine nicht mehr draufschauen konnte.

»Ich steh nicht so besonders auf Überraschungen«,

erklärte Stine und steckte sich ein Karamellbonbon in den Mund.

»Wieso überrascht mich das jetzt nicht?«, kommentierte Finn amüsiert und ließ das Navi so eingedreht, wie es war.

Schnell drehte Stine den Kopf zur Seite, damit Finn nicht sehen konnte, wie sie nach dieser Bemerkung ertappt grinsen musste. Überraschungen waren vor allem deswegen nicht ihr Ding, weil sie es hasste, die Kontrolle abzugeben. Aber sie wollte ja lockerer werden. Insofern beschloss sie, sich zu entspannen und der Dinge zu harren, die da kommen würden. Bis jetzt hatte Finn sich jedenfalls nicht wie ein Vollpfosten aufgeführt, also war Stine relativ guter Dinge, dass keine Katastrophen und Totalausfälle auf sie warteten. Außerdem genoss sie es sehr mit einem, wenn auch erst auf den zweiten Blick, sehr sehr spannenden Mann durch Puerto Rico zu düsen, während über ihr die karibische Sonne ein strahlendes Blau an den Himmel malte und zwischen den grünen Palmen und anderen farbenprächtigen Gewächsen immer wieder der Ozean neben der Straße schimmerte.

Finn war kein Beachboy wie Jeff, das merkte man ihm an. Er war souverän, ohne großkotzig rüberzukommen, und irgendwie hatte er eine beruhigende Wirkung auf Stine. Sich fallen zu lassen war nun wirklich nicht ihre größte Stärke, aber bei Finn war sie nahe dran. Es fühlte sich einfach nur gut an, neben ihm zu sitzen und sein attraktives Profil zu betrachten. Und selbst wenn sie sich einmal nicht angeregt unterhielten, war es genauso angenehm, mit ihm zu schweigen und die vorüberziehende Landschaft zu beobachten. Es war zwar absurd, aber es fühlte sich an, als ob zwischen ihnen eine gewisse Vertrautheit existierte, die Stine in ihrem Leben bisher nur selten verspürt hatte – schon gar nicht bei einem Mann, den sie so gut wie nicht kannte.

Aber wenn Finn im Gespräch kurz den Kopf wendete und ihr zulächelte, erhöhte sich nicht nur Stines Herzschlag, sondern es kam ihr auch so vor, als ob das alles ganz richtig war.

Als Finn den Mietwagen auf einen Parkplatz steuerte, der direkt an den Dschungel grenzte, hoffte er sehr, dass er den Rest der Strecke ebenso souverän meistern würde. Seine Vermieterin Jolanda hatte ihm den Weg zu einem besonders schönen Wasserfall beschrieben und ihm die Adresse fürs Navigationsgerät mitgegeben. Ab jetzt würden sie durch den Dschungel laufen, und obwohl Jolanda ihm versichert hatte, dass sie den gut beschilderten Weg auch ohne Guide nicht verfehlen könnten, war Finn unsicher.

Als Stine zu ihm in den Wagen gestiegen war und er ihr Ausflugsziel zur Überraschung erklärt hatte, konnte er spüren, wie sie sich zunächst verkrampfte. Wie erwartet fiel es ihr erst mal schwer, ihm zu vertrauen und sich zurückzulehnen. Doch Finn freute sich, dass Stine sich auf den Überraschungsausflug einzulassen schien und nach einer Weile sogar einen vollkommen relaxten Eindruck machte. Vielleicht sogar etwas relaxter als Finn selbst, der bei jedem Seitenblick auf Stine sehr unmännliches Herzklopfen bekam und teilweise Mühe hatte, sich auf die Straße zu konzentrieren.

Glücklicherweise ging von dem fast leeren Parkplatz nur ein Pfad ab, und so war Finn sich relativ sicher, den richtigen Weg eingeschlagen zu haben, als Stine und er loswanderten. Schon nach wenigen Minuten hatte die grüne Welt sie verschluckt, und sie waren begeistert von dem Pflanzenreichtum, der sich ihnen darbot. Immer wieder blieben sie stehen und zeigten abwechselnd auf Bananenpalmen, Mangobäume und viele andere Früchte und Blumengewächse, die sie nicht kannten. Hinter jeder Biegung entdeckten sie etwas Neues, und die ganze Zeit wurden sie begleitet von den Rufen der Frösche, denen sie schon im »Café la Princesa« gelauscht hatten.

Nachdem sie gut eine Stunde gelaufen waren, versuchte Finn sich seine Befürchtung, doch den falschen Pfad eingeschlagen zu haben, nicht anmerken zu lassen, trotzdem wurde er langsam sichtlich nervös. Das schien auch Stine zu merken.

»Wo laufen wir eigentlich hin?«, fragte sie. Erfreulicherweise eher neugierig als misstrauisch.

Unterwegs waren ihnen immer wieder Menschen entgegengekommen, und somit war Finn der Ansicht, dass sie so falsch nicht sein konnten. Dennoch fiel ihm ein Stein vom Herzen, als nach der nächsten Biegung endlich ein Rauschen zu hören war und die schwüle Hitze des Tages von einer angenehmen Kühle durchzogen wurde.

»Das wirst du gleich sehen«, kündigte er an.

Nach einer weiteren Biegung türmte sich vor ihnen wie aus dem Nichts eine riesige Felswand mit einem gigantischen Wasserfall auf. Stine blieb mit buchstäblich offenem Mund stehen und starrte den Dschungelwasserfall mit weit aufgerissenen Augen an.

»Wahnsinn, oder?«, flüsterte Finn, in dem die einmalige Location ein Gefühl von Ehrfurcht wach werden ließ.

Normalerweise kannte er solche Orte nur aus der Werbung – und diesen speziellen aus einem von Irmgards Briefen aus San Juan, den er gestern Abend extra noch einmal sorgfältig gelesen hatte. Natürlich konnte er sich nicht sicher sein, dass die Geliebte seines Großvaters genau unter diesem Wasserfall gebadet hatte, aber der Ort war so einmalig und besonders, dass Finn sich kaum vorstellen konnte, er sei zweimal in einem Land zu finden.

Beinahe hätte er Stine erzählt, warum er ihr unbedingt diesen Platz zeigen und ihn auch selbst sehen wollte, aber irgendetwas hielt ihn davon ab. Auch wenn es sich sehr vertraut anfühlte, kannte er Stine noch nicht besonders lange, und ihr vor den geheimen Briefen seines Großvaters zu erzählen, kam ihm in diesem Moment nicht richtig vor. Er hatte Angst, seine Comicprinzessin mit seiner Geschichte zu überfordern. Zumal Stine geradezu hypnotisiert von dem Wasserfall zu sein schien.

Immer noch mit offenem Mund starrte sie auf die Szenerie und konnte offensichtlich kaum glauben, was sie da sah. Finn, der selbst im Bann dieses fast schon magischen Ortes war, wunderte sich ein wenig, dass sie so heftig reagierte, konnte ihr Verhalten jedoch nicht genau einschätzen. Vielleicht reagierte sie ja immer so, wenn sie etwas zum ersten Mal sah. Dass Stine ihre Gefühle ungewollt sehr offen zur Schau trug, war für Finn nun wirklich nichts Neues.

»Wollen wir nach unten gehen? Man kann hier auch schwimmen.«

Er deute auf eine steinerne Treppe, die zu dem Naturbecken unterhalb des Wasserfalls führte, in dem ein paar wenige Touristen und einheimische Kinder planschten. Stine starrte Finn immer noch völlig entgeistert an, als wäre er eben einem Raumschiff entstiegen und sie würde ihn zum ersten Mal richtig wahrnehmen. Dann nickte sie, ohne ihren Mund zu schließen. Sie wäre wirklich die perfekte Besetzung für jedes Comic-Remake.

Stumm stiegen sie die feuchten Stufen hinab und suchten sich unten einen großen Stein, auf dem sie ihre Klamotten ablegten, bevor sie ins Wasser eintauchten. Es war erfrischend kühl und weich auf der Haut, allerdings nicht ganz so klar, wie Finn erwartet hätte. Wirklich weit sehen konnte er beim Tauchen nicht, dafür fühlte es sich umso spektakulärer an, sich unter die Ausläufer der tosenden Wassermassen zu stellen und sie auf sich herabstürzen zu lassen. Auch Stine war mittlerweile wieder unter den Lebenden angekommen. Das kalte Wasser schien sie aufgeweckt zu haben. Lachend stellte sie sich neben Finn unter die Naturdusche, und als er ein Stück nach vorne schwamm und sich vor sie stellte, spritzte sie ihn übermütig nass.

»Na warte!«, brüllte er und tunkte sie scherzhaft unter.

Prustend tauchte sie wieder auf und stürzte sich auf ihn, nachdem sie sich das Wasser aus den Augen gewischt hatte. Mit aller Kraft stemmte sie sich auf seine Schultern und versuchte, ihn unter Wasser zu drücken, was Finn aber gut verhindern konnte, denn so stark war sie dann doch nicht. Stine gab nicht auf. Mit aller Macht versuchte sie, ihn nach unten zu pressen, und biss sich vor Anstrengung auf die Lippen. Finn musste wieder ein Lächeln unterdrücken, und um ihr einen Gefallen zu tun, gab er seinen Widerstand auf und ließ sich fallen. Damit hatte Stine wohl nicht gerechnet, denn sie tauchte vor Überraschung gleich mit unter. Als sie prustend wieder auftauchte, beschwerte sie sich lautstark.

»Das war fies!«, rief sie und versuchte, ihm unter Wasser ein Bein zu stellen.

»Jetzt beruhig dich mal wieder, du kleine Kampfkatze«, beschwichtigte er sie und umfasste mit sicherem Griff ihre Taille. Dabei hielt er sie so, dass sie erst mal nicht weiter angreifen konnte. Als sie merkte, dass sie so nicht weiterkam, funkelte sie ihn durch ihre vor Wasser tropfenden Wimpern an und bekam langsam wieder Luft.

»Alles okay?«, fragte er belustigt.

Anstatt zu antworten, wechselte ihr Blick von kampfeslustig zu einer Nuance, die Finn bisher noch nicht an ihr gesehen hatte. Auffordernd und intensiv blickte sie ihm in die Augen. Geschickt bewegte Stine sich ein Stück nach vorne, bis ihre Körper sich berührten. Fast hätte Finn die Luft angehalten, denn wie von selbst hatte er die Arme um ihren Körper gelegt und konnte spüren, wie ihr Herz schnell gegen ihre Brust schlug. Sie drängte sich eng an ihn und berührte mit ihrer Nasenspitze sanft seine Halskuhle. Als er den Kopf nach unten wandte, um sie anzusehen, hob sie ihren an. Fragend zog er eine Augenbraue hoch und wollte gerade fragen, ob ihr kalt war. Doch so weit kam er nicht, denn in diesem Moment küsste Stine ihn.

Auf dem Weg zurück nach San Juan zwang Stine sich, so oft wie möglich nach vorne zu schauen und so wenig wie möglich zu Finn neben ihr. Was war nur in sie gefahren? Sie hatte ihn geküsst. Nicht er sie. Nein, sie war es, die sich plötzlich an ihn geschmiegt und mit ihren Lippen die seinen gesucht hatte. Er hatte ziemlich überrascht gewirkt, ihren Kuss aber nach einer kurzen Schrecksekunde erwidert. Tja, und was danach folgte, war so ziemlich der intensivste und schönste Kuss, den Stine jemals bekommen hatte.

Es war, als ob sie eins würden und ihre Lippen nur darauf gewartet hätten, sich endlich zu finden. Stine wusste nicht mehr, wie lange der Kuss gedauert hatte, denn es schien, als ob die Welt und der Wasserfall um sie herum erstarrt wären. Für diesen Moment gab es nur sie beide, und sie waren sich so nahe, wie zwei Menschen sich nur nahe sein können. Dann bekamen sie auf einmal von zwei sich balgenden Kindern einen Schwall kalten Wassers ab und glitten wie ertappt auseinander. Es war ein totaler Schock, so unvermittelt in die Realität zurückgeholt zu werden, und Stine kam sich plötzlich linkisch und völlig fehl am Platz vor.

Die Intensität des Kusses verwirrte sie, und ihre Forschheit war ihr mit einem Schlag unangenehm. Sie vermied es, Finn in die Augen zu schauen, und der heimliche Seitenblick, den sie trotzdem wagte, verriet ihr, dass es ihm ähnlich ging. Stattdessen sahen sie noch eine Weile den Kindern dabei zu, wie sie wieder und wieder die Felswände hinaufkletterten und von oben kunstvoll ins Wasser sprangen. Schließlich brachen sie auf und verließen ohne viele Worte diesen verzauberten Ort.

Auch den Rückweg durch den Dschungel legten sie weitestgehend schweigend zurück, und wenn sie sich kurz unterhielten, dann nur über Belanglosigkeiten. Zufälligen Körperkontakt vermieden sie, indem sie möglichst weit auseinander liefen, und als Finn Stine am Parkplatz die Autotür aufhielt, stieg sie schnell und mit einem leise genuschelten »Danke« ein und wartete angespannt, bis er neben ihr saß und losfuhr.

Dabei war es nicht so, dass Stine den Kuss bereute. Er war wunderschön gewesen. Vielleicht sogar *zu* schön, und damit konnte sie gerade nicht umgehen. Auch dass sie die Initiative ergriffen hatte, störte sie. Erst hatte Finn ihren Ausfall in St. Barth miterlebt, und jetzt warf sie sich ihm buchstäblich an den Hals. Wie mochte das bei ihm ankommen? Vermutlich nicht besonders gut. Zumindest vermittelte er diesen Eindruck, wie er das Steuer mit beiden Händen so fest umklammert hielt, dass seine Knöchel weiß hervortraten, und den Blick starr auf die Straße gerichtet hielt. Stine tat es ihm gleich.

Es war alles so magisch gewesen. Erst der Spaziergang durch den Bilderbuchdschungel und dann wie aus dem Nichts dieser unglaublich schöne Wasserfall. Genauso schön, wie Hans ihn in seinem Brief beschrieben hatte. Im ersten Moment hatte Stine es unheimlich gefunden, dass Finn sie ausgerechnet zu diesem Ort brachte. Fast war es so, als ob Finn ihre Briefe gefunden und heimlich gelesen hätte. Natürlich konnte das nicht sein. Doch dieser Zufall, dass ihr Ausflug sie ausgerechnet an einen jener Orte geführt hatte, die Stine unbedingt sehen wollte und den ihre Großmutter viele Jahre zuvor schon besucht hatte, war ihr nicht geheuer. Es war, als ob sie beide auf der gleichen Reise wären, auf einer vorgegebenen Route mit festen Punkten, auf der sie sich zwangsläufig begegnen mussten. Aber das war nicht möglich. Oder vielleicht doch?

War es das, was die gnadenlosen Romantiker Schicksal nannten? Oder war die Wahrscheinlichkeit, dass sie und Finn, aus welchen Gründen auch immer, dieselben Ziele hatten, gar nicht so klein? In den Briefen von Hans war logischerweise vor allem von den Highlights der Destinationen die Rede, die Irmgard und Hans bereist hatten, und diese Highlights hatten sich seit damals kaum geändert. Jeder Reiseführer nannte mehr oder weniger dieselben Sehenswürdigkeiten, insofern war es kaum verwunderlich, dass Stine und Finn sich mehrfach über den Weg liefen. Dennoch hatte Stine ein komisches Gefühl im Bauch. Es war nicht wirklich unangenehm, es war nur irgendwie … fremd.

Sie hatte eine ganze Weile gebraucht, bis sie sich wieder gefasst und sich bewusst gemacht hatte, dass es kein allzu großer Zufall sein konnte. Die Attraktion, zu der Finn sie gebracht hatte, suchten täglich etliche Touristen auf, und sie war sicher auch in jedem Reiseführer zu finden. Dennoch war sie Finn dankbar, dass er das richtige Gespür bewiesen und sie an diesen Ort geführt hatte.

Sie wagte einen weiteren Seitenblick auf ihn. Er starrte noch immer geradeaus. Bald würden sie zurück in San Juan sein, und Stine hoffte trotz aller Peinlichkeit, dass ihr gemeinsamer Tag dort noch nicht vorbei sein würde.

Als sie langsam wieder die großen Hauptstraßen San Juans erreichten und die ersten Wolkenkratzer in Sicht kamen, war Finn unsicher. Einerseits wollte er gerne noch Zeit mit Stine verbringen, andererseits herrschte zwischen ihnen gerade eine seltsame Stimmung, mit der er nicht recht umzugehen wusste.

Als er an die Momente unmittelbar nach dem Kuss dachte, war er sich fast sicher, dass es besser wäre, Stine erst mal Raum für sich zu lassen. Womöglich brauchte er auch ein bisschen Raum für sich selbst. Er hatte schon einige Frauen geküsst, und es waren weiß Gott schlechtere Küsse darunter gewesen, aber so wie Stine hatte noch keine Frau reagiert.

»Soll ich dich ins Hotel bringen?«, fragte Finn nach einer gefühlten Ewigkeit und durchschnitt das erste Mal, seit sie losgefahren waren, die Stille zwischen ihnen.

Als keine Reaktion von Stine kam, blickte er zu ihr rüber. Ganz offensichtlich rang sie mit sich.

»Nein«, entschied sie, was seinen Herzschlag sogleich beschleunigte.

Er freute sich über die Antwort mehr, als er zugeben wollte.

»Ich würde dich gerne noch zum Essen einladen. Als Dank für diesen wunderschönen Ausflug«, fügte sie hinzu.

Finn gab sein Bestes, um sich seine Überraschung nicht anmerken zu lassen, und sofort besserte sich seine Laune um Längen. Das Besondere zwischen ihnen, das er den ganzen Tag gefühlt hatte, war anscheinend auch Stine nicht entgangen. Er spürte anhand ihrer Reaktionen und ihrer Eigenart, sich viele Antworten lange und gut zu überlegen, dass es für sie etwas bedeutete, den ganzen Tag und dann auch noch den Abend miteinander zu verbringen. Dass sie nun genau dies mit ihm tun wollte, fühlte sich schön an.

»Okay, dann in die Altstadt, oder?«, fragte er und lächelte sie an.

»Altstadt klingt gut«, bekräftigte Stine und schickte ein vorsichtiges Grinsen hinterher.

Sie fanden ein Restaurant unweit der Placa de Colón, in dem puerto-ricanische Speisen serviert wurden und man unter freiem Himmel sitzen konnte. Als sie ankamen, war gerade Cocktail-Happy-Hour, und Stine bestellte für beide einen großen Krug eisgekühlter Margarita. Irgendetwas in ihr hatte anscheinend Klick gemacht, denn seit sie in Old San Juan angekommen waren, war sie wieder die unbeschwerte Stine, die er gerade frisch kennengelernt hatte.

Die Befangenheit zwischen ihnen verflog peu à peu, und sicher halfen dabei auch die Margaritas. Sie bestellten sich eine riesige Portion Sparerips und merkten erst beim Essen, wie ausgehungert sie von dem langen Tag waren. Sie erzählten sich Episoden aus vergangenen Urlauben und übertrafen sich gegenseitig mit skurrilen Erlebnissen zwischen Gardasee und Ibiza. Es machte Spaß, Stine zuzuhören, und wenn sie eine besondere Begegnung oder ein Missgeschick beschrieb, erzählten ihre Gesichtszüge die Geschichte fast von allein. Die Stimmung war sogar so gelöst, dass Finn von ein paar seiner Partyabenteuer mit Jeff erzählte, und Stine lachte herzlich über seine Berichte.

»Was machst du eigentlich beruflich?«, fragte Finn

irgendwann, weil sie diesen Punkt bisher noch gar nicht angerissen hatten.

Augenblicklich verdüsterten sich Stines Gesichtszüge wieder, und er bereute seinen Vorstoß sofort. Andererseits machte ihn ihre Reaktion nur noch neugieriger.

»Ich bin Redakteurin«, gab sie einsilbig Auskunft.

Finn merkte, dass sie das Thema nicht begeisterte. Sie wirkte merklich angespannt, und ihre Schultern verkrampften. Doch genau deswegen interessierten ihn die Details umso mehr.

»Cool. Bei einer Zeitschrift?«

»Beim Fernsehen«, antwortete Stine wieder ausgesprochen wortkarg. Ganz offensichtlich fühlte sie sich nicht wohl.

Finn war zugegebenermaßen überrascht. Er hielt die TV-Branche für oberflächlich und schrill, und das wollte so gar nicht zu Stine passen. Umso neugieriger machte ihn diese überraschende Aussage. Stine bekam er einfach nicht zu fassen.

»Wow, hat man dich denn schon mal irgendwo gesehen?«

Finn Er ließ nicht locker und hatte mit dieser Frage offensichtlich einen Volltreffer gelandet, denn Stine nahm sofort nervös einen großen Schluck aus ihrem Margaritaglas.

»Hin und wieder«, nuschelte sie zwischen zwei Schlucken.

»Wo denn?«, fragte er weiter und registrierte ihr wachsendes Unwohlsein. Wahrscheinlich war es fies weiterzubohren, aber er konnte der Versuchung, dem »Mysterium Stine« auf den Grund zu gehen, nicht widerstehen.

»Ist doch egal«, meinte sie und griff nach der Karte.

»Bist du eher reportermäßig unterwegs oder moderierst du auch Shows und so?«

Finn registrierte, wie ihre Augen hilfesuchend nach links und rechts huschten. Am liebsten hätte er sie in den Arm genommen und ihr gesagt, dass er sie, egal was sie zu verbergen hatte, immer bezaubernd finden würde. Aber instinktiv wusste er, dass Stine nicht der Typ Frau war, der solche Bekundungen schätzte. Und zum Deppen machen wollte er sich auch nicht.

»Hast du Lust auf einen Nachtisch?«, versuchte Stine abzulenken. »Hier gibt's Flan. Ich liebe Flan«, plapperte sie weiter und schickte ein misslungenes Grinsen hinterher.

»Irgendwie bist du mir gleich so bekannt vorgekommen … Ich wusste nur nicht mehr, woher«, überlegte Finn laut und merkte anhand ihrer geweiteten Augen und der leicht zitternden Nasenflügel, dass er auf der richtigen Fährte war.

»Also Flan, oder?«, fragte Stine noch mal und winkte, seine Kommentare ignorierend, der Kellnerin.

Mit einem Mal dämmerte Finn, wo er Stine schon vor ihrer ersten Begegnung in Los Angeles gesehen hatte: in der Illustrierten im Flugzeug. Langsam machte es klick. Da war doch nicht etwa von ihr die Rede gewesen? Finn versuchte sich zu erinnern, ob das abgedruckte Bild tatsächlich Stine gezeigt hatte. Er erinnerte sich nur an eine aufgestylte Blondine im Glitzerfummel mit viel zu viel Make-up. Aber wenn man sich das ganze Chichi wegdachte, konnte weiß Gott wer dahinterstecken. Warum also nicht auch Stine?

»Sag mal«, fing er vorsichtig an und überlegte, wie er seinen Verdacht am besten in Worte fassen konnte, ohne dass Stine gleich davonstürmen würde. »Diese Moderatorin, die in ihrer Livesendung keinen Ton rausgebracht hat und danach von der *Bildzeitung* durchs Dorf gejagt wurde … Das warst doch nicht etwa du?«, platzte er dann doch weniger feinfühlig als geplant heraus.

Ein Blick in Stines Augen verriet ihm, dass er goldrichtig lag. Trotz aller guten Vorsätze konnte Finn nicht anders und brach in schallendes Gelächter aus. Das war aber auch zu absurd. Seine Comicfrau, die kaum Make-up trug, die absolut natürlich, fast schon unbedarft durch die Welt stromerte, sollte diese aufgeblasene Fernsehtussi sein?

»Danke schön«, blaffte Stine beleidigt und kniff die Augen wütend zusammen.

Finn musste gleich noch mehr lachen.

»Ist ja gut. Kannst du jetzt bitte aufhören? Um uns herum schauen schon alle!«, zischte Stine.

»Tut … mir … leid«, stieß Finn zwischen seinem Gewieher hervor, und es tat ihm auch wirklich leid, aber er hatte einen waschechten Lachanfall, und Stines verzweifelt wütende Mimik machte es nicht besser.

»Wenn du nicht sofort aufhörst, gehe ich!«, drohte Stine, doch er konnte nur den Kopf schütteln.

Vor lauter Lachen liefen ihm mittlerweile Tränen übers Gesicht. Sosehr er sich auch bemühte, er schaffte es einfach nicht, mit dem Lachen aufzuhören. Wenn er etwas richtig lustig fand, dann gab es für ihn kein Halten mehr. Und das hier *war* richtig lustig.

»Du bist so ein Arschloch!«, beschimpfte ihn Stine und

starrte ihn finster an. Doch anstatt aufzustehen, musste sie plötzlich auch grinsen.

»Wie krass ist das denn?«, brach es aus ihm heraus. »Und wegen so ein paar Schreibfritzen fliehst du um die halbe Welt?«

»Da geht's nicht nur um ein paar Schreibfritzen«, stellte Stine richtig.

Die Kellnerin kam zu ihnen an den Tisch, beäugte Finn kritisch und wandte sich dann Stine zu, um die erneute Bestellung aufzunehmen.

»One flan, please. And more Margarita«, orderte sie und musste auf einmal auch laut losprusten.

Erleichtert registrierte Finn, wie Stines Miene sich entspannte, bis sie so offen und herzhaft lachte, wie er es bisher noch nie an ihr gesehen hatte. Ihn überkam die Ahnung, dass Stine über dieses Thema zum ersten Mal überhaupt lachte, und sie wirkte von Minute zu Minute gelöster, so als würde eine riesige Last von ihr abfallen. Am meisten freute ihn, dass sie nun seine Hand nahm und sie drückte, während sie sich mit der anderen die Tränen aus den Augen wischte. Wahrscheinlich hatte sie es nicht einmal bemerkt, und es war eine unbewusste Geste, aber für Finn bedeutete sie sehr viel. Es fühlte sich toll an, und er hätte diesen Moment ewig festhalten wollen.

Als die Kellnerin mit dem Flan und dem frischen Krug Margarita kam, lachten sie immer noch, und erst ein paar Minuten später hatten sie sich wieder einigermaßen beruhigt.

»Na, dann hätten wir das ja auch geklärt«, meinte Finn.

Als Stine, die sich gerade die nächsten Lachtränen aus den Augen wischte, nur demonstrativ mit den Achseln zuckte und dabei so unwiderstehlich ratlos wirkte, wie es wohl nur eine Comicfrau konnte, fasste Finn sich ein Herz. Langsam beugte er sich vor, umfasste mit beiden Händen sanft ihr Kinn und schaute ihr in die Augen. Als er dort mehr Erwartung als Abwehr entdeckte, küsste er sie.

Stines Lippen fühlten sich genauso sanft und weich an wie am Mittag, nur schmeckten sie jetzt kalt und süß nach Margarita. Stine zögerte kurz, so als wollte sie erst prüfen, ob Finn seine Sache richtig machte, dann erwiderte seinen Kuss zärtlich. Es war genauso magisch wie am Mittag und ohne Wasserfall und tobende Kinder gab es nichts mehr, was ihre kleine Zauberwelt stören konnte.

Wie verliebte Teenager knutschten sie so lange, bis das Lokal schloss. In stillem Einvernehmen ergriff Finn, nachdem Stine die Rechnung bezahlt hatte, ihre Hand, und sie liefen eng aneinandergeschmiegt durch San Juans Altstadt, bis sie die Caleta de San Juan und damit Finns Apartment erreichten.

Wortlos schloss er auf, öffnete die Tür und ließ Stine den Vortritt. Es fühlte sich alles richtig an, und Finn konnte spüren, dass Stine das genauso empfand und sich sicher fühlte. Oben angekommen, hatte Finn kaum die Tür hinter ihnen geschlossen, da küssten sie sich wieder voller Leidenschaft. Als er vorsichtig Stines Kleid über ihren Kopf zog, hob sie bereitwillig die Arme und ließ ihn gewähren. Nachdem sie ihm fast nackt und schwer atmend gegenüberstand, blickte sie ihm noch einmal tief und demonstrativ herausfordernd in die Augen, bevor sie ihm sein Shirt abstreifte.

Als sie sich anschließend engumschlungen auf das Bett sinken ließen, wusste Finn, dass ihm eine der schönsten

Nächte seines Lebens bevorstand, und das Letzte, was er Stunden später wahrnahm, waren das wohlige Lächeln seiner schlafenden Comicschönheit und der leichte Duft nach Karamell.

Stine wachte auf und blinzelte. Durch die bunten Vorhänge fiel helles Sonnenlicht herein. Sie schloss die Augen für einen kurzen Moment und öffnete sie dann erneut. An ihrem Rücken konnte sie Finns warmen Körper spüren und seinen leisen, gleichmäßigen Atem hören. Ihr Kopf lag auf seinem Arm, und fasziniert betrachtete sie den gebräunten, sehnigen Unterarm mit den dunklen Haaren. Sie fühlte sich, als wäre sie in einem hellen, wohligen Kokon aufgewacht. Es fühlte sich wunderbar an, mit dem friedlich schlafenden Finn dazuliegen und keine Sekunde der Nacht zu bereuen, sondern rundherum glücklich zu sein.

»So fühlt sich das also an«, flüsterte Stine.

Vorsichtig drehte sie sich auf die andere Seite, bis sie sich so an ihn kuschelte, dass sie den Kopf in seiner Halsbeuge versenken und mit jedem Atemzug seinen Duft inhalieren konnte. Finn hatte automatisch seinen Arm an ihre neue Position angepasst und hielt sie fest. Sie hoffte, dass er nicht so schnell aufwachen würde, denn sie wollte die Friedlichkeit und Perfektion dieses Moments so lange wie möglich genießen. Das Gefühl vollkommener Vertrautheit war ihr gänzlich neu, und am liebsten hätte sie vor Glück angefangen zu weinen. Sanft strich sie über

Finns behaarte Brust und drückte ihre Handfläche zart auf die linke Seite. Sie konnte fühlen, wie sein Herz schlug. Es war ein bewegendes Gefühl, dieses kostbare, kräftige Schlagen zu spüren, und zugleich machte es Stine Angst. Wie schnell konnte etwas passieren und dieses Herz zu schlagen aufhören.

Jetzt hör aber mal auf mit deinen melodramatischen Anflügen. Du kennst den Mann kaum und schon hast du Angst um sein Leben, obwohl er kerngesund ist. Du spinnst ja, meine Liebe, schalt Stine sich selbst, brachte es aber nicht fertig, ihre Hand von Finns Brust zu nehmen.

Babum. Babum. Babum.

Fasziniert folgte Stine dem Rhythmus seines Herzens und war sich sicher, noch nie in ihrem Leben etwas Schöneres gefühlt zu haben. Bis sie plötzlich ein äußerst unschönes Geräusch aus ihrer Glückseligkeit riss.

Drrriiing! Drrriiing! Drrriiing!

Ein altbekannter Handyklingelton störte den perfekten Morgen. Finn brummte kurz und bewegte sich leicht, wobei er das Gesicht im Schlaf missbilligend verzog.

»Nicht aufwachen«, flüsterte Stine und wollte um jeden Preis verhindern, dass die vollkommene Kuschelstunde endete.

Vorsichtig wand sie sich aus Finns Umarmung und kletterte aus dem Bett, um nach der Lärmquelle zu suchen, bevor er aufwachte. Sie fand sie auf dem antiken Holzschreibtisch. Ihr iPhone klingelte, leuchtete und vibrierte, als würde die Welt untergehen, wenn sie nicht sofort rangehen würde. Zwar hatte Stine absolut kein Bedürfnis nach Smalltalk mit jemandem am anderen Ende der Welt, aber irgendwie musste sie dieses Ding ruhigstellen, denn der Anrufer gab nicht auf. Eine Münchner Nummer war auf dem Display zu erkennen. Als Stine Finn hinter sich hören konnte, schnappte sie sich reflexartig ihr Handy und ging ran.

»Ja?«, flüsterte sie in den Hörer, was am anderen Ende große Verwirrung auslöste.

»Finn, bist du das?«, fragte eine Frauenstimme.

Stine stutzte und nahm das Handy erschrocken vom Ohr. Es wusste doch gar niemand von Finn. Wer rief sie denn jetzt bitte an und fragte nach ihm? Die Antwort dämmerte ihrem schlaftrunkenem Hirn erst ein paar Sekunden später. Das war gar nicht ihr Smartphone, sondern das von Finn. Oh Gott. Und wer war dann die Frau am anderen Ende?

»Haaaalloooo?«, meldete sich diese in dem Moment hörbar genervt zu Wort.

Stine besann sich kurz. »Nein, hier ist nicht Finn. Der schläft noch«, erklärte sie mit kratzender Stimme und wartete gespannt auf die Reaktion.

Mit einem kurzen Blick versicherte sie sich, dass dies auch den Tatsachen entsprach. Glücklicherweise hatte Finn sich wieder zusammengerollt und schlummerte weiter friedlich.

»Und wer sind Sie dann bitte?«, fragte die Stimme weiter, nun hörbar schockiert.

»Stine … Also eine Freundin.« Sie drehte sich wieder von Finn weg. Irgendwie verursachte der schrille Ton der Frauenstimme eine ungute Vorahnung in ihr.

Die andere Frau schnaubte nur.

»Wer … wer sind *Sie* denn?«, fragte Stine und hielt unwillkürlich die Luft an.

»Ich bin Finns Verlobte«, kam die Antwort aus dem Smartphone, so laut und sarkastisch, dass Stine fast das Handy fallen gelassen hätte.

Stattdessen tat sie nun das, was sie vielleicht schon viel früher hätte tun sollen, und presste den Finger auf das Feld mit dem roten Button. Sie ließ ihn so lange darauf, bis das Handy aus war, und legte es dann behutsam wie eine nicht entschärfte Bombe zurück auf den Schreibtisch.

Seine Verlobte.

Die Worte hallten in Stines Kopf wider. Nicht seine Freundin, nein, gleich seine Verlobte. Konnte das sein? Konnte Finn, ihr Finn, eine Verlobte haben? Eine Frau, die er heiraten wollte? War seine Reise nur ein letztes Abenteuer, bevor er in den Hafen der Ehe einlaufen würde? Wollte er sich noch mal richtig die Hörner abstoßen, bevor er mit dieser Frau in die Welt von Reihenhäusern und Kindergärten eintauchen würde? Damit war sie also nur ein Teil dieses letzten Abenteuers. Eine Frau, die, wie er in St. Barth selbst gesehen hatte, ganz offensichtlich leicht mit ein paar Drinks ins Bett zu kriegen war.

Vielleicht hatte er Stine genau als das betrachtet. Als Frau, mit der man noch mal richtig Spaß im Paradies haben und ein, zwei, eventuell auch drei tolle Nächte verbringen kann. Wahrscheinlich war sie selbst schuld daran. *Sie* hatte Finn immerhin das erste Mal geküsst. Nach dem Abend mit Jeff hatte sie damit wohl genau die falschen Signale gesendet.

Stine war selbst überrascht, wie weh es tat. Ihr Kokon war zerplatzt. Traurig setzte sie sich auf den Rand des Bettes, ganz auf die Kante, wo sie Finns nackten Körper nicht berührte. Er sah so schutzlos und friedlich aus, wie er dalag und schlief. Stine heftete ihren Blick auf seine linke Brust. Vor ein paar Minuten hatte sie noch genau dort in seinem Arm gelegen und dem Klopfen seines Herzens gelauscht. Für eine sehr kurze Zeit war sie so glücklich wie noch nie zuvor in ihrem Leben gewesen. Von diesem Gefühl war sie nun sehr weit entfernt.

Was ein einziger kurzer Anruf alles zerstören konnte … Stine war nicht in der Lage, es zu begreifen. War Finn wirklich verlobt? War er so eiskalt? Oder zweifelte er an der Entscheidung, diese Frau zu heiraten, und war deswegen verreist? Hatte er unterwegs Stine kennengelernt und sich in sie verliebt? War das, was sie gespürt hatte, etwa doch echt gewesen? Konnte es überhaupt falsch gewesen sein? War es dafür nicht viel zu intensiv?

Stine wusste es nicht, aber die Fragen in ihrem Kopf überrannten sie. Die Luft im Raum wurde ihr plötzlich zu stickig. Sie musste hier raus. Sie musste wieder klar denken können, und das war unmöglich, wenn sie nach dieser Nacht in diesem Raum bleiben würde. Neben diesem Bett, in dem der Mann, den sie vielleicht liebte, nackt lag und sich die Erschöpfung von letzter Nacht aus den Gliedern schlief.

Entschlossen stand Stine auf und suchte ihr Kleid. Es lag auf dem Boden, und sie streifte es sich hastig über. Als sie sich auf das Sofa setzte, um ihre Schuhe anzuziehen, stieß sie aus Versehen eine Glasflasche um, die neben dem Sofa gestanden hatte. Laut polternd fiel sie auf die Fliesen. Finn zuckte kurz, dann schlug er die Augen auf.

Na super, von minutenlangem Handyklingeln wacht er nicht auf, aber eine umfallende Flasche weckt ihn sofort, schoss es Stine durch den Kopf. Als Finn bemerkte, dass er alleine im Bett war, setzte er sich suchend auf. Glücklich lächelte er Stine an, als er sie auf dem Sofa entdeckte. Jedoch nur kurz, dann verdunkelte sich sein Gesicht, als er bemerkte, dass sie angezogen war. Mit dem kritischen Gesichtsausdruck und den verstrubbelten Haaren sah er einfach nur hinreißend aus, und Stines Herz machte einen Satz, bevor es angesichts der Tatsachen enttäuscht Ruhe gab.

»Was machst du denn? Komm zurück ins Bett«, rief er und lächelte sie verschlafen, aber verführerisch an.

Stines Magen verkrampfte sich. Konnte das wirklich sein? Finn sah so glücklich, so unschuldig aus, und während seine Augen auf ihr ruhten, konnte sie keinerlei Vorahnung oder schlechtes Gewissen erkennen. Das macht es fast noch schlimmer, ermahnte sie sich selbst und straffte unwillkürlich die Schultern.

»Nein. Ich muss los«, antwortete Stine bestimmt.

»Wieso denn? Du hast doch keine Termine, du hast Urlaub. Komm wieder zu mir. Bitte …«, bat er sie.

Er schaute sie so lieb an … In Stines Brust schlugen zwei Herzen. Eines, das sich am liebsten noch mal zu ihm ins Bett gekuschelt und die letzten Minuten ausgeblendet hätte, und eines, das völlig geschockt, sauer und, wie sie selbst zugeben musste, auch eifersüchtig war. Und dieses Herz pochte im Moment lauter.

»Mein Handy hat geklingelt. Also, eigentlich war es deins. Du hast den gleichen Klingelton wie ich. Deine Verlobte war dran. Klang wichtig, ich würd lieber zurückrufen, wenn ich du wäre«, informierte Stine ihn so trocken, wie es ihr mit ihrem Herzklopfen möglich war, hielt aber insgeheim die Luft an und wartete gespannt seine Reaktion ab.

»Meine … was? Wer hat angerufen? Wovon sprichst du?«, fragte Finn verwirrt und richtete sich weiter auf.

»Deine Ver-lob-te!«, wiederholte Stine und betonte jede Silbe einzeln.

Finn war sichtlich baff. Dann zeichnete sich so etwas wie Erkenntnis auf seinem Gesicht ab. »Lisa? Hat Lisa angerufen?«, keuchte er.

»Das weiß ich nicht, denn im Gegensatz zu dir kenne ich den Namen deiner Verlobten nicht.«

Irgendwie schaffte Stine es, den Satz trotz Herzrasen einigermaßen ruhig auszusprechen. Aber in ihr brach gerade etwas zusammen. Obwohl sie die andere Frau selbst am Telefon gehabt hatte, konnte sie jetzt erst glauben, dass das kein Albtraum, sondern wirklich passiert war. Jetzt, in diesem Moment. Es stimmte. Finn hatte tatsächlich eine Verlobte. Eine Verlobte namens Lisa. Die Gewissheit raubte Stine fast die Luft zum Atmen. Es war unfassbar. Sie spürte, dass ihr gleich die Tränen kommen würden, und das sollte Finn auf gar keinen Fall sehen.

»Danke für die Nacht und gute Reise noch«, presste sie mit dem letzten Rest an Beherrschung hervor.

Dann schnappte sie sich ihre Tasche und rauschte aus dem Zimmer. Die Tür donnerte hinter ihr ins Schloss.

»Stine!«

Sie konnte den gedämpften Ruf von Finn noch hören. Eine Sekunde zögerte sie. Dann spürte Stine, wie ihr die ersten Tränenbäche über die Wangen rannen, und sie stürzte im Eiltempo die Treppe hinunter. Weinend rannte sie die Straße entlang. Sie war sich sicher, dass Finn hinter ihr herkommen würde. Als sie die nächste Querstraße erreichte, hörte sie ihn tatsächlich hinter sich rufen. Doch sie war schnell, wenn sie wollte, und da Finn sich erst noch eine Hose hatte überziehen müssen, hatte Stine einen klaren Vorsprung. So schnell sie konnte lief sie zu einem Taxistand und stieg in das erste der wartenden Autos. Außer Atem bellte sie dem Fahrer den Namen ihres Hotels zu und ließ den Tränen freien Lauf.

Ihr war es egal, dass der Mann immer wieder fragend in den Rückspiegel schaute, sie wollte nur schnell hier weg. In ihrer Tasche vibrierte ununterbrochen ihr dämliches iPhone, und Stine wusste, dass Finn versuchte sie zu erreichen, aber sie ignorierte es einfach.

Sie kam sich vor wie auf der Flucht und wusste nicht, ob sie vor Finn davonrannte oder vor dem Schmerz tief in ihr drin. Nur eines wusste sie ganz sicher: Sie musste weg von hier, weg aus San Juan, weg aus Puerto Rico.

Als das Taxi vor ihrem Hotel hielt, suchte sie mit zitternden Fingern ein paar Dollarnoten heraus und wartete gar nicht erst auf das Wechselgeld, sondern stürmte direkt in ihr Zimmer. In Windeseile sammelte sie T-Shirts, BHs und andere Kleidungsstücke von den Stühlen und der Couch, wo sie sie am Tag zuvor verstreut hatte. So richtig zum Auspacken war sie glücklicherweise noch gar nicht gekommen.

Als Stine mit ihrem Koffer vor dem verspiegelten Aufzug wartete, blickte ihr eigenes verheultes Spiegelbild ihr entgegen. Ihre Haare waren zerzaust, die Haut war von roten, hektischen Flecken übersät, und die Augen waren völlig verquollen. Der Hauch von Mascara, den sie gestern Morgen aufgetragen hatte, hatte sich wie ein schwarzer Schleier um ihre Augenpartie verteilt. Sie sah genauso grausam aus, wie sie sich fühlte. Bevor sie den Aufzug in der Lobby verließ, setzte Stine ihre Sonnenbrille auf und versuchte sich zusammenzureißen. Aber die Tränen ließen sich nicht zurückhalten, egal wie sehr sie es auch versuchte.

Der Check-out verlief schnell und unkompliziert, und nach weniger als einer Viertelstunde saß sie im nächsten Taxi und war auf dem Weg zum Flughafen. Sie wusste genau, wo sie hinwollte, und hatte Glück, dass schon zwei Stunden später ein Flieger ging. Das Ticket war überraschend günstig, aber Stine hätte auch das Fünffache gezahlt, nur um schnell von hier wegzukommen. Erst als sie im Flugzeug saß und die Maschine losrollte, atmete sie das erste Mal wieder durch. Sofort durchfuhr der Schmerz sie mit aller Gewalt.

Seine Verlobte.

Der Klang dieser zwei Wörter hallte in Stines Ohren und ihrem Inneren nach, und prompt schossen ihr neue Tränen in die Augen. Es gab jetzt nur eines, was ihr helfen, was sie ablenken könnte. Mit einer ungelenken Handbewegung wischte sie die Tränen weg und öffnete ihre Handtasche. Sie hatte sich gestern einen der Briefe herausgelegt, um ihn abends zu lesen, und ihn vorhin in der Hektik nur schnell in ihre Tasche gepackt. Schon beim Gedanken daran, wie sie den gestrigen Abend stattdessen verbracht hatte und wie schön es gewesen war, merkte sie, wie neue Tränen ihre Augen füllten.

Sie hielt kurz inne und holte tief Luft. Dann zwang sie sich, alle Gedanken beiseitezuschieben und sich auf die Zeilen von Hans zu konzentrieren. Allein das vertraute Gefühl, welches das knittrige Papier in ihrer Hand in ihr auslöste, beruhigte sie ein wenig. Stine lehnte sich in ihrem Sitz so weit es ging zurück und begann durch den Tränenschleier hindurch zu lesen.

Puerto Rico, September 1949

Geliebte Irmgard,
es gibt keine Worte, die treffend beschreiben könnten, was ich gefühlt habe, als ich deinen Brief las. Natürlich war die Nachricht zuerst einmal ein Schock für mich. Sie hat mich erst erreicht, nachdem ich in San Juan an Land gegangen war. Ich habe die Stadt in Hochstimmung betreten und war mir sicher, dich gleich in meine Arme schließen zu können. Schon bei der Einfahrt in den Hafen habe ich die Festung nach dir abgesucht, und als ich dich nicht entdeckte, nahm ich mir vor, alle Hebel in Bewegung zu setzen, um dich so schnell wie möglich zu finden.

Ich war mir ganz sicher, dass unser Wiedersehen nur wenige Stunden oder sogar Minuten entfernt war. Wie habe ich gezittert, als meine Füße den Boden von Puerto Rico berührten, und auch wenn ich noch mehr humpele als laufe, bin ich im Eilschritt an Land gegangen. Da brachte einer meiner Kameraden mir deinen Brief, der für mich im Hafenbüro abgegeben worden war. Ich habe ihn an Ort und Stelle, direkt auf der Straße noch gelesen und wäre fast auf selbige gesunken.

Meine kleine Irmgard wird ein Kind bekommen. Oder hat es mittlerweile sogar schon bekommen. Das ist eine Neuigkeit, die ich erst mal verkraften muss. Doch im ersten Moment war meine Enttäuschung darüber, dass du nicht mehr in San Juan bist, am größten. Ich hätte weinen können, so weh tat die Ernüchterung. Von einer Sekunde auf die andere warst du in weite Ferne gerückt, und wieder kam ich zu spät. Erst allmählich realisiere ich, was deine Nachricht bedeutet. Ein Kind von einem anderen Mann … Natürlich war diese Möglichkeit immer da, schließlich bist du eine verheiratete Frau, aber um ehrlich zu sein, auch ich habe sie bisher immer verdrängt.

Nun wird dich für immer etwas mit diesem anderen Mann verbinden. Und dieses Etwas ist kein erzwungenes Stück Papier, das du unterschrieben hast, sondern etwas ganz Wunderbares: ein Kind. Dein Kind.

Ich weiß nicht, ob ich jetzt noch das Recht habe, dir hinterherzureisen, mit dem Ziel, dich zu mir zurückzuholen. Denn nun trägst du auch Verantwortung für einen kleinen Menschen, und dieser Mensch gehört zu seinen Eltern, auch zu seinem Vater. Du hast jetzt eine Familie, Irmgard, und ich bin kein Teil davon. Selbstverständlich liebe ich dich nach wie vor, daran könnte nichts auf der Welt etwas ändern. Aber ich weiß nicht mehr, was richtig ist und was falsch.

Ich hoffe, du und das Kind seid wohlauf und gut in Jamaika angekommen. Wie ironisch das ist … Nun weiß ich zwar, wo du bist, doch ich weiß nicht, ob ich dich dort noch suchen darf.

Pass auf dich auf, meine kleine Irmi

Dein Hans

»Stine!«, rief Finn ihr noch einmal hinterher, doch er wusste, dass sie nicht stehen bleiben würde.

Er kannte seine Comicprinzessin zwar noch nicht sehr lange, aber immerhin so gut, dass ihm klar war: Ihr Fluchtinstinkt überwog. Doch so richtig verstand er die Situation noch nicht. Eben noch war alles wie in einem Märchen und von jetzt auf gleich war seine Comicheldin weg, und er stand hier alleine halb nackt auf der Straße. Die ersten Touristen waren bereits unterwegs und beäugten ihn teils misstrauisch, teils belustigt. Mit hängenden Schultern machte Finn kehrt und trottete zurück in den Hausflur. Auf dem Weg nach oben ließ er die Ereignisse noch einmal Revue passieren.

Die Nacht mit Stine war der pure Wahnsinn gewesen. Er hatte es noch nie erlebt, dass er sich mit einer Frau so eins gefühlt hatte. Es war, als würden sie sich schon ewig kennen, als würde jeder von ihnen genau wissen, wie er mit dem anderen umgehen musste, und trotzdem war alles total spannend und aufregend. Es war schlicht perfekt, ohne langweilig zu sein. Eigentlich war es kaum zu beschreiben.

Was heute Morgen geschehen war, konnte Finn sich nur zusammenreimen. Er meinte sich erinnern zu können, dass er Stines Hand auf seiner Brust gespürt hatte, und er wusste noch, dass er so tief und fest geschlafen hatte wie schon lange nicht mehr. Irgendwo in seinem Unterbewusstsein hatte er auch sein Handy klingeln gehört, aber das hatte er verdrängt, denn er wollte nicht aufwachen, sondern am liebsten ewig mit Stine im Bett liegen bleiben. Irgendwann war ihr warmer Körper nicht mehr in seinem Arm gewesen, und als dann auch noch ein lautes Poltern durchs Zimmer dröhnte, war er sofort wach. Irgendetwas musste passiert sein, denn Stine hatte sowohl ihre Schuhe als auch ihr Kleid an und wollte gerade ganz offensichtlich verschwinden.

Als sie ihm erklärte, weshalb, verstand Finn erst gar nicht, was los sein sollte. Bis bei ihm der Groschen fiel. Lisa musste angerufen haben und sich vor lauter Wut, dass eine fremde Frau an sein Handy ging, als seine Verlobte ausgegeben haben. Doch bevor er Stine das Missverständnis erklären konnte, war sie auch schon verschwunden und floh vor ihm.

Nun war sie mit dem nächsten Taxi auf und davon und Finn blieb nichts anderes übrig, als mit hängendem Kopf zurück in sein Apartment zu trotten und wenigstens zu versuchen, Stine auf dem Handy zu erreichen. Natürlich ging sie nicht ran. Er hoffte, dass sie wenigstens eine seiner SMS lesen würde, aber sicher war er nicht.

Er beschloss zu klären, wie es zu dem ganzen Drama hatte kommen können, und wählte widerwillig Lisas Nummer. Seine Ex war mehr als launisch und anscheinend so verletzt über die Nachricht, dass Finn die Nacht mit einer anderen Frau verbracht hatte, dass sie kaum in der Lage war, normal mit ihm zu sprechen. Anscheinend war sie mit Freundinnen unterwegs gewesen und hatte einen über den Durst getrunken. Aus dieser Laune heraus hatte sie versucht, Finn zu erreichen, vielleicht um über einen Neuanfang zu reden, und hatte stattdessen Stine erreicht, seine neue Liebe.

Einerseits tat Lisa Finn leid, und er konnte verstehen, dass sie die Neuigkeit nach allem, was geschehen war, nicht besonders gut wegsteckte. Andererseits machte es ihn wütend, dass sie ihm nun selbst tausende Kilometer entfernt noch das Leben schwer machte und Stine derart verletzt hatte. Beim Gedanken daran, dass er keine Ahnung hatte, ob Stine ihm je wieder glauben würde, wurde er richtig wütend.

»Es geht dich verdammt noch mal nichts mehr an, mit wem ich wann meine Nächte verbringe«, blaffte er ins Telefon.

»Du bist echt das Allerletzte! Mach doch, was du willst!«, schrie Lisa zurück und drückte ihn weg.

Nach diesem alles andere als harmonischen Ende des Gesprächs setzte er sich erst einmal ermattet auf den Rand seines Betts. Jenes Betts, in dem er vor kurzem noch eine wunderbare Nacht mit seiner Traumfrau verbracht hatte. Bis seine Fast-Exfrau sie in die Flucht geschlagen hatte. Inzwischen hatten die Laken sich abgekühlt, und von der wohligen Wärme des Morgens war nichts mehr zu spüren.

Entschlossen nahm Finn sein Smartphone wieder in die Hand und wählte Stines Nummer. Doch er kam nicht mehr durch, anscheinend hatte sie ihr Handy ausgeschaltet. Er seufzte enttäuscht. Stine meinte es ernst. Wahrscheinlich hasste sie ihn inzwischen. Sie ging davon aus, dass er verlobt war und bald eine andere Frau heiraten würde. Traute sie ihm so etwas wirklich zu? Sie musste doch gespürt haben, wie wichtig sie ihm war und wie sehr sie ihn faszinierte. Dachte sie jetzt wirklich, sie sei für ihn nur ein Abenteuer gewesen? Irgendwie konnte Finn sich das nicht vorstellen. Andererseits hatte er zumindest eine leise Ahnung davon, wie kompliziert Frauen sein konnten, und Stine war ein ganz besonders kompliziertes Exemplar.

Da kam ihm eine Idee. Schnell sprang er auf und fuhr

seinen Laptop hoch, der auf dem Schreibtisch stand. Nachdem er den Namen von Stines Hotel in die Suchmaschine eingegeben hatte, klickte er auf den Link zur Homepage. Hastig tippte er die dort angegebene Nummer in sein Handy ein und bat den Rezeptionisten, ihn mit Stines Zimmer zu verbinden. Er konnte hören, wie der Mann am anderen Ende Stines Namen in einen Computer tippte, und als er Finn das Ergebnis mitteilte, wäre dieser fast vom Stuhl gefallen.

»Checked out?«, wiederholte er tonlos und konnte es nicht fassen.

Stine war vor nicht einmal einer Stunde mit dem Taxi geflüchtet und hatte jetzt schon ausgecheckt? Wie schnell war diese Frau? Wieder fühlte sich Finn an eine Comicfigur erinnert, die alles in Rekord- und nicht in Echtzeit erlebt. Er kam da nicht mehr mit. Was sollte er denn jetzt auch tun? Wie im Film ebenfalls ins nächste Taxi hechten und zum Flughafen düsen in der Hoffnung, Stine an irgendeinem Gate zu erwischen, um vor ihr auf die Knie zu fallen und ihr seine unendliche Liebe zu gestehen?

Finn musste zugeben, dass er einen flüchtigen Moment darüber nachdachte, verwarf den Gedanken aber sofort wieder. Wahrscheinlich würde Stine in Puerto Rico bleiben und wollte nur das Hotel wechseln, damit er sie nicht fand. Als ob er ein Schwerverbrecher wäre. Vermutlich saß sie gerade in irgendeinem Bus oder Taxi und war auf dem Weg zu einem der Strandorte von Puerto Rico. Früher oder später würde sie ihr Handy wieder anmachen, seine SMS sehen und verstehen, dass er keine Verlobte in München hatte. Nur eine wütende Exverlobte, die gerade in eine neue Wohnung zog und ihr Leben ordnete, während sie seines durcheinanderwirbelte. Bei allem mühsam aufgebrachten Verständnis für Lisa, im Moment war Finn einfach nur stinksauer auf sie und hoffte inständig, dass Stine sich bald meldete. Sie musste einfach.

Gegen Abend hatte er immer noch nichts von ihr gehört, und auch ihr Handy blieb ausgeschaltet. Er hatte sich am Morgen noch einmal hingelegt, aber seine Gedanken rasten, und obwohl er völlig erschöpft war, konnte er nicht mehr einschlafen. Das Bettlaken roch nach Stine, und der ganze Raum machte ihn verrückt und erdrückte ihn mit seiner plötzlichen Enge. Gegen Mittag hielt er es nicht mehr aus, und weil er nicht wusste, wo er sonst hinsollte, lief er zum Castillo de San Cristóbal, das er sich sowieso anschauen wollte.

Obwohl ein starker Wind wehte, war es drückend heiß, und auch die vereinzelten Wolken am Himmel brachten keine Abkühlung. Die beeindruckenden Mauern, unzähligen Geheimgänge und militärischen Bauten hätten Finn normalerweise sofort in ihren Bann gezogen und fasziniert, doch heute kam ihm alles langweilig und belanglos vor.

Trotzdem suchte er den Beobachtungposten, den die Geliebte seines Großvaters erwähnt hatte. Dort hatten die Amerikaner im Zweiten Weltkrieg deutsche U-Boote aufgespürt und abgeschossen. Irmgard war geschockt, der düsteren Vergangenheit an so einem paradiesischen Ort derart nahe zu kommen. Anscheinend war ein Onkel von ihr in einem U-Boot ums Leben gekommen, und irgendwie fühlte sich Finn heute in der richtigen Stimmung für derart niederschmetternde Themen. Als er den bunkerartigen Posten erreicht hatte und im Boden noch das Siegel der US-Army erkennen konnte, stellte er sich vor den breiten Sehschlitz und ließ die Aussicht auf das schier unendlich wirkende, tiefblaue Meer auf sich wirken. Aus dieser Perspektive sah der Ozean unglaublich schön und bedrohlich zugleich aus, und Finn musste wieder an die Kraft der Wellen denken, die er vor ein paar Tagen gemeinsam mit Stine in El Morro beobachtet hatte.

Da hatte er noch nicht einmal zu hoffen gewagt, das Stine und er sich so schnell so nahe kommen würden. Allerdings wusste er da auch noch nicht, welch unrühmliches Ende ihre gemeinsame Zeit nehmen sollte. Aber war das wirklich schon das Ende? Konnte das überhaupt das Ende sein? Es fühlte sich nicht danach an. Vielmehr hatte ihre gemeinsame Geschichte gerade erst begonnen. Konnte so ein kleines Missverständnis ernsthaft das Ende von so etwas Großem, Besonderem bedeuten? Oder war es in Wirklichkeit mehr als nur ein Missverständnis?

Natürlich war er nicht mehr verlobt und reiste als Single durch die Welt. Aber eben als relativ frischgebackener Single. Für ihn waren Lisa und die Fast-Hochzeit ganz weit weg, nicht nur geografisch, sondern auch emotional. Er wusste, dass er das Richtige getan und sich regelrecht selbst befreit hatte. Laut durfte er das wahrscheinlich niemals sagen, aber seit er Lisa vor dem Altar stehen gelassen hatte, fühlte er sich so gut und glücklich wie schon lange nicht mehr. Sein Großvater hatte genau den richtigen Riecher gehabt, als er Finn bat, nicht überstürzt zu heiraten, sondern sich eine Auszeit zu nehmen und über sein Leben, seinen Job und auch seine Liebe nachzudenken.

Jetzt, mit Abstand betrachtet, wusste er, dass die Beziehung mit Lisa schon lange tot gewesen war. Er war sich nicht ganz sicher, ob Lisa es nicht auch tief in ihrem Inneren längst gespürt hatte. Der Drang nach einem perfekten Leben, mit einem perfekten Mann, Haus, Kindern und allem, was sonst noch dazugehört, hatte sie ihre Bedenken womöglich vergessen lassen, aber Finn war sich sicher, dass auch sie welche gehabt haben musste.

Natürlich war es für Lisa nicht schön gewesen zu erfahren, dass er seine Zeit und sogar die Nächte mit einer anderen verbrachte. Aber dieses Wissen würde es Lisa leichter machen, nach vorne zu schauen und noch mal neu anzufangen. Zumindest hoffte er das.

In Bezug auf seinen eigenen Neuanfang hoffte er es ebenfalls. Denn auch wenn er Stine nicht angelogen hatte, war er doch nicht ganz aufrichtig gewesen. Gut, es gab keine Verlobte. Aber dass er vor kurzem fast zum Ehemann geworden wäre, das hatte er Stine nicht erzählt. Klar, sie kannten sich ja auch noch nicht lange, und man konnte ihm kaum den Vorwurf machen, dass er ihr seine Lebensgeschichte nicht gleich auf dem Silbertablett präsentiert hatte, aber ein Fitzelchen eines schlechten Gewissens kroch trotz allem in ihm hoch.

Während Stine ihm gestern Abend den wahren Grund für ihre spontane Reise offenbart hatte, hatte er weiter über seine eigene Motivation geschwiegen. Stine hatte Finn ein ganzes Stück näher an sich herankommen lassen, er dagegen hatte sie weiter im Unklaren gelassen. Nicht aus Bösartigkeit oder Misstrauen, trotzdem war er, wenn er ehrlich war, sehr froh gewesen, dass Stine nicht nachgebohrt hatte. Nun bereute er seine Zurückhaltung. Hätte er ihr doch nur von seinem alten Leben, der geplatzten Hochzeit und seinem Großvater erzählt. Er war sich sicher, dass gerade Stine ihn verstanden hätte. Und er wünschte sich so sehr, von diesem ganz besonderen Menschen verstanden zu werden. Er hätte ihr bloß seine Geschichte erzählen müssen, und schon hätte Stine heute Morgen am Telefon anders reagieren können. So aber musste sie sich ja wie eine Ausgeschlossene vorkommen, die keinen blassen Schimmer von seinem echten Leben hatte und deshalb natürlich auch nicht ahnen konnte, dass es darin gar keine Verlobte mehr gab.

Finn wünschte sich nichts mehr, als es noch nachholen zu können und Stine alles zu erklären, doch als er den Bunker verließ und noch einmal ihre Nummer wählte, war ihr Handy immer noch aus. Enttäuscht machte er sich auf den Weg zurück zu seinem Apartment, das ihn verwaist und still empfing. Er konnte Stine hier noch spüren, sie riechen, er bildete sich sogar ein, ihr Lachen zu hören, aber es war nur Gelächter, das durch das offene Fenster von der Straße heraufdrang.

Unglücklich wühlte er in seiner Tasche, bis er gefunden hatte, was er suchte. Langsam faltete er den Brief auseinander. Vielleicht konnte die Geliebte seines Großvaters ihm ja einen Tipp geben, was er tun sollte.

Ochos Rios, Januar 1950

Geliebter Hans,
seit deinem letzten Brief ist einige Zeit vergangen, und sicherlich bist du inzwischen an El Morro vorbei aufs offene Meer hinausgefahren. Ich weiß nicht, in welche Himmelsrichtung du aufgebrochen bist, und ich befürchte, dass du längst wieder in Deutschland bist. Der Gedanke, dass du mich, dass du uns aufgegeben haben könntest,

nimmt mir die Luft zum Atmen. Ich habe ein Kind von einem anderen Mann bekommen, und du hast alles Recht der Welt, auch eine Familie zu gründen und dir eine andere Frau zu suchen, anstatt weiter den Stürmen der Karibik zu trotzen. Wahrscheinlich sollte ich dir genau das wünschen. Doch ich kann es nicht. Ich liebe dich, Hans, und ein Leben ohne dich ist für mich ein Leben, das ich mir nicht vorstellen möchte.

Ich habe inzwischen eine gesunde Tochter bekommen. Sie heißt Marie und ist ein wundervolles Kind. Ich liebe sie sehr, doch glücklich bin ich nicht. Ich war bisher sehr zurückhaltend in meinen Schilderungen zu Edmund, denn ich wollte dich weder quälen noch beunruhigen. In seinen Augen mag er so etwas wie Liebe für mich empfinden, doch er ist kein guter Mensch. Er ist sehr berechnend und beherrschend und kann mit seiner Härte verletzen … sogar sehr. Wenn er mich angeht, ist mir das egal, ich bin stark und halte einiges aus, doch Marie ist ein Kind, und sie ist schwach. Noch ist sie zu klein, um das alles mitzubekommen, geschweige denn zu verstehen, doch eines Tages wird sie merken, dass ihr Vater ein eiskalter Tyrann und ihre Mutter zutiefst unglücklich ist. Wie furchtbar mag diese Erkenntnis für ein Kind sein?

Ich kann es nicht beurteilen, ich weiß nur, wie schlimm all das für eine Mutter ist. Es ist ehrlich gesagt kaum zu ertragen. Nun bringt mich nicht mehr nur die schmerzliche Sehnsucht nach dir, sondern auch noch das schlechte Gewissen meiner wundervollen Tochter gegenüber Nacht für Nacht um den Schlaf.

Hans, das ist kein Leben, nicht für Marie und nicht für mich. Edmund mag ihr leiblicher Vater sein, doch ein liebender Vater ist er nicht. Ich weiß, es ist viel, vielleicht zu viel verlangt, wenn ich dich bitte, ein Kind zu lieben, das nicht von dir ist. Trotzdem tue ich es hiermit. Bitte, Hans, du Liebe meines Lebens, gib uns nicht auf und komm nach Jamaika. Du hast dazu alles Recht der Welt, denn du bist der einzige Mann, denn ich je lieben werde. Stell dir vor, Hans, ich habe tatsächlich ein Zeichen erhalten, dass unser Traum Wirklichkeit werden wird. Ich habe sie nämlich gefunden, unsere Insel.

In Ochos Rios sind wir direkt zu einem der Geschäftspartner von Edmund gefahren, der hier ein Hotel betreibt. Es sieht aus wie ein kleines Paradies. Durch einen tropischen Garten fährt man auf ein großes weißes Holzhaus zu, das sich über drei Flügel erstreckt. Alles ist offen, und wenn man die Lobby betritt, wird man von der Luft und dem Duft des Ozeans empfangen. Das Hotel liegt auf der Seeseite etwas erhöht, und man hat von überall einen herrlichen Blick auf den Ozean … und auf unsere Insel. Ein steinerner Turm steht auf ihrer von Palmen gesäumten Mitte. Es gibt einen kleinen Sandstrand und Klippen, sonst nichts.

Ich dachte erst, ich würde wegen der Schwangerschaft und der Strapazen der langen Reise halluzinieren. Mit allem habe ich in diesem Moment gerechnet, aber nicht damit, plötzlich die Insel vor mir zu sehen, die mir schon so oft im Traum begegnet ist.

Auf unserer Insel herrscht ein Frieden, wie ich es mir immer gewünscht habe. Wenn ich dort bin, erfüllt mich eine Klarheit, die mich stärker macht. Auch wenn wir hier nicht bleiben können, so ist die Insel für mich das Zeichen, dass wir zusammen sein können, solange wir nur nicht aufgeben.

Hans, bitte komm zu mir und lass uns gemeinsam ein neues Leben beginnen. Das ist unser Schicksal. Gib es nicht auf.

Ich warte auf dich …

In Liebe
Deine Irmgard

7. Jamaika

Ihr Koffer war einer der ersten, die auf dem Gepäckband an den Wartenden vorüberzogen. Als Stine ihn herunterhievte, fühlte sie einige neidvolle Blicke der Wartenden auf sich, und am liebsten hätte sie ihnen gesagt, dass ihr das schnelle Auftauchen ihres Koffers überhaupt nichts brachte, da sie keine Ahnung hatte, wo sie nun hinsollte.

Sie war auf Jamaika gelandet, in Montego Bay, und hatte somit jene Insel erreicht, die ihrer Großmutter vor langer Zeit ein Zuhause geboten hatte. Doch anders als ihre Großmutter war Stine auf sich alleine gestellt und hatte keine Ahnung, wo sie unterkommen sollte. Da sie nach dem teuren Aufenthalt in Los Angeles dank der Überraschung ihrer Mutter kaum mehr Gebrauch von ihrer Reisekasse hatte machen müssen, war diese zwar noch relativ gut gefüllt, aber ein Hotel musste sie so kurzfristig trotzdem erst mal finden.

Umso erleichterter war Stine, als sie bei ihrer Tour durch den Flughafen immerhin einen geöffneten Schalter entdeckte, nämlich die Touristeninformation. Die freundliche ältere Dame war sichtlich verwirrt, als Stine ihr erklärte, dass sie alleine reise und ein Einzelzimmer suche. Die mütterliche Jamaikanerin riet ihr davon ab, ein Bed & Breakfast oder Ähnliches zu buchen, sondern bestand darauf, dass Stine in einem der größeren Hotels abstieg. Ob aus echter Sorge oder aus Geschäftssinn, da war Stine sich nicht ganz sicher. Aber was blieb ihr anderes übrig, als der Dame zu vertrauen?

Als diese hörte, welchen Ort Stine unbedingt besuchen wollte, nämlich das Rosehall Great House, das Hans in seinen Briefen mehrfach erwähnt hatte, leuchteten ihre Augen auf. Sie verriet Stine, dass es in der Nähe viele schöne Hotels gebe und ein spezielles sogar gerade günstige Angebote für die sonst so teuren Einzelzimmer habe. Da Stine der genannte Preis annehmbar erschien, willigte sie ein, und innerhalb weniger Minuten hatte ihr die Jamaikanerin nicht nur das Zimmer gebucht, sondern auch einen Transfer zum Hotel organisiert.

Der Fahrer des Minibusses ließ Stine nach gut vierzigminütiger Fahrt vor einem mit Säulen geschmückten Gebäude im Kolonialstil aussteigen. Ein Mitarbeiter des Hotels in Stoffhose und bunter Weste nahm ihr sofort den Koffer ab, und zur Begrüßung wurde ihr ein eigekühlter, süßer Rum Punch serviert. Stine kam sich vor wie in einem TUI-Werbespot. Nachdem ein weiterer Angestellter sie auf ihr Zimmer gebracht hatte, war sie allerdings wirklich erleichtert. Sie hatte ein großes Doppelzimmer zur Alleinbenutzung, und von dem geräumigen Balkon aus blickte sie auf das türkisblaue Meer und einen weißen Sandstrand, der von Kokospalmen gesäumt war.

In der Lobby und auf dem Weg in ihr Zimmer hatte sie kaum andere Gäste gesehen, und da auch die anderen Balkone allesamt menschenleer waren, nahm Stine an, dass das Hotel nicht besonders voll war. Die Liegen am Strand waren angenehm leer, und so beschloss Stine, sich den restlichen Tag eine kleine Auszeit zu gönnen und sich in die Sonne zu legen.

Sie fand eine Liege mit Schirm direkt am Meer und rückte sie so zurecht, dass sie komplett in der Sonne stand.

Mit einem lauten Seufzer ließ sie sich auf das Polster sinken und schloss die Augen. Sie konnte das Rauschen des Meeres direkt vor ihr hören und den leichten Wind auf der Haut spüren.

So, nun war sie also auf Jamaika. Stine blinzelte und wurde sofort von der Sonne und dem Glitzern des Ozeans geblendet. Das erste Mal seit Stunden kam sie zur Ruhe, und sofort schossen ihr wieder die Bilder von San Juan durch den Kopf. Der Wasserfall, der erste Kuss mit Finn, die angespannte Fahrt zurück, die Bar in der Altstadt, der zweite Kuss, sein Apartment, die Nacht, das glückselige Aufwachen am Morgen und dann das klingelnde Handy, ihre Flucht, das Hotel, der Flughafen.

Wie im Zeitraffer hatte Stine Jamaika erreicht, und seit sie von Finn aufgebrochen war, hatte sie sich in einer Art Rausch befunden. Die Hektik beim Packen, der Versuch, so schnell wie möglich einen Flieger nach Montego Bay zu bekommen, ihre Ankunft und die Hotelsuche hier – das alles hatte sie in Beschlag genommen und abgelenkt von dem, was in San Juan passiert war. Doch jetzt holte es sie mit Wucht ein.

Stine versuchte, die Erinnerung an Finn aus ihrem Kopf zu verbannen, doch sie schaffte es nicht. Als sie spürte, dass ihr hier, an einem paradiesischen Sandstrand auf Jamaika, abermals die Tränen in die Augen schossen, ließ sie sie einfach laufen. Heute gönnte sie sich den Schmerz. Langsam wurde aus ihr noch eine echte Heulexpertin. Morgen würde sie aufbrechen und die Orte auf Jamaika erkunden, die ihre Großmutter so sehr fasziniert hatten. Sie hoffte inständig, dass die Erinnerung an Finn neben den Erinnerungen ihrer Großmutter keinen Platz haben würde.

Finn hatte wahrlich sein Bestes gegeben, um trotz Stines Abgang die verbleibenden Tage in San Juan einigermaßen erträglich zu gestalten. Er war noch mal in den Dschungel gefahren und hatte dort eine Wanderung gemacht, die ihn in jeder Minute an den Tag mit Stine am Wasserfall erinnert hatte. Er war an die Surferstrände gefahren und hatte sogar selbst ein paar Versuche auf dem Board unternommen, nur um sich abends nach St. Barth und den Shell Beach zurückversetzt zu fühlen. Einen Tag darauf hatte er dann die Bacardi-Destillerie besucht, womit er wenigstens die Möglichkeit hatte, sich so abzuschießen, dass er sich an gar nichts mehr erinnerte. Am nächsten Tag war ihm mit höllischen Kopfschmerzen klar geworden, dass dies alles nichts brachte. Er war durch mit San Juan. Es würde immer die Stadt sein, in der er mit Stine glücklich gewesen war, und er würde diesen Ort für immer mit ihr verbinden. Ob es ihr auch so ging?

Finn hatte keine Ahnung, wo Stine mittlerweile war. Sie konnte zurück in Deutschland sein, irgendwo in der Karibik oder sonst wo auf dieser Welt. Ihr Handy war immer noch ausgeschaltet, und hatte Finn am Anfang noch gehofft, dass sie wieder zu ihm nach San Juan kommen würde, so wurde ihm nach ein paar Tagen klar, dass dies nicht passieren würde. Stine war keine Frau, die einfach zurückkam. Und Finn war zwar bisher ein Mann, der wartete, aber nur wenn dieses Warten auch einen Sinn ergab. Da dies ganz offensichtlich nicht der Fall war, beschloss er, seine Zelte in Puerto Rico abzubrechen und weiterzuziehen.

Er hatte hier eine einzigartige und intensive Zeit mit Stine verbracht, auch wenn sie nur kurz gewesen war. Aber nachdem seine Comiclady weg war, kam ihm alles ein wenig trostlos vor. Die bunten Häuser, die ihm vorher so fröhlich und karibisch vorgekommen waren, wirkten nun schäbig auf ihn. Und der Ozean mit seinen gewaltigen Wellen kam ihm nun eher bedrohlich als faszinierend vor. Zum ersten Mal stellte Finn fest, dass selbst der paradiesischste Ort der Erde trostlos wirkte, wenn man ihn nicht mit der einen Person teilen konnte, die man sich mehr als alles andere an seiner Seite wünschte.

Finn hatte sogar kurz mit dem Gedanken gespielt, alles abzubrechen und zurück nach München zu fliegen. Doch diese Idee hatte er schnell wieder verworfen, denn es kam ihm falsch vor. Er hatte das dringende Bedürfnis, die Route der Geliebten seines Großvaters noch nicht zu verlassen, und sein Bauchgefühl sagte ihm, dass dort noch irgendetwas auf ihn wartete.

Ja, es war an der Zeit, nach Jamaika aufzubrechen.

Santo Domingo, Juni 1950

Geliebte Irmgard,
wie du oben erkennen kannst, bin ich nicht zurück nach Deutschland gereist. Ich bin noch immer in der Karibik. Ich habe lange über das nachgedacht, was du mir geschrieben hast. Eigentlich war ich schon fast wieder auf dem Weg nach Europa. Ich hatte sogar schon meinen Seesack gepackt, doch es ging nicht. Ich konnte nicht abreisen und dich aufgeben. Es fühlte sich falsch an, und die Vorstellung, dich nie wiederzusehen, hat mich fast zerrissen.

Die Nachricht von deinem Kind hat mich völlig aus der Bahn geworfen. Als mir dich ein anderer Mann entrissen hat, wollte ich dich um jeden Preis zurückholen, da ich wusste, dass du ihn niemals lieben könnest. Mit einem Kind ist das etwas völlig anderes. Du liebst deine kleine Marie, und ich will der Letzte sein, der euch ins Unglück stürzt. Doch ohne dich leben, das kann ich auch nicht. Dank deiner Worte wusste ich, dass sich zwischen uns nichts geändert hat. Nun gehört eben noch ein kleines Mädchen, sicherlich ein ganz bezauberndes, zu dir. Ein anderer Mann wird jedoch nie zu dir gehören. Schon gar nicht ein Tyrann wie Edmund.

Ich habe eine Entscheidung getroffen. Ich komme zu euch. Zu dritt werden wir ein neues Leben beginnen. Lieber heute als morgen.

Ich bin derzeit in Santo Domingo und auf dem Weg zu euch. Ich wäre längst in Jamaika, aber wir sind leider auf hoher See in einen Sturm geraten und haben Mastbruch erlitten. Es war ein furchtbares Gefühl, auf dem Schiff gefangen zu sein, manövrierunfähig, zusammengepfercht mit Dutzenden fremder Männer, mit begrenzten Trinkwasservorräten und den Erzählungen im Ohr, dass es in dieser Gegend der Karibik immer noch Piraten gibt. Doch das Schicksal, das mich zu dir führt, hat mich auch in dieser nahezu ausweglosen Situation nicht im Stich gelassen. Durch Zufall hat uns ein anderes Schiff nach wenigen Tagen entdeckt und unsere Mannschaft geborgen. Als die Kameraden uns an Deck zogen, habe ich selbst gestandene Männer weinen sehen. Viele meinten, das Schicksal habe ihnen eine zweite Chance geschenkt, nachdem sie mit ihrem Leben schon abgeschlossen hatten.

Irmgard, ich wusste, dass meine Reise nicht auf diesem Kutter enden wird. Es war, als wärest du bei mir gewesen und hättest mir den Weg gezeigt. Auch wenn es objektiv betrachtet in dieser Situation sicher töricht war, habe ich keine Minute daran gezweifelt, dass ich überleben werde. Denn das Schicksal hat noch viel mit uns vor.

Ich werde versuchen, meine Reise so schnell wie möglich fortzusetzen und zu euch zu gelangen. Noch habe ich kein neues Schiff gefunden, auf dem ich anheuern kann, denn aufgrund des schlechten Wetters laufen derzeit kaum welche aus. Aber ich werde eine Möglichkeit finden, das verspreche ich dir.

Ich liebe dich.

Dein Hans

❀

Stine legte den Brief beiseite und sah sich um. Die Entscheidung, in eines der großen Ferienhotels zu gehen, hatte sie inzwischen mehrfach bereut. Zwar war das Resort alles andere als ausgebucht, aber die wenigen Gäste bestanden hauptsächlich aus verliebten Paaren im Honeymoon. In ihrer derzeitigen Gemütslage hätte Stine sich auch mehrfach täglich ein Messer ins Herz rammen können. Das wäre vermutlich weniger schmerzhaft gewesen.

Dennoch hatte sie das Hotel, von langen Strandausflügen abgesehen, in den letzten Tagen nicht verlassen. Aus ihrem Vorsatz bei der Ankunft, gleich am nächsten Tag die Lieblingsplätze ihrer Großmutter aufzusuchen, war nichts geworden. Stine fühlte sich elend und so allein wie noch nie. Bei jedem Paar, das am Strand händchenhaltend an ihr vorüberlief, verliebt im Pool turtelte oder sich beim abendlichen Dinner stundenlang in die Augen blickte, sah Stine Finn und sich selbst vor sich, und jedes Mal erfasste sie eine tiefe Traurigkeit, wenn sie aus ihren Tagträumen in die Realität zurückkehrte und sich ihrer Situation bewusst wurde. Ausgerechnet alleine unter lauter bis über beide Ohren verliebten Pärchen erfuhr sie gerade das erste Mal in ihrem Leben, wie sich tiefer Liebeskummer anfühlte. Dafür hatte sie sich wahrlich den schlechtesten Ort auf Erden ausgesucht. Doch ähnlich wie es vielen Autofahrern bei Unfällen geht, konnte Stine nicht wegschauen und sich auf sich und die wunderschöne Insel konzentrieren. Nein, sie sog das Glück der anderen geradezu in sich auf und versank allabendlich in von Rum Punch getränktes Selbstmitleid.

Als Stine nach ein paar Tagen bemerkte, dass nicht nur die anderen Gäste, sondern auch das Hotelpersonal sie immer seltsamer anschauten, begann sie allmählich aufzuwachen. Sie war nur noch ein Häuflein Elend, lief mit Trauermiene und Mundwinkeln herum, die der deutschen Bundeskanzlerin alle Ehre gemacht hätten. Wahrscheinlich wirkte sie auf die anderen wie eine griesgrämige, einsame Irre, die alljährlich ohne Begleitung in Honeymoonresorts fährt, um dort fremde Paare zu beobachten. Ein Bild, dem Stine ganz sicher nicht entsprechen wollte. Und so versuchte sie, sich zusammenzureißen und nach dem Frühstück nicht den üblichen Weg zum Pool einzuschlagen, sondern eine Tasche zu packen und endlich die Mauern des Hotels zu verlassen. Sie wollte das Rosehall Great

House besuchen, das Herrenhaus aus den Briefen von Hans.

Der resorteigene Minibus spuckte sie vor einer Anlage aus, die wie ein Shoppingoutlet mit vielen kleinen Läden aufgebaut war. Auf Stines irritierte Frage, wo denn hier das berühmte Herrenhaus sei, zeigte eine kaugummikauende Angestellte mit einer Handbewegung nach oben, auf die andere Seite der Schnellstraße. Dort zweigte eine Einfahrt ab, die mit einem großen schwarzen Gitter gesichert war. Nachdem Stine die vielbefahrene Straße in der Morgenhitze überquert hatte, erspähte sie das Namensschild, das die Einfahrt säumte.

Stine hob den Blick und konnte auf einem Hügel das eindrucksvolle Herrenhaus thronen sehen. Ein uniformierter Wachmann schlurfte träge aus seinem Häuschen, als er Stine bemerkte, und öffnete ihr mit einem lauten Quietschen das Tor. Fast schon feierlich schritt sie die asphaltierte Straße entlang und fand sich in einer sorgsam gepflegten Parklandschaft wieder. Sattgrüner Rasen, prächtig blühende Bougainvilleas in kräftigen Farben und fremdartig aussehende Bäume bestimmten das Bild des riesigen Parks.

Die Straße führte immer höher, und Stine kam ganz schön ins Schwitzen, während sie dem steinernen Herrenhaus entgegenwanderte. Je näher sie kam, desto mehr konnte sie dem Bau sein Alter ansehen. Das Rosehall Great House wirkte fast wie ein Geisterhaus und hatte in der fröhlichen, sommerlichen Umgebung ein wenig den Charakter eines Fremdkörpers, der nicht hierher, sondern eher in eine graue, schottische Moorlandschaft oder Ähnliches gehörte. Trotzdem versprühte das Haus eine Anziehungskraft, der sich Stine nicht entziehen konnte. Schon jetzt, auf halbem Weg, verstand sie, weshalb ihre Großmutter so fasziniert von dem Haus gewesen war und es mehrfach aufgesucht hatte.

Als sie oben an einem Häuschen mit Souvenirshop und blütenumrankter Veranda ankam, war sie die einzige Touristin. Beim Ticketkauf erfuhr sie, dass das Anwesen nur im Rahmen einer Führung besichtigt werden durfte, und fürchtete schon, dass sie nun ewig auf eine lärmende Touristengruppe warten müsse. Doch nach einigen Minuten kam eine junge Jamaikanerin in einem weißen, traditionellen Kleid auf sie zu und stellte sich als ihr Guide vor. Sara würde ihr nun Rosehall Great House zeigen und ihr die Geschichte des Gebäudes und seiner Namensgeberin, der weißen Hexe von Rosehall, erzählen.

Schon in der Empfangshalle war Stine im Bann einer anderen Welt. Ein bisschen fühlte sie sich wie damals als Kind auf dem Dachboden, alles wirkte verzaubert und versetzte sie in eine andere Zeit. Alte, schwere Lüster und aufwendige Tapeten zierten den Raum, und die Geschichte von der ehemaligen Hausherrin Annie, die Sara ihr erzählte, fesselte Stine von Beginn an. Die weiße Hexe von Rosehall war beschuldigt worden, in dem Anwesen ihre drei Ehemänner ermordet zu haben.

Da hat wohl noch jemand Pech in der Liebe gehabt, schoss es Stine durch den Kopf, und sie konnte nicht verhehlen, dass sie angesichts ihrer eigenen Erfahrung mit unverhofft auftauchenden Verlobten und Männern, die nur auf ein schnelles Abenteuer aus waren, eine gewisse Sympathie für Annie aufbrachte. Die hatte sich bestimmt nicht stundenlang am Strand die Augen ausgeweint. Andererseits – wer wusste das schon?

Als Stine im Obergeschoss, das sie von einer weiteren Halle mit riesigem Kronleuchter über eine imposante Holztreppe erreichte, Annies Schlafzimmer erblickte, war sie sofort fasziniert von diesem besonderen Raum. Er war ganz in samtigen Rottönen gehalten, und sowohl von dem riesigen Himmelbett als auch von dem passend bezogenen Canapé aus hatte man eine atemberaubende Aussicht auf die leuchtend grüne Parklandschaft und den smaragdblauen Ozean, der in einem so starken Kontrast leuchtete, dass es fast schon unwirklich schien.

Diesen Raum erwähnte Hans explizit in einem seiner Briefe, und im nächsten, dem Nähzimmer von Annie, meinte ihre Großmutter, einen Geist entdeckt zu haben. Hans nahm dies in seinen Briefen zwar nicht ganz ernst, dennoch war Stine gespannt auf den sagenumwobenen Spiegel, in dem angeblich immer wieder das Antlitz von Annie erschien. Ob ihre Großmutter die Hexe ebenfalls gesehen hatte? Stine wusste es nicht, aber sie hätte zu gerne einmal die Frau gesehen, die diesem Haus seinen ganz besonderen Charme verlieh.

Doch sosehr sie sich auch bemühte, außer ihrem eigenen Spiegelbild konnte sie nichts in dem trüben Glas erkennen. Trotzdem war es ein erhebendes Gefühl, hier zu stehen und denselben Spiegel zu betrachten, den ihre Großmutter, Jahre bevor Stine überhaupt geboren war, ebenfalls fasziniert angestarrt hatte. Sie konnte vielleicht nicht den Geist von Annie spüren, aber dafür konnte sie die Aura ihrer Großmutter ganz deutlich fühlen. Ob diese in Versuchung gewesen war, es Annie gleichzutun und ihren ungeliebten Ehemann auf mehr oder weniger sanfte Art und Weise zu beseitigen? Stine wusste es nicht, konnte es sich aber auch nicht vorstellen, selbst wenn die Faszination, die ihre Großmutter für Rosehall und die weiße Hexe empfunden hatte, auf irgendetwas gründen musste. Es konnte genauso gut in der Familie liegen, schließlich war Stine ebenso fasziniert von diesen geschichtsträchtigen Räumen.

Als sie an einen kleinen französischen Balkon kamen, erklärte Sara ihr, dass sich die Hausbewohner hier immer die Auspeitschungen der Feldsklaven anzusehen pflegten, und als Stine nach unten auf den großen Platz an der Rückseite des Hauses blickte, wurde ihr ganz flau im Magen. Wie viel Leid mochte hier geschehen sein? Als Sara erzählte, dass sich der Boden vor Blut nicht selten rot gefärbt hatte, schämte sich Stine fast ein wenig, dass sie so fasziniert von dem ganzen Glamour und Prunk des Kolonialhauses gewesen war, ohne an den blutigen Preis zu denken, den so viele schwarze Sklaven dafür zahlen mussten.

Ihre bedrückte Stimmung wurde noch stärker, als sie mit Sara den Keller erreichte, der früher als Gefängnis genutzt worden war. Doch auch die Fotografien aus längst vergangenen Zeiten zogen Sara in ihren Bann. Nicht nur Annie, eine hübsche Frau mit strengem Blick, war darauf zu sehen, sondern auch allerlei Berühmtheiten, die sich Rosehall bereits angesehen hatten. Einige Fotografien waren so alt und vergilbt, dass sie durchaus aus der Zeit stammen konnten, in der ihre Großmutter Jamaika besucht hatte. Auf etlichen war der Spiegel zu sehen und darin dunkle Flecken, die die Fotografen für Geister oder Erscheinungen hielten. Ob ihre Großmutter auch so etwas gesehen haben mochte?

Stine hätte sich die Bilder jedenfalls stundenlang ansehen können, doch Sara führte sie aus dem kühlen Keller wieder ans Tageslicht und zu dem Garten neben dem Haus, in dem sich bei einem Teich ein großer, länglicher grauer Kasten befand. Erst bei näherem Hinsehen wurde Stine klar, dass es sich um einen Sarkophag handelte. Sara erklärte ihr, dass es sich hierbei um Annies Grab handele, und stimmte daraufhin ein Lied an, das Johnny Cash als großer Fan von Rosehall seinerzeit über Annie geschrieben hatte. Es war eine bewegende Szene, und nach all dem Unglück der letzten Tage und den Begegnungen mit Geistern und Erinnerungen im Herrenhaus, spürte Stine, wie ihr beim Klang von Saras Stimme die Tränen über die Wangen liefen. Die Jamaikanerin, der Stines Rührung nicht verborgen blieb, lächelte nur und nahm sie zum Abschied in den Arm.

»Die weiße Hexe von Rosehall wird dich beschützen und dir den Weg zeigen. Hab keine Angst«, raunte sie Stine im Gehen zu.

Stine nickte dankbar und blieb noch einige Zeit alleine an dem Grab stehen. Auf den Beistand einer weißen Hexe konnte sie gut und gerne verzichten, aber sie hoffte inständig, dass der Geist ihrer Großmutter ihr beistehen und sie beschützen möge. Das wäre eine Hilfe, die sie allzu gern annehmen würde.

Im Internet hatte Finn nach längerer Suche einen günstigen Flug gefunden, und als er in Montego Bay landete, machte er sich sofort auf die Suche nach einer Touristeninformation, um sich dort nach einer Unterkunft zu erkundigen. Am ganzen Flughafen hatte nur ein Schalter auf, vor dem sich schon eine lange Schlange gebildet hatte. Scheinbar hatte man hier, wenn man kurzfristig eine Unterkunft suchte, in der Nebensaison nicht allzu viele Optionen.

Nach einer Dreiviertelstunde Wartezeit stand Finn vor einer gutmütig dreinblickenden älteren jamaikanischen Dame. Auf seine Frage nach einem günstigen Zimmer schnalzte sie nur mit der Zunge und schüttelte missgünstig den Kopf. Anstatt ihm ein Verzeichnis mitzugeben, erzählte sie ihm etwas von Low Season und Sonderangeboten der großen Hotels, auch für Alleinreisende. Als sie ihn mit einem großen Grinsen ein Bild von einem palmengesäumten Ferienresort mit großem Pool zeigte, war Finn zwar alles andere als begeistert, doch als sie ihm ein paar Zahlen auf ein Blatt Papier kritzelte, wurde seine Abneigung schon kleiner. Schließlich willigte er ein und saß kurz darauf in einem klimatisierten Minibus, der ihn entlang einer Küstenstraße ans Ziel brachte.

Er musste sagen, es war wirklich ein schönes Hotel, direkt an einem weitläufigen Sandstrand mit vielen Kokospalmen und tropischer Vegetation. Doch schon nach wenigen Minuten in der weitläufigen Hotelanlage war Finn sich sicher, der einzige Alleinreisende zu sein. Überall sah man Pärchen, junge wie ältere, und jeder Winkel, jede Ecke des Resorts sprühte nur so vor Romantik. Da es ein schöner Tag mit strahlendem Sonnenschein und blauem Himmel war, beschloss er, mit dem Auspacken zu warten und sich erst mal ans Meer zu legen. Seinen Koffer warf er unausgepackt auf das riesige Bett, von dem er sowieso nur eine Seite benutzen würde. Wahrscheinlich war sein Zimmer das einzige im Resort, in dem Romantik keine Rolle spielte.

Er wühlte kurz im Kofferinhalt, schnappte sich dann seine Flipflops, die blaue Badehose und den iPod und tigerte los. In der Anlage waren überall Cabañas und Doppelliegen verteilt, die trotz des nur halb belegten Hotels recht gut besetzt waren. Am Strand angekommen, suchte Finn sich eine Einzelliege, die etwas abseits stand, schob sich die Kopfhörer in die Ohren, drehte die Lautstärke voll auf und ließ Metallica ertönen. Er musste die Honeymoon-Atmosphäre hier irgendwie neutralisieren. Denn eines wollte er auf jeden Fall vermeiden: auch in Jamaika die ganze Zeit nur an Stine zu denken.

Doch als selbst das Hämmern der Bässe die Gedanken an seine Comicfrau nicht aus seinem Kopf verdrängen konnte, versuchte er es mit einer anderen Ablenkung. Er ging an den ganzen Cabañas entlang noch einmal zurück zu seinem Zimmer und holte sich einen von Irmgards Briefen.

Ochos Rios, September 1950

Geliebter Hans,
ganze Felsbrocken sind von meinem Herzen gefallen, als ich deine Zeilen gelesen habe. Ich bin so dankbar, dass du trotz allem an unsere Zukunft glaubst. Ich hatte riesige Angst, dich nie wiederzusehen, und seitdem ich weiß, dass du auf dem Weg hierher bist, ist meine Traurigkeit wie weggeblasen.

Die Vorstellung, bald wieder in deine Arme sinken zu

dürfen, macht mich überglücklich, und mein Glück überträgt sich auf Marie. Noch nie habe ich sie so oft lachen sehen, und endlich habe ich das Gefühl, ihr eine gute Mutter sein zu können, denn ich weiß, dass ich ihr eine glückliche Zukunft bieten kann.

Natürlich darf ich mir vor Edmund und Johann nichts anmerken lassen, denn sie sollen auf keinen Fall misstrauisch werden. Heimlich und ganz vorsichtig bereite ich alles vor. Ich konnte etwas Geld auf die Seite schaffen und recherchiere mögliche Routen und Orte, an denen wir sicher sind und uns niemand finden kann. Ich bete jeden Tag, dass du sicher hier ankommen wirst, denn dein Bericht von dem Schiffbruch hat mich zutiefst schockiert. Ich hatte sogar von dem havarierten Schiff vor der dominikanischen Küste gehört. Einige Gäste im Hotel haben davon erzählt, und ich habe sofort gebetet, dass du nicht an Bord warst. Gott sei Dank hattest du einen Schutzengel bei dir …

Ich hoffe so sehr, dass sich das Wetter bald bessern wird und wir wieder zusammen sein können. Ich kann es kaum erwarten, Edmund und seinen ganzen Hofstaat endlich zu verlassen. Ich ertrage seine Anwesenheit kaum noch.

Natürlich ist Marie sein Kind, doch so, wie er sich uns gegenüber verhält, kann es ihm nicht allzu wichtig sein. Zudem gibt es hier genug Töchter reicher Europäer und wichtiger Geschäftspartner, die sich nur allzu gerne mit einem wohlhabenden Mann wie Edmund verloben würden. Er würde nicht als einsamer Mann sterben, und die Art von oberflächlicher Zuneigung oder Liebe, die er für mich und Marie empfindet, wird er sicher auch für eine neue Frau und ein neues Kind empfinden können. Unsere Liebe aber, Hans, unsere Liebe ist einzigartig. Sie wird sich nicht wiederholen lassen, und sie ist ein kostbares Geschenk, das anzunehmen ich gerne bereit bin.

Also sei dir gewiss, mein Geliebter, dass ich keine Sekunde an unserer Liebe und unserer Zukunft zweifle. Denn ich weiß und spüre, dass ich das Richtige tue und dass ich nicht nur uns, sondern auch Marie glücklich mache, wenn ich sie in einem von Liebe geprägten Umfeld aufwachsen lasse und nicht in einem, das zum großen Teil aus Zwang besteht. Wir sind so nah dran an unserem Glück, wie wir es vielleicht noch nie zuvor waren, Hans.

Jeden Tag blicke ich hinüber zu unserer Insel und zähle die Stunden, bis du endlich bei uns bist. Darauf freue ich mich bei jedem einzelnen Atemzug.

Ich liebe dich auch.

Bis ganz bald
Irmgard

❀

Als Stine nach einem langen Fußmarsch durch die Mittagshitze im Hotel ankam, fühlte sie sich müde, überhitzt und erschöpft. Sie drehte die Klimaanlage auf, ließ sich aufs Bett fallen und schlief sofort ein. Erst gegen Abend wachte sie fröstelnd auf. Der Tag hatte sie ganz schön geschafft, und sie fühlte sich trotz des Mittagsschlafes, als wäre sie einen Halbmarathon gerannt. Eine Nebenwirkung der Erschöpfung war ein Bärenhunger. Zwar schmeckte es alleine im Restaurant zwischen lauter Paaren nur halb so gut, doch ihr knurrender Magen ließ Stine schließlich aufstehen und sich für das Abendessen zurechtmachen.

Es gab verschiedene Lokale im Resort, und heute entschied sie sich für ein Grillrestaurant, das direkt unten am Strand lag und mit sensationellen Steaks warb. Doch auch das Ambiente war atemberaubend. Überall brannten Fackeln und erleuchteten die nächtliche Szenerie, während die Wellen mit ihrem sanften Rauschen die perfekte Klangkulisse bildeten. Kleine Zweiertische mit weißen Tischdecken und Kerzen waren entlang der Fackeln aufgestellt.

Gott, wie romantisch könnte das sein, wenn …

Nein. Stine unterbrach sich selbst beim Denken. Für heute war sie durch genug emotionale Höhen und Tiefen gestapft, jetzt war einmal Schluss damit. Sie holte tief Luft und lief hinter dem Kellner her, der ihr mit einem freundlichen Lächeln bedeutete, ihm zu folgen. Sie versuchte, den Blick nicht auf die zahlreichen bei Kerzenschein schlemmenden Paare zu richten, sondern stur geradeaus zu schauen. Da zog ein Tisch ihre Aufmerksamkeit auf sich. An ihm saß nämlich nur ein einzelner Mann. Stine checkte schnell, ob seine Begleitung nur gerade auf Toilette war, doch auf dem Tisch stand tatsächlich nur *ein* Weinglas, und es war auch nur für *eine* Person eingedeckt.

Je genauer Stine den Hinterkopf des Mannes betrachtete, desto bekannter kam er ihr vor. Die leicht gewellten Haare, der dunkle Nacken … War das … Konnte das … Oh mein Gott, war das etwa Finn? Stines Herzschlag beschleunigte sich innerhalb einer Sekunde auf das Zehnfache.

FINN WAR HIER!

Sie konnte es kaum fassen. Wie sollte sie nur reagieren? Was sollte sie tun?

Wegrennen?

Ihn ansprechen?

Ihm eine Handvoll Sand ins Gesicht werfen?

Sie entschied sich für die einfachste Variante und folgte erst einmal stumm dem Kellner. So konnte Finn sie nicht von vorne sehen und würde sie wahrscheinlich nicht erkennen. Stine hoffte nur, dass ihre Beine sie bis zu ihrem Platz tragen würden, denn sie hatte das Gefühl, dass ihre Knie so weich waren, dass sie jeden Moment zusammenbrechen würde.

Aber sie hatte Glück. Stine schaffte es ohne Sturz bis zu dem Tisch, den der Kellner ihr zuteilte, und saß sogar mit dem Rücken zu Finn. Trotzdem verlangsamte ihr Herzschlag sich nicht. Aufgeregt und mit sicher hochrotem Kopf saß sie da und versuchte krampfhaft, sich nicht umzudrehen. Ob Finn sie schon erkannt hatte? Ob er rüberkommen würde?

Oh Gott.

Die Möglichkeit, dass er gleich ohne jede Vorwarnung vor ihr stehen könnte, machte Stine fast wahnsinnig. Der Sand schluckte zwar alle Schritte, aber als sie hinter sich eine Bewegung wahrnahm und tatsächlich ein Mann neben ihr stand, schrie Stine vor Schreck leise auf. Vorsichtig blickte sie nach oben.

Oh. Der Kellner.

Sichtlich irritiert von ihrer Reaktion, reichte er ihr mit einer Entschuldigung die Karte. Stine versuchte zu lächeln, aber so recht wollte ihr das nicht gelingen. Sie konnte sich kaum darauf konzentrieren, die Karte zu lesen, und erst als das Hauptgericht kam, bemerkte sie, dass sie Lamm bestellt hatte. Sie hasste Lamm. Aber das war nicht weiter schlimm, denn vor lauter Aufregung brachte sie sowieso kaum einen Bissen herunter. Vielmehr klammerte sie sich an ihrem Glas Wein fest, das regelmäßig aufgefüllt wurde, und starrte wie paralysiert ins Leere.

»Nur nicht umdrehen, nur nicht umdrehen«, wiederholte sie ihr inneres Mantra wieder und wieder.

Bis zum Dessert schaffte sie das auch. Dann kam ihr ein Gedanke. War Finn überhaupt noch da? Wenn sie schon beim Dessert war, musste er längst fertig sein. Was, wenn er das Strandrestaurant längst verlassen hatte? Panik erfasste sie, und reflexartig drehte sie sich um. Finn war noch da, aber er war tatsächlich gerade dabei aufzustehen und zu gehen. Stine konnte nicht anders, auch wenn sie sauer war, strahlte sie Finn mit leuchtenden Augen an. Die Zeit stand kurz still, dann erblickte er sie und … strahlte zurück! Stine schluckte. Es war alles perfekt, nur leider … war es nicht Finn. Stine hatte den Mann, der sie gerade angrinste, noch nie in ihrem Leben gesehen, außerdem war er sicher gut zehn Jahre älter als Finn und Stine.

»Ach, du Scheiße.«

Schnell drehte Stine sich wieder um und griff nach ihrem Weißweinglas, das sie auf einen Zug leerte.

Wie doof war sie eigentlich?

WARUM sollte Finn auch hier sein? Um sie zu suchen? Er wusste ja nicht einmal, dass sie hier war! Und warum sollte er sich von allen Inseln der Karibik ausgerechnet Jamaika für seinen nächsten Stopp aussuchen und dann auch noch genau in ihrem Hotel wohnen?

»Stine, du bist dermaßen bescheuert«, schalt sie sich

leise selbst und schob sich einen großen Löffel Schokoladenmousse in den Mund. Zum Glück machte der Fremde keine Anstalten, an ihren Tisch zu kommen, sondern wandte sich zum Gehen.

Sobald der falsche Finn verschwunden war, kehrte ihr Hunger zurück. Irgendwie schienen die Geister sie heute zu verfolgen. Auf Finns Geist hätte sie allerdings gut verzichten können.

Trotz des Gehämmers von Metallica in seinen Ohren hatte Finn es tatsächlich irgendwie geschafft einzuschlafen, und als er am späten Nachmittag aufwachte, war er natürlich knallrot verbrannt. Mit schmerzverzerrtem Gesicht schlurfte er zurück in sein Zimmer und suchte die After-sun-Lotion, die er während der Schiffsreise gekauft, aber bisher kaum benutzt hatte. Jetzt war die Zeit für ihren Einsatz gekommen.

Nachdem er geduscht und sich eingecremt hatte, merkte Finn, wie hungrig er war. Er hatte von einem Grillrestaurant am Strand gelesen, das angeblich sensationelle Steaks servierte, und das wollte er unbedingt ausprobieren. Als er sich allerdings sein weißes Hemd überstreifen wollte, hielt er inne. Seine Arme und Schultern waren so stark verbrannt, dass er auf keinen Fall etwas drüberziehen konnte. In der Informationsbroschüre des Hotels hatte er gelesen, dass in den Restaurants abends ein Dresscode herrschte. Nackte Oberkörper waren da bestimmt nicht inbegriffen. Finns Blick fiel auf die Broschüre neben seinem Bett.

»Room Service«, stand dort in goldener Schrift. Finn seufzte. Das Steakrestaurant würde noch eine Weile auf ihn warten müssen. Heute musste er sein Steak notgedrungen im Bett statt am Strand verputzen.

Nachdem er die Bestellung per Telefon aufgegeben hatte, legte er sich vorsichtig auf das kühle Laken und schaltete den Fernseher ein. Auf dem amerikanischen Kanal lief gerade eine alte Folge von *Popeye*. Sofort hatte er wieder das Bild von Stine am Venice Beach im Kopf. Bevor er auch nur in Versuchung kam zu lächeln, schaltete er um. Der nächste Sender zeigte Football. Finn atmete auf. Football war zwar nicht so gut wie Metallica, aber fast. Zusammen mit einem eisgekühlten Bier aus der Minibar und dem bestellten Burger mit Pommes würde dies ein Stinefreier Abend werden. Hoffte er zumindest.

Am nächsten Morgen ging es ihm besser. Finn hatte trotz der Room-Service-Fressorgie richtig gut geschlafen, und nach acht Stunden ohne Sonne fühlte sich auch seine verbrannte Haut nicht mehr so heiß an. Ganz schmerzfrei kam er zwar noch nicht in sein T-Shirt, aber im Vergleich zu gestern Abend lagen Welten dazwischen. Alle nicht von Stoff bedeckten Körperregionen schmierte er sicherheitshalber dick mit Sunblocker ein und machte sich anschließend auf den Weg in Richtung Rezeption, wo er sich eines der Hotelfahrräder auslieh.

Irmgard hatte in einem ihrer Briefe von einem Geisterhaus geschwärmt, das sie tief beeindruckt hatte. Sie glaubte nämlich, darin dem Geist der früheren Besitzerin begegnet zu sein, der ihr Kraft geschenkt hatte. Zwar hielt

Finn nicht viel von solchen Dingen und Legenden, aber er war sich sicher, dass sein Großvater nach den ausführlichen Schilderungen seiner Geliebten dieses Haus ebenfalls besucht hatte. Allein deswegen war es Finn wichtig, diesen Ort zu sehen.

Doch die Magie, von der Irmgard berichtet hatte, suchte Finn vergebens. Eine nette junge Frau namens Sara führte ihn zusammen mit einer amerikanischen Rentnergruppe durch das Rosehall Great House.

Obwohl das Anwesen zweifelsohne beeindruckend war, kam es ihm so vor, als würde die Führung endlos dauern. Das Einzige, was Finn zum Nachdenken anregte, waren Saras Ausführungen zu einem kleinen Balkon im oberen Stockwerk, von dem aus die einstigen Bewohner sich die Auspeitschungen der Sklaven angesehen hatten. Wie viel Tragisches mochten die Männer und Frauen, die in den Zuckerrohrfeldern der Plantage ackern und schuften mussten, wohl erlitten haben? Finn war sich sicher, dass jedes einzelne dieser Schicksale wesentlich spannender war als das dieser weißen Irren, die sich mit nichts anderem als Männern und Voodoo beschäftigt hatte. Nur das Lied, das Sara zum Schluss im Garten neben dem Sarkophag von Annie anstimmte, gefiel ihm richtig gut. Was kein Wunder war, denn es hatte Johnny Cash geschrieben, der ein Anwesen in der Nähe besessen hatte und überaus fasziniert von Rosehall Great House gewesen war. Das Anwesen musste also irgendetwas ausstrahlen, das Finn entgangen war.

Doch was das auch sein mochte, als er zurück ins Hotel radelte, sehnte er sich einfach nur nach einer Dusche und einer Flasche kaltem Wasser. Seine erste Station in Jamaika war jedenfalls noch nicht der ganz große Wurf gewesen. Aber immerhin hatte er sich für ein paar Stunden ablenken können und nicht jede Minute an Stine denken müssen. Insofern hatte Annies Geist ihm doch ein wenig geholfen.

Frisch geduscht, wollte Finn einen zweiten Versuch starten und das Barbecue-Restaurant am Strand aufsuchen, um endlich sein heißersehntes Steak zu bekommen. In der weitläufigen Hotelanlage war es gar nicht so leicht, von A nach B zu finden, aber glücklicherweise gab es an fast jeder Wegkreuzung Holzpfeile mit Schildern, die einem den Weg wiesen.

»Beachgrill«, entzifferte Finn eines der Schilder, das in Richtung Meer deutete. Direkt darunter zeigte ein Pfeil in die entgegengesetzte Richtung.

»Sushibar«, formte Finn lautlos mit den Lippen und schüttelte sich kurz.

Roher Fisch in Algen. Nein, das war nun wirklich nicht seine Welt, und er konnte sich auch beim besten Willen nicht vorstellen, wer diese labberigen Reisröllchen einem frisch gegrillten Steak vorziehen würde. Er ganz sicher nicht. Mit einem Lächeln auf den Lippen und einer großen Portion Vorfreude im Bauch machte er sich auf in Richtung Strand.

❀

Nach ihrem Ausflug in das Herrenhaus und dem nervenaufreibendem Ausklang am Abend stand Stine der Sinn am nächsten Tag nicht unbedingt nach großen Abenteuern. Die Erlebnisse und die Nähe, die sie zu ihrer Großmutter gespürt hatte, beschäftigten sie auch heute noch. Sie merkte, dass sie den gestrigen Tag erst einmal emotional sacken lassen musste, und beschloss deswegen, einen weiteren Strandtag ohne Geister und Legenden einzulegen. In Ruhe widmete sie sich den Briefen von Hans und genoss es, seine Zeilen in der Strandkulisse in Ruhe auf sich wirken lassen zu können. Und sich so zumindest ein bisschen von Finn abzulenken. Was ihr leider nur bedingt gelang …

Nach einem langen, herrlich unaufgeregten Tag am Strand fühlte sich Stine am Abend wieder fit und hatte das Gefühl, alle bösen Geister verbannt zu haben. Am nächsten Morgen würde sie den Lieblingsstrand ihrer Großmutter besuchen. Hans hatte in seinen Briefen die Frenchman's Cove als wahres Paradies beschrieben, und Stine konnte es kaum erwarten, dieses Fleckchen zu erkunden. Voller Vorfreude machte sie sich auf dem Zimmer für das Abendessen fertig. Am liebsten wäre sie noch einmal in das Steakrestaurant am Strand gegangen und hätte sich dieses Mal ein leckeres Rindersteak bestellt, aber die Erinnerung an den gestrigen Abend hielt sie davon ab.

Es war ein herrlich unbeschwerter Tag gewesen. Sie hatte so wenig wie möglich an Finn gedacht und konnte trotz Pärchen und Romantikalarm das Meer und den Strand genießen und sich einfach nur über das Privileg freuen, hier zu sein und endlich mal nichts zu tun. Diese Hochstimmung wollte sie sich nicht durch die Erinnerung an das peinliche Erlebnis gestern vermiesen. Gott sei Dank hatte sie den alleinreisenden Mann seither nicht mehr gesehen und hoffte sehr, dass dies auch so bliebe.

Deswegen ließ sie das Steakrestaurant Steakrestaurant sein und machte sich auf den Weg in die entgegengesetzte Richtung, wo sich in einem Holzpavillon eine Sushibar befand. Hier würde sie hoffentlich weder auf alleinreisende Männer noch auf irgendwelche Geister treffen, sondern nur auf jede Menge rohen Fisch. Mehr brauchte sie heute Abend nicht, um zufrieden zu sein.

Nach einem ruhigen und zwischenfalllosen Sushiabend kuschelte sich Stine in ihr Hotelbett, faltete einen der dünnen Pergamentbogen auseinander und vertiefte sich wieder in Hans' Worte. Sie fühlte sich einsam, und auch wenn die Zeilen nicht ihr gewidmet waren, so trösteten sie Stine doch ein wenig und halfen ihr beim Einschlafen.

Santo Domingo, November 1950

Geliebte Irmgard,
ich habe mir deinen Brief immer und immer wieder durchgelesen. Deine Worte haben mich so sehr berührt. Einmal, weil ich das, was du über unsere Liebe sagst, ganz genauso empfinde. Wenn du der Überzeugung bist, dass der Weg mit mir der richtige für dich und Marie ist, dann will ich ihn mehr als gerne mit euch gehen. Du weißt, ich würde alles für dich tun.

Aus diesem Grund hat mich auch das, was du über deine Ehe geschrieben hast, schwer getroffen. In meinem Kopf spielen sich seitdem ständig Szenen ab, wie die Ungerechtigkeiten wohl aussehen. Allein die Schilderungen über deinen Wachhund Johann haben mich aufhorchen lassen und Besorgnis in mir ausgelöst. Was Edmund anging, so habe ich gehofft, dass er dir im Rahmen seiner Möglichkeiten ein guter Ehemann ist und dir mit Respekt und Fürsorge begegnet. Nach deinen Andeutungen war das wohl nicht immer der Fall, und dieses Wissen schmerzt mich sehr.

Umso größer ist meine Dankbarkeit darüber, bald bei dir sein und dich beschützen zu können. Nur leider läuft derzeit, wie du sicherlich weißt, so gut wie kein Schiff aus, da sich das Wetter nicht beruhigen mag. Bisher ist es mir nicht gelungen, irgendwo an Bord zu kommen, unter anderem weil Seeleute, die an Bord des havarierten Schiffes waren, als Unglücksbringer gelten. So offen traut sich das natürlich niemand zu sagen, doch keiner von uns hat bisher eine neue Beschäftigung finden können, und abends in den Kneipen wird dann laut getuschelt. Ich kann nur hoffen, dass bald neue Schiffe einlaufen, deren Kapitäne weniger abergläubisch sind. Vielleicht sollte ich ihnen einmal von deinem Hexenhaus auf Jamaika erzählen und der Erscheinung, die dir dort so viel Kraft gegeben hat. Das würde meinen Kameraden vielleicht Mut machen, denn solche Geschichten lieben sie. Und ich, meine süße Irmgard, liebe dich …

Mein Glück hängt alleine davon ab, dich bald wiederzusehen, und diese elendige Warterei macht mich vollkommen verrückt. Es ist so frustrierend! Einen Vorteil hat das ganze Herumsitzen und Schonen allerdings, nämlich dass mein Bein endlich wieder vollständig verheilt ist. Ich bin wieder gesund und fit und bereit, mir ein neues Leben mit dir aufzubauen. Umso frustrierender ist es, hier gestrandet zu sein und nicht aus eigener Kraft fortzukommen.

Doch ich verspreche dir, ich werde einen Weg finden, und es wird nicht mehr allzu lange dauern.

Bis dahin sende ich dir tausend Küsse und Umarmungen.
In Liebe
Dein Hans

In der Nacht war ein Tropenregen niedergegangen, und die Tropfen waren lautstark auf Stines Balkon geprasselt. Die Kulisse passte zu dem letzten Brief von Hans, der aufgrund des karibischen Wetters ihrer Großmutter nicht weiter hinterherreisen konnte. Stine hatte intensiv von Stürmen und Schiffen geträumt und war richtiggehend erleichtert, als sie in ihrem sicheren Hotelbett erwachte und durch die Jalousien sah, dass sich das Unwetter gelegt hatte und sich der jamaikanische Himmel wieder von seiner strahlendsten Seite zeigte.

Als sie an der Lobby nachfragte, wie sie am besten zur Frenchman's Cove kam, gesellte sich ein junges Paar zu ihr, das ebenfalls an diesen Strand wollte. Sie teilten sich ein Taxi, und obwohl Stine der Verliebten im Hotel überdrüssig war, freute sie sich über die nette Gesellschaft. Leann und Brian erzählten ihr begeistert, dass sie ihre Flitterwochen auf Jamaika verbrachten und aus Kanada stammten. Sie fanden es »amazing«, dass Stine alleine unterwegs war, und lobten sie überschwänglich für ihren Mut. So kam Stine wenigstens nicht in die Verlegenheit, die Beweggründe für ihre Reise erklären zu müssen. Kreuzfahrten fanden die beiden auch super, und so erzählten sie sich gegenseitig ihre Reiseerfahrungen, bis das Taxi die Einfahrt zur Frenchman's Cove erreichte. Das letzte Stück zum Strand mussten sie entlang eines Bachlaufs zu Fuß gehen, und trotz des angelegten Weges kam sich Stine inmitten der vielen Lianen und wild wuchernden Pflanzen ein bisschen so vor wie im Dschungel in Puerto Rico.

Mit Finn.

Am Wasserfall …

Gott sei Dank plapperte Leann die ganze Zeit völlig unbedarft weiter auf Stine ein, sodass ihr nicht viel Raum für ihre eigenen Gedanken blieb. Das war auch gut so. Als sie den Strand erreicht hatten, verstummte sogar die Kanadierin. Vor ihnen tat sich einer der schönsten Strände auf, den Stine jemals gesehen hatte. Das Wasser in der Bucht leuchtete in allen Blau- und Türkistönen, die man sich nur vorstellen konnte, und der Sand hier war so schneeweiß, dass er Stine in der hellen Karibiksonne trotz Sonnenbrille blendete.

Die Felsen links und rechts der Bucht waren mit grellgrünen Pflanzen bewachsen, die das Farbenspiel abrundeten. Doch der wahre Clou war der von rechts ins Meer strömende Flusslauf. Er bildete eine Art Natursüßwasserpool und war kristallklar. Von den riesigen Bäumen hingen Lianen, und an einem Baum baumelte sogar eine Schaukel, von der man sich in den Fluss stürzen und in die Bucht hinausschwimmen konnte. Das Ganze wirkte wie ein magischer Spielplatz der Natur, und das größte Glück für Stine war, dass dieser Traumort fast menschenleer war. Nur ein paar versprengte Sonnenanbeter räkelten sich auf ihren Handtüchern oder ließen sich von den Wellen im Meer treiben.

Die beiden Kanadier wollten sich direkt in die Fluten stürzen. Da Stine die Verliebten an dieser Traumlocation nicht stören mochte, hatte sie den beiden viel Spaß gewünscht und die Frage, ob sie mit ins Meer wolle, verneint.

Jetzt sah sie Leann und Brian hinterher, die händchenhaltend über den Sand in Richtung Wasser rannten. Leanns begeistertes Quieken war über den ganzen Strand zu hören. Stine musste lächeln, auch wenn es ein trauriges Lächeln war. Es war müßig, sich immer wieder vorzustellen, wie es wohl gewesen wäre, diese Orte gemeinsam mit Finn zu entdecken. Womöglich wären sie jetzt tatsächlich gemeinsam hier, wenn nicht dieser eine verflixte Anruf dazwischengekommen wäre …

Wünschte sie sich, dass sie nicht rangegangen wäre? Ein bisschen schon, musste Stine zugeben. Aber wäre es besser gewesen, nicht zu wissen, dass Finn verlobt war, mit ihm unvergessliche Tage im Paradies zu verbringen und dann zu Hause in München das böse Erwachen zu erleben?

»Womöglich hätte er sich ja für dich entschieden«, flüsterte eine kleine, garstige Stimme ihr zu. »Oder die Zeit mit ihm wäre es wert gewesen, selbst wenn er sich am Ende nicht für dich entschieden hätte.«

»Vielleicht aber auch nicht«, murmelte Stine leise vor sich hin.

Wie sehr hätte sie die Wahrheit dann erst geschmerzt? Schon jetzt, nach nur wenigen gemeinsamen Tagen, trauerte sie mehr um Finn als je zuvor bei einem Mann. Nach mehreren Wochen oder gar Monaten wäre der Schmerz sicher unerträglich.

Und schon wieder grübelte sie über Finn nach! Da ließ sie extra ihr Handy die ganze Zeit aus, um ja nichts von ihm zu hören oder, noch schlimmer, in Versuchung zu geraten, sich bei ihm zu melden, und nun dachte sie trotzdem die ganze Zeit über ihn nach. Das durfte ja wohl nicht wahr sein! Stine schüttelte sich, und als sie bemerkte, dass sie das kanadische Pärchen immer noch anstarrte, wandte sie sich schnell ab und lief auf den Fluss zu.

Nachdem sie ihr Kleid, die Taschen und das Handtuch in den weichen Sand gelegt hatte, ging sie vorsichtig Schritt für Schritt in die Süßwasserlagune. Ein paar kleine Fische suchten schnell das Weite, dann ließ Stine sich in das kristallklare, kalte Wasser gleiten. Es fühlte sich herrlich an.

Prustend tauchte sie unter und wieder auf und zog ihre Bahnen, bis sie an eine Liane kam, die sich als langes Seil entpuppte. Sie griff danach und schaukelte so lange über das Wasser, bis ihre Kräfte sie verließen. Als sie eine halbe Stunde später an den Strand zurückkam, fühlte sie sich frisch und zufrieden. Wohlig streckte sie sich auf ihrem Handtuch aus und griff nach ihrer Tasche. Sie wollte jetzt unbedingt den Brief lesen, in dem Hans ihrer Großmutter von seinem Besuch an diesem Traumstrand erzählte.

Nachdem sie die letzten Zeilen geradezu verschlungen hatte, steckte sie den Brief wieder sicher in ihre Tasche und schloss lächelnd die Augen. Ja, es war wirklich ein ganz besonderes Paradies hier …

Sie fühlte den warmen Sand an ihren Handflächen und spürte, wie die Sonne sie nach dem kühlen Bad erwärmte. Das Rauschen der Wellen drang sanft an Stines Ohren und wurde nur von einem glücklichen Lachen unterbrochen. Es klang weiblich, und Stine blickte sich suchend um.

Ein Stück entfernt stand eine junge Frau in einem schlammfarbenen Bikini, deren nasse, lockige Haare in ihrem Gesicht klebten. Gerade hob ein junger, muskulöser und braungebrannter Mann in schwarzen Badehosen die

Frau hoch und trug sie ein Stück weiter ins Meer hinein. Lachend strampelte sie mit den Beinen und wehrte sich, aber Stine konnte selbst aus der Entfernung erkennen, dass sie es nicht ernst meinte. Als die Wellen dem Mann fast bis zur Brust gingen, ließ er die Frau los, und sie landete im Wasser. Mit einem lauten »Na warte!« tauchte sie wieder auf, stürzte sich auf ihn und versuchte ihn zu tunken. Er lachte aber nur und schlang die Arme um die Frau. Erst machte sie das ein bisschen wütend, und sie zappelte weiter, aber dann schlang auch sie die Arme um seinen Nacken, und die beiden küssten sich wie in einem Hollywoodfilm. Nach dem endlos langen Kuss nahm der Mann die Frau wieder in die Arme und trug sie wie eine Braut zurück an den Strand.

Als die beiden näher kamen, konnte Stine die Frau erkennen. Es war ihre Großmutter. Genauso schön und schlank, wie Stine sie auf Bildern gesehen hatte. Sie strahlte und leuchtete, wie es Stine noch nie bei einem Menschen wahrgenommen hatte. Sie folgte dem glühenden Blick ihrer Großmutter, die den Mann neben ihr verliebt anschaute. Das musste Hans sein! In dem Moment wirbelte er ihre Großmutter, die so gar nicht großmutterhaft aussah, herum, und die beiden tanzten zu einem imaginären Lied. Nichts schien die beiden stören zu können, und doch hätte Stine ihnen nur zu gerne gesagt, dass sie da war.

»Oma!«, sagte sie leise und dann noch einmal lauter, doch ihre Großmutter konnte sie nicht hören, sondern tanzte weiter.

Immer ausgelassener wurde ihr Tanz, und Stine, die nicht aufhörte zu rufen, wurde irgendwann klar, dass die beiden sie nicht hören konnten.

Plötzlich hielt Hans mitten in der Bewegung inne und sah sich suchend um. »Stine?«, flüsterte er ungläubig und machte einen Schritt auf sie zu.

Ihre Großmutter blieb am Strand stehen und beobachtete sie.

»Stine, bist du das?«, fragte Hans noch einmal und kam näher. Er hatte sie fast erreicht. »Stine?«, fragte er noch einmal und fasste sie sanft am Arm.

Obwohl Stine ihn auf sich zukommen gesehen hatte, erschrak sie durch die Berührung und schrie laut. Mit einem Ruck setzte sie sich auf und öffnete die Augen. Vor ihr stand Finn.

Finn hielt erschrocken inne, als Stine aufschrie. Schlagartig gefror das Lächeln auf ihrem Gesicht, als sie die Augen aufriss und ihn sah. Sie starrte ihn entsetzt an … und schrie immer noch. Finn wusste nicht, ob er sich täuschte oder nicht, aber fast schien es ihm, als würde Stine, ein paar Sekunden, *nachdem* sie ihn erkannt hatte, noch ein kleines bisschen lauter schreien.

»Alles gut, ich bin's nur«, versuchte er sie zu beruhigen, traute sich aber nicht, sie noch einmal anzufassen.

»Du … NUR?«, fragte Stine mit schriller Stimme.

Ihre Augen waren immer noch schockgeweitet, aber wenigstens brüllte sie jetzt nicht mehr. Finn wertete das als Fortschritt.

»Was machst du hier?«, herrschte sie ihn an.

»Ich wollte baden gehen. Und du?«, entgegnete er und konnte sich gegen seinen Willen ein Grinsen nicht verkneifen.

Das hätte er allerdings lieber mal getan, denn Stines Miene verfinsterte sich noch mal um einige Nuancen.

»Na dann viel Spaß beim BADEN!«, wurde sie nun doch wieder laut und stopfte dabei hektisch ihr Handtuch in die Strandtasche.

»Und wo wir gerade schon mal dabei sind, viele liebe Grüße an deine VERLOBTE!« rief sie ihm zu, nachdem sie aufgestanden war.

Ihr Gesicht war knallrot, und wäre dieser Moment eine Comicszene gewesen, würden lauter weiße Dampfwolken aus ihren Ohren schießen.

Bevor Finn antworten konnte, kam von hinten ein junger Mann angerannt und fragte Stine auf Englisch, ob alles okay sei. Stine starrte ihn an und fing an zu weinen.

»Stine, lass mich dir die Sache doch erklären. Bitte … Es ist nicht so, wie du denkst.«

Schon als der Satz seinen Mund verließ, war Finn klar, dass er dermaßen klischeemäßig klang, dass er danebengehen *musste*. In Filmen fragte er sich immer, wer dermaßen lahme Dialoge wohl formulierte, aber jetzt, im echten Leben, fiel ihm leider auch nichts Besseres ein. Stine hatte sich schon abgewandt und wurde von einer Frau, die plötzlich hinter dem Mann aufgetaucht war, am Arm weggeführt. Finn erkannte das junge Paar, das zuvor am Wasser gelegen hatte. Der Mann warf Finn einen letzten finsteren Blick zu und folgte dann den beiden Frauen.

»Stine!«, rief Finn ihnen relativ sinnfrei hinterher.

Tatsächlich drehte sie sich noch einmal um und blickte

ihn im ersten Moment traurig und fast bedauernd an. Doch dann schien ihr etwas bewusst zu werden, und die dunklen Wolken schoben sich wieder vor ihr Gesicht. Sie drehte sich um und verließ gemeinsam mit dem Paar den Strand.

Finn überlegte, ob er hinterherrennen sollte, aber irgendetwas in Stines Gesichtsausruck hielt ihn davon ab. Sie war zu stur, um ihm jetzt zuzuhören, und anscheinend hatte er sie mit seinem Auftauchen komplett aus dem Konzept gebracht. Das konnte er ihr allerdings nicht verübeln, denn ihm ging es nicht anders. Und dennoch: Stine war auf der Insel. Sie war wie er auf Jamaika. Das musste irgendetwas zu bedeuten haben. Es konnte nicht sein, dass sie sich ständig aus purem Zufall über den Weg liefen. So etwas geschah nicht einfach so.

Er war nicht der Typ, der an Schicksal oder die Sterne glaubte, aber so langsam wurde sein Unglauben stark auf die Probe gestellt. Fast war es ihm, als hätte sein Großvater ihm Stine geschickt, auch wenn das natürlich völliger Blödsinn war. Stine mochte manchmal noch so entrückt wirken, Engelsflügel hatte er bei ihr bisher nicht entdecken können. Aber die Verbundenheit, die zwischen ihnen bestand und die Stine nach dieser Begegnung auch nicht länger leugnen konnte, musste irgendeinen Ursprung haben. Und den musste er herausfinden.

Erst einmal war Finn aber einfach nur dankbar, dass er Stine wiedergetroffen hatte. Aufgeben würde er sie nicht. Und jetzt, da er wusste, dass sie ganz in seiner Nähe war, würde er zu ihr gehen und ihr alles erklären. Hoffentlich hatten sich die dunklen Wolken, die momentan über ihnen schwebten, bis dahin zumindest etwas verzogen.

»Wer war das denn?«

Leann starrte Stine mit großen, fragenden Augen an. Sie hatten Glück gehabt und hatten an der Straße direkt ein Taxi erwischt, bevor Finn ihnen folgen konnte. Allerdings hatte er es nicht mal getan. Stine konnte ihn jedenfalls nicht entdecken, als sie sich mehrmals verstohlen umschaute. Klar lief er ihr nicht nach. So wichtig schien sie ihm nicht zu sein. Stine schluchzte erneut auf, was Leann dazu bewog, ihr ein weiteres Taschentuch hinzuhalten.

»Hat er dir wehgetan?«, fragte Brian mit düsterer Stimme.

»Oh ja«, stammelte Stine. Nachdem sie die schockierten Mienen der beiden Kanadier sah, fügte sie jedoch schnell hinzu: »Also nicht körperlich. Aber wir haben uns in Puerto Rico verliebt, und dann kam raus, dass er in Deutschland mit einer anderen verlobt ist …«

»Ohhhhhh!«

Leann und Brian sogen beide Luft ein. Ein bisschen erleichtert, wie Stine zu erkennen meinte, aber zugleich ehrlich betroffen.

»Das ist echt bullshit. Männer sind Schweine«, meinte Leann und ergänzte mit einem Seitenblick auf Brian: »Außer dir natürlich, honey.«

»Danke dir, Schatz«, antwortete er, lächelte ihr zu und blickte dann wieder ernst Stine an. »Bist du dir sicher? Er hat auf mich nicht gerade den Eindruck gemacht, als ob du ihm egal wärst …«

»Bin ich aber«, entgegnete Stine und erzählte ihnen die ganze Story. Nur St. Barth ließ sie lieber weg.

»Ihr werdet mir jetzt sicher vorwerfen, dass Männer immer zusammenhalten. Aber wer sagt, dass die Frau am Telefon die Wahrheit gesagt hat? Sie kann genauso gut irgendeine beleidigte Exfreundin sein, die nicht damit klarkommt, dass es mit ihr und Finn aus ist. Oder eine gute, alte Freundin, die in Wahrheit mehr von ihm will. Woher willst du wissen, dass es wirklich seine Verlobte war?«, wandte Brian mit hochgezogenen Augenbrauen ein.

Einen Moment lang herrschte Stille, und niemand sagte ein Wort. Brians Theorie saß.

Dann unterbrach Leann das Schweigen. »Da hat er nicht ganz unrecht, Süße«, gab sie vorsichtig zu.

»Aber dann hätte er's mir doch gesagt!«, widersprach Stine leidenschaftlich.

»Na ja«, druckste Brian herum. »Nach allem, was ich vorhin so mitbekommen habe … Hast du ihm denn überhaupt eine Chance gelassen, die Sache aufzuklären oder etwas dazu zu sagen?«

Stine blickte ihn durch den Tränenschleier an. Gut, sie hatte Finn nicht gerade besonnen um eine Stellungnahme gebeten, aber …

»Wenn er mir wirklich hätte sagen wollen und können, dass es gar nicht so ist, dann hätte er die Möglichkeit dazu gehabt«, erwiderte sie überzeugt.

Leann nickte bestätigend.

Beide Frauen schwiegen leicht betreten, während Stine über Brians Worte nachdachte. Hatte sie Finn eine Chance gegeben, sich zu rechtfertigen? Ja, auf jeden Fall.

Wirklich?

Je genauer sie überlegte, desto unsicherer wurde sie.

Vor allem, da sie Brians Theorie über frustrierte Ex- und Fast-Freundinnen nicht ganz hirnrissig fand. Verletzte Frauen können böse sein. Oder eben verletzt. Jedenfalls kann man sich am Telefon schnell mal als Verlobte ausgeben, obwohl man in Wahrheit gar keine ist. Aber hätte Finn, sollte es tatsächlich so sein, nicht alles daran setzen müssen, um die Sache aufzuklären?

Stine wusste es nicht mehr. Ihr Kopf dröhnte vor lauter Gedanken, und als sie endlich das Hotel erreichten, war sie einfach nur erleichtert. Das freundliche Angebot des Paares, noch gemeinsam zu Abend zu essen, schlug sie aus. Sie brauchte Zeit für sich. Zum Beruhigen, zum Nachdenken und um zu realisieren. Finn war auf der Insel. Allein das war so unglaublich, dass Stine es erst einmal begreifen musste. Den Rest würde sie danach angehen.

Finn verbrachte den Nachmittag am Strand. Er schwamm im Fluss und im Meer, doch richtig genießen konnte er diesen einzigartigen Ort nun nicht mehr. Als er sich auf den Rückweg machte, musste er zu allem Überfluss auch noch fast eine ganze Stunde auf das nächste Sammeltaxi warten. Dementsprechend mies gelaunt war er bei seiner Ankunft im Hotel am Abend. Passend zu seiner Stimmung fing es auch noch an zu regnen. Im Fernseher lief wieder Football, und Finn beschloss, noch einmal den Room Service in Anspruch zu nehmen. Nach weiteren Überraschungen war ihm heute wahrlich nicht zumute.

Am nächsten Morgen regnete es immer noch. Der Himmel war grau und düster, und es sah auch nicht so aus, als ob sich das bald ändern würde. Finn hatte in der Hotelbroschüre von einem im Hotelpreis enthaltenen Ausflug zu den Dunn River Falls gelesen, einem riesigen Wasserfall, den man hochklettern konnte. Normalerweise stand er nicht auf vorgefertigte Touristenarrangements, aber er kannte den Wasserfall aus den Briefen von Irmgard, und sie beschrieb ihn als einen faszinierenden Ort, den er sich gerne einmal anschauen wollte. Sicher hatte dies auch sein Großvater getan. Außerdem, einen Wasserfall raufzuklettern, das klang nach Spaß, und da er heute sowieso von oben nass werden würde, machte ihm das Wasser von unten auch nichts mehr aus.

Er war einer der Ersten, die den alten Kleinbus vor der Lobby bestiegen, doch der Innenraum des Fahrzeugs füllte sich schnell. Als hinten schon alle Plätze belegt waren, ging der Fahrer durch den Bus und klappte nach und nach eine weitere Reihe Sitze aus, die nun den Mittelgang dicht machten. Jeder deutsche TÜV-Mitarbeiter wäre in diesem Moment schreiend durch die geschlossenen Fenster gesprungen. Finn fand die Konstruktion eher amüsant, auch wenn er hoffte, dass der Fahrer heute keinen Verkehrsunfall bauen würde.

Je voller der Bus wurde, desto höher stieg der Lärmpegel. Das vor allem amerikanische Geschnatter um ihn herum ging Finn bald auf die Nerven, und er hoffte inständig, dass es so bald wie möglich losging. Vorne waren nur noch einige wenige Plätze frei, und jetzt stiegen endlich die letzten Gäste ein. Es war ein junges Paar, das Finn verdächtig bekannt vorkam. Der Mann stieg zuerst ein, heute mit einem wesentlich freundlicheren Blick als gestern, und nach ihm seine Frau. Hinter ihr erschien nun Stine in der Tür des Busses.

Finn blieb der Mund offen stehen. Wohnte Stine etwa im gleichen Hotel wie er? Das konnte nicht sein! Dann hätte er sie doch längst sehen müssen. Aber es bestand kein Zweifel. Die junge blonde Frau, die sich gerade auf den letzten freien Platz vorne im Mittelgang setzte, war definitiv seine Comicfrau. Glücklicherweise hatte sie ihn nicht entdeckt, sonst hätte sie vermutlich augenblicklich den Bus verlassen.

Ruckelnd setzte sich das Fahrzeug in Bewegung, während der Busfahrer alle mit einem lauten »Yeah, mon!« begrüßte. Da saß Finn nun. In einem Bus mit Stine, eingepfercht zwischen geschätzten sechzig amerikanischen Touristen. Zugelassen war der Bus höchstens für dreißig Personen. Selbst wenn Finn gewollt hätte, er hätte nicht die geringste Chance gehabt, zu Stine nach vorne zu gehen, und sein Rufen würde sie bei dem Lärm auch nicht hören.

Gerade fragte der Busfahrer ab, welche Nationalitäten im Bus vertreten seien, und nachdem die überwiegende Mehrheit bei »USA« die Hand gehoben und laut gejohlt hatte, folgten zwei Kanadier, nämlich Stines Begleiter, ein älterer Herr aus England und zwei Paare aus Italien. Als der Fahrer nach deutschen Gästen fragte, hielt Finn wohlweislich die Klappe. Es überraschte ihn nicht weiter, dass sich auch Stine nicht meldete. Schon beim Einsteigen hatte Finn ihrer Miene deutlich ablesen können, dass sie den überfüllten Touristenbus ähnlich einladend fand wie er. Anscheinend war auch sie kein ausgesprochener Fan solcher Ausflugstouren. Doch mindestens eine Stunde mussten sie beide da jetzt durch, denn so lange würde die Fahrt nach Ochos Rios, wo sich die Wasserfälle befanden, dauern. Draußen prasselte der Regen gegen die Scheiben, die langsam beschlugen.

Sie waren auf einer erstaunlich gut asphaltierten Straße unterwegs, und je länger sie dahintuckerten, desto grüner wurde es am Straßenrand. Fast war es, als würden sie durch einen Dschungel fahren. Finn musste lächeln. Es war ein bisschen wie in Puerto Rico. Er und Stine, umgeben von üppiger Vegetation, auf dem Weg zu einem Wasserfall. Nur vermochte er sich kaum vorzustellen, dass Stine ihn an diesem Wasserfall ebenfalls küssen würde. Andererseits – man konnte ja nie wissen.

Unterdessen stoppte der Busfahrer seine Ausführungen über sein Leben, seine Frau, Jamaika im Allgemeinen und seine nicht besonders vertrauenserweckende Lieblingsbeschäftigung, Dope rauchen, im Besonderen und stimmte mit erstaunlich sonorer Stimme ein Lied an. Leider war es »Sweet Caroline«. Die amerikanischen Gäste kreischten sofort los und stimmten bei jedem Refrain begeistert mit ein.

»Sweet Caroline …«

»PAM PAM PAM!«

»Good times never seemed so good.«

»SO GOOD! SO GOOD! SO GOOD!«

Das ganze Fahrzeug vibrierte im Takt, und als die Menschen in den Reihen sich gegenseitig unterhakten und mitschunkelten, befürchtete Finn kurzzeitig, der Bus könnte umfallen. Doch anscheinend war er stabiler, als er von außen gewirkt hatte.

Finns Sitznachbarin, eine füllige Dame in den Fünfzigern, die ihren Mann im Hotel gelassen hatte, hielt ihn fest umklammert und machte keine Anstalten, ihn wieder loszulassen, also blieb ihm nichts anderes übrig, als mitzuschunkeln. Er biss sich zwar auf die Lippen, konnte es aber nicht vermeiden, laut loszulachen, was dank der Musik sowieso niemand hörte. Er reckte den Hals. Immer wenn die Reihe vor ihm sich nach rechts wiegte, konnte er einen kurzen Blick auf Stine erhaschen. Auch sie war von dem kanadischen Pärchen zum Mitmachen gezwungen worden. Im Gegensatz zu den beiden sang sie aber nicht mit, und als sie einmal zur Seite blickte, konnte Finn deutlich erkennen, dass auch sie mit einer Mischung aus Amüsement und dem Bedürfnis wegzurennen zu kämpfen hatte.

Zumindest verging die Zeit so schneller, als Finn erwartet hatte, und als sie den Busparkplatz bei den Wasserfällen erreichten, ließ er sich mit dem Aussteigen absichtlich Zeit, bis die ersten schon auf dem Weg zu den Wasserfällen waren. Natürlich freute er sich, Stine so schnell wiederzusehen, aber er wusste, dass er den richtigen Moment abpassen musste, sonst würde ihr Zusammentreffen erneut ins Wasser fallen – und zwar im wahrsten Sinne des Wortes. Also schlenderte er gemütlich hinter den anderen her und wartete auch an dem Stand, an dem man Wasserschuhe für die Kletterpartie ausleihen konnte, bis alle anderen weg waren.

Als er in seinen Wasserschuhen bei den anderen unten am Strand ankam, hatte ein Guide die Gruppe bereits eingewiesen. Sie hielten sich alle an den Händen und begannen, die ersten Steinterrassen des Wasserfalls zu erklimmen. Finn erkannte Stine in ihrem pinkfarbenen Bikini sofort. Sie war relativ weit vorne in der Kette und kletterte gerade auf die dritte Steinplattform. Sie war so sehr darauf konzentriert, nicht von den glitschigen Felsen abzurutschen, dass sie sich nicht umschaute. Es war fast ein bisschen so wie bei ihrer ersten Begegnung am Venice Beach. Auch da hatte er sie beobachtet, ohne dass sie ihn bemerkt hatte. Seitdem war so viel passiert. Aber auch diesmal schlug sein Herz einen Tick schneller, wenn er sie ansah.

Als Stine den Anstieg geschafft hatte, reckte sie die Hände in die Höhe, klatschte sich mit der kanadischen Frau ab und grinste über das ganze Gesicht. Es war toll, sie lachen zu sehen, und Finn wünschte sich, er würde neben ihr stehen und sie würde sich mit ihm gemeinsam freuen. Aber erst einmal musste er selbst hinaufkommen. Zwar war es mehr als nervig, dass er seinen Vordermann an die Hand nehmen sollte, aber das Klettern funktionierte gut, und trotz des Regens machte es Spaß, Meter für Meter den Wasserfall zu erklimmen.

In einem etwas größeren Wasserbecken sammelte sich die Gruppe, um Fotos zu machen, und Finn versuchte sich so gut es ging abseits zu halten. Stine ließ sich einmal gemeinsam mit dem Pärchen und einmal alleine vor einem Miniwasserfall fotografieren und kletterte dann weiter hinauf. Inzwischen befand sie sich in der Mitte der breiten Felsen, und genau darin sah Finn seine Chance.

Schnell löste er sich von der Gruppe und stieg die äußeren Felsen hinauf, bis er Stine überholt hatte. Am zweiten Wasserbecken wartete er auf sie. Hier stellten sich die Guides auf, um den anderen an einem steileren Stück beim Aufsteigen zu helfen. Als Stine an der Reihe war und konzentriert von Stein zu Stein griff, um nicht abzurutschen, nickte Finn einem der Guides zu, der ihm daraufhin Platz machte. Er streckte seine Hand Stine entgegen. Die schaute gar nicht hin und zog sich an ihm hoch.

»Sehr elegant machst du das«, sagte Finn und lächelte sie an.

»Was zum …?«

Irritiert schaute Stine auf, entdeckte Finn und bekam sofort kugelrunde Augen. Mit einem Ruck befreite sie ihre Hand aus seiner und kam dadurch ins Wanken. Kurz ruderte sie mit den Armen, um das Gleichgewicht zu halten, und Finn wollte gerade nach ihr greifen, da kippte sie auch schon hintenüber und landete mit einem lauten Platschen im Wasserbecken. Die Kanadierin schrie spitz auf, und alle Blicke waren auf das Becken gerichtet. Doch bevor Panik aufkommen konnte, tauchte Stine auch schon laut nach Luft schnappend wieder auf und schäumte vor Wut.

»Du Pfosten!«, brüllte sie noch mit geschlossenen Augen, aber Finn wusste nur zu gut, wer gemeint war.

»Sorry, Stine. Das war nicht der Plan«, entschuldigte er sich und hielt ihr seine Hand zum Aufstehen hin, die sie zornesfunkelnd ignorierte.

Eine zweite Hand streckte ihr sich entgegen, und der Kanadier zog Stine aus dem Wasser. Nachdem sie sicher wieder auf dem Felsen gelandet war, blickte er zu Finn. Dieser war sich fast schon sicher, gleich eine zu fangen, stattdessen zwinkerte ihm der Mann zu.

»Vielleicht solltet ihr mal miteinander reden«, schlug er auf Englisch vor und kletterte mit seiner Frau an der Hand weiter nach oben.

Stine und Finn standen nebeneinander auf dem Felsen, was Stine jedoch nicht dazu zu bewegen schien, über einen Frieden mit Finn nachzudenken. Wäre es weniger nass gewesen, hätte er schwören können, das heute tatsächlich Dampfwolken aus Stines Ohren gekommen wären. Ohne ihn weiter zu beachten, kletterte sie drauflos.

»He, wir sollen nicht alleine klettern. Immer an der Hand des Hintermanns«, rief er ihr zu und folgte ihr.

Doch von oben kam nur ein »Ich schaffe das schon alleine!« zurück.

Finn musste grinsen und holte sie ein.

»Lass mich in Ruhe!«, blaffte sie ihn an und drehte sich demonstrativ um.

Doch der nächste Felsen war zu weit weg. Man konnte ihn nur mit Hilfestellung erreichen, und alle anderen waren schon weiter oben. Sie hatte keine Chance.

»Tja, sieht aus, als ob du meine Hilfe bräuchtest ...«, bemerkte Finn.

Stine ignorierte ihn und beugte sich ein Stück nach vorne. Sie sah sich die Passage ganz genau an, kam aber wohl zu dem richtigen Schluss, dass der Aufstieg alleine nicht zu schaffen war. Indem sie stur in die andere Richtung schaute, streckte sie ihm ihren Arm steif entgegen und wartete darauf, dass er ihn festhielt. Was Finn aber nicht tat. Ungeduldig wackelte Stine mit der Hand und wartete dann wieder ab, doch Finn sah es gar nicht ein, ihr unter den Umständen zu helfen.

»Wenn du mich anschaust und ›Bitte‹ sagst, helfe ich dir gerne«, erklärte er mit ruhiger Stimme.

Stine schnaubte empört auf, drehte sich aber tatsächlich um, funkelte Finn an und zischte: »Bitte!«

»Geht doch.« Finn grinste und nahm ihren Arm.

Anhand ihrer Kieferbewegungen meinte er sehen zu können, dass sie ihn nachäffte, was ihn nur noch breiter grinsen ließ. Irgendwie schafften sie es gemeinsam, die letzten hundert Meter des Wasserfalls zu erklimmen, und als vor ihnen ein Schild auftauchte, das sie beglückwünschte, die Dunn River Falls bezwungen zu haben, kletterte Stine so schnell sie nur konnte aus dem Wasser. Allerdings waren sie in einem ziemlich großen Abstand zu den anderen angekommen, und die Gruppe war längst in Richtung Bus gelaufen. Gezwungenermaßen durchquerten sie gemeinsam ein Dorf aus lauter Souvenirständen, das auf dem Weg zum Parkplatz lag.

Stine preschte voraus, Finn folgte einen Meter hinter ihr. Unterwegs wurden sie von Dutzenden Verkäufern angesprochen, die ihnen Kräuter und Duftstäbchen für die vermeintliche Hochzeitsnacht verkaufen wollten. Wenn sie deren Meinung nach wie ein glückliches Ehepaar im Honeymoon wirkten, dann wollte Finn nicht wissen, wie hier erst zerstrittene Pärchen aussehen mochten.

Als sie den Stand erreichten, streifte Stine sich ihre Wasserschuhe in Windeseile von den Füßen und lief dann im Eiltempo zum Bus. Ganz so schnell kam Finn nicht hinterher, da er die engen Gummiteile nicht loswurde, und als er den Bus erreichte, sah er, dass noch genau ein Platz frei war. Der neben Stine. Anscheinend hatten ihre neuen Freunde ihr keinen Sitz weiter hinten freigehalten, und so musste sie mit Finn neben sich vorliebnehmen.

Auch diesmal drehte sie den Kopf wieder demonstrativ weg, dennoch würde sie mindestens eine ganze Stunde an Finns Seite verbringen müssen. Glücklicherweise verzichtete der Fahrer jetzt auf Live-Gesang und spielte stattdessen eine CD von Jamaikas Nationalhelden Bob Marley ab. Bei »No woman no cry« überlegte Finn kurz, ob er mitsingen sollte, doch er befürchtete, dass Stine ihn dann vierteilen würde.

Nun ja, sie hatte eine Menge Zeit, um ihr Schweigen zu brechen.

Dieser dreiste, dämliche Idiot. Erst war Finn plötzlich bei den Wasserfällen aufgetaucht und hatte sie ins Wasser fallen lassen, und jetzt saß er auch noch neben ihr. Eigentlich hatte sie gedacht, dass der Bus ausschließlich Hotelgästen zur Verfügung stand. In ihr regte sich etwas, und es machte Klick.

Das würde ja bedeuten, dass … Konnte das sein? Wohnte Finn tatsächlich auch noch im selben Hotel wie sie? Stine schnappte nach Luft. Das *konnte* nicht sein. Außerdem, was sollte er als Mann bitte in einem so romantischen Honeymoon-Resort? Oder war er gar nicht alleine da? Hatte er womöglich seine Verlobte dabei? Stine fühlte, wie ihr Puls sich beschleunigte.

Ganz ruhig, beschwor sie sich stumm. Dann wäre seine Verlobte sicher mit zu den Wasserfällen gekommen.

»Vielleicht mag sie ja kein Wasser«, ätzte eine Stimme in ihr.

Doch Stine nahm sich vor, keine voreiligen Schlüsse zu ziehen. Sie erinnerte sich an das, was Brian zu ihr gesagt hatte. Vielleicht gab es gar keine Verlobte? Unglücklicherweise gab es nur einen Weg, das herauszufinden.

Stine räusperte sich. Sofort drehte Finn den Kopf zu ihr und sah sie fragend an.

»Wo ist eigentlich deine Verlobte?«, preschte sie wenig elegant, aber effektiv vor.

»Ich dachte schon, du würdest nie fragen«, sagte Finn.

Das war nicht unbedingt die Antwort, die Stine erwartet hatte. Daher blieb sie erst einmal stumm und wartete ab.

»Es gibt keine Verlobte, Stine. Zumindest nicht mehr. Es gab mal eine, und die hattest du am Telefon. Nur haben wir uns vor meiner Abreise getrennt. Also, ich habe mich getrennt …«

Jetzt kam er deutlich ins Rumdrucksen. Stine zog eine Augenbraue hoch.

»Also, wenn du es genau wissen willst, habe ich sie sitzen gelassen. Quasi vorm Altar. Das war nicht gerade die feine englische Art, aber es war richtig«, rückte Finn mit der Sprache raus.

»Du hast was?«, fragte Stine und drehte sich zu ihm. Sie konnte nicht glauben, was sie da hörte.

»Ich wusste schon länger, dass es ein Fehler war zu heiraten. Also, sie zu heiraten. Na ja, und kurz bevor es zu spät war, habe ich eben die Notbremse gezogen.«

»Klingt, als ob du ein ziemlich großes Arschloch gewesen wärst«, sagte Stine trocken und mit leiser Verwunderung in der Stimme. Das hätte sie Finn niemals zugetraut.

»Danke schön«, antwortete er einsilbig.

»Du lässt deine Verlobte vorm Altar sitzen und düst danach erst mal schön in die Karibik? Wow, das ist mal 'ne richtig miese Nummer.«

Anstatt sich zu freuen, dass Finn ganz offensichtlich nicht oder nicht mehr vergeben war, war Stine zutiefst schockiert. Ein derartig gemeines Verhalten hätte sie ihm nicht zugetraut. Na ja, nach San Juan vielleicht doch. Trotzdem schockierte sie die Geschichte.

»Von außen betrachtet klingt das ziemlich scheiße, ich weiß. Aber du kannst mir glauben, dass es schon etwas komplizierter war«, setzte Finn in einer Musikpause an. Er war heilfroh, dass niemand im Bus ihre heikle Unterhaltung verstehen konnte. »Lisa, so heißt sie, wollte unbedingt so schnell wie möglich heiraten. Ich nicht, aber ich wollte ihr auch nicht wehtun, und plötzlich ging alles ganz schnell. Je mehr sie merkte, dass ich zweifelte, desto schneller ging es. Glaube ich zumindest. Kurz vor der Hochzeit ist mein Großvater gestorben, und das war's dann irgendwie. Auf einmal war mir klar, dass ich einen riesigen Fehler mache, und kurz darauf saß ich im Flieger. Das ist zumindest die Kurzform. Die lange Variante ist etwas komplizierter ...«

Stine sagte kein Wort.

Er holte tief Luft. »Kennst du das Gefühl, wenn du dir in deinem eigenen Leben plötzlich wie ein Fremder vorkommst?«

Finn blinzelte und blickte unsicher zu Stine hinüber. Sie musterte ihn lange, dann nickte sie stumm. Er atmete aus und fuhr fort.

»Dann weißt du vielleicht auch, wie das ist, wenn du auf einmal das Gefühl hast, jahrelang in eine Richtung gerannt zu sein und mit einem Mal festzustellen, dass es die falsche war? Aber stehen bleiben und umdrehen ist gar nicht so leicht. Vor allem, wenn du von lauter Menschen umgeben bist, die dieses Gefühl nicht kennen und der

Meinung sind, du wärst über Nacht verrückt geworden oder in einer verfrühten Midlife-Crisis. Der Einzige, der mich verstanden hat, war mein Großvater. Er war von Anfang an der Meinung, ich würde meine Träume nicht genug leben. Würde mich zu sehr dem anpassen, was andere wollen, was Lisa will. Leider habe ich erst gemerkt, dass er damit all die Jahre recht hatte, nachdem er gegangen war. Ich konnte ihm nie sagen, dass ich verstanden habe, was er meinte, und so ganz verstehe ich es wohl auch erst seit dieser Reise.«

Und seit ich dich getroffen habe, fügte er im Stillen hinzu, sprach diesen großen Satz aber nicht laut aus. Er wollte Stine nicht erschrecken. Vor einer halben Stunde war sie noch vor ihm geflüchtet, deswegen schien es ihm weise, vorerst keine emotionalen Quantensprünge zu wagen. Aber ehrlich wollte er zu ihr sein.

»Wenn du so willst, bin ich eigentlich auf der Flucht. Vor meinem alten Leben und irgendwie auch vor der Angst, nicht zu wissen, was als Nächstes kommen soll. Aber ich hoffe, es auf dieser Reise herausfinden zu können. Wäre ich einer von diesen spirituellen Yogatypen, würde ich jetzt wahrscheinlich sagen: Ich bin auf der Suche nach mir selbst. Wahrscheinlich stimmt das sogar. Ich muss erst herausfinden, wer ich bin, wenn ich mich mal nicht nach anderen richte oder andere glücklich machen will, sondern nur auf mich selbst höre und meinen Träumen folge. Das habe ich nämlich schon verdammt lange nicht mehr getan.« Er faltete die Hände und sah Stine an. »So – und jetzt kannst du mich verurteilen.«

Stine blickte Finn lange und tief in die Augen. Er war also auch auf der Flucht vor seinem Leben. Letztlich hatte er seinen großen Auftritt genauso vermasselt wie sie, wenn auch auf ganz andere Art und Weise. Genau wie sie hatte er das Gefühl gehabt, sein Leben nicht mehr selbst in der Hand zu haben, sondern fremdbestimmt zu sein. Stine fand sich in seinen Worten wieder. Auch sie musste erst in sich hineinhorchen und zu ihren eigenen Träumen zurückfinden … oder sie vielleicht sogar erst entdecken.

Das alleine war schwer genug. Nun hatte sie einen Mann kennengelernt, der in dem gleichen Dilemma steckte wie sie und erst vor kurzem seine Verlobte verlassen hatte. Noch dazu auf eine sehr ungute Art und Weise. Aber durfte sie ihn dafür verurteilen? Wahrscheinlich nicht. Vermutlich war es ihm vor dem Altar genauso gegangen wie ihr auf der Showbühne. Plötzlich war alles zu viel, und die Falschheit des eigenen Lebens entwickelte sich binnen Sekunden von einer Ahnung zu einer Tatsache. Bei Stine war das in einem denkbar ungünstigen Moment passiert und bei Finn auch. Damit waren sie wohl so etwas wie Schicksalsleidensgenossen.

Unkompliziert war das alles trotzdem nicht. Finn kam gerade aus einer langen Beziehung, einer Fast-Ehe sogar. Er war wie sie auf der Suche nach sich selbst und einem neuen Leben. Ob es darin Platz für eine weitere Person, für sie, gab, das stand in den Sternen. Sollte sie sich das wirklich antun? Sich in einen Mann verlieben, der genauso kompliziert war wie sie selbst? War sie dazu überhaupt bereit? Allerdings, wenn sie ihn so betrachtete mit seinen grünen Augen, die sie durchdringend, fragend und wissend zugleich anschauten, und seinen tropfnassen Haaren, die ihn viel jünger aussehen ließen, als er war, dann wusste sie, dass es sowieso zu spät war. Verliebt hatte sie sich längst. Stine beschloss, etwas zu tun, das sie schon sehr lange nicht mehr getan hatte. Sie hörte auf ihren Bauch.

Langsam hob sie eine Hand und legte sie sanft auf Finns gefaltete Hände.

»Immerhin wurde dein Abgang nicht in der *Bildzeitung* zerrissen«, flüsterte sie, weil gerade wieder einmal eine Musikpause war, und lächelte ihn vorsichtig an.

Finn stutzte kurz, dann musste er grinsen.

»Nein, da hast du mir definitiv etwas voraus«, flüsterte er zurück und nahm ihre Hand fest in seine.

Die restliche Fahrt über ließ er ihre Hand nicht mehr los, und sie sahen sich ohne ein weiteres Wort zu sprechen in die Augen. Aus den Boxen schallte »Buffalo Soldier«, aber so richtig nahm Stine den Song nicht wahr. Ihre Gedanken waren viel lauter. Sie hatte keine Ahnung, ob sie gerade das Richtige tat oder geradewegs in einen riesengroßen Schlamassel steuerte. Sie wusste nur eines: Mit den paar Worten im Bus war es auf keinen Fall getan. Sie würden noch sehr viel reden müssen.

Das taten sie dann auch. Den ganzen Abend und die halbe Nacht hindurch auf Finns Hotelbalkon. Stine erfuhr eine Menge von Finn. Er gab sogar zu, sie schon zweimal vor ihrem ersten Treffen in St. Barth beobachtet zu haben, was Stine ihm anfangs gar nicht glauben konnte. Doch diese unglaublichen und fast schon drehbuchartigen Begebenheiten machten ihre Geschichte nur noch wundervoller.

Auch Stine erzählte Finn vieles von sich, von ihrem Beruf, ihrer Familie, ihrer Beziehung mit Manuel, den Erlebnissen in der Redaktion und von ihrem Traum, einmal im Leben in die Karibik zu reisen. Das erste Mal seit langem sprach sie ganz offen über das, was sie bewegte, und auch über das, was sie bereute. Dass ihr Job ihr Leben und alles andere bestimmt hatte, dass die schönen Dinge im Leben nur noch lästige Nebensache waren, vertraute sie ihm auch an. Je mehr sie redete, desto schockierter war sie über sich selbst und desto mehr fragte sie sich, wie es eigentlich dazu hatte kommen können.

Klar, sie wollte das Gegenmodell zu ihrer Mutter leben. Die große Welt statt Doppelhaushälfte, Karriere statt Küchenfee. Natürlich hätte der Faktor »Glücklichsein« in diesem Gegenmodell auch vorkommen sollen. Wenn Stine aber über die letzten Jahre nachdachte, so war sie sicher nicht glücklicher gewesen als ihre Mutter. Vielmehr war jede von ihnen in ihrem eigenen Hamsterrad gefangen und unglücklich. Darüber reden konnten sie jedoch nie miteinander. Erst hier mit Finn und jeder Menge Abstand schaffte Stine es, diese Gedanken zuzulassen und in Worte zu fassen. Und obwohl sie eigentlich über traurige Dinge redete, machte es sie glücklich. Es gab ihr das Gefühl, dass all die negativen Dinge ein Teil ihrer Vergangenheit waren und sie nun die Chance habe, die Zukunft neu zu schreiben und mit positiven Dingen zu füllen. Diese Reise war ein erster Schritt dazu, und Stine musste nichts weiter tun, als herauszubekommen, was die nächsten Schritte sein sollten. Sie hatte das Gefühl, dass Finn das verstand, ja sogar nachfühlen konnte und etwas Ähnliches gerade selbst erlebte.

Doch so schön es war, sich mit ihm zu unterhalten und ihm wieder nahe sein zu können, ein Rest Misstrauen blieb bestehen. Denn von den Briefen und dem eigentlichen Grund für ihre Reise erzählte Stine Finn nach wie vor nichts. Zwar fühlte sie sich ihm in bisher unbekannter Weise verbunden, so als ob das Schicksal sie zusammengeführt hätte. Aber irgendetwas in ihr hielt sie davon ab. Womöglich war sie noch nicht bereit, ihr Geheimnis zu teilen.

Die Briefe waren momentan ihr einziger Wegweiser in ihr neues Leben, das Einzige, an dem sie sich festhalten konnte. Wenn sie den letzten Brief gelesen und das letzte Ziel bereist hatte, war es mit dieser Sicherheit erst einmal vorbei. Dann musste sie selbst entscheiden, wohin es sie als Nächstes führen sollte. Denn so toll es war, dass sie nun ihr Leben neu und positiv gestalten konnte, die größte Herausforderung bestand darin, den für sie richtigen Weg zu finden. Wohin dieser führen sollte, in welche Stadt, zu welchem Beruf, mit welchem Ziel, davon hatte Stine noch keine Ahnung.

Genau das müsste sie Finn gegenüber zugeben, sobald sie ihm von den Briefen erzählte. Vielleicht würde er sie dann für verrückt erklären und sie auslachen. Nein, wie immer er auch reagieren würde, Stine hatte das Gefühl, solange sie auf ihrer Mission war, der Geschichte ihrer Großmutter und damit auch ihrer eigenen näher zu kommen, sollte niemand von Hans' Briefen wissen. Darüber zu reden würde seine Zeilen ein Stück weit entweihen, und Stine hatte Angst, dass ihre Suche in einem Gespräch mit einem unbeteiligten Dritten banal klingen könnte. Für sie war es nämlich alles andere als banal.

Finn wachte auf, weil es hell im Hotelzimmer wurde. Die Sonne schien durch die offene Balkontür herein, und endlich hatte der Regen aufgehört. Vor ihm lag Stine auf der Seite und hatte sich mit dem Rücken an ihn geschmiegt. Sie schlief noch tief und fest, wie ihre regelmäßigen Atemzüge verrieten. Ab und zu zuckte ihre Nase und kräuselte sich leicht. Finn hätte diese Nase zu gerne geküsst, aber er wollte Stine nicht aufwecken, außerdem waren sie an der Schwelle zum Küssen noch nicht wieder angelangt.

Sie hatten die halbe Nacht hindurch geredet, und Stine hatte viel und oft kritisch nachgefragt. Finn konnte sich gut vorstellen, wie sie als Reporterin war. Jedenfalls ließ sie nicht locker, bis sie eine Antwort erhielt, die sie nachvollziehen konnte. Doch auch Stine hatte viel von sich erzählt, und Finn hatte das Gefühl, ihr in dieser Nacht ein großes Stück nähergekommen zu sein. Auch wenn sie sich nicht geliebt und nicht einmal geküsst hatten.

Es war so, als würden sie die Kennenlernphase, die sie zuvor übersprungen hatten, nun nachholen. Nach allem, was Finn über Stine erfahren hatte, schien das weitaus besser zu ihrem Charakter zu passen als die stürmische Liaison, die sie in San Juan hingelegt hatten. Er hatte das Gefühl, dass Männer in Stines Leben bisher nicht unbedingt die wichtigste Rolle gespielt hatten. So deutlich hatte sie das zwar nicht gesagt, aber es war aus ihren Worten herauszuhören gewesen. Für Stine hatte ihr Job absolute Priorität gehabt. Zumindest in der Vergangenheit. Anscheinend war sie gerade dabei, ihr Leben neu zu ordnen, und hoffte dabei ein bisschen auf das Schicksal – genau wie er selbst.

Ob es Schicksal war, dass sie sich kennengelernt hatten? So häufig, wie sich mittlerweile begegnet waren, sah es fast danach aus. Natürlich gab es oft verrückte Zufälle im Leben, aber bei ihnen waren es nun wirklich verdammt viele auf einmal. Es sprach also alles für das Schicksal. Nur war Finn sich nicht sicher, ob er überhaupt an das Schicksal glaubte. Frauen waren da irgendwie empfänglicher. Da kam in ihm ein Gedanke hoch. Er hatte doch neulich erst etwas über Schicksal gelesen. Das musste in einem von Irmgards Briefen gewesen sein.

Vorsichtig hob er den Kopf und sah Stine prüfend an. Sie schlief nach wie vor tief und fest. Auf Zehenspitzen schlich er sich aus dem Bett und hinüber zum Kleiderschrank, wo er die Briefe aufbewahrte. Leise suchte er den einen heraus und ging damit auf den Balkon. Bevor er sich auf den Stuhl setzte, um zu lesen, warf er noch schnell einen Blick ins Zimmer. Stine hatte sich zwar leicht bewegt, war aber nicht aufgewacht. Beruhigt wandte Finn sich dem Brief zu. Von Lisa hatte er Stine zwar erzählt, ihr aber auch von der anderen Frau in seinem Leben, von Irmgard, zu erzählen – dazu war er noch nicht bereit. Die Briefe waren das letzte Geheimnis, das er mit seinem Großvater teilte, und auch wenn Finn sicher war, dass Stine im Gegensatz zu Lisa durchaus nach dem Geschmack des alten Herrn gewesen wäre, meinte er zu spüren, dass es zu früh war, sie einzuweihen.

Sicher hatte seine Comicfrau den Abenteuergeist, den sein Opa so schätzte, und auch sie war auf der Suche nach einem neuen Weg im Leben, aber sie hatten sich gerade erst wiedergefunden. Es fing gerade erst an, unkomplizierter zu werden. Ihr altes Leben hatte sie durch Stines

Berufstrauma und den Anruf von Lisa in ihrer kurzen gemeinsamen Zeit bereits eingeholt. Die neu gewonnene Unbeschwertheit, die seit gestern zwischen ihnen herrschte, war zerbrechlich, und Finn wollte sie auf jeden Fall bewahren. Da die Briefe der Geliebten eines toten Großvaters aber nicht gerade in die Kategorie »unkompliziert« fielen, behielt er dieses Thema erst einmal für sich. Die Geschichte seines Großvaters würde er trotzdem weiter erforschen, und hier auf Jamaika hatte er das Gefühl, der Liebesgeschichte von Hans und Irmi ganz nahe zu sein. Und seiner eigenen mit Stine sogar noch näher.

Bei dem Gedanken seufzte er leise und widmete sich Irmgards Zeilen.

Ochos Rios, Januar 1951

Geliebter Hans,
die Zeit vergeht wie im Flug. Ein neues Jahr ist angebrochen, meine versteckten Koffer sind gepackt, und ich durfte immer noch nicht in deine Arme fallen. Auch wenn ich mich seit Monaten in Geduld übe, meine Stärke ist das nicht, wie du weißt. Doch soll ich dir etwas sagen? Ich verzweifele nicht, denn je länger ich hier auf dieser Insel bin, desto mehr spüre ich, dass alles im Leben Schicksal ist. Und mein Schicksal bist du. Das weiß ich, und daran gibt es keinen Zweifel.

Niemals werde ich für einen anderen Menschen das fühlen, was ich für dich fühle. Du bist der Grund, warum ich jeden Morgen aufstehe, und du bist der Grund, warum ich abends mit einem Lächeln auf den Lippen einschlafe. Denn ich weiß, wenn ich gleich träumen werde, bin ich wieder bei dir.

Die Umstände, in denen wir momentan leben, ermöglichen es uns nicht zusammen zu sein, aber auch wenn du nicht an meiner Seite bist, so bist du doch bei mir, und ich bin bei dir. Wenn du mir von den Orten schreibst, von denen ich dir erzählt habe und die du nun nach und nach auch besuchst, so zeigt mir das, wie stark wir gemeinsam sind. Wir sehen das Gleiche, wir fühlen das Gleiche, und wir werden auch eines Tages wieder das Gleiche gemeinsam erleben, ob nun in dieser Welt oder in einer anderen.

Gestern habe ich mit einer befreundeten Kaufmannsgattin einen Bootsausflug gemacht. Wir sind in eine Lagune gefahren, die so blau war, dass du es dir nicht vorstellen kannst. Noch nie in meinem Leben habe ich so türkisblaues Wasser gesehen, Hans. Es war, als ob Gott hier das Paradies erschaffen hätte. Das Meer war ganz sanft, und sogar vom Boot aus konnten wir Korallen sehen, die so bunt waren, als hätte jemand sie angemalt. Eine Insel gab es auch in dieser Blauen Lagune. Nicht so einzigartig wie die unsrige, aber wunderschön. Ach, Hans, all diese Orte sind so unfassbar traumhaft und paradiesisch. Trotzdem kann ich sie nicht als Paradies empfinden, denn der Mann, den ich über alles liebe und so sehr herbeisehne, ist immer noch so weit entfernt. Wann werden wir endlich zusammen sein? Ich vermisse dich so sehr …

Bitte komm bald zu uns. Und trinke nicht zu viel Rum. Ich kann mir vorstellen, dass dein Alltag hart ist und sich die Zeit für dich genauso zieht wie für mich. Aber die Hafenstädte in der Karibik können gefährlich sein. Ich höre fast täglich Gruselgeschichten von Ausplünderungen, Schlägereien, Mord und Totschlag. Deswegen musst du bei klarem Verstand sein, um gut auf dich aufzupassen. Marie und ich, wir brauchen dich. Ich habe ihr übrigens ein Bild von dir gezeigt, und ich glaube, sie mag dich. Es wird Zeit, dass ihr euch kennenlernt. Wir hoffen jeden Tag darauf…

Blaue und sehnsuchtsvolle Grüße aus dem fehlerhaften Paradies sendet dir
deine Schicksalspartnerin Irmgard

»Guten Morgen.«

Finn erschrak, als plötzlich Stine, noch schlaftrunken und gähnend, in der Balkontür erschien.

»Guten Morgen«, antwortete er und ließ den Brief schnell in der Tasche seiner Shorts verschwinden.

»Endlich kein Regen mehr«, stellte Stine fest.

»Gott sei Dank«, erwiderte Finn und stand auf.

Als sie voreinander standen, wussten sie nicht, wie sie miteinander umgehen sollten. Finn überlegte, ob er ihr einen Kuss auf die Stirn geben sollte, doch dann nahmen sie sich unbeholfen in den Arm und drückten sich kurz. So richtig war die Vertrautheit aus San Juan noch nicht wieder da. Zumindest wenn sie wach waren.

»Hast du Lust auf einen Ausflug?«, fragte er sie und merkte, dass sich sofort ein leichtes Déjà-vu-Gefühl bei ihm einstellte.

»Ja, wieso nicht?«, meinte Stine, zögerte aber leicht. »An was hattest du denn gedacht?«, hakte sie nach.

»Warst du schon einmal in der Blauen Lagune?«

Kaum hatte er die Worte ausgesprochen, sah Stine ihn wieder einmal mit ihrem Sprachlos-Gesicht an. Er zog die Augenbrauen hoch und sah sie abwartend an.

»Nein? Ja? Doofer Vorschlag?«, versuchte er, auch eine verbale Reaktion aus ihr herauszukitzeln.

»Nein! Also ja. Also nein, ich war noch nicht da. Aber ich wollte auf jeden Fall hin. Die Tage … Also, ja, von mir aus können wir heute sehr gerne zur Blauen Lagune fahren«, stotterte sie unbeholfen.

»Super, dann machen wir das doch«, meinte Finn aufmunternd und beschloss, Stines merkwürdiges Verhalten einfach hinzunehmen und es nicht weiter zu hinterfragen.

»An der Rezeption gibt es Mietwagen. Soll ich mich mal drum kümmern und du holst so lange deine Sachen? Wollen wir uns in einer Stunde unten treffen? Dann kann jeder auch noch in Ruhe duschen«, schlug er vor.

»Klingt gut«, antwortete Stine und huschte so schnell aus dem Zimmer, dass Finn ihr nicht einmal mehr tschüss sagen konnte.

Manchmal war Stine schon sehr merkwürdig, aber vielleicht dachte sie ja genau das Gleiche von ihm. Sie mussten sich wohl erst noch besser kennenlernen.

❀

Stine hatte fast der Schlag getroffen, als Finn sie nach der Blauen Lagune gefragt hatte. Erst am Strand hatte sie einen von Hans' Briefen entdeckt, in dem er genau von diesem Ort schrieb. Stine hatte sich fest vorgenommen, die Lagune sobald wie möglich zu besuchen. Deswegen war es ihr fast unheimlich, dass Finn erneut einen Ausflug zu einem der Orte vorgeschlagen hatte, die sie mit ihrer Großmutter verbanden.

Schon bei dem Wasserfall in Puerto Rico hatte es ihr fast

die Sprache verschlagen. Andererseits wusste sie nicht einmal sicher, ob es in dem Brief um denselben Wasserfall gegangen war. Sie glaubte es nur zu wissen. Dass die Blaue Lagune als Drehort des gleichnamigen Films eine Touristenattraktion war, machte sie nun auch nicht gerade zu einem geheimen Ort. Ihre Großmutter hatte die Lagune zwar schon vor Hollywood entdeckt, aber das konnte Finn nicht wissen. Insofern war es, je länger Stine darüber nachdachte, gar nicht so ungewöhnlich, dass Finn dieses Ausflugsziel vorgeschlagen hatte. Romantisch sollte es dort außerdem sein. Ob er die Lagune deswegen ausgesucht hatte?

Stine grinste. So schnell würde sie ihn jedenfalls nicht wieder an sich heranlassen. Erst musste er ihr beweisen, dass sich ein Fiasko à la San Juan nicht wiederholen würde. In Windeseile sprang Stine unter die Dusche und machte sich fertig.

Diese ganzen Zufälle wollten ihr nicht aus dem Kopf gehen. Da sie noch etwas Zeit hatte, bis sie und Finn sich unten trafen, kramte sie noch einmal den letzten Brief von Hans heraus und las ihn erneut.

Port-au-Prince, März 1951

Geliebte Schicksalspartnerin,
dein Brief hat mir wieder Mut und Kraft gegeben, und ich weiß, dass wir beide durchhalten werden, bis wir uns wieder in die Augen sehen können. Wie sehr ich deine blauen Augen vermisse! Sicher ist diese Lagune nicht so blau wie deine Augen, meine Liebste. Trotzdem klingt auch dieser Ort nach einem wahren Paradies. Ich freue mich so sehr, dass du alle diese traumhaften Plätze sehen darfst,

und vor allem freue ich mich, dass du mich daran teilhaben lässt.

Bald werden wir wieder gemeinsam die Welt erkunden. Leider habe ich immer noch kein Schiff gefunden, das nach Jamaika fährt und mich mitnehmen kann, daher nähere ich mich dir weiterhin Stück für Stück an. Ich bin jetzt in Port-au-Prince und denke, dass ich von hier aus bessere Chancen habe, nach Ochos Rios zu gelangen. Übrigens bin ich hier auch aktiv geworden, denn, keine Angst, ich trinke nicht den ganzen Tag Rum, und ich passe auch gut auf mich auf.

Ich habe mich ein bisschen umgehört und erfahren, dass die Kaimaninseln ein gutes Ziel für ausgewanderte Europäer sein sollen. Was hältst du davon, wenn wir sie von Jamaika aus ansteuern? Dort können wir erst einmal anonym leben, und niemand wird uns finden. Es gibt dort nicht nur viele kleine Inseln, sie sollen auch wunderschön sein. Vielleicht gibt es ja sogar eine mit einem Turm und Palmen? Irmgard, vielleicht wartet dort unser Paradies auf uns.

Ich bin gespannt auf deine Antwort und sende dir Küsse und Umarmungen.

Bis bald.

In Liebe

Hans

Stine seufzte und faltete das Papier vorsichtig wieder zusammen. So viele Zukunftspläne hatten Hans und ihre Großmutter gehabt. Ob Hans die Blaue Lagune je gesehen hatte? Stine hoffte es sehr, und als sie ihre Zimmertür schloss und nach unten ging, nahm sie sich vor, den Besuch in der Lagune nicht nur ihrer Großmutter, sondern auch Hans, diesem ganz besonderen Mann, zu widmen.

Vor dem Hotel wartete Finn bereits auf sie. Er hatte einen Ford gemietet und versuchte gerade, das Navigationsgerät zu programmieren. Stine fragte sich, ob man tatsächlich »Blaue Lagune« eingeben konnte, aber scheinbar war es nicht ganz so simpel, denn Finn fluchte beim Einstellen ziemlich. Kurz nachdem sie eingestiegen war, gab er auf.

»Kannst du Karten lesen?«, fragte er sie und zog aus der Fahrertür eine alte, verknitterte Straßenkarte.

»Geht so …«, antwortete sie wahrheitsgemäß und zuckte mit den Schultern.

Er sah sie einen Moment lang zweifelnd an. Zu Recht, wie Stine wusste, denn mit Straßenkarten stand sie seit je auf Kriegsfuß.

»Ach, wir werden sie schon finden«, meinte er schließlich und fuhr los.

Sie fanden die recht versteckt liegende Blaue Lagune tatsächlich, allerdings erst nachdem sie etliche Umwege gefahren und gefühlte hundert Passanten nach dem Weg gefragt hatten. Umso stolzer waren sie, als sie endlich geparkt hatten und an ein paar kleinen Souvenirständen vorbei in Richtung Lagune marschierten.

Sie erreichten einen kleinen Steg, und schon hier war das Wasser unglaublich blau. Um in die Lagune zu gelangen, mussten sie noch ein Stück mit dem Boot fahren, wie ihnen ein Verkäufer erklärte. Nach längeren Verhandlungen mit einem der Bootsbesitzer, wobei sich Stine wesentlich leichter tat als Finn, wie sie überrascht feststellte, bestiegen sie ein weißes Motorboot, das sie an einem zerfallenen Holzhaus vorbei zur Lagune brachte.

Das Wasser unter ihnen war tatsächlich so klar, wie Stine es noch nie zuvor in ihrem Leben gesehen hatte. Sie konnte jede einzelne Koralle unter ihnen erkennen, und als der Bootsführer den Motor ausschaltete und sie gemächlich in der Lagune trieben, waren rund um das Boot unzählige bunte Fische zu erkennen.

»Wer zuerst im Wasser ist«, sagte Finn und schlüpfte aus seinem T-Shirt.

Ehe sie sich's versah, war er mit einem Kopfsprung in die Lagune getaucht.

»Das war unfair!«, rief Stine über Bord, zog sich aber auch ihr Kleid aus und sprang hinterher.

Das Wasser war herrlich. Mit ein paar kräftigen Zügen schloss sie zu ihm auf.

»Fast wie im Film oder?«, scherzte sie.

»Keine Ahnung! Ich habe den Streifen nicht gesehen.« Finn tauchte unter.

»Woher kennst du die Lagune überhaupt?«, fragte Stine, als er wieder aufgetaucht war.

Erneut verschwand Finn mit dem Kopf unter Wasser. Erst nach einer knappen Minute kam er wieder nach oben und schnappte nach Luft.

»Ich habe davon gelesen«, antwortete er knapp.

Stine hakte nach. »In einem Reiseführer?«

»Nein, ich glaube, das war auf irgendeiner Seite über Jamaika im Internet«, sagte er leicht genervt.

»Da hast du aber gut recherchiert«, bemerkte Stine und wunderte sich, dass er auf einmal so unwirsch war.

Hatte sie etwas Falsches gesagt?

Nachdem sie beide wieder an Bord geklettert waren, war die Stimmung unangenehm gereizt. Stine konnte sich nicht erklären, was plötzlich in Finn gefahren war, aber er starrte auf der gesamten Rückfahrt aus dem Boot und sagte kein Wort.

»Schau mal, hast du die Insel dort hinten gesehen?«, fragte sie, um die Stimmung ein wenig aufzulockern.

Doch Finn warf bloß einen kurzen Blick zu der Insel und nickte. Während der restlichen Fahrt redete nur noch der Bootsführer. Er erzählte ihnen, dass auf der Insel der Film *Knight and Day* mit Tom Cruise und Cameron Diaz gedreht worden sei und dass Mariah Carey, 50 Cent und viele andere Stars hier Villen besäßen. Stine hatte allerdings das Gefühl, dass Finn gar nicht richtig zuhörte.

Als sie später im Auto saßen, fragte sie Finn noch auf dem Parkplatz, was mit ihm los sei, doch er meinte nur, dass alles okay wäre.

»Fandest du es langweilig in der Lagune?«, bohrte sie weiter und hätte am liebsten ein »mit mir« hinzugefügt. Vielleicht nervte sie ihn ja? So ganz ohne Küsse und mehr war es wohl weniger spannend für ihn, Zeit mit ihr zu verbringen. Anscheinend erriet Finn ihre Gedanken, denn er lächelte sie aufmunternd an.

»Nein, es war absolut nicht langweilig. Es war sogar sehr schön mit dir in der Lagune«, fügte er hinzu. »Mir geht nur gerade sehr viel im Kopf herum.« Finn seufzte schwer. »Ich muss viel an meinen Großvater denken.«

Stine blickte ihn an. »Das verstehe ich gut. Er ist ja noch nicht so lange tot. Zu meinem Großvater hatte meine Familie keinen Kontakt, und meine Großmutter habe ich nie kennengelernt. Trotzdem denke ich sehr viel an sie, sie muss eine faszinierende Frau gewesen sein«, sagte sie nachdenklich.

Über ihren Großvater Edmund, der ein echter Unsympath gewesen sein musste, hatte sie nie groß nachgedacht. Sie hatte einen Opa väterlicherseits gehabt, den sie als Kind relativ häufig gesehen und auch gemocht hatte. Daher hatte sie einen zweiten Opa nie vermisst. Aber zu ihrer geheimnisvollen Großmutter, deren Kleider Stine als Kind auf dem Dachboden getragen hatte, fühlte sie sich schon immer hingezogen. Schon als Kind war sie umso trauriger gewesen, dass sie sie niemals kennenlernen konnte.

»Das tut mir leid für dich. Da hatte ich es wirklich besser. Ich hatte ein super Verhältnis zu meinem Opa. Er kannte mich besser als irgendein Mensch sonst. Es ist komisch, dass er nicht mehr da ist. Trotzdem bin ich ihm sehr nahe«, sagte Finn, und seine Stimme klang seltsam tief.

»Wie meinst du das? Dass du ihm sehr nahe bist?«, fragte Stine.

Die Bemerkung interessierte sie ganz besonders. Schließlich erging es ihr mit ihrer Großmutter ganz genauso. Zwar hatte sie mit ihr nie, wie Finn mit seinem Großvater, Zeit verbringen können, aber sie hatte das Gefühl, dass sie und ihre Großmutter aus demselben Holz geschnitzt waren. Das, was Stine bisher über sie wusste, vor allem das Rebellische, erinnerte sie sehr an sich selbst. Ihre Großmutter hatte einen Mann geliebt, den sie nach Meinung ihrer Familie nicht lieben durfte, und Stine hatte schon immer einen anderen Weg eingeschlagen, als es der Rest ihrer Familie gutgeheißen hatte. Die Einzige, die Stines Verlangen nach einem anderen, einem weniger angepassten Leben hätte nachvollziehen können, wäre sicherlich ihre Großmutter gewesen. Doch wenn die einzige Verbündete nicht mehr lebte, war das nicht einfach. Sicher ging es Finn genauso. Da er das Gefühl kannte, einen Großvater zu haben und von ihm geliebt zu werden, war das Alleinsein für ihn sicher noch viel schwerer als für Stine. Erneut fühlte sie sich auf eine ganz besondere Weise mit ihm verbunden.

»Ach, wie man das halt so sagt«, winkte er ab und legte seine Hände aufs Lenkrad.

»Ach so.« Sie wollte nicht weiter nachbohren, da sie seinen Schmerz spürte. Aber sie konnte sich des Gefühls nicht erwehren, das hinter seiner Bemerkung mehr steckte, als er zugeben wollte.

Als Finn den Motor startete und den Wagen auf die Straße lenkte, legte sie ihre Hand auf seinen Oberschenkel und zog sie bis zu ihrer Ankunft im Hotel nicht mehr weg.

Finn war wieder im Strandrestaurant und hatte sich soeben eins von den köstlichen Steaks bestellt. Auch heute war der Strand erleuchtet von brennenden Fackeln, dennoch war dieser Besuch in dem Grillrestaurant ein ganz anderer als letztes Mal, denn heute saß ihm Stine gegenüber. Auch sie hatte sich ein Steak bestellt und ihm leicht peinlich berührt erzählt, dass sie vor einigen Tagen schon einmal hier gegessen und fast keinen Bissen herunterbekommen hatte, weil sie dachte, er würde an einem der Nebentische sitzen.

Finn überlegte kurz. »Das muss der Abend gewesen sein, als ich mit tierischem Sonnenbrand im Bett gelegen bin«, stellte er fest.

»Wie gut, dass du jetzt jemanden zum Eincremen hast«, lachte Stine und warf ihre Haare nach hinten.

Finn betrachtete sie aufmerksam. Stine sah sehr glücklich aus. Seit ihrem Besuch in der Blauen Lagune war sie regelrecht aufgeblüht. Sie wirkte unbeschwert und irgendwie gelöst. Für ihn selbst war der Besuch heute Mittag alles andere als leicht gewesen. In derselben Bucht zu schwimmen, wir es vor Jahren vermutlich schon sein Großvater getan hatte, war ein tolles Gefühl. Doch sofort hatte Finn das Bedürfnis, seinem Großvater davon zu erzählen. Er wollte ihm alle Details von seiner Reise berichten, auch von Stine und davon, dass er wirklich alle Stationen besucht hatte, die Irmgard beschrieben und sein Großvater später besucht hatte. Zu gerne hätte er von dem alten Herrn gehört, wie er diesen Ort empfunden und was er dort erlebt hatte. Doch nachlesen konnte er nur die Erlebnisse von Irmgard. Sicher, das war mehr, als er zu hoffen gewagt hätte, und dass sein Großvater ihm die Briefe übergeben hatte, war ein riesiger Vertrauensbeweis. Finn wusste, sein Großvater hatte sich gewünscht, dass er diese Reise antritt. Es tat nur so weh, dass er es nun nicht mehr miterleben konnte.

Es tat sogar so sehr weh, das Finn kurz davor war, Stine von den Briefen zu erzählen, damit wenigstens ein Mensch auf der Welt ihn verstehen konnte. Aber er hatte immer noch Angst, mit diesem Thema die Stimmung zwischen ihnen zu zerstören, und seit er wusste, dass Stine ihre eigene Großmutter nie kennenlernen durfte, hatte er noch größere Hemmungen. Er wollte Stine nicht damit belasten, was er wahrscheinlich unweigerlich tun würde.

»Hey, träumst du?«, holte ihn Stine aus seinen Gedanken zurück.

»Ja, ein bisschen«, gab er zu. Plötzlich kam ihm eine Idee. »Hey, dir hat's doch richtig gut gefallen in der Ecke heute, oder?«, fragte er sie.

»Ja schon … Dir nicht so?«, erwiderte Stine unsicher.

»Doch, doch. Was hältst du davon, wenn wir unsere Zelte hier abbrechen und uns ein Hotel etwas weiter nördlich suchen? Näher am Dschungel quasi? Mit dir als Begleitung traue ich mich sogar zu den wilden Tieren«, scherzte er.

Stine blickte ihn wieder mit großen Augen an. Damit hatte sie anscheinend nicht gerechnet. Erst wirkte sie misstrauisch, aber nachdem sie kurz überlegt hatte, hellten sich ihre Züge auf. »Das fände ich sogar großartig. Ich beschütze dich auch gerne vor den wilden Bestien, selbst wenn ich nicht glaube, dass es dort oben besonders viele davon gibt«, verkündete sie mit einem breiten Strahlen.

»Na, dann … checken wir morgen aus«, beschloss Finn und hob sein Weinglas zum Anstoßen.

Auf einmal fühlte sich alles so leicht an mit Stine. Und so richtig. Sie mussten gar nicht mehr viel diskutieren und reden, es war klar, dass sie gemeinsam weiterreisen würden.

»Auf die wilden Bestien! Und auf die nächste Etappe!«, prostete Finn ihr zu und ließ dabei bewusst offen, ob er nur die Reise oder auch sie beide meinte.

Stine merkte das und wurde leicht rot. »Auf die nächste

Etappe«, wiederholte sie und ließ ihr Glas gegen seines stoßen.

Die letzte Nacht im Hotel verbrachten sie gemeinsam in Stines Zimmer. Wieder schliefen sie in einem Bett, aber nicht miteinander. Wenn Finn das seinen Kumpels in München erzählen würde, fänden die meisten es sicher merkwürdig, aber so fühlte es sich nicht an. Stine und er würden schon merken, wenn der Zeitpunkt gekommen war. Derzeit fühlte es sich gut an, wie es war, auch wenn er Stine sehr begehrte und hoffte, dass der Moment nicht mehr allzu lange auf sich warten lassen würde. Zugleich spürte er, dass dieses vorsichtige Herantasten ihnen beiden und ganz besonders Stine guttat. Und er freute sich, gemeinsam mit ihr die Gegend zu erkunden, in der Irmgard sich damals niedergelassen hatte.

Allzu viele Briefe von ihr hatte er nicht mehr. Und das war irgendwie ein komisches Gefühl. So als ob er bald eine lieb gewonnene Freundin gehen lassen müsste. Es fühlte sich an, als würde er Irmgard verlieren. Sie war für ihn die letzte aktive Verbindung zu seinem Großvater, und Finn befürchtete, dass dieser für ihn mit dem Erreichen des letzten Briefes ganz verschwinden würde. Aber so weit war es noch nicht.

Nun würde er erst einmal gemeinsam mit Stine jene Plätze besuchen, die Irmgard damals so fasziniert hatten. Auch wenn Stine nicht ahnte, weshalb Finn seine – und jetzt auch ihre – Reiseroute auswählte, so wusste er, dass er ihr einzigartige Orte zeigen würde, die sicherlich auch sie in ihren Bann zogen.

8.
Tower Island

»Ich hab dir doch gesagt, dass wir ein anderes Auto hätten nehmen sollen«, war Stines überaus hilfreicher Kommentar, als Finn den Wagen so gut es ging an den Straßenrand rollen ließ.

»Haben wir aber nicht«, sagte er und begutachtete den qualmenden Vorderreifen.

Er war total platt, und um das Auto herum stank es nach verbranntem Gummi.

»Ja, weil *du* nicht wolltest.«

Stine stand mit verschränkten Armen neben ihm und funkelte ihn teils wütend, teils triumphierend an. Er hatte sich zwar auch aufgrund dieser Eigenschaft in sie verliebt, aber manchmal wünschte sich Finn, dass nicht jede einzelne Gefühlsregung auf ihrem Gesicht abzulesen wäre. Ja, sie hatte mal wieder recht. Er hatte das Schnäppchen des privaten Mietwagenunternehmers nicht ausschlagen wollen, während sie lieber bei einer größeren Agentur gemietet hätte. Das wäre besser gewesen. Aber zugeben musste er es deswegen noch lange nicht.

»Das war reines Pech. Der Reifen ist platt. Wahrscheinlich hat irgendwas Spitzes auf der Straße gelegen. Das wäre uns mit jedem Auto passiert, egal ob alt oder neu«, argumentierte er.

»Das glaubst du doch selbst nicht«, meinte Stine trocken, und weil er es tatsächlich selbst nicht glaubte, sagte Finn lieber nichts mehr dazu.

Musste er auch nicht, denn in diesem Moment hielt ein Auto neben ihnen, und eine junge freundliche Frau in einer mintgrünen Uniform fragte sie auf Englisch, ob sie ihnen helfen könne. Stine, offenbar über alle Maßen erleichtert, dass sie so schnell auf Hilfe hoffen konnten, plapperte sofort drauflos und gestikulierte dabei wie wild mit beiden Händen. Bei der Jamaikanerin war sie anscheinend auf eine Seelenverwandte getroffen, denn die stieg sofort in das Geschnatter ein und fing auch an, aufgeregt mit den Händen zu reden. Anscheinend hatten die beiden eine Lösung für den Schlammassel gefunden, und Finn konnte sich schon lebhaft vorstellen, wie oft er diese Episode noch aufs Brot geschmiert bekommen würde.

Da lief Stine auch schon grinsend auf ihn zu. »Aaaaalso, Gabrielle arbeitet in einem Hotel, das nur fünf Minuten von hier entfernt ist. Sie kann uns mitnehmen und dann die Mietwagenfirma benachrichtigen, damit die den Wagen abholen«, erklärte sie ihm. »Sie meinte übrigens, dass wir denen keinen Cent bezahlen sollen, weil das Abzocker sind«, fügte sie dann noch mit einem Triumphlächeln hinzu.

»Das klingt doch super. Also zumindest der erste Teil der Geschichte«, sagte Finn und öffnete den Kofferraum, um ihr Gepäck umzuladen.

»Ja, und Zimmer sind in dem Hotel sogar auch frei. Gabrielle meinte, es sei total schön und sie könne uns auch einen guten Preis machen«, fuhr Stine fort.

»Na, anschauen können wir es uns ja zumindest mal.« Finn seufzte und hievte die Koffer in Gabrielles Pick-up.

Als sie vor der offenen Lobby vorfuhren, musste er zugeben, dass das Hotel wirklich schön war. Es erinnerte ihn an alte Hollywoodfilme und war auch im Retrostil eingerichtet, soweit er das erkennen konnte. Doch viel Zeit zum Umsehen blieb ihm nicht, denn Stine und Gabrielle lotsten ihn gleich zur Rezeption. Zu seiner Überraschung bejahte Stine Gabrielles Frage, ob sie ein Doppelzimmer wollten, und da auch dieses Hotel bei weitem nicht ausgebucht war, nannte die Mitarbeiterin ihnen tatsächlich einen akzeptablen Preis.

»Sollen wir es nehmen?«, fragte ihn Stine, und jeder ihrer Gesichtsmuskeln schien laut »Ja! Ja! Ja!« zu brüllen.

»Klar nehmen wir es«, erwiderte Finn grinsend und kam sich in diesem Moment so vor, als wären er und Stine schon eine Ewigkeit zusammen. Es fühlte sich gut an.

»Super!«, rief sie und nickte grinsend Gabrielle zu.

Die Jamaikanerin bat sie daraufhin, noch einen Moment in der Lobby Platz zu nehmen, bis sie die Formalitäten erledigt hatte. Stine drehte sich wieder zu Finn um, der daraufhin galant in Butler-Manier einen Arm ausstreckte um ihr den Vortritt zu lassen. Mehr hüpfend als gehend schob sich Stine an ihm vorbei und betrat den Lobby-Bereich, der mit hellen Sesseln und Sofas im klassischen Fifties-Stil ausgestattet war und sich ansonsten durch eine riesige, teils offene Glasfront auszeichnete. Stine war schon fast dort angekommen, da blieb sie mitten im Raum stocksteif stehen. Irgendetwas musste sie zu Tode erschreckt haben, doch da Finn ein ganzes Stück hinter ihr war, konnte er nicht erkennen, was. Wie gebannt starrte Stine hinaus und ging nun ganz langsam und bedächtig Schritt für Schritt auf die Glasfront zu. Finn folgte ihr und war gespannt, was ihn da draußen Besonderes erwartete.

Zuerst sah er das Meer. Durch die erhöhte Lage des

Hotels hatte man einen fantastischen Blick auf die Bucht. Dann blieb auch Finn wie angewurzelt stehen. Dem Hotel vorgelagert war eine Insel. Sie war nicht besonders groß, aber sie war mit Palmen bewachsen. Links und rechts waren weiße Pavillons aufgestellt, und in der Mitte ragte ein großer Turm in die Höhe. Die Insel sah genauso aus, wie Irmgard sie in ihren Briefen beschrieben hatte, von den Pavillons einmal abgesehen. An Stine vorbei trat Finn auf die Veranda, die sich über die komplette Länge des Hotelgebäudes erstreckte. Ein frischer Wind wehte vom Ozean herauf, und der Blick auf die Insel war einfach atemberaubend. Kein Wunder, dass Stine wie gebannt war davon.

Auf dem Turm wehte eine jamaikanische Flagge im Wind, und Finn konnte sehen, dass ein paar Hotelgäste auf der Insel waren. Konnte es wirklich sein, dass dies genau die Insel war, die Irmgard beschrieben hatte? Er brauchte dringend etwas Zeit für sich, um die Briefe noch mal durchzugehen. Auf einmal bereute er fast ein wenig, dass sie ein Doppelzimmer genommen hatten.

In diesem Moment trat Stine neben ihn.

»Wahnsinn, was?«, sagte Finn und versuchte, sich nichts von seiner Aufregung anmerken zu lassen.

»Ja«, flüsterte Stine nur.

Finn schaute zu ihr hinüber. Täuschte er sich oder hatte sie Gänsehaut an den Armen?

»Ist dir kalt?«, fragte er und konnte sich das bei den sommerlichen Temperaturen kaum vorstellen.

»Ein wenig«, meinte sie.

Daher schlug Finn vor, dass sie nachsehen sollten, ob das Zimmer schon fertig wäre, was Stine mit einem Nicken quittierte. Ihre Euphorie schien verflogen zu sein, stattdessen zeigte sich so etwas wie Andacht auf ihrer Miene. Dass Stine zu Stimmungsschwankungen neigte, hatte er in letzter Zeit öfter mitbekommen, und da er gerade eher mit seiner eigenen Stimmung beschäftigt war, machte er sich darüber keine großen Gedanken.

Als Stine ihn, nachdem sie ihr Zimmer bezogen hatten, vorsichtig fragte, ob es okay für ihn sei, wenn sie kurz alleine runter zum Strand gehen würde, war er sogar erleichtert. Sobald sie mit ihrer Handtasche zur Tür hinaus war und er hören konnte, wie die Aufzugtür sich öffnete, lief er zu seinem Gepäck und kramte nach den Briefen. Da er relativ hektisch suchte, dauerte es eine Weile, bis er den richtigen gefunden hatte. Triumphierend nahm er ihn an sich und öffnete die Balkontür. Draußen wartete wieder die Insel auf ihn und dazu ein Himmel, der sich langsam rosarot färbte. Schöner hätte man es nicht malen können. Finn ließ den Blick noch einmal schweifen.

Unter ihm konnte er die Terrasse des Hotels erkennen, auf der einige Gäste bereits ihren Sundowner einnahmen. Weiter rechts lag ein kleiner Strand mit Palmen und Liegestühlen. Auf einem der Liegestühle konnte er Stine sehen. Anscheinend hatte sie zuvor einen Abstecher an die Bar gemacht, denn neben ihr stand ein Glas Sekt. Ihre Haare wehten im Wind, und sie klemmte sie sich immer wieder hinters Ohr, da sie beim Lesen störten. Finn konnte nicht genau erkennen, was genau sie las. Es sah aus wie ein Blatt Papier, jedenfalls war es kein Magazin oder Buch. Vielleicht die Hotelbroschüre.

In dem Augenblick wurde der Wind stärker und hätte Finn beinahe den Brief aus den Händen geweht. Schnell packte er fester zu und setzte sich auf einen der beiden Stühle. Die Beine legte er auf den anderen und begann zu lesen.

Ochos Rios, Juni 1950

Geliebter Hans,
die Kaimaninseln. Ja, das klingt wunderbar. Ich habe mich sofort in der kleinen Bücherei des Hotels schlau gemacht und alles gelesen, was ich darüber finden konnte. Das ist eine fantastische Idee von dir! Und wer weiß, wenn wir dort eine Weile gewohnt haben, können wir eines Tages vielleicht sogar zurück nach Jamaika kommen und hier leben! Dann zeige ich dir das Rosehall Great House, den Traumstrand bei der Frenchman's Cove, meine Blaue Lagune und vor allem … unsere Insel mit dem Turm und den Palmen.

Doch bis dahin versuche ich weiter, heimlich unsere Reise vorzubereiten. Ich habe schon ein paar vertrauenswürdige Personen wegen Schiffsverbindungen auf die Kaimaninseln befragt. Edmund tätigt dort keine Geschäfte, was gut für uns ist. Ich könnte mir durchaus vorstellen, dass Edmund Johann losschicken wird, um mich zu finden. Und der kann wirklich hartnäckig sein. Deswegen versuche ich jetzt schon, alle Spuren zu verwischen und eine falsche Fährte zurück nach Europa zu legen. Falls sie meine Sachen durchforsten sollten, werden sie ein gefälschtes Tagebuch finden, in dem steht, wie sehr ich meine Familie vermisse und dass ich unbedingt zurück nach Deutschland möchte. Das wird sie erst mal ablenken und beschäftigen. Bis dahin sollten wir über alle Berge oder vielmehr auf den Kaimaninseln sein.

Oh Hans, ich bin ja so aufgeregt! Marie habe ich auch schon angesteckt. Die Kleine blickt mich immer mit ihren ernsten Augen an, als ob sie mich fragen wollte, wann es denn nun endlich losgeht. Ich habe solche Angst, dass man mir etwas anmerken könnte. Die letzten Tage war Edmund im Hotel, und ich musste mich höllisch zusammenreißen, damit er keinen Verdacht schöpft. Morgen wird er Gott sei Dank wieder abreisen, dann mache ich mit dem Hotelbesitzer und Freunden eine Floßfahrt auf dem Rio Grande. Ich bin derzeit für jede Ablenkung dankbar …

Bitte melde dich bald, und bitte, bitte finde endlich ein Schiff, das dich zu uns bringt.

Ich liebe dich.

Deine Irmgard

Stine war überrascht gewesen über Finns Vorschlag, ein Hotel weiter nördlich zu suchen. Die Ecke war wirklich sehr schön, doch Finn konnte unmöglich wissen, was Stine damit verband. In der Gegend hatte ihre Großmutter gelebt und Hans gab in seinen Briefen ihre Begeisterung für die Gegend wieder. Deswegen war die Gegend um Port Antonio und Ochos Rios mehr für Stine als nur eine schöne Urlaubsregion.

Wäre sie alleine unterwegs gewesen, hätte sie sicherlich noch eine Weile gewartet, bis sie dorthin gereist wäre. Denn ihr Abenteuer würde unweigerlich dort enden. Irgendwo dort musste auch die Insel sein, die ihre Großmutter so sehr fasziniert hatte und die Hans nicht müde wurde zu suchen. Allzu viele Briefe von ihm waren nicht mehr übrig, und das rief ein mulmiges Gefühl in Stine hervor.

Doch als Finn vorgeschlagen hatte, in diese Gegend weiterzuziehen, spürte Stine, dass sie bereit war für diesen letzten großen Schritt. Sie freute sich sogar unheimlich darauf. Auch wenn Finn nichts davon ahnte, war sie froh, ihn an ihrer Seite zu haben, und aus irgendeinem Grund fühlte es sich auch genau richtig an.

Nun stand Stine hier und blickte auf das Meer und die Insel, die ihr fast wie eine Fata Morgana vorkam. Konnte das sein? War ein solcher Zufall überhaupt möglich? Oder hatte sie das Schicksal hierhingeführt? Hatte Gabrielle sie nach ihrer Autopanne genau in das Hotel gebracht, in dem ihre Großmutter viele Jahrzehnte zuvor auch schon gewohnt hatte? Sie wusste, dass ihre Großmutter in einem der ersten Hotels auf Jamaika gelebt hatte, und in den Briefen von Hans war von einer dem Hotel vorgelagerten Insel die Rede. War das tatsächlich dieselbe Insel, die sie gerade sah?

Eigentlich war es kaum möglich, dass sie ausgerechnet hier gelandet waren, doch so gut wie alle Indizien sprachen dafür. Die Lage, die Insel, und als sie eben den Barkeeper nach der Geschichte des Resorts gefragt hatte, hatte er ihr erzählt, dass es das erste Urlaubshotel auf ganz Jamaika gewesen sei. Es existierte bereits seit 1949.

Stine starrte noch eine Weile aufs Meer hinaus. Das Schicksal hatte sie auf seine eigene Art zu den Spuren ihrer Großmutter geführt. Wenn Stine auf ein Zeichen gewartet hatte, dass ihre Reise der richtige Schritt gewesen war, dann hatte sie dieses Zeichen nun bekommen.

Jeder einzelne Schritt hatte sie ihrer Großmutter näher gebracht, und nun hier zu sein, fühlte sich so gut, so richtig und auch so wichtig an. Stine war erfüllt, glücklich und dankbar, hier an diesem Ort sein zu dürfen. Es war fast so, als hätte ihre Großmutter sie hergeführt und würde ihr nun ein Gefühl der Ruhe vermitteln.

Vorsichtig stand Stine auf und klopfte sich den Sand von den Beinen. Sie freute sich auf die nächsten Tage an diesem besonderen Ort. Genauso sehr freute sie sich, gleich wieder in das Hotelzimmer zu Finn zu gehen, der auf sie wartete. In ihrer Tasche hatte sie Hans' Brief, den sie unten am Strand gelesen hatte und dessen Worte sie in die Vergangenheit geführt hatten.

Noch einmal holte sie ihn heraus und überflog die Zeilen, die sie so sehr berührt hatten.

Port-au-Prince, August 1950

Geliebte Irmgard,
wie sehr habe ich meine kleine Irmgard von früher in dem letzten Brief wiedererkannt. Immer mit Feuereifer bei der Sache. Ich bin glücklich, dass du dich mit den Kaimaninseln so schnell angefreundet hast. Insgeheim hatte ich befürchtet, dass ich dich nicht davon überzeugen könnte, Jamaika zu verlassen. Du schwärmst so sehr von dieser Insel, und ich spüre, wie wohl du dich dort fühlst. Ein wenig kommt es mir fast so vor, als würde ich dich aus deiner neuen Heimat herausreißen. Das bricht mir, nach all den Dingen, die du erleben musstest, fast das Herz. Doch ich fürchte, es gibt keine andere Möglichkeit, und wie du schon geschrieben hast: Vielleicht können wir ja eines Tages zurückkehren zur

Insel deines Herzens und vor allem zu unserer Insel mit dem Turm.

Es freut mich zu lesen, dass euer Hotel und die Menschen dort dir ein wenig Geborgenheit und Sicherheit schenken. Es bringt mich fast um den Verstand, dass ich dir beides im Moment nicht bieten kann. Deswegen bin ich auch so dankbar, dass du zumindest ein wenig Halt bei anderen findest.

Ich spüre deine Ungeduld sehr deutlich, und daher ist es an der Zeit, dir die ganze Wahrheit zu schreiben. Ich bin leider darauf angewiesen, auf einem Schiff anzuheuern, und kann nicht einfach eine Überfahrt buchen. Die Matrosen haben uns bei dem Schiffbruch zwar das Leben gerettet, aber uns auch alles genommen, was wir besessen haben. Völlig mittellos kamen wir in Santo Domingo an, und seitdem versuche ich, irgendwie an Geld zu kommen, um die Überfahrt zu dir bezahlen zu können. Dank meiner Arbeit am Hafen hoffe ich, dass ich in ein paar Wochen so weit bin. Wenn ich Glück habe, kommt vorher noch ein Schiff, auf dem ich anheuern kann, und dann schaffe ich es noch schneller. Wie auch immer – bitte, liebste Irmi, tu mir den Gefallen und sorge dich nun nicht wieder so sehr. Ich möchte dir nur erklären, warum es ein wenig länger dauert. Es geht mir gut, und es ist alles in Ordnung. Ich bin jung, wieder gesund und kräftig, das heißt, ich kann arbeiten, Geld verdienen und künftig auch für dich und Marie sorgen.

Es dauert nun nicht mehr lange, Liebste, das verspreche ich dir. Und wenn ich Tag und Nacht arbeiten muss, ich tue es gerne, denn ich habe nur ein Ziel vor Augen, und das bist du.

Ich liebe dich auch – und zwar über alles …
Dein Hans

Wie immer brauchte Stine nach dem Lesen einen Moment, um wieder in die Gegenwart zu finden. Hans' Worte und seine Leidenschaft berührten sie. Doch die Gegenwart, der heutige Abend, den sie mit Finn verbringen würde, war eine der schönsten Gegenwarten, die sie je erlebt hatte.

Als Stine nach ihrer kleinen Auszeit, die sie am Strand verbracht hatte, ins Zimmer zurückkam, war Finn gerade duschen. Er hörte, wie sie ein fröhliches »Helloho!« in den Raum rief und sich dann an Schränken zu schaffen machte. Anscheinend packte sie aus.

Er hatte seine Sachen schon vorhin notdürftig verräumt. Der Raum war schlicht, aber geschmackvoll mit Möbeln aus den Fünfzigern eingerichtet. Die Schränke aus Holz boten genug Platz für Klamotten und Krimskrams, und er war sich sicher, dass Stine es schaffen würde, die leeren Fächer mit ihren Sachen zu füllen. Beim Gedanken an ihren überquellenden Koffer, der gut und gerne an die dreißig Kilo wog, musste er schmunzeln.

Als er ein paar Minuten später in Boxershorts aus dem Bad kam, erkannte er sofort, dass er recht behalten hatte. Die Schränke und Kommoden standen allesamt offen und waren regelrecht vollgestopft. Anscheinend hatte Stine vor, länger hierzubleiben. Nun, er hatte nichts dagegen.

»Na?«, fragte er. »War es schön am Strand?«

»Sehr schön sogar.« Stine nickte glücklich.

»Das freut mich«, antwortete er ehrlich. »Lust auf Abendessen?« hakte Finn nach.

»Und wie! Ich springe nur auch noch schnell unter die Dusche«, sagte Stine und verschwand hinter der Badezimmertür.

Seufzend sah Finn sich um. Kaum war eine Frau hier eingezogen, war es vorbei mit der Ordnung. Auf dem Bett lagen Kleider und Kosmetikartikel verstreut, und an der gegenüberliegenden Wand stapelten sich Schuhe aller Art. Von Flipflops über High Heels bis hin zu Cowboystiefeln war alles vertreten. Er schüttelte den Kopf. Wie konnte man nur derart viele Schuhe auf eine Reise mitnehmen? Manche Dinge würde er nie verstehen.

Als er zum Kleiderschrank gehen und sich ein frisches Hemd herausnehmen wollte, stolperte er über etwas. Mitten auf dem Boden lag Stines Handtasche offen da und der Inhalt war über den halben Teppich verstreut. Was für ein Chaos! Seit San Juan bunkerte Stine anscheinend noch eine Menge anderes Zeug in ihrer Tasche: diverse Muscheln, Armbänder in den Farben Jamaikas, diverse Kugelschreiber, zerknüllte Tempotaschentücher und allerhand Kosmetikartikel, die Finn nicht identifizieren konnte. Eines der Fundstücke auf dem Boden kam ihm allerdings merkwürdig vertraut vor. Unweigerlich blieb sein Blick an dem Stück Papier hängen. Es war vergilbt und gefaltet wie ein Brief. Genau genommen sah es aus wie ein sehr alter Brief. Finn runzelte die Stirn.

Stine hatte doch nicht etwa …? Nein, das konnte er sich nicht vorstellen. Wieso sollte sie ihm einen seiner Briefe stibitzen? Außerdem hätte sie sicherlich etwas gesagt, wenn sie einen von Irmgards Briefen gefunden hätte. Nein, das konnte gar nicht sein, denn Finn verwahrte sie sehr sorgsam.

Was war das dann? Finn widerstrebte es, in Stines Sachen rumzuwühlen, aber dieses vergilbte Stück Papier zog ihn magisch an. Trotzdem hat er Skrupel, das Schriftstück aus Stines Tasche zu lesen. Umgekehrt würde er das ja auch nicht wollen. Aus dem Bad drang das Plätschern des Wasserstrahls. Wenn das Geräusch jetzt verstummen würde, dann würde er den Brief ungelesen zurück in die Tasche packen, nahm Finn sich vor. Gespannt lauschte er, doch das Wasser prasselte weiter. Seine Neugier siegte. Das Papier löste ein komisches Bauchgefühl in ihm aus. Vorsichtig kniete er sich hin und griff danach.

Als Finn den Brief sorgsam auseinandergefaltet hatte, stockte ihm für eine Sekunde der Atem. Diese Handschrift kannte er. Es war die Handschrift seines Großvaters. Er keuchte auf. Tränen traten ihm in die Augen, ohne dass er etwas dagegen tun konnte. Hastig überflog er die Zeilen. Es ging um eine Insel. Nein, es ging um *die* Insel und um dieses Hotel. Der Brief war an Irmgard gerichtet, unterzeichnet von seinem Großvater Hans. Finns Herz hämmerte ihm so heftig gegen seinen Brustkorb, dass es schmerzte. Was hatte das zu bedeuten? Wieso hatte Stine einen Brief von seinem Großvater in ihrer Handtasche?

Finn fiel das Denken schwer, aber selbst in seinem Zustand war ihm klar, dass es hierfür nur eine Erklärung geben konnte: Stine war die Enkelin von Irmgard. Die Enkelin der Geliebten seines Großvaters. Es war so einfach, so logisch und zugleich so unglaublich.

Ihre vielen zufälligen Begegnungen, Stines Reaktionen am Wasserfall, als er ihr den Ausflug zur Blauen Lagune vorgeschlagen hatte, und der Moment vorhin in der Lobby, als Stine zum ersten Mal die Insel erblickt hatte. Sie reisten beide entlang der gleichen Spuren, und auch wenn zwei verschiedene Personen sie gelegt hatten, so hatten Stine und er dennoch das gleiche Ziel.

Ob Stine davon wusste? Nein, den Gedanken verwarf Finn sofort wieder. Bei allen Talenten, die in ihr schlummern mochten, eine so gute Schauspielerin war sie sicherlich nicht. Wenn sie auch nur den Verdacht hätte, dass er der Enkel von Hans war, hätte sie ihm das sicher längst gesagt. Ob absichtlich oder nicht, war die andere Frage. Finn war sich sicher, dass Stine genauso ahnungslos war wie er. Oder besser, wie er gewesen war.

Im Bad verstummte das Wasserrauschen. Stine war fertig mit Duschen. Finn wurde panisch. Was sollte er jetzt tun? Alles aufklären und Stine den Brief zeigen? Nein, das war zu früh. Erst mal musste er sich selbst darüber klar werden, was er von der Situation hielt und wie er damit umgehen sollte.

Schnell packte Finn die Utensilien wieder in Stines Tasche und stellte sie neben das Bett. Auch den Brief seines Großvaters steckte er schweren Herzens wieder hinein. Am liebsten hätte er ihn nicht mehr aus der Hand gegeben und die Zeilen immer und immer wieder gelesen, aber Stine würde es sicherlich früher oder später auffallen, wenn er fehlte.

Als die Badezimmertür ein paar Minuten später aufging und Stine mit tropfnassen Haaren fröhlich ins Zimmer marschierte, gelang es Finn, ganz normal zu wirken. Zumindest hoffte er das. Während Stine summend Klamotten aus dem Schrank nahm und sich vor dem großen Spiegel zu schminken begann, beobachtete er sie heimlich. Ob ihr Irmgard wohl ähnlich gesehen hatte? Sah so die Frau aus, in die sein Großvater sich unsterblich verliebt hatte und die er zeit seines Lebens nicht mehr vergessen konnte? Finn hätte es ihm nicht verübeln können.

Stine sah toll aus, selbst wenn sie wie jetzt dastand und komische Grimassen beim Schminken machte. Sie war braungebrannt, und ihr helles Haar hatte noch hellere Strähnchen bekommen. Sie war schlank, aber nicht mager und hatte Kurven an den richtigen Stellen. Auf jeden Fall wäre sie auch vor sechzig Jahren als heißer Feger durchgegangen.

»Hey! Beobachtest du mich etwa beim Schminken?«, fragte Stine, und er fühlte sich prompt ertappt.

»Das macht man nicht! Wenn Frauen sich schminken, ist das ihre Privatangelegenheit. Außerdem ziehen wir da komische Grimassen«, führte sie aus.

»Ach, wirklich? Ist mir gar nicht aufgefallen.« Finn grinste und musste sich ducken, weil Stine einen Wattebausch nach ihm warf. »Außerdem siehst du selbst mit hochgezogenen Augenbrauen unglaublich süß aus«, fügte er hinzu

Obwohl sie das nur mit einem ironischen »Haha!« quittierte, konnte Finn sehen, dass sie sich insgeheim über das Kompliment freute.

Sie war eine ganz besondere Frau, das wusste er, seit er sie das erste Mal am Venice Beach gesehen hatte. Doch wie besonders Stine in Wirklichkeit war, das begriff er erst nach und nach.

Als sie zusammen nach unten zum Essen gingen, ließ er ihre Hand nicht los, und als sie ihn im Aufzug strahlend anlächelte, musste er sich schwer zusammenreißen, um sie nicht zu küssen. Als sie schließlich im Restaurant saßen, konnte Finn nicht aufhören, seine Comicfrau zu beobachten. Er war noch nicht in der Lage, das alles zu begreifen.

Wenn ihm noch der letzte Beweis dafür fehlte, dass das Schicksal sie zusammengeführt hatte, war dieser nun erbracht, das war ihm klar. Doch das war auch das Einzige. Ansonsten schossen ihm tausend Fragen durch den Kopf.

❀

»Sag mal, Finn, hörst du mir überhaupt zu?«, fragte Stine, nachdem sie gerade eine Geschichte von einem Dreh erzählt und wenigstens mit einem kleinen Lacher gerechnet hatte. Finn starrte sie nur versonnen an, als wäre sie der Dalai Lama oder die Heilige Jungfrau Maria.

»Halloooohoooo! Erde an Fiiihiiiinn!«, sagte sie und wedelte mit ihrem Weinglas vor seiner Nase herum.

Erst jetzt erwachte er wie aus einer Trance. »Ähhh, sorry, ich war gerade in Gedanken«, entschuldigte er sich. »Was hast du gerade gesagt?«

Stine starrte ihn ungläubig an. »Sag mal, hast du vielleicht was von dem Zeug geraucht, das uns der Muschelverkäufer am Strand neulich andrehen wollte?«

»Quatsch!« Finn nahm einen großen Schluck aus seinem Glas.

»Langweilen dich meine Geschichten so dermaßen?«, fragte Stine und zog eine Augenbraue hoch.

»Quatsch!«, wiederholte er, dieses Mal aber in einem sanfteren Ton.

»Irgendwie bist du aber komisch«, stellte Stine fest und legte ihre Serviette zur Seite, weil der Kellner gerade den Hauptgang servierte.

»Ich habe bloß einen riesigen Hunger«, erklärte Finn und fing demonstrativ an zu essen, kaum dass der Kellner verschwunden war.

Tatsächlich wirkte er nach dem Essen wesentlich entspannter und machte einen anwesenden Eindruck, was Stine sehr beruhigte. Heute sollte nämlich ein ganz besonderer Abend werden. Als Stine vorhin unter der Dusche gestanden und sich die Haare shampooniert hatte, da hatte sie einen Entschluss gefasst. Sie war bereit. Finn und sie hatten nun lange genug wie Bruder und Schwester ein Bett geteilt, heute würde sie ihm endlich erlauben, sie wieder zu küssen. Sie vermisste ihn, und als sie ihn vorhin in Boxershorts aus dem Bad hatte kommen sehen, musste sie zugeben, dass sie das nicht ganz kalt gelassen hatte. Die Erinnerung an San Juan tat ihr Übriges. Finn hatte in den letzten Tagen bewiesen, dass er kein Casanova war. Gut, die Geschichte mit seiner Ex-Verlobten war nicht gerade rühmlich gewesen, aber so wie Stine ihn mittlerweile kennengelernt hatte, war ihm diese Entscheidung alles andere als leichtgefallen. Somit stand Stines Entschluss fest. Jetzt musste sie ihn nur noch Finn mitteilen.

Wie zufällig ließ sie ihr Bein an seinem entlangstreifen und blickte ihm dabei tief in die Augen. Kleine Tricks, die schon seit Jahrhunderten funktionierten, und so wie Finn sie ansah, schienen sie ihre Wirkung auch heute nicht zu verfehlen.

Nach dem Essen gingen sie gemeinsam über den Strand zurück zum Haupttrakt des Hotels. Das Restaurant, in dem sie gegessen hatten, befand sich auf einer weißen Holzveranda, die über das Meer gebaut war und nur über eine weiße Holzbrücke erreicht werden konnte. Ohne Frage war es ein sehr romantischer Ort, und das hatte Stines Verlangen, Finn nah zu sein, nicht gerade verringert. Als sie den Strand entlangschlenderten, dauerte es nicht lange, bis sich ihre Hände wieder fanden und sie eng nebeneinander barfuß durch den noch warmen Sand liefen. Sanft streichelte Stine Finns Hand mit ihrem Daumen, und jede Berührung mit seinem durchtrainierten Oberarm löste auf ihrer Haut kleine Stromschläge aus. Ihm schien es nicht anders zu gehen, denn Stine konnte spüren, wie er sie enger und enger an sich zog.

Als sie immer langsamer wurden und schließlich stehen blieben, schlug ihr das Herz bis zum Hals, und in ihren Ohren rauschte es. Finn fixierte sie, und sie blickte ihn auffordernd an. Als sie ihr Körpergewicht fast unmerklich eine kleines bisschen nach vorne verlagerte und ihn dabei nicht aus den Augen ließ, war bei Finn das Signal endlich angekommen. Indem er ihren Blick erwiderte, beugte er sich vor und küsste sie. Erst berührten seine Lippen die ihren nur ganz sanft, doch als sie sofort darauf reagierte und ihn leidenschaftlich zurückküsste, zog er sie an sich. Es fühlte sich für Stine fast an, als würden sie miteinander verschmelzen.

Später in ihrem Hotelzimmer war auf einmal alles ganz selbstverständlich. Es fühlt sich ein bisschen an wie nach

Hause kommen, dachte Stine noch. Nur viel spannender. Hoffentlich wird das immer so bleiben, war das Letzte, was ihr in den Kopf schoss, dann genoss sie einfach nur noch die Nacht mit dem Mann, der sie glücklich machte.

Stunden später schien die Sonne ins Hotelzimmer, und Stine spürte einen warmen Körper, der an ihren Rücken geschmiegt war. Vorsichtig drehte sie sich um. Finn brummte kurz, folgte aber dann ihrer Bewegung und drehte sich auf den Rücken. Stine legte ihren Kopf auf seine Brust.

Babumm. Babumm. Babumm.

Da war es wieder. Sein Herzklopfen. Stine schloss die Augen und lauschte auf dieses Geräusch, von dem sie gedacht hatte, es nie wieder hören zu dürfen.

Ein schrilles Klingeln riss sie aus ihrer Traumwelt. Ein ungutes Déjà-vu-Gefühl ergriff sie. Das konnte jetzt nicht ernsthaft Finns Handy sein? Nachdem sie zur Orientierung den Kopf angehoben hatte und lauschte, atmete Stine beruhigt auf. Es war nur das Telefon im Nachbarzimmer. Die Wände waren nicht unbedingt die dicksten und massivsten. Ups! Wenn Stine das Telefon derart laut klingeln hören konnte, was mochten ihre Zimmernachbarn dann heute Nacht alles mitbekommen haben? Sie wollte lieber nicht weiter darüber nachdenken. Stattdessen legte sie ihren Kopf wieder auf Finn Brust und schloss die Augen.

Babumm. Babumm. Babumm.

Das war alles, was nun zu hören war, und das war auch gut so. Leise lächelnd schlief Stine mit diesem Rhythmus im Ohr wieder ein.

Die nächsten Tage verbrachten Stine und Finn wie in einem Kokon. Einmal faulenzten sie gemeinsam am Strand, machten einen Ausflug mit einem Katamaran und gingen zusammen schnorcheln, und als es zwei Tage fast ununterbrochen durchregnete, verließen sie das Bett nicht mal zum Essen. Es waren perfekte Stunden, und ungefähr so hatte sich Finn immer Flitterwochen vorgestellt. Sie hatten von morgens bis abends eigentlich nur Augen füreinander. Alles, was sie nebenbei erlebten, nahmen sie zwar wahr und erfreuten sich auch daran, doch selbst die Barbecueparty am Strand, auf der es Jerk gab, typisch jamaikanisches Grillfleisch, oder der Ausflug nach Port Antonio auf den einheimischen Markt, konnten nicht die Tatsache toppen, dass sie endlich zusammen waren.

Stine war derart unbeschwert und glücklich, wie Finn sie auf der ganzen Reise noch nicht erlebt hatte. Als er einmal gerade an einer Bar anstand, um frische Säfte zu holen, beobachtete er, wie Stine aus ihrer Strandtasche einen Brief zog, einige Zeilen las und ihn dann an sich presste und lächelnd die Augen schloss. Wie ertappt schaute sie sich kurz darauf um und ließ den Brief schnell wieder in der Tasche verschwinden.

Seit Tagen hatte Finn keinen der Briefe von Irmgard mehr aus dem Schrank geholt. Die Angst, dass Stine ihn entdecken könnte, war zu groß, außerdem wäre Finn sich irgendwie unehrlich vorgekommen, würde er sie heimlich weiterlesen. Natürlich waren die Briefe Eigentum seines Großvaters gewesen, das dieser an ihn weitergegeben hatte. Aber es waren eben auch Zeilen und Gedanken, die

Stines Großmutter verfasst hatte, und Finns Gefühl, dass in erster Linie Stine ein Recht darauf hatte, sie zu lesen, wurde immer stärker.

Er hatte in den letzten Tagen einen Entschluss gefasst. Er würde Stine aufklären und ihr die Briefe geben. Sie sollte wissen, dass es die Schriftstücke noch gab. Finn konnte sich noch gut daran erinnern, wie Stine ihm gesagt hatte, dass sie ihre Großmutter nie kennenlernt hatte. Vielleicht würden die Briefe ihr die Gelegenheit geben, ihre Großmutter jetzt kennenzulernen, zumindest auf gewisse Weise.

Finn hatte schon oft in anderen Zusammenhängen, zum Beispiel bei großen Dichtern und Denkern, davon gehört, dass Tote durch ihre Texte sprachen. Seitdem er regelmäßig Irmgards Briefe las, wusste er auch, was damit gemeint war. Ihm war tatsächlich so, als würde Irmi mit ihm reden. Er hatte das Gefühl, sie in den letzten Wochen näher kennengelernt zu haben, und dass er sich in ihre Enkelin verliebt hatte, verband ihn noch mehr mit der Frau, die sein Großvater so geliebt hatte. Er wusste nur nicht, wie er das alles Stine erklären sollte.

Seine erste Idee war gewesen, ihr alles auf der Insel zu gestehen und ihr dort auch die Briefe ihrer Großmutter zu übergeben. Doch den Plan hatte er schnell wieder verworfen. So symbolträchtig sie auch sein mochte, bisher mieden Stine und er die kleine Insel wie die Pest. Dabei fuhren mehrmals täglich Boote hinüber, und man konnte auch problemlos mit einem Kanu dort anlegen. Sie hatten nie darüber gesprochen, und keiner von beiden machte den Vorschlag, einmal hinüberzufahren. Falls Stine sich darüber wunderte, so ließ sie es sich nicht anmerken. Wahrscheinlich war sie sogar froh darüber.

Finn war sich relativ sicher, dass er Stine gar nicht dazu überreden könnte, mit ihm überzusetzen, und falls ja, wären die große Erkenntnis, die Briefe und dieser bedeutungsschwere Ort bestimmt zu viel des Guten. Mittlerweile konnte er Stine schon ganz gut einschätzen und war sich sicher, dass sie, wenn sie die Wahrheit erführe, erst einmal geschockt, vielleicht sogar wütend sein würde. Ihm um den Hals fallen und sich bedanken würde sie ganz sicher nicht, das war ihm durchaus klar. Und auch, dass ihre honeymoonartige Unbeschwertheit erst einmal vorbei sein würde, wenn die Bombe geplatzt wäre. Deshalb drückte er sich noch davor, mit der Wahrheit herauszurücken, und verschob die große Offenbarung jeden Tag aufs Neue.

Am Abend zog er sich ausnahmsweise mit einem der Briefe zurück und machte es sich auf einem Stuhl in der Nähe des Bootsanlegers mit Blick auf den Ozean bequem, während Stine auf dem Zimmer blieb. Finn war sich relativ sicher, dass sie, genau wie er, die Zeit nutzte, um in den Briefen zu schmökern. Er musste zugeben, dass er sehr neugierig war, was sein Großvater alles geschrieben haben mochte. Einiges konnte er sich aus Irmgards Antworten zusammenreimen, aber eben nicht alles. Wahrscheinlich ging es Stine umgekehrt genauso.

Es war mehr als überfällig, die Situation aufzuklären, das wusste er.

Mit gemischten Gefühlen begann er zu lesen.

Ochos Rios, November 1951

Geliebter Hans,
oh mein Schatz, wieso hast du das denn nicht früher geschrieben? Das ist ja furchtbar! Hätte ich das doch nur

gewusst! Mein armer Liebling. Ich hatte schon den Verdacht, dass etwas nicht stimmt, aber ich wollte keine bösen Geister beschwören. Hans, ich hätte dir doch sofort Geld geschickt! Ich hoffe, der Betrag reicht für die Fahrt. Wenn nicht, dann gib mir bitte Bescheid, und ich sende dir noch etwas. Ich habe extra etwas für unsere gemeinsame Zukunft angespart. Unsere Zukunft kann nur beginnen, wenn du bei mir bist, deswegen sei bitte kein Sturkopf, und kauf dir eine Fahrkarte von dem Geld.

Edmund ist wieder mal unterwegs. Er war extrem misstrauisch in den letzten Tagen, und ich bin gottfroh, dass er nun wieder bei seinen Geschäften ist. Ich habe unvorsichtigerweise eine Broschüre der Fährengesellschaft, die auch die Kaimaninseln anfährt, auf meinem Schreibtisch liegen lassen und fürchte, dass Edmund oder Johann sie gesehen haben. Johann verfolgt mich derzeit auf Schritt und Tritt. Edmund nimmt ihn nicht mal mehr mit auf Reisen, damit immer jemand da ist, der mich kontrollieren kann. Sogar bei der Floßfahrt auf dem Rio Grande, zu der uns ein amerikanischer Schauspieler und Freund des Hotelbesitzers eingeladen hat, war er dabei.

Stell dir vor, Hans, man fährt auf einem Bambusfloß mitten durch den Dschungel, vorbei an Bananenplantagen und Wasserfällen. Es ist wundervoll, und ich habe mir die ganze Zeit vorgestellt, du wärst auf dieser romantischen Fahrt bei mir. Nichts gegen Rosa, die neben mir saß, aber ich hätte sie nur zu gerne gegen dich eingetauscht.

Leider habe ich mich dabei erkältet und kann im Moment wegen der Kaimaninseln nichts unternehmen, da der Arzt mir Bettruhe verschrieben hat. Doch ich gebe mir

Mühe, ganz schnell wieder gesund zu werden, und hoffe, dass du dann vielleicht sogar schon bei mir bist.

Bitte kauf dir eine Fahrkarte und komm her, so schnell es geht.

In Liebe

Irmgard

Während er den Brief las, kam ihm die Idee, wie und wann er Stine einweihen könnte: eben bei jener Floßfahrt auf dem Rio Grande, dem größten Fluss Jamaikas, von der Irmgard erzählt hatte. Finn erinnerte sich, im Hotel Prospekte gesehen zu haben, die solche Fahrten anboten, nur dass es heute Rafting genannt wurde.

Das wäre doch die perfekte Umgebung für seine Offenbarung. Sie hatten zwei Stunden Zeit, ganz in Ruhe zu sprechen, die Natur würde ihr sicher gefallen, und – das Beste daran – falls sie wieder wütend werden würde, könnte sie nicht abhauen und ihn stehen lassen. Finn war sich sicher, dass er die perfekte Location für seine große Beichte gefunden hatte.

Da er endlich einen Entschluss gefasst hatte, wollte er ihn auch nicht länger aufschieben. Auf dem Rückweg ins Zimmer legte er daher einen Umweg über die Rezeption ein und buchte den Ausflug gleich für den nächsten Tag. Er würde Stine damit überraschen. Aufgeregt lief er zu ihr und hoffte, dass sie ihm nichts anmerken würde.

Stine wunderte sich. Nach all den entspannten, nahezu perfekten Tagen war Finn auf einmal nervös und fahrig. Schon den ganzen Abend war er irgendwie hektisch und wirkte völlig unkonzentriert. Auch in der Nacht wälzte er sich von einer Seite auf die andere, und zum ersten Mal seit ihrer Wiedervereinigung schliefen sie nicht Arm in Arm ein. Stine schlief daraufhin selbst so schlecht, dass sie nachts leise aufstand, sich einen von Hans' Briefen nahm und sich damit auf den Balkon setzte. Irgendwie kamen ihre Gedanken in dieser Nacht nicht zur Ruhe. Vielleicht half es ja, wenn sie in die Welt ihrer Großmutter abtauchte.

Port-au-Prince, Dezember 1951

Geliebte Irmi,
ich hoffe, du hast dich gut auskuriert und bist wieder gesund. Bitte pass künftig besser auf dich auf. So schön die Floßfahrt auf dem Rio Grande auch klingt, dass du dabei krank geworden bist, finde ich gar nicht gut. Das nächste Mal sitze ich neben dir, du schmiegst dich in meinen Arm, und wir fahren gemeinsam durch die Dschungellandschaft.

Irmgard, genau weil ich nicht wollte, dass du dir Sorgen machst und mir Geld schickst, habe ich dir nichts von der Plünderung erzählt. Ich weiß, du meinst es nur gut, aber für mich ist das keine leichte Situation. Ich will aus eigener Kraft zu euch kommen und nicht auf Hilfe angewiesen sein. Bitte verstehe das. Aber gute Nachrichten habe ich auch so! Endlich ist es mir gelungen, eine Stelle als Zimmermann auf einem Schiff zu ergattern, und wenn alles gutgeht, bin ich in nicht einmal drei Wochen bei dir! Von deinem Geld werden wir also bald die Überfahrt auf die Kaimaninseln bezahlen können.

Endlich hört dieser Stillstand auf, und das Schicksal meint es wieder gut mit uns. Auch ich hole schon Erkundigungen ein, wie wir von Jamaika aus am besten auf die Kaimaninseln kommen. Sobald ich da bin, werde ich auf euch aufpassen und dafür sorgen, dass wir gut und sicher in unser neues Leben starten können, vertrau mir.

Doch bitte achte in diesen letzten Wochen ohne mich gut auf dich und die Kleine und werd ganz schnell wieder gesund, falls du es noch nicht bist. Ich fürchte, es wird eine ganze Weile dauern, bis wir zur Ruhe kommen, und die ersten Wochen werden sehr anstrengend für uns und die Kleine. Aber sicher auch wunderschön … Nur müssen wir dafür alle fit sein. Deswegen sei bitte vernünftig und schone dich, meine Geliebte.

Ich kann nachts vor Vorfreude kaum einschlafen, weil ich mir immer und immer wieder vorstelle, wie es sein wird, dich endlich wieder bei mir zu haben. Doch ich glaube, meine Vorstellungskraft reicht nicht aus, um mir dieses Glück auszumalen.

Irmgard, ich kann es kaum erwarten. Bald, ganz bald bin ich bei euch.

In endloser Liebe

Hans

Am nächsten Morgen war Finn früh wach, und obwohl Stine nach dem wenigen Schlaf gerne noch länger geschlafen hätte und gemütlich im Bett liegen geblieben wäre, bestand Finn darauf, dass sie zum Frühstück gingen.

Mit kleinen, müden Augen saß Stine ihm eine Viertelstunde später gegenüber und mampfte verschlafen ihren Pancake. Gut gelaunt und fast schon abstoßend fit stellte ihr Finn einen frischen Ananas-Joghurt-Smoothie hin, den Stine jeden Morgen trank.

»Hier, damit du schnell fit wirst«, sagte er und strahlte sie dabei an.

»Warum soll ich denn schnell fit werden?«, fragte sie missmutig. »Wir haben *Urlaub*!«, fügte sie mit einem vorwurfsvollen Blick hinzu. »Wir können den ganzen Tag faul und unfit im Bett herumliegen, wenn wir das wollen. Das ist der Sinn des Ganzen.«

»Jaaa, aber heute habe ich eine Überraschung für dich. Wir machen einen Ausflug.«

Stine hob eine Augenbraue. »Wohin?«

»Das ist eine Überraschung.«

Sie schlürfte geräuschvoll an ihrem Smoothie. »Ich will es aber wissen.«

»Und *ich* hatte bisher keine Ahnung, dass du auch ein richtiger Morgenmuffel sein kannst«, meinte Finn und tat übertrieben bestürzt. »Hätte ich das mal vorher gewusst.«

»Bin ich gar nicht. Und was heißt hier vorher? Vor *was* genau?«, hakte sie nach.

»Bevor ich diesen einmaligen Ausflug in die Blue Mountains mit anschließender Floßfahrt auf dem Rio Grande für uns gebucht habe.«

»Oh!«, sagte Stine mit geschürzten Lippen.

Eine Floßfahrt auf dem Rio Grande. Schon wieder etwas, das sie aus den Briefen von Hans kannte. Ihre Großmutter hatte ihrem Geliebten vermutlich davon vorgeschwärmt, aber da solche Fahrten damals nur privat organisiert wurden, hatte er sicherlich keine Chance gehabt, so etwas selbst zu erleben. Heute konnte man sie dagegen einfach buchen. Das hatte Finn wohl getan. Stine hatte ein paar

Tage zuvor an der Rezeption die Flyer liegen gesehen. Was Hans wohl sagen würde, wenn er wüsste, dass er die Fahrt heute problemlos nachholen könnte?

In den letzten Tagen dachte Stine oft darüber nach, wie es wäre, Hans zu treffen. Sie wusste zwar nicht, ob er noch lebte, aber die Chance bestand durchaus. Sie kannte allerdings weder seinen Nachnamen noch wusste sie, wo er wohnte. Leider hatte ihre Großmutter damals nur die Briefe, nicht aber die Umschläge aufbewahrt. Wahrscheinlich um Hans zu schützen, sollte ihr Mann jemals einen der Briefe finden. Aber Hans war zur See gefahren, und bestimmt gab es irgendwo ein Verzeichnis, in dem sämtliche Schiffe und Seeleute von damals vermerkt waren. Sie müsste nur herausfinden, welche Schiffe damals die Karibik befahren hatten, und dann die Besatzungslisten suchen. Allzu viele Männer namens Hans dürften wohl zu der Zeit nicht in karibischen Gewässern unterwegs gewesen sein, so hoffte sie. Stine nahm sich fest vor, all das nach ihrer Rückkehr zu recherchieren. Vielleicht würde sie dann auch Finn davon erzählen.

»Hallo? Erde an Stine«, holte er sie aus ihren Gedanken zurück. »Findest du es doof?«, fragte er nach.

»Nein. Gar nicht. Klingt wirklich toll«, antwortete sie und meinte es auch so.

Finn reagierte mit einem erleichterten Lächeln, das Stine erwiderte.

»Na, dann komm. In zwanzig Minuten fährt der Bus, und wir müssen noch unsere Sachen holen.«

Stine nickte, trank auf einen Zug ihren Smoothie aus und nahm sich noch einen Minimuffin mit. Auf dem Hotelzimmer düste sie noch schnell ins Bad, um ein dezentes Make-up aufzulegen und ihre Haare zu bürsten. Direkt nach dem Aufstehen war sie nur zum gröbsten Morgenprogramm mit Zähneputzen und Gesichtskatzenwäsche fähig gewesen. Als sie wieder in den Schlafraum trat, verschnürte Finn gerade seinen Rucksack.

»Was hast du denn alles dabei?«, wunderte sie sich und runzelte die Stirn. Falls für den Ausflug eine kleine Expeditionsausrüstung notwendig sein sollte, war sie denkbar schlecht vorbereitet.

»Ach, nur ein paar Sachen, Sonnencreme, Handtuch und ein bisschen Proviant für uns. Ist bloß praktischer mit dem Rucksack«, winkte er ab und stellte das Gepäckstück an die Tür.

»Darf ich mein Sonnenbrillenetui noch mit reinpacken?«, fragte Stine und lief in Richtung Tür.

»Warte, ich mach das schon.« Finn trat vor sie. Bestimmt nahm er ihr das Etui ab und steckte es in eine der Außentaschen. »Das Packen ist immer ein wenig kompliziert. Wegen der Gewichtsverteilung und so«, erklärte er

Stine zog nickend die Augenbrauen in die Höhe. Okay, ein paar Spleens hatte Finn also auch. Und sein Rucksackverteidigungsverhalten gehörte definitiv dazu. Aber was soll's, damit konnte sie gut leben. Sie rief sich noch einmal den letzten Brief von Hans ins Gedächtnis. Anscheinend hatte ihre Großmutter sich auf dem Rio Grande erkältet. Sie hoffte, dass dies kein böses Omen für ihren Ausflug werden sollte. Stine beschloss, sich trotz der merkwürdigen Tatsache, dass Finn schon wieder einen der in den Briefen beschriebenen Orte ausgewählt hatte, auf die Fahrt zu freuen. Sie würde es einfach auf sich zukommen lassen.

Im Bus überließ Finn Stine den Fensterplatz und verstaute den Rucksack sicher zu seinen Füßen. Er hatte die Briefe in einer wasserdichten Plastiktüte ganz unten reingepackt und hoffte, dass Stine sie bis zur großen Enthüllung auf dem Rio Grande nicht entdecken würde. Sie war von Natur aus neugierig, und Finn nahm sich vor, gut aufzupassen, dass Stine dem Rucksack nicht allzu nahe kommen würde.

In einem überraschend neuen Kleinbus fuhren sie mit ein paar anderen Gästen aus ihrem und den nahe gelegenen Hotels in Richtung der Blue Mountains. Ihr Reiseführer, der mit seiner Nickelbrille aussah wie eine Mischung aus Eddy Murphy und Harry Potter, erzählte ihnen, dass die Gegend für den Kaffeeanbau berühmt sei. Aus den Bergen mit den reinsten Quellen kam der teuerste Kaffee der Welt und die Straßen, die an dieser Ecke so gut ausgebaut waren, waren von japanischen Firmen finanziert worden, die den Kaffeeexport in ihr Land dadurch erleichtern wollten.

Finn fand das alles sehr interessant und versuchte auch, genau zuzuhören, doch mit den Gedanken war er schon einige Stunden voraus. Wie würde Stine reagieren, und wie sollte er es ihr am schonendsten beibringen? Wie erklärte er ihr die Situation, und wann war der beste Zeitpunkt? Gleich zu Beginn der Floßfahrt oder erst später? In seinem Kopf überschlugen sich die Gedanken nur so, und auch die Besichtigung der Kaffeeplantage zog wie im Nebel an ihm vorüber.

Das traditionell in Bananenblättern zubereitete Jerkfleisch und die frisch aufgeschlagene Kokosnuss, die es beim Lunch unter freiem Himmel gab, schmeckten zwar vorzüglich, aber Finn fehlte der Appetit. Als Stine ihn besorgt fragte, ob er krank werde, riss er sich zusammen und langte noch mal kräftig zu. Aber genießen konnte er das Essen nicht. Fast war er froh, als der Guide sie wieder in den Bus bat und sie die Einstiegsstelle auf dem Rio Grande ansteuerten.

Die Fahrt dauerte extrem lange, und Finns Nervosität wurde nicht unbedingt geringer. Heimlich beobachtete er Stine. Ihr Blick war nach vorne auf den Guide gerichtet, und sie hörte seinen Ausführungen aufmerksam zu. Der Jamaikaner erzählte ihnen, dass der amerikanische Filmstar Erol Flynn als Erster die Idee gehabt hatte, die Bambusflöße der Bauern, auf denen diese früher Bananen transportierten, zu Vergnügungsfahrten zu nutzen. Kurz darauf wurde es zum Touristenvergnügen, das bis heute zu einem der beliebtesten auf Jamaika zählt. An manchen Flößen waren noch Flaschenhalter angebracht, da Flynn seinen Gästen angeblich Champagner serviert hatte. Den gab es zwar heute nicht mehr, doch ihr Reiseführer versprach ihnen, dass sie vor Ort eisgekühltes Red Stripe, eine bekannte jamaikanische Biersorte, kaufen könnten.

Gar nicht schlecht, dachte sich Finn. Das würde Stine vielleicht etwas lockerer machen. Und ihn selbst auch. Denn seine Nervosität wurde von Kilometer zu Kilometer schlimmer.

Während des Ausflugs in die Blue Mountains hatte er sich bei einer Wanderung, die die Gruppe durch einen tropischen Garten machte, etwas zurückgezogen. Stine war nach einer Stunde total begeistert zurückgekommen und hatte ihm von den unterschiedlichsten Blüten und Früchten vorgeschwärmt. Sie war noch immer so fasziniert, dass ihr seine schlechte Laune glücklicherweise nicht sehr auffiel. Statt die Tour mitzumachen, hatte er im Bus gesessen und den letzten Brief gelesen, den er besaß. Immer und immer wieder, bis er ihn fast auswendig konnte.

Er stammte nicht von Irmgard, sondern von Rosa, ihrer Begleiterin. Der Inhalt war bestürzend. Ihm war bewusst, dass er Stine mit den Briefen nicht nur eine Freude machen würde. Dennoch war es wichtig, dass sie die Schriftstücke ihrer Großmutter endlich erhielt. Es gab wohl keinen anderen Menschen auf der Welt, der das so gut nachvollziehen konnte, wie er selbst.

Finn rief sich die Worte noch mal in Erinnerung, und sie waren noch genauso lebendig wie beim ersten Lesen.

Ochos Rios, Dezember 1950

Lieber Hans,
dies ist der schwerste Brief, den ich in meinem Leben je geschrieben habe. Irmgard hat mich darum gebeten, denn sie selbst war zu schwach, um sich bei dir mit einem letzten Brief zu verabschieden. Es ist so furchtbar. Angefangen hatte alles mit einer Erkältung, kurz darauf stellte der Arzt dann eine Lungenentzündung fest, und Irmgard war von einem Tag auf den anderen so schwach, dass sie sich kaum mehr rühren konnte.

Du ahnst sicherlich schon, welch schreckliche Nachricht ich dir zu überbringen habe, doch es ist mir bewusst, dass ich es aufschreiben muss, damit du es glauben kannst.

Irmgard ist gestorben.

Es tut mir so leid. Es tut mir wirklich so leid. Ich habe meine beste Freundin verloren, Hans. Auch mein Schmerz ist riesig. Doch ich wage es nicht, mir vorzustellen, wie riesig deiner sein wird. Ich habe ihr immer wieder gesagt, dass du bald da bist, und ihr jeden Tag von eurer Insel erzählt, um sie zum Durchhalten zu bewegen. Aber es war einfach zu spät, Hans. Irmgard war zu schwach.

Ich weiß nicht, wie offen sie zu dir war, aber sie hat während der Reisen oft gekränkelt. Die Geburt der kleinen Marie hat sie zusätzlich geschwächt. In den letzten Monaten auf Jamaika dachte ich, dass sie sich recht gut erholt hätte, und sie wirkte auch wieder glücklicher, doch anscheinend war das nicht genug.

Ich werde mit Marie heute zum Hafen gebracht, dort werden an Bord eines Schiffes nach Deutschland gehen. Edmund möchte, dass Marie zu seiner Schwester nach Bayern kommt. Ich weiß nicht, ob er Angst um sie hat oder ob er ihren Anblick nicht ertragen kann, aber er wird hier auf Jamaika bleiben und alleine in das neue Haus ziehen. Es ist eine Woche vor Irmgards Tod fertig geworden.

Ich habe alle deine Briefe im Gepäck, denn ich möchte nicht, dass Edmund sie findet und sie vernichtet. Das bringe ich nicht übers Herz, denn ich weiß, was sie Irmgard bedeutet haben. Natürlich werde ich sie niemals lesen, aber vielleicht möchte Marie es eines Tages tun, deswegen werde ich sie für die Kleine aufbewahren.

Ich weiß nicht, was du nun tun wirst, Hans. Falls du zu der Insel fahren möchtest, und ich gehe fast davon aus, dass du es tun wirst … Der Platz oben auf dem Leuchtturm war ihr der liebste. Von dort hat sie immer aufs offene Meer geblickt und mir gesagt: »Aus der Richtung wird er kommen, Rosa. Irgendwo dahinten ist Hans, und irgendwo dort wird er am Horizont auftauchen, und ich werde da sein und auf ihn warten. Er wird kommen.«

Ich glaube, ihre Seele ist immer noch auf dem Turm und wartet auf dich. Es ist an der Zeit, sie abzuholen.

Ich wünsche dir alles Gute und viel Kraft für die Zukunft. Lebe für Irmgard das Leben, das sie nicht mehr erfahren kann. Denn das hätte sie gewollt.

In tiefer Trauer
Rosa

Als der Bus am Ufer des Rio Grande hielt, war Stine erleichtert, dass die Fahrt vorbei war. Irgendwie tat Finn das Busfahren heute nicht gut. Er hatte die ganze Zeit mehr als hibbelig neben ihr gesessen und trotz Klimaanlage schwitzte er. Der Guide gab ihnen noch ein paar Informationen und den Rat mit, alles, was nicht nass werden dürfe, im Bus zu lassen. Als Finn mit dem Rucksack aussteigen wollte, sprach er ihn noch einmal gezielt an und meinte, den könne er ruhig hier lassen. Doch Finn wollte sich partout nicht darauf einlassen, was Stine etwas unangenehm war.

»Die denken jetzt, dass du ihnen nicht traust und der Meinung bist, sie würden was klauen«, zischte sie ihm zu.

»Ach, Quatsch! Der ist wasserdicht, und wer weiß, was wir noch brauchen. Außerdem sind da unsere Handtücher drin«, widersprach er und ließ den Rucksack auch jetzt nicht los.

Stine seufzte und sagte nichts mehr. Sie freute sich auf die Floßfahrt. Ihre Großmutter musste ganz hin und weg von der Natur gewesen sein, und für Stine war es etwas ganz Besonderes, Jahre später die gleiche Fahrt zu machen wie ihre Großmutter. Selbst die dämlichen knallgelben Schwimmwesten, die sie trotz der Hitze überziehen sollten, konnten ihr die Laune nicht verderben.

»Einfach nach der ersten Biegung ausziehen und als Sitzkissen benutzen«, raunte ihr der Guide zwinkernd zu, und Stine lächelte ihn dankbar an.

Bei einem der Verkäufer mit Kühltasche am Pier kauften sie sich noch zwei Flaschen Red Stripe und Limonade und bestiegen dann ihr Bambusfloß. Larry, ihr Flößer, stand barfuß vorne auf den Bambusstäben und lenkte das Gefährt mit einem langen Holzstab. Die beiden setzten sich auf einen ebenfalls aus Bambus gebauten Zweiersitz. Dank des improvisierten Schwimmwestenkissens war es sogar richtig bequem.

»Nicht schlecht, was?«, fragte Stine Finn.

Doch er war damit beschäftigt, umständlich den Rucksack zu verstauen. Da es keine Gepäckfächer gab, musste er ihn an ihre Füßen stellen und da immer wieder Wasser auf das Floß schwappte, war Stine sich jetzt schon sicher, dass der entgegen Finns Behauptung garantiert *nicht* wasserdichte Rucksack noch einiges abbekommen würde. Sie ging jedenfalls nicht davon aus, dass die Handtücher nachher noch trocken sein würden. Aber bei den Temperaturen war das nun wahrlich alles andere als schlimm. Stattdessen genoss Stine es, lautlos über das Wasser zu gleiten und die beeindruckende, fast schon überschwängliche grüne Vegetation am Ufer zu betrachten. Mochte Finn sich ruhig mit seinem Rucksack beschäftigen, sie würde die Floßfahrt in vollen Zügen genießen – so wie ihre Großmutter es auch getan hatte.

Der Flößer schien den Fluss schon tausend Mal hinabgefahren zu sein. Mit Leichtigkeit und Routine steuerte er das Bambusfloß durch tiefe und seichte Stellen und führte es mit seinem Stab sogar elegant durch Stromschnellen. Ab und zu deutete er auf einen besonderen Vogel oder ein Panorama, aber die meiste Zeit lenkte er das Floß schweigend über den Rio Grande. Finn und Stine waren unter sich, und es sprach absolut nichts dagegen, langsam mit der großen Beichte zu beginnen. Doch das war leichter gesagt als getan. Nachdem sie bereits eine halbe Stunde durch die Natur geglitten waren, wurde Finn zusehends nervöser. Wenn er nicht bald anfing, wären die zwei Stunden verflogen und Stine wäre immer noch ahnungslos.

»Wenn du schwimmen möchtest, kannst du das gerne tun«, unterbrach Stine seine Gedanken.

»Nein, im Moment nicht. Willst du?«, fragte er nach.

»Nein, aber ich rutsche auch nicht die ganze Zeit unruhig hin und her und bringe das Floß fast zum Kentern«, erwiderte sie und blickte Finn skeptisch an.

»Ich etwa?«, fragte er erstaunt. Er war so sehr mit sich selbst und seiner Überwindung wegen des Gesprächs beschäftigt gewesen, dass er überhaupt nicht mitbekommen hatte, wie ungeschickt er sich anscheinend bewegte.

»Ja, Larry dreht sich auch schon die ganze Zeit um. Du machst ihm seinen Job nicht unbedingt leichter«, meinte Stine und deutete nach vorne.

Gerade drehte sich der Flößer wieder um, diesmal nicht ganz so freundlich lächelnd wie noch beim Einstieg vorhin.

»Tut mir leid«, meinte Finn zerknirscht und atmete tief ein.

Sie kamen gerade an einer Bananenplantage vorbei, aber bewusst nahm Finn das, was er sah, nicht wahr. Jetzt oder nie, dachte er sich und drehte sich ruckartig zu Stine um, wobei sich das Floß wieder abrupt zur Seite neigte und der Flößer mit dem Stab das Gleichgewicht halten musste. Finn wurde klar, dass er endlich zur Sache kommen sollte, wenn er sie nicht alle gefährden wollte.

»Stine?«, sprach er sie an.

»Ja, Finn?« Sie klang leicht ironisch.

»Ich muss mit dir reden«, begann er und schaute ihr in die Augen.

Sofort wich die Ironie Misstrauen, das sich deutlich in ihrem Gesichtsausdruck widerspiegelte.

»Aha. Und worüber?« Stine runzelte die Stirn.

»Über uns«, antwortete er wahrheitsgemäß.

»Über uns in einem guten oder in einem schlechten Sinn?«, fragte sie völlig zu Recht.

»Das weiß ich noch nicht so genau«, antwortete er wieder ehrlich. »Ich denke, eher in einem guten, aber ich bin mir nicht sicher, wie du es einschätzen wirst«, setzte er vorsichtig nach.

»Na, dann schieß mal los.« Stine nahm einen großen Schluck aus ihrer Red-Stripe-Flasche.

Finn nickte. Er hatte sich die Sätze, die er nun sagen wollte genau überlegt, aber plötzlich war er sich absolut nicht mehr sicher, ob es wirklich die richtigen waren. Spontan fing er anders an als geplant.

»Ich habe dir doch von meinem Opa erzählt …«

»Ja, das hast du. Ich weiß, dass er dir sehr wichtig ist.«

Auf Stines Gesicht zeichnete sich Verwirrung ab. Natürlich war sie verwundert, dass er ein Gespräch über sie beide mit seinem Großvater begann. Woher hätte sie auch wissen sollen, welche große Rolle sein Opa in ihrer beider Leben spielte.

»Er ist gestorben, kurz bevor ich abgereist bin. Genauer gesagt war das der Grund, weshalb ich mich überhaupt auf den Weg gemacht habe. Eigentlich hat mein Opa mich zu dieser Reise veranlasst.«

Er ließ Stine nicht aus den Augen. Sie blieb stumm und schaute ihn nur mit großen Augen und irgendwie bangem Blick an.

»Mein Opa ist vor vielen Jahren auch hier gewesen. Auf Jamaika. Außerdem in Puerto Rico, auf den ganzen kleinen Inseln und in Los Angeles.«

Finn sprach jedes Wort sanft und betont langsam aus, so als wartete er nur darauf, dass Stine beim nächsten Wort explodierte, und irgendwie tat er das auch. Doch sie schaute ihn nur weiter stumm an und die einzige Reaktion, die er auf ihrem Gesicht ablesen konnte, sah er in ihren Augen, die immer dunkler und tiefer wurden. Fast so, als würde sich hinter ihren Pupillen ein riesiges Loch auftun. Gerne hätte er seine Hand an ihre Wange gelegt und das Loch so wieder verschlossen, aber er wusste, dass er weiterreden musste.

»Mein Opa war damals nicht einfach nur so hier in der Gegend. Ich dachte jahrelang, dass meine Großeltern glücklich verheiratet gewesen wären, und vielleicht waren sie es ja trotzdem, aber kurz vor seinem Tod hat mein Opa mir gestanden, dass er damals auf dem Weg zu seiner großen Liebe war. Und diese Frau war nicht meine Großmutter.«

Finn hielt inne und wartete, ob Stine irgendeine Reaktion zeigte. Doch sie starrte ihn nur weiter an, und das Loch in ihren Augen wurde größer und tiefer. Es hatte den Anschein, als würden ihre Pupillen gleich in ihm versinken.

»Habe ich dir je gesagt, wie mein Opa hieß?«, fragte er sie und flüsterte nur noch.

Ganz langsam, wie in Zeitlupe, schüttelte Stine den Kopf.

»Er hieß Hans.«

Er sagte es fast lautlos, doch er wusste, dass Stine es ihm von den Lippen ablas.

Nun sahen ihre Augen endgültig wie zwei schwarze Löcher aus, und ein spitzer Schrei entfuhr ihr.

»Nein!«

Mehr sagte sie nicht.

»Ich habe etwas für dich«, sagte Finn schnell und hoffte, sie damit irgendwie auffangen zu können. Ungeschickt kramte er in seinem Rucksack, bis er die Plastiktüte fand, und holte die mit einem Band zusammengebundenen Briefe hervor. »Die …« Er zögerte. »Die müssten von deiner Oma sein. Von Irmgard.«

Zutiefst entsetzt starrte Stine den Packen an und sah dann wieder zu Finn. Ihr ganzer Körper wandte sich von ihm ab, und sie saß plötzlich am äußersten Rand des Floßes.

»Geh weg«, sagte sie nur.

»Stine. Das sind Briefe von deiner Oma. Die Briefe, die sie ihrem Geliebten geschrieben hat. Hans, *meinem* Opa«, verdeutlichte Finn noch einmal und redete nun wieder lauter.

»Geh weg«, wiederholte Stine und lehnte sich noch ein Stück weiter nach hinten. Eine Träne lief ihren Augenwinkel hinunter.

»Das sind die Briefe von deiner Großmutter«, wiederholte er nachdrücklich und streckte sie ihr entgegen.

Als sie nicht reagierte, rückte er vorsichtig ein Stück an sie heran. Sie fixierte ihn, als ob er ein gefährliches Raubtier wäre, und es hatte den Anschein, als hätte sie Angst davor, sich zu bewegen.

»Stine, diese Briefe sind für dich. Ich *schenke* sie dir«, erklärte er in sanftem Ton.

Als sie nicht reagierte, rutschte er noch ein Stück näher und versuchte, ihr den Packen in die Hand zu drücken. Doch dazu kam es nicht, denn in dem Moment, in dem er an sie heranrutschte, fuhr Stine panisch auf und sprang mit einem Satz nach vorne auf das Floß. Finn, der mit dieser ungestümen Bewegung nicht gerechnet hatte, kam aus dem Gleichgewicht. Als er versuchte, sich zu fangen und auf das Schwanken des Floßes zu reagieren, griff er mit der freien Hand nach hinten und fasste ins Leere. Mit einem lauten Platschen stürzte er hinten über ins Wasser.

Noch bevor er in Panik geraten konnte, berührten seine Füße den Grund und er versuchte automatisch wieder in die Senkrechte zu gelangen, doch die Strömung war an dieser Stelle zu stark, und ihm blieb nichts anderes übrig, als sich treiben zu lassen. Das Floß hatte seinen Abgang gut überstanden und war nicht gekentert. Der Flößer winkte ihm mit beiden Armen zu und bedeutete ihm, ruhig zu bleiben. Finn wusste, dass es in diesem Fluss keine Krokodile gab und man hier ohne Probleme baden konnte. Er musste nur das Floß erreichen und wieder hochklettern. Am besten, er ließ sich an die Seite treiben und versuchte es dort. Stines schrille Stimme riss ihn aus seinen strategischen Überlegungen. Sie kniete auf dem Floß und brüllte ihm mit weit aufgerissenen Augen immer wieder das Gleiche zu.

»Hast du die Briefe?«

Scheiße! Erst jetzt wurde ihm bewusst, dass er nicht alleine ins Wasser geplumpst war. Er hatte die Briefe in der Hand gehalten. Sein Magen verkrampfte sich innerhalb einer Sekunde zu einem Stein. Sofort wusste er, was das bedeutete.

Automatisch hob er die Hände über die Wasseroberfläche und öffnete sie. Sie waren beide leer. Im Fallen musste er sie reflexartig geöffnet haben.

Nein. Das konnte nicht sein. Das *durfte* nicht sein!

Hektisch sah er sich um, doch er konnte nichts im Wasser treiben sehen. Waren sie vielleicht untergegangen? Schnell holte er Luft und tauchte unter. Doch außer grünen Wasserpflanzen war nichts zu erkennen. Immer und immer wieder tauchte er unter und suchte, doch es war aussichtslos. Unter der Wasseroberfläche erkannte er nur Pflanzen und Steine, und sobald er auftauchte, sah er Stines entsetztes, tränenverschmiertes Gesicht. Er konnte es noch immer nicht glauben, aber er hatte soeben tatsächlich Irmgards Briefe für immer verloren.

❀

Stine konnte es nicht fassen. Nichts von alledem. Die Situation kam ihr total surreal vor. Der Mann, in den sie sich unsterblich verliebt hatte, war der Enkel von Hans. Von jenem Mann, wegen dessen Briefen sie um die halbe Welt geflogen war, um der Lebensgeschichte ihrer Großmutter näher zu sein. Von jenem Mann, dessen Gedanken Stine in den letzten Wochen jeden Tag begleitet hatten und dessen unglaubliche Liebe für ihre Großmutter sie von klein auf gerührt hatte. Ausgerechnet dieser Mann hatte einen Enkel, und der sollte Finn sein? Die Vorstellung kam Stine absurd vor.

Finn, der seine Verlobte vor dem Altar stehen lässt. Finn, der einfach alles hinschmeißt und von heute auf morgen nach Los Angeles abhaut. Finn, der sie auf St. Barth vor einem riesigen Fehler bewahrt. Finn, der sie küssen kann, wie kein Mann zuvor es jemals getan hat. Okay, vielleicht war Finn charakterlich gar nicht so weit von Hans entfernt. Aber im Moment war sie viel zu wütend, um positiv von ihrem – was eigentlich? Freund? Reisegefährten? Schicksalsgenossen? – zu denken.

Erst nach einer guten halben Stunde kletterte Finn wieder auf das Floß. Der Flößer war schon ganz nervös geworden, weil sie einige sehr flache und einige felsige Passagen durchquert hatten. Als sie an ein paar Wasserfälle kamen, bestand er darauf, dass Finn zurück an Bord kam, doch erst als auch Stine ihm zurief, er solle endlich raufkommen, kam er ohne die Briefe aus dem Wasser.

»Seit wann weißt du davon«, fragte sie unter Tränen.

»Ich habe vor ein paar Tagen einen Brief von meinem Opa gefunden«, antwortete er zerknirscht und erzählte ihr, dass dieser aus ihrer Tasche gefallen sei.

Den Rest konnte sie sich denken. Finns Geständnis ließ

Stine vor Wut erzittern. Er wusste *seit Tagen* davon und hatte kein Sterbenswörtchen zu ihr gesagt! Das machte sie am wütendsten. Die Lüge und dass er sie so hintergangen hatte. Sein komisches Verhalten in der letzten Zeit ergab plötzlich Sinn. Er hatte mit ihr gefrühstückt, im Meer herumgetollt, war mit ihr schnorcheln gegangen, hatte mit ihr gescherzt, gelacht und sogar geschlafen, ohne nur ein Wort zu erwähnen.

Die ganzen Zufälle. Das Treffen in El Morro, der Wasserfall, Jamaika – all das war alles andere als zufällig, und Finn wusste das längst. Stine hoffte sehr, dass er wenigstens jetzt die Wahrheit sagte und dass er die Wahrheit tatsächlich erst vor ein paar Tagen herausgefunden hatte, ansonsten … Sie durfte gar nicht darüber nachdenken. Aber sie kam sich auch so schrecklich nackt vor. Ein Mensch hatte ihr Innerstes aufgedeckt und ihr Vertrauen missbraucht, indem er sie tagelang als engster Gefährte, als Partner begleitete und ihr dabei verschwieg, was er über sie wusste.

Sie war sich so sicher gewesen, Finn vertrauen zu können, und jetzt hatte er ihre sensibelste Seite verletzt. Gemeinsam waren sie in dem Hotel, an diesem Ort gewesen, der für ihre Großmutter und auch für sie so wichtig war, und Finn hatte es die ganze Zeit gewusst. Bei jedem Blick auf die Insel war ihm klar, was es für Stine bedeutete und welche Bedeutung es auch für ihn hatte. Doch an diesem Wissen ließ er sie nicht teilhaben. Es kam Stine so vor, als hätte er damit eine gewisse Macht über sie gehabt, und nach all den Tagen im vermeintlichen Paradies war dies eine harte Ernüchterung, die Stine bis ins Mark erschütterte.

Für den Rest der Floßfahrt ignorierte sie Finn so gut es ging und zerknirscht, wie er war, ließ er sie respektvoll in Ruhe. Die Fahrt zurück ins Hotel verbrachten sie auf getrennten Plätzen, und Stine wurde erst im Bus so richtig klar, was auf dem Floß noch passiert war. Das Schlimmste war ja, dass Finn die Briefe ihrer Großmutter in den Rio Grande hatte fallen lassen. Sie waren weg. Und sie würden auch nicht mehr auftauchen.

Der ganze Sinn ihrer Reise bestand darin, ihrer Großmutter näher zu kommen. Sie hatte dieselben Orte besucht wie sie, hatte Wege auf sich genommen, die auch ihre Großmutter gegangen war. Sie war abertausende Kilometer geflogen und hatte viel Geld ausgegeben, nur um die Verbundenheit zu ihrer Vergangenheit zu spüren. Zu einer Frau, der sie nie persönlich begegnet war. Ausgerechnet Finn war nun im Besitz von Briefen gewesen, die ihre Großmutter eigenhändig geschrieben hatte. Briefe, in denen sie ihre intimsten Wünsche und Gedanken in Worte gefasst hatte. Briefe, durch die sie Irmgard so gut hätte kennenlernen können, wie es in ihrem Fall überhaupt nur möglich gewesen wäre.

In den Briefen von Hans konnte sie nur nach Indizien suchen. Diese Hinweise auf ihre Großmutter, die Hans wiedergab, waren wichtige Wegweiser für Stines Reise gewesen. Doch anhand der Zeilen ihrer Großmutter hätte sie wahrhaftig auf deren Spuren wandeln können. Ohne Umwege und Wiedergaben, sondern direkt, fast im schriftlichen Dialog mit ihr. All das würde sie nun nie erfahren. Denn diese wertvollen Briefe hatte Finn für immer verloren. Und zwar nachdem er sie ihr tagelang gezielt vorenthalten hatte. Diese kostbaren, unwiederbringlichen Stücke ihrer Familiengeschichte hatte er vor ihr versteckt gehalten, während er ihr so nahe gewesen war wie nie zuvor.

Die Ungeheuerlichkeit dieser Tatsache wurde Stine Kilometer um Kilometer bewusster, und als sie spätabends im Hotel ankamen, ging sie, ohne Finn beim Austeigen eines Blickes zu würdigen, direkt zum Strand. Sie wusste, dass er ihr nicht folgen würde, und als sie sicher war, dass der Strand leer war, legte sie sich in den Sand und ließ ihren Tränen freien Lauf.

Vor ihr leuchtete die Insel in der Nacht, die ihre Großmutter so sehr geliebt hatte, und der Anblick der Lichter trieb Stine noch mehr Tränen in die Augen.

Es war fünf Uhr morgens, und langsam ging über der Bucht die Sonne auf. Stine war immer noch am Strand, und Finn war sich sicher, dass sie genauso wenig wie er auch nur eine Minute geschlafen hatte. Sein sorgfältig durchdachtes, wohlgeplantes Aufklärungsgespräch war noch heftiger in die Hose gegangen, als er es sich je hätte ausmalen können. Stine war stinksauer auf ihn – und nicht nur sie. Auch er selbst war wütend auf sich. Gut, er wäre niemals ins Wasser gefallen, wenn Stine nicht so stürmisch reagiert hätte. Er kannte seine Comicprinzessin, und er hätte es wissen müssen.

Im Nachhinein betrachtet war das mit der Floßfahrt keine romantische, sondern eine selten dämliche Aktion gewesen. Doch Finn wusste, dass er das nun nicht mehr ändern konnte. Er hatte auch keine Idee, wie er Stine zurückgewinnen konnte. Denn dass er sie diesmal endgültig verloren hatte, das befürchtete er in seinem Innersten. Zwar hoffte er, dass sein Gefühl falsch war, aber seine Angst war größer.

Er war Stine so nahegekommen, hatte jedoch zu lange gewartet, um ihr die Wahrheit zu sagen, und hatte zu allem Übel auch noch das vernichtet, was Stine vermutlich am wichtigsten auf der Welt gewesen wäre. Kurzum, er war bei ihr so was von unten durch, tiefer ging es nicht mehr.

Finn hatte Stine als einen Menschen kennengelernt, dessen Vertrauen man besser nicht aufs Spiel setzte, und ohne es zu wollen, hatte er – zumindest in Stines Augen – genau das getan. Sie hatte nach seiner Offenbarung nur eine einzige Sache von ihm wissen wollen, nämlich wann er die Wahrheit herausgefunden hatte. Als er ihr von der Handtasche und dem Brief erzählte, konnte er mit ansehen, wie die beiden großen schwarzen Löcher in ihren Augen zu Scherben zerbrachen und der alte, verschlossene Gesichtsausdruck ihre Züge zurückeroberte. In dem Moment waren alle Befürchtungen in ihm zu Gewissheit geworden.

Finn fragte sich, ob Stine auch um sie beide trauerte. Im Gegensatz zu ihm hatte sie noch keine Zeit gehabt, sich mit der gemeinsamen Geschichte ihrer Vorfahren auseinanderzusetzen. Damit war sie nun sicher vollauf beschäftigt, und Finn und ihre Beziehung waren in ihren Gedanken sicherlich, wenn überhaupt, nur am Rande vorhanden. Bei ihm war das anders. Er hatte inzwischen genug Abstand zu dieser Absurdität des Schicksals, sodass ihm die Konsequenzen der Gegenwart nur allzu schmerzlich bewusst waren. Das, was Stine und ihn auf so – und Finn hasste dieses Wort – schicksalhafte Art und Weise miteinander verbunden hatte, trennte sie nun.

Ihre Großeltern hatten sich geliebt. Sein Opa war um die halbe Welt gereist, nur um in Irmgards Nähe zu sein, auch wenn er sich bewusst gewesen war, dass sie mit einem anderen Mann verheiratet war und er deshalb womöglich nie wieder bei ihr sein könnte. Dennoch war er ihr gefolgt, ungeachtet der Konsequenzen, die das für ihn hatte. Erst nach Irmgards Tod war er nach Deutschland zurückgekehrt und hatte nach einiger Zeit eine andere Frau geheiratet und eine Familie gegründet. Wäre Irmgard nicht gestorben, das hatte sein Opa ihm damals auf dem Krankenlager versichert, wäre er ihr zeit seines Lebens nachgereist und hätte nie wieder eine andere Frau genommen.

Die grausame Ironie an der ganzen Sache war, dass Finn nun, da er seine Comictraumfrau kennengelernt hatte, durchaus nachvollziehen konnte, wovon sein Großvater gesprochen hatte. Doch da er Stine so nahe war und sie kannte, wusste er, dass sie vor ihm fliehen würde. Und zwar gerade *weil* sie dieses gemeinsame Schicksal hatten. Das, was sie zusammengeführt hatte, würde sie nun trennen, und wahrscheinlich würde es ihnen ähnlich ergehen wie ihren Großeltern. Finn konnte sich nicht vorstellen, das Gleiche, was er für Stine fühlte, noch mal für eine andere Frau zu empfinden. Schon als er sie das erste Mal am Venice Beach gesehen hatte, war sie etwas Besonderes für ihn gewesen. Sie war seine Comicprinzessin. Es würde keine zweite geben. Nur würde Stine nie zulassen, dass sich das, was zwischen ihnen war, weiterentwickeln könnte. Lisas Anruf war eine Sache gewesen. Das hier war eine ganz andere. Die würde Stine nie vergessen.

Finn konnte selbst nicht glauben, wie sehr ihn diese Erkenntnis schmerzte.

❀

Die wachsende Anzahl an Gästen, die oben auf der langgezogenen Promenade in Richtung Speisesaal pilgerten, verriet Stine, dass langsam Frühstückszeit war. Es mochte sieben oder acht Uhr morgens sein.

Vor einer guten Stunde hatte sie sich kurz in ihr Hotelzimmer geschlichen. Wider Erwarten hatte sie Finn nicht schlafend im Bett vorgefunden. Anscheinend war er gerade unter der Dusche, zumindest hörten sich die Geräusche, die aus dem Bad drangen, danach an. Schnell hatte Stine so leise wie möglich den Schrank geöffnet und die Briefe von Hans aus dem Versteck geholt, bevor sie wieder verschwunden war.

Jetzt wartete sie am Bootssteg auf die erste Fähre zur Insel. Das Meer wirkte im Morgenlicht noch blauer als sonst, und die ersten Sonnenstrahlen hatten die Insel erreicht. Der Turm und der weiße Holzpavillon auf der rechten Seite lagen noch im Schatten, aber die Palmenkolonie und ein weiterer weißer Pavillon erstrahlten bereits im Sonnenlicht. An dem kleinen Sandstrand am vorderen Ende der Insel brachen sich sanfte Wellen, und die jamaikanische Flagge, die ganz oben am steinernen Turm befestigt war, wehte vorsichtig im morgendlichen Wind.

Als ein Hotelmitarbeiter kam, um das Motorboot zu starten, war Stine der einzige Passagier an Bord. Zu ihrer Überraschung setzte der junge Mann anscheinend nur wegen ihr über, denn als sie über den Anlegesteg lief, startete er gleich wieder den Motor und entfernte sich mit einem freundlichen Gruß. Stine wusste, dass das Hotel das Eiland als Badeinsel nutzte, aber anscheinend waren die meisten Gäste zu dieser frühen Stunde noch im Bett oder beim Frühstück.

Vorsichtig setzte sie einen Fuß vor den anderen und betrat mit Bedacht jenen Boden, den ihre Großmutter zu ihrem persönlichen Paradies erklärt hatte. Stine wusste von alten Bildern aus der Hotelbar, dass hier früher nur der Turm und ein paar Plamen gestanden hatten. Heute waren hier mehrere weiß getünchte Sonnenpavillons aus Holz aufgebaut, und eine Bar sowie ein kleiner Pool waren angelegt worden. Dennoch versprühte das Eiland einen ganz besonderen Charme, und man kam sich tatsächlich ein bisschen vor, wie im Paradies gestrandet.

Stine erkundete die Insel, die von fast allen Seiten von Klippen und Korallenriffen umgeben war, sehr langsam. Nur an wenigen Stellen konnte man ins Wasser gehen, und es gab auch nur den einen Sandstrand, der Stine schon bei der Anfahrt aufgefallen war. Als sie den Turm betrat und die engen Treppenstufen erklomm, klopfte ihr Herz heftig. Oben hatte sie einen einzigartigen Blick über das Karibische Meer, und als ihr bewusst wurde, dass ihre Großmutter vor Jahren genau hier gestanden haben und auf denselben Ozean geblickt haben musste wie sie, stiegen ihr wieder die Tränen in die Augen.

Sie war hier. Angekommen an jenem Platz, der ihrer

Großmutter so viel bedeutet hatte. Was hätte sie wohl gesagt, wenn sie damals gewusst hätte, dass eines Tages ihre Enkelin hier stehen würde. Welchen Rat hätte ihr diese Frau, die immer an die Liebe geglaubt hatte, egal wie widrig die Umstände auch waren, wohl gegeben? Stine dachte lange darüber nach und gestand sich schließlich selbst ein, dass sie gerne mehr wie ihre Großmutter gewesen wäre. Ihren unerschütterlichen Glauben an die Liebe konnte Irmgard nur leben, weil sie selbst stark gewesen war. War Stine das nicht? Wie stark war ihr eigener Glaube an die Liebe? Erst seit kurzer Zeit war er überhaupt erwacht. War er tatsächlich schon wieder erloschen?

Sie wusste nicht, wie lange sie schon hier oben stand, aber erst als sie hören konnte, wie das Motorboot des Hotels wieder am Steg anlegte, ging sie zurück nach unten. Zu ihrer Erleichterung hatte das Boot keine neuen Gäste auf die Insel gebracht. Nur ein Mitarbeiter, der sie kurz grüßte, als sie aus dem Turm trat, machte sich an der Bar zu schaffen. Stine nickte ihm freundlich zu und ging auf die andere Seite der Insel, die über den Klippen in Form einer kleinen Plattform thronte. Unter ihr trafen die Wellen ungebremst auf die Klippen, und Stine konnte sich vorstellen, wie die Gischt bei Sturm nach oben schnellte. Doch heute schlugen die Wellen nur sanft gegen das Gestein, und vor Stine breitete sich der türkisblauen Ozean aus.

Auf der Plattform stand ein einzelner Liegestuhl, und als sich Stine darauf sinken ließ, griff ihre Hand automatisch zu der Tasche mit den Briefen. Wo, wenn nicht hier, wäre der richtige Ort, um den letzten von Hans' Briefen zu lesen? Bedächtig faltete Stine das Papier auseinander und vertiefte sich in die Zeilen, die Finns Großvater vor vielen Jahren formuliert hatte.

Ochos Rios, März 1951

Geliebte Irmgard,
ich habe sie alle besucht. Jeden einzelnen Ort, von dem du mir so begeistert geschrieben hast. Ich bin durch deine Blaue Lagune gerudert, ich habe den Sand der Frenchman's Cove zwischen meinen Zehen gespürt, ich bin durch die Räume des Rosehall Great House gelaufen, im Rio Grande geschwommen, und zu guter Letzt bin ich auf unsere Insel gefahren. Schon von weitem habe ich dich dort stehen sehen, und ich bin absichtlich erst aufs Meer hinaus gerudert, denn ich wollte, dass du mich wenigstens einmal zu dir kommen siehst, wenn du auf dem Turm stehst.

An jedem einzelnen Ort konnte ich deine Anwesenheit spüren, und deine Briefe noch einmal an den Plätzen zu lesen, von denen du mir berichtet hast, war wundervoll und schrecklich zugleich. Ich habe oft laut geschrien vor Schmerz und Ungerechtigkeit. Doch der Gang, der mir am schwersten fiel, war der Besuch auf unserer Insel. Trotzdem bin ich sehr dankbar, dass ich dort war.

Endlich habe ich dich gefunden, meine geliebte, süße Irmi. Ich habe gefühlt, dass du dort warst und auf mich gewartet hast, und ich konnte spüren, wie glücklich du warst, dass ich endlich gekommen bin, um dich zu holen. Nun bist du bei mir, und gemeinsam mit deiner Seele fahre ich zurück nach Deutschland. Ich habe überlegt, in Jamaika zu bleiben oder auf die Kaimaninseln zu fahren, aber ohne dich kann ich mir ein Leben hier nicht vorstellen. Es war unser gemeinsamer Traum, ohne dich kann ich diesen Traum nicht mehr leben.

Ich weiß noch nicht, wohin es mich ziehen wird, aber auch nach Hamburg werde ich nicht mehr gehen. Doch egal wohin es mich auch verschlagen wird, deine Seele wird immer bei mir sein. Schlussendlich sind wir doch wieder beisammen, meine Irmgard.

Ich sende diesen Brief an Rosa, da ich weiß, dass sie die Geschichte unserer Liebe gut und sicher verwahren wird. Vielleicht wird Marie die Briefe eines Tages lesen wollen und so erfahren, wie sehr ihre Mutter einst geliebt wurde. So lange ich lebe, werde ich die Liebe zu dir in meinem Herzen tragen, und wenn ich einmal nicht mehr sein sollte, wird es immer noch diese Briefe geben. Unsere Liebe wird also nie vergehen. Du warst der wundervollste Mensch, den ich mir nur vorstellen kann, und ich bereue keine Minute und keine Meile, die ich dir nachgereist bin, auch wenn ich dir nur in unseren Briefen nahe sein konnte. Allein die Aussicht auf ein Leben mit dir hat meines unglaublich bereichert.

Du wirst immer die Eine für mich bleiben.

Ich liebe dich.

Dein Hans

Die letzten Worte von Hans rührten Stine wieder zu Tränen. Sie konnte gar nicht mehr aufhören zu weinen, sie flossen nur so aus ihr heraus. Den letzten Zeilen konnte man entnehmen, dass Hans seine Irmgard über ihre Lebenszeit hinaus geliebt hatte. Sie wusste, dass ihre Großmutter gestorben war, als ihre Mutter noch ein kleines Kind war. Wie mochte das für Hans gewesen sein? Zu wissen, dass die geliebte Frau das Kind eines anderen auf die Welt gebracht hatte? Stine bewegte zugleich die Frage, wie es für ihre Mutter gewesen sein mochte zu wissen, dass ihr Vater nicht die große Lieber ihrer Mutter war.

Ihre Mutter weigerte sich bis heute, mit ihr über die Briefe zu sprechen, auch wenn sie Stine bei der Reise unterstützt hatte. Nur wollte ihre Mutter sich um keinen Preis selbst mit diesem Thema auseinandersetzen. Zumindest derzeit nicht. Vielleicht hatte sie es früher ja bereits getan. Stine war sich fast sicher, dass ihre Mutter die Briefe gelesen hatte. Wahrscheinlich war der Schmerz für sie zu groß gewesen. Vielleicht würden sie nach Stines Rückkehr darüber reden. Sie würde es sich wünschen, aber das konnte sie nur auf sich zukommen lassen. Ihren Großvater hatte Stine jedenfalls nie kennengelernt. Ihre Mutter war bei einer Tante in München aufgewachsen, und soweit Stine wusste, war ihr Großvater Jahre später auf Reisen gestorben. Alles in allem eine sehr traurige Familiengeschichte, dennoch steckte in der Erinnerung an ihre Großmutter so viel Liebe.

Auch Finn liebte seinen Großvater sehr, das hatte Stine mehrmals spüren können, als er von ihm erzählte. Doch im Gegensatz zu ihr hatte er das Glück gehabt, seinen Großvater kennenlernen, ja sogar mit ihm aufwachsen zu dürfen. Hans musste ein toller Großvater gewesen sein.

Stine blickte auf den Brief in ihrer Hand. Genauso wie Finn das Vermächtnis ihrer Großmutter besessen hatte, war sie im Besitz des zumindest emotionalen Erbes seines Großvaters. Wie es für Finn wohl gewesen sein mochte, einen Brief seines toten Großvaters bei ihr zu finden? Sicherlich war er schockiert gewesen. Ebenso wie sie gestern auf dem Rio Grande von seiner Eröffnung schockiert gewesen war.

Was hätte Stine getan, wäre ihr ein Brief von Irmgard bei Finns Sachen in die Hände gefallen? Hätte sie ihm sofort davon erzählt? Hätte sie sich offenbart? Ihr größtes Geheimnis gelüftet? Vielleicht. Vielleicht aber auch nicht. Sie konnte sehr impulsiv sein, das wusste sie. Vielleicht wäre es direkt aus ihr herausgebrochen. Vielleicht aber auch nicht. Egal, diese Überlegungen waren hinfällig, denn sie *hatte* keinen von Irmgards Briefen gefunden. Und das würde sie auch nie, denn sie waren für immer zerstört.

Natürlich hatte sie auch früher schon überlegt, wo Irmgards Briefe wohl abgeblieben waren. Wenn sie nach so vielen Jahren, dank Rosa, der Vertrauten ihrer Großmutter, und der Sorgfalt ihrer Mutter, immer noch die Briefe von Hans hatte, so war die Möglichkeit, dass auch die Briefe ihrer Großmutter noch existierten, zumindest gegeben. Doch Stine hätte niemals zu träumen gewagt, dass sie eines Tages die Möglichkeit haben würde, deren Besitzer zu treffen. Und sich auch noch in ihn zu verlieben.

War das Schicksal? War das jenes Zeichen ihrer Großmutter, auf das sie so sehr hoffte? Gab ihre Großmutter ihr die Möglichkeit, mit dem Enkel jenes Mannes glücklich zu werden, mit dem sie selbst so gerne glücklich geworden wäre?

Es wirkte alles so irreal und so unvorstellbar. Glaubte sie an Vorherbestimmung? Gab es so etwas? Hatten sie und Finn sich verliebt, weil es das Schicksal so wollte oder weil die ganzen zufälligen Begegnungen so vermeintlich schicksalhaft romantisch waren? War das alles glückliche Fügung, oder wünschte sie sich so sehr, ihrer Großmutter nahe zu sein, dass sie sich gnadenlos in die Sache hineingesteigert hatte?

Stines Kopf explodierte förmlich vor Fragen. Und die wichtigste von allen war: Wie stand sie Finn gegenüber? War sie nur sauer? Verletzt? Schockiert? Überfordert? Hätte sie genauso gehandelt?

Dass sie nicht gleich mit der Tür ins Haus gefallen wäre, das mochte sogar noch sein. Aber hätte sie die kostbaren Briefe mit auf ein wackeliges Bambusfloß genommen? Andererseits war Finn seit Tagen nervös gewesen. Sicherlich hatte er mehrfach versucht, ihr die Wahrheit zu sagen, und es nicht geschafft. Da er im Besitz von Irmgards Briefen gewesen war, war es wahrscheinlich, dass er wusste, wie sehr der Rio Grande ihre Großmutter begeistert hatte, und dass er deswegen diesen Ort ausgewählt hatte. Auch das hatte er sicherlich nicht in böser Absicht getan. Nur war das Ergebnis leider katastrophal gewesen, und der Schmerz über den Verlust der Briefe saß so tief, dass gerade nichts in ihr dazu bereit war, rational zu denken. Sie war einfach nur entsetzt und überfordert von der ganzen Situation und hatte ihre Gefühle auf Finn projiziert.

Wenn sie ehrlich war, war sie nach der ganzen Aufregung und der schlaflosen Nacht überhaupt nicht mehr dazu in der Lage, klar zu denken. Als die Müdigkeit sie übermannte, schloss sie erst einmal die Augen, streckte sich auf der Liege aus und lauschte den Wellen. Vielleicht verriet ihr die Insel ja die Antwort auf ihr Dilemma im Traum? Eine bessere Idee hatte Stine gerade sowieso nicht.

Amerikanisches Stimmengewirr weckte sie. Stine blinzelte und sah sich um. Kurz war sie verwirrt und wusste im ersten Moment nicht, wo sie war. Doch das Rauschen des Meeres und der Blick auf die türkisblauen Fluten riefen ihr schnell ins Gedächtnis, dass sie sich auf ihrer Insel befand. Ein schabendes Geräusch ließ sie den Blick vom Ozean abwenden. Ein älteres amerikanisches Pärchen war gerade dabei, zwei weitere Liegestühle auf die Plattform zu schieben, wobei sich der Liegestuhl der Frau in einem Fuß des Holzpavillons verklemmt hatte und sie deswegen nicht weiterkam. Ihr Mann schlurfte, seinen Liegestuhl hinter sich herziehend, vorweg und bemerkte trotz der Flüche seiner Frau nichts davon.

Grinsend stand Stine auf und bot der Dame ihren Liegestuhl an, was diese mit einem dankbaren Lächeln quittierte. Augenblicklich überließ sie ihren Liegestuhl seinem Schicksal am Fuße des Pavillons und eilte herbei. Im Weggehen konnte Stine noch hören, wie sie ihren Mann aufforderte, seinen Stuhl neben ihrem aufzustellen.

Wie lange die beiden wohl schon verheiratet sind?, fragte Stine sich. Was haben sie wohl schon alles zusammen durchgestanden? Wahrscheinlich mehr, als sie sich vorstellen konnte. Auch wenn der Mann sicherlich nicht mehr in jeder Situation als vorbildlicher Gentleman agierte und seine Ehefrau ihren Liegestuhl auch mal alleine schleppen musste, so war es ihr doch wichtig, dass sie nebeneinander lagen und zusammen waren. Das musste ein schönes Gefühl sein. Wenn man jemanden hätte, den man immer in seiner Nähe haben wollte. Finn könnte so jemand sein, schoss es Stine sofort durch den Kopf. Und obwohl sie es sich selbst am liebsten nicht eingestehen wollte, wusste sie, dass das die Wahrheit war.

Langsam ging sie zurück zur Bootsanlegestelle. Das

Motorboot hatte gerade am Steg des Hotels festgemacht und wartete auf Gäste, die auf die Insel wollten. Stine setzte sich an den Strand gleich neben dem Steg und starrte nachdenklich aufs Ufer. Was, wenn sie drüben ankam? Sie würde unweigerlich auf Finn treffen. Wie würde er reagieren? Sollte sie ihn ignorieren? Wollte sie das überhaupt? Stine war sich nicht sicher. Ihr Bauch sagte ihr etwas ganz anderes als ihr Kopf. Nur wer hatte recht? Woher sollte sie wissen, worauf sie hören sollte? Wer konnte ihr helfen?

Einen ungelesenen Brief hatte sie noch in ihrer Tasche. Während sie ihre Zehen vor lauter Anspannung tiefer und tiefer im noch kühlen Sand vergrub, griff sie wie in Zeitlupe zu ihrer Tasche und holte den Brief hinaus. Er war das letzte Puzzleteil zur Geschichte ihrer Großmutter. Sie konnte hören, wie ihr Puls in ihrer Halsschlagader klopfte, und mit angehaltenem Atem begann Stine zu lesen.

Als sie fertig war, faltete sie ihn sorgfältig zusammen, steckte ihn ein und machte sich ohne Umwege auf den Weg zur Rezeption. Es war jetzt halb zehn Uhr morgens, und sie hatte einen Plan.

Gegen zehn Uhr fragte Finn sich, ob er zum Frühstück gehen sollte. Da er aber nicht das geringste Hungergefühl verspürte, verwarf er den Gedanken wieder. Gegen zwölf Uhr fragte er sich das Gleiche in Bezug auf das Mittagessen. Zwar hatte er immer noch keinen Hunger, aber da er nicht länger sinnlos auf dem Bett herumliegen wollte und Stine entgegen seiner Hoffnungen nicht wieder aufgetaucht war, beschloss er, das Strandrestaurant aufzusuchen.

Fast schon mechanisch löffelte er einen Teller Gazpacho in sich hinein, und als er sich am Büfett umschaute, um einen Hauptgang auszuwählen, der ihn anlachte, wurde er trotz der großen, frischen Auswahl nicht fündig. Schließlich entschied er sich für ein Rindersteak mit Pommes und Gemüse. Wenig begeistert trotte er zurück zum Tisch und setzte sich auf seinen Platz. Als er den ersten Bissen lustlos in den Mund schieben wollte und aufblickte, sah er Stine.

Suchend betrat sie das Restaurant. Als ihr Blick auf ihn fiel, verzog sie zwar keine Miene, steuerte aber direkt auf ihn zu. An ihrem Arm baumelte ihre große, bunte Strandtasche, die Finn eben noch auf dem Zimmer gesehen hatte. Anscheinend war sie kurz nach ihm dort gewesen, sie hatten sich also nur knapp verpasst.

Langsam ließ er die Gabel sinken und wartete, bis Stine seinen Tisch erreicht hatte. Atemlos stand sie wenige Sekunden später vor ihm. Anscheinend war sie gerannt. Gespannt schaute Finn sie an.

»Ich habe ein Taxi bestellt«, brach es aus Stine raus.

Finn verschlug es die Sprache. Sie reiste tatsächlich ab. Obwohl er wusste, wie sauer und konsequent in ihren Entscheidungen sie war, hatte er gehofft, dass sie mit der Zeit wieder zueinanderfinden würden. Wie sehr er das gehofft hatte, wurde ihm erst in diesem Moment klar.

Anscheinend sah man ihm seine Bestürzung deutlich an, denn Stine fügte nach einer kurzen Pause eilig hinzu: »Für uns beide.«

Verwirrt und erleichtert zugleich war Finn immer noch

nicht fähig, auch nur ein Wort zu sagen. Bedeutete das, dass sie beide abreisten?

»Ich habe einen Ausflug für uns organisiert. Komm einfach mit«, sagte Stine, und vor allem der zweite Satz klang eher nach einem Befehl als nach einer Bitte.

Finn war so erleichtert, dass sie ihn nicht sofort nach Stine-Bock-Manier verließ, dass er aufsprang und ihr kommentarlos folgte.

Der Taxifahrer war anscheinend bereits eingeweiht, denn ohne dass Stine ihm ein Ziel nannte, gab er Gas und fuhr los. Stine saß auf einer Seite der Rückbank, Finn auf der anderen. Zwischen ihnen stand die bunte Strandtasche. Stine sah stur aus dem Fenster und beachtete ihn nicht. Er wusste, dass er sich auf sehr dünnem Eis bewegte, deswegen sagte er lieber auch kein Wort, sondern blickte angestrengt nach draußen.

Offensichtlich fuhren sie auf einer anderen Straße als bei ihren letzten Ausflügen. Sie führte nicht am Meer entlang, sondern ins Landesinnere. Finn sah jede Menge Felder und kleine Siedlungen. Vor den Häusern spielten Kinder, Ziegen und Hunde liefen an der Straße entlang, und immer wieder zierten die klassischen Rastafari-Farben die Fassaden der Häuser. Alle paar Meter breitete sich vor Finn ein neues Stillleben aus, und wäre er nicht so unendlich angespannt und nervös gewesen, hätte er die Fahrt sicherlich genossen.

Nach circa vierzig Minuten bogen sie von der asphaltierten Landstraße in einen Feldweg ein. Das mäßig gefederte Auto war eher schlecht als recht geeignet für derartige Geländefahrten, aber anscheinend störte das den Fahrer wenig. Mit wippenden Dreadlocks steuerte er sein Gefährt und die beiden Gäste immer weiter über die Schotterpiste. Als Finn sich die Frage, wohin es denn gehe, fast nicht mehr verkneifen konnte, erblickte er durch die Windschutzscheibe eine große, bunte Fläche, die aus dem Feld in Richtung Himmel wuchs. Es war ein Heißluftballon, der gerade fahrbereit gemacht wurde. Immer wieder sah er eine Stichflamme aufblitzen, und um den Ballonkorb herum herrschte hektisches Gewusel.

Mit offenem Mund blickte er zu Stine, doch die ignorierte ihn weiter und sah stur aus ihrem Fenster. Nur ihre zusammengepressten Lippen und ihr vorgeschobener Kiefer verrieten ihre Anspannung. Das Taxi blieb fast unmittelbar vor dem Korb stehen, und als Stine und Finn wie auf Kommando ausstiegen, wünschte ihnen der Fahrer noch viel Glück.

Wenn du wüsstest, wie sehr ich das brauchen kann, dachte sich Finn und folgte Stine, die schnurstracks auf einen der herumstehenden Männer zulief. Dieser wirkte merklich erleichtert, sie zu sehen, und deutete hektisch auf den Korb. Offenbar sollten sie sofort einsteigen, da alles schon zum Start bereit war. Wie auf Kommando schoss wieder eine Stichflamme in die Luft, und Stine und Finn ließen sich von einem anderen Mitarbeiter nacheinander in den Korb helfen. Dort wartete bereits ein weiterer Mann mit wettergegerbtem Gesicht, der ihnen kurz zunickte und sich danach sofort an die Arbeit machte.

Ehe Finn wusste, wie ihm geschah, wurden auch schon die Taue, die den Ballon bisher am Boden gehalten hatten, gekappt, und während er noch den Feuerball über ihnen beobachtete, merkte er schon, wie ein Ruck durch den Korb ging und sie sich vom Boden lösten. Das Feld unter ihnen wurde kleiner und kleiner. Staunend lehnte Finn sich über den Rand des Korbes und ließ das Schauspiel auf sich wirken. Er konnte sehen, wie das Taxi, das mittlerweile wie ein Spielzeugauto aussah, zurück in Richtung Straße fuhr und dabei ebenfalls immer kleiner wurde. Je höher sie stiegen, desto weiter konnte er blicken, und mit einem Mal tauchte am Horizont der Ozean auf. Zusammen mit dem grünen Dschungel, der fast die gesamte Fläche bedeckte, ergab sich ein fast schon unwirkliches Farbpanorama.

Begeistert wandte er sich Stine zu, um diesen unglaublichen Moment mit ihr zu teilen. Sie stand relativ mittig im Korb und wirkte alles andere als fasziniert. Ihr eigentlich braungebranntes Gesicht hatte einen weißen Schleier, und ihre Augen blickten mehr als gequält drein.

»Hey, alles okay bei dir?«, erkundigte er sich.

»Höhenangst«, erklärte sie nur mit zusammengebissenen Zähnen.

»Warum schleppst du mich dann hier rauf?«, fragte er, wobei er seine Begeisterung und ein Grinsen nur schwer verbergen konnte.

Mit ihren angstgeweiteten Augen und dem breit gezogenen Mund wirkte Stine schon wieder wie eine Comicprinzessin in Zeitlupe. Am liebsten wäre er die zwei Schritte zu ihr gegangen, hätte sie in den Arm genommen und geküsst.

»Weil …«, setzte sie an, wusste anscheinend aber nicht, wie sie weiterreden sollte. Oder ihr war einfach zu übel. Aber anstatt es noch mal zu versuchen, bückte sie sich vorsichtig und leicht schwankend und holte etwas aus ihrer Strandtasche.

»Für dich«, sagte sie, nachdem sie sich wieder aufgerichtet hatte, und reichte Finn ein Stück Papier.

Wortlos starrte er auf ihre Hand und spürte, wie sich sein Puls innerhalb von einer Zehntelsekunde verzehnfachte. In der Hand hielt Stine einen Brief. Einen sehr alten Brief.

»Das ist der letzte«, flüsterte sie, und obwohl ihre gehauchten Worte durch den Wind nicht vollständig bei ihm ankamen, hatte er sie dennoch verstanden.

»Den muss dein Großvater meiner Mutter geschickt haben, nachdem er ihn erhalten hatte«, wisperte sie leise.

Stine sah ihm tief in die Augen, reichte ihm das Schriftstück und verschränkte sofort danach die Arme und wandte sich wieder ab.

Als Finn das dünne Pergament in seinen Händen hielt, verfiel er zuerst kurz in eine Schockstarre. Dann faltete er es vorsichtig auseinander und stockte noch einmal, als er erkannte, dass dies nicht die Schrift seines Großvaters war. Der Brief war an Hans gerichtet. Langsam hob Finn den Blick und ließ ihn über den Horizont schweifen. Der türkisblaue Ozean glitzerte in der Sonne. Er atmete tief aus und ließ seinen Blick wieder sinken. Dabei streifte er mit den Augen Stine, doch die stand immer noch abgewandt und mit verschränkten Armen da.

Mit angehaltenem Atem begann er zu lesen.

Port Antonio, Dezember 1951

Sehr geehrter Hans Keil,
ich kenne Sie nicht, und ich werde Sie auch nie kennenlernen – was mir sehr recht ist. Ich frage mich heute oft, weshalb ich Irmgard geheiratet habe. Ich kannte sie schon, als sie noch klein war, und sicher, sie war zu einer bildschö-

nen jungen Frau herangewachsen. Doch als ihre Eltern auf mich zukamen und mich recht kurzfristig baten, über eine Heirat mit ihr nachzudenken, war ich zunächst skeptisch. Ich wusste, dass Irmgard ein Wildfang war und lange nicht so ergeben und anschmiegsam, wie ich es von einer guten Ehefrau erwarte. Doch dieses Mädchen hatte mich schon lange in seinen Bann gezogen, und als sie mich mit ihren trotzigen Augen anstarrte und mir ganz klar sagte, dass sie mich auf keinen Fall heiraten würde, da wollte ich unbedingt, dass sie meine Frau wird. Vielleicht wollte ich ihr und mir beweisen, dass ich sie dazu bringen kann, mich zu lieben.

Denn ich habe Irmgard geliebt. Sehr sogar. Auch wenn sie das nie geglaubt hat und ich es ihr auch nur ein einziges Mal, kurz vor ihrem Tod, gesagt habe. Mir ist klar, dass Irmgard mich nicht geliebt hat. Dennoch hat man dieser jungen Frau angemerkt, dass sie durchaus weiß, was Liebe ist, und dass sie sie bereits erfahren hat. Ich kannte die Gründe, weshalb Irmgards Eltern sie unbedingt verheiraten wollten, nicht genau, und lange Zeit wollte ich sie auch nicht wissen. Doch ich bin weder dumm noch naiv.

Es war immer das Gleiche auf unseren Reisen. Sie war das schlimmste Häuflein Elend, das man sich nur vorstellen kann. Aß nichts mehr, trank kaum noch – doch kaum war der Postsack an Bord gewesen, verwandelte sie sich in das blühende Leben. Mir war recht schnell klar, dass sie Ihnen schrieb, und auch, dass Sie ihr regelmäßig Briefe zukamen ließen. Es war ganz offensichtlich. Anhand der Poststempel fand mein Sekretär jedes Mal heraus, wo Sie sich gerade befanden, und damit konnte ich jederzeit kontrollieren, dass es bei den Briefen blieb.

Sie können mir glauben, wenn Irmgard wieder mal mit glänzenden Augen zum Abendessen kam und dieses Leuchten ausstrahlte, hätte ich ihr am liebsten alle Briefe weggenommen und sie vor ihren Augen verbrannt oder über Bord geworfen. Ich hätte leicht dafür sorgen können, dass nie wieder auch nur einer Ihrer Briefe sie erreichte, und ich habe oft genug darüber nachgedacht, dies zu tun. Doch ich habe Irmgard geliebt, und ich wusste, dass sie daran zugrunde gehen würde. Das wollte ich um jeden Preis verhindern.

Ihre Briefe waren Irmgards Lebenselixier, und oft hat es mich wahnsinnig gemacht, sie so glücklich zu sehen, nur wegen den Zeilen eines anderen Mannes. Eines einfachen Seemannes noch dazu. Hin und wieder war ich dann auch grob zu ihr, muss ich gestehen. Meine Eifersucht war zu groß, um all das ertragen zu können. Stolz bin ich darauf nicht.

Dennoch schreibe ich Ihnen heute, denn ich muss dieses Kapitel in meinem Leben endlich abschließen. Ich habe gehört, dass sie nach Deutschland zurückgekehrt sind und heute in Bayern leben. Ich gehe davon aus, dass Sie den Anstand besitzen, sich von meiner Tochter Marie fern zu halten. Sie haben den Mut und die Beharrlichkeit aufgebracht, Ihrer großen Liebe über Jahre und tausende Kilometer hinterherzureisen, daher gehe ich davon aus, dass Sie ein guter Mann sind. Ein Träumer vielleicht, aber ein ehrlicher Mann mit Anstand. Diesen habe auch ich. Deswegen möchte ich Ihnen berichten, wo Irmgard heute ist.

Nach ihrem Tod habe ich ihre Asche dort verstreut, wo sie am liebsten war. Von einem Heißluftballon aus habe ich sie über der Bucht vor dem Hotel, ungefähr dort, wo die kleine Insel mit dem Turm ist, dem Himmel übergeben. Danach konnte ich Irmgard endlich loslassen.

Ich hoffe, dies ist Ihnen auch gelungen.

Hochachtungsvoll

Edmund von Braunig

Stine wusste nicht, was sie nervöser machte: dass sie sich gerade mehrere hundert Meter über dem Erdboden befanden und nur ein bisschen Stoff und Holz sie davor schützten, in die Tiefe zu fallen, oder dass Finn nur wenige Zentimeter entfernt von ihr stand und den Brief las, der die Geschichte ihrer Großeltern beendete. Es kam Stine so vor, als brauchte er eine Ewigkeit, um die Zeilen zu lesen. Als er endlich fertig war, ließ Finn langsam die Hände mit dem Brief sinken. Er atmete scharf ein.

Stine drehte sich um, damit sie Finn nicht mehr nur aus dem Augenwinkel sehen konnte. Sie merkte, dass er Tränen in den Augen hatte.

»Danke«, sagte er mit belegter Stimme und gab ihr nach einer kurzen Pause den Brief zurück. »Der gehört dir«, meinte er und lächelte sie an.

Mit zusammengepressten Lippen schüttelte Stine den Kopf. »Nein. Er gehört dir«, erwiderte sie mit erstaunlich fester Stimme und griff nach ihrer Tasche. Bedächtig öffnete sie sie und reichte Finn ein Päckchen. »Da sind alle drin, die ich habe«, erklärte sie.

»Hier wäre der ideale Ort, um sie der Gerechtigkeit halber ein für alle Mal loszuwerden«, merkte er an und zeigte mit einem Arm in Richtung Korbende, ein trauriges Lächeln auf den Lippen.

Stine musste gegen ihren Willen schmunzeln. »Nein, ich will sie nicht über Bord werfen«, entgegnete sie mit einem Lächeln und wurde direkt darauf ernst. »Sie gehören dir. Ich möchte sie dir schenken«, flüsterte sie.

Als sie sah, wie Finn daraufhin mit offenem Mund auf die Tasche blickte, stiegen ihr Tränen in die Augen.

»Stine«, erwiderte er. Bevor er weitersprach, nahm er ihr die Tasche aus der Hand und setzte sie vorsichtig auf dem Boden ab. Dann umfasste er ihre Hände und blickte sie an. »Es tut mir schrecklich leid. Ich wollte das alles nicht. Ich wollte die Briefe deiner Großmutter nicht zerstören, und ich wollte dir auch nichts verschweigen. Ich wollte so vieles nicht, und am allerwenigsten wollte ich dir wehtun. Ich …«

Weiter kam er nicht, denn Stine schluchzte leise auf. Zu sehen, wie ehrlich Finn es bereute, berührte sie zutiefst, und seine Verzweiflung bestätigte sie in dem Entschluss, den sie sowieso schon gefasst hatte.

»Ich weiß«, sagte sie und löste seine Hände von ihren, um sie nun selbst zu umfassen. »Ich weiß doch«, wiederholte sie und spürte, wie ihr eine Träne die Wange entlanglief.

In Finns Augen blitzte etwas auf. Stine spürte, dass er in diesem Moment verstand, was sie seit heute Morgen sicher wusste. Egal was zwischen ihren Großeltern auch gewesen sein mochte und egal was zwischen ihnen beiden in den letzten Tagen und Wochen alles schiefgelaufen war, das was Stine und Finn verband, war real. Es war etwas Großes, Wichtiges und Wertvolles, und Stine war bereit, es anzunehmen. Finn blickte sie so erstaunt an, dass sie schmunzeln musste.

»Du siehst aus wie eine Comicfigur«, bemerkte sie und grinste ihn unter Tränen an.

Daraufhin wurde sein Gesichtsausdruck noch ungläubiger, und er starrte sie mit einem Ausdruck vollkommener Verwirrung an. Doch bevor Stine Finns Mimik kommentieren konnte, beugte er sich vor und küsste sie. Er küsste sie fest und zog sie dabei so eng an sich, dass kein Blatt Papier, nicht einmal ein Brief, mehr zwischen sie gepasst hätte.

Stine drückte sich an Finns Brust. Sie konnte seine Wärme spüren, und sein Duft umhüllte sie wie ein Kokon. Wäre sie nicht längst in der Luft, spätestens jetzt würde sie schweben, und weder die Höhe noch irgendwelche Zweifel spielten noch irgendeine Rolle. Sie war bei Finn, er war bei ihr. Das war alles, was zählte. Zum ersten Mal, seit Stine denken konnte, fühlte sie sich angekommen. Sie hatte nicht nur den Geist ihrer Großmutter endlich gefunden, sondern auch das, was sie selbst so lange gesucht hatte.

»Danke, Oma«, schickte Stine ein kleines Stoßgebet in den jamaikanischen Himmel.

Dann erwiderte sie den Kuss des Mannes, den sie liebte.

Danke…

Der Weg zu diesem Roman war eine wundervolle Reise, die mich mehrmals in eine der schönsten Regionen dieser Erde führte. Ich durfte tolle Menschen kennenlernen, großartige Abenteuer erleben und spannenden Geschichten lauschen. Danke an all die Menschen, die mich inspiriert haben und vor allem an meine Mama, die mich mit ihrem Reisefieber schon als Kind angesteckt hat. Vielen Dank auch an Silversea Cruises für wundervolle und kreative Traumauszeiten in der Karibik. Und natürlich danke an meinen grandiosen Agenten Michael Gaeb, meine Redakteurin Angela Troni und die fabelhafte Eléonore Delair, die mich selbst im tiefsten Detox-Saftkuren-Sumpf noch mit kreativem Input gefüttert hat.